AF597518

Graysons Herausforderung ist ein fiktives Werk. Namen, Charaktere, Orte und Geschehnisse wurden erfunden. Jegliche Ähnlichkeit mit wirklichen Orten, Ereignissen, oder Personen, lebend oder verstorben, sind zufällig.

Deutsche Erstausgabe
Die Amerikanische Originalausgabe erschien 2022 unter dem Titel
Grayson's Challenge

Lektorat: Birgit Oikonomou
Cover design: Leah Kaye Suttle
Autorenfoto: ©Marti Corn Photography

MEHR VON TINA FOLSOM

Samsons Sterbliche Geliebte (Scanguards Vampire – Buch 1)
Amaurys Hitzköpfige Rebellin (Scanguards Vampire – Buch 2)
Gabriels Gefährtin (Scanguards Vampire – Buch 3)
Yvettes Verzauberung (Scanguards Vampire – Buch 4)
Zanes Erlösung (Scanguards Vampire – Buch 5)
Quinns Unendliche Liebe (Scanguards Vampire – Buch 6)
Olivers Versuchung (Scanguards Vampire – Buch 7)
Thomas' Entscheidung (Scanguards Vampire – Buch 8)
Ewiger Biss (Scanguards Vampire – Buch 8 1/2)
Cains Geheimnis (Scanguards Vampire – Buch 9)
Luthers Rückkehr (Scanguards Vampire – Buch 10)
Brennender Wunsch (Eine Scanguards Hochzeit)
Blakes Versprechen (Scanguards Vampire – Buch 11)
Schicksalhafter Bund (Scanguards Vampire – Buch 11 1/2)
Johns Sehnsucht (Scanguards Vampire – Buch 12)
Ryders Rhapsodie (Scanguards Vampire – Buch 13)
Damians Eroberung (Scanguards Vampire – Buch 14)
Graysons Herausforderung (Scanguards Vampire – Buch 15)
Geliebter Unsichtbarer (Hüter der Nacht – Buch 1)
Entfesselter Bodyguard (Hüter der Nacht – Buch 2)
Vertrauter Hexer (Hüter der Nacht – Buch 3)
Verbotener Beschützer (Hüter der Nacht – Buch 4)
Verlockender Unsterblicher (Hüter der Nacht – Buch 5)
Übersinnlicher Retter (Hüter der Nacht – Buch 6)
Unwiderstehlicher Dämon (Hüter der Nacht – Buch 7)

Ace – Auf der Flucht (Codename Stargate – Band 1)
Fox – Unter Feinden (Codename Stargate – Band 2)
Yankee – Untergetaucht (Codename Stargate – Band 3)
Tiger – Auf der Lauer (Codename Stargate – Band 4)

Ein Grieche für alle Fälle (Jenseits des Olymps – Buch 1)
Ein Grieche zum Heiraten (Jenseits des Olymps – Buch 2)
Ein Grieche im 7. Himmel (Jenseits des Olymps – Buch 3
Ein Grieche für immer (Jenseits des Olymps - Buch 4)

Der Clan der Vampire (Venedig 1 – 5)
Begleiterin für eine Nacht (Der Club der Ewigen Junggesellen – Buch 1)
Begleiterin für tausend Nächte (Der Club der Ewigen Junggesellen – Buch 2)
Begleiterin für alle Zeit (Der Club der Ewigen Junggesellen – Buch 3)
Eine unvergessliche Nacht (Der Club der Ewigen Junggesellen – Buch 4)
Eine langsame Verführung (Der Club der Ewigen Junggesellen – Buch 5)
Eine hemmungslose Berührung (Der Club der Ewigen Junggesellen – Buch 6)

GRAYSONS HERAUSFORDERUNG

SCANGUARDS VAMPIRE – BAND 15

SCANGUARDS HYBRIDEN – BAND 3

TINA FOLSOM

AN ALL MEINE WUNDERVOLLEN LESER*INNEN

Danke dafür, dass ihr meine Arbeit unterstützt und mir somit erlaubt, euch mit den fiktiven Welten, die ich erschaffe, zu unterhalten.

Dies ist wahrlich der beste Beruf in der ganzen Welt!

Tina Folsom

1

Monique hängte ihr letztes Kleid auf einen Kleiderbügel, bevor sie ihre blaue Reisetasche schloss und sie auf den Boden des Schranks stellte. Das Zimmer war groß und luxuriös eingerichtet. Ihre Eltern, Faye und Cain Montague, hatten diese vampirsichere viktorianische Villa in Russian Hill, einem noblen Viertel in San Francisco, gemietet, weil ein Aufenthalt in einem Hotel für sie nicht möglich war. Als Vollblutvampire mussten sie die Sonne meiden und dieses Haus war mit allen Annehmlichkeiten nachgerüstet worden, um das Wohlbefinden eines Vampirs zu gewährleisten.

Als Vampirhybridin hatte Monique nicht die gleichen Schwächen wie ihre Eltern und darüber war sie froh. Sie hatte dadurch mehr Freiheit, etwas, wonach sie sich sehnte. Das Leben im Palast ihrer Eltern außerhalb von New Orleans war mit Einschränkungen verbunden: Die Königswache, eine Elitetruppe von Sicherheitspersonal, war immer präsent, und sie konnte kaum einen Schritt machen, ohne den Schatten einer der Leibwächter auf ihrem Rücken zu spüren. Cain hatte darauf bestanden, dass drei Bodyguards sie bei ihrem Neujahrsurlaub in San Francisco begleiteten. Sie hatte jedoch nicht die Absicht, sich von den Wachen daran hindern zu lassen, die Stadt zu genießen. Ihr war es nicht fremd, ihren Bodyguard abzuhängen, weswegen ihr Vater sie ständig tadelte. Aber im Alter von einunddreißig Jahren wollte sie ein unabhängiges Leben führen und nicht das Leben einer buchstäblichen Prinzessin. Sie wollte normal sein oder zumindest so normal, wie eine Vampirhybridin sein konnte.

Monique schaute aus dem großen Fenster hinaus auf die Lichter der Stadt. Sie hatte einen perfekten Blick auf den Coit Tower, der von mehreren Farben beleuchtet wurde, die alle paar Sekunden wechselten. Weiter hinten, links davon, konnte sie die Insel Alcatraz ausmachen, das ehemalige Hochsicherheitsgefängnis, das in ein Museum umgewandelt worden war. Es funkelte im Schein heller Lichter.

Ihr Handy klingelte. Monique ging zum Nachttisch, und als sie sah, wer anrief, kräuselte ein Lächeln ihre Lippen nach oben. Mit einem Wisch über das Display nahm sie den Videoanruf an.

„Hey, Zach“, begrüßte sie ihren Bruder, bevor sie bemerkte, dass ihr Bruder David direkt neben Zach stand. „Hallo, David.“

Als Drillinge standen sie sich schon immer nahe und verbrachten selbst als Erwachsene so viel Zeit wie möglich miteinander.

„Hey, Schwesterchen“, begrüßten Zach und David sie fröhlich.

„Wo seid ihr?“

„Immer noch in Gstaad“, antwortete Zach. „Hier liegt frischer Pulverschnee. Du hättest mitkommen sollen.“

„Du weißt doch, wie sehr ich kaltes Wetter hasse“, sagte Monique kopfschüttelnd. „Außerdem halte ich mich lieber in einer Stadt auf, in der ich die Sprache spreche.“

David lachte. „Glaub mir, die Hälfte der Leute hier sind Amerikaner. Tatsächlich wurden wir gerade eingeladen, Silvester mit ein paar heißen Girls aus New York zu verbringen.“

„Ja, in einer abgelegenen Hütte!“, fügte Zach hinzu. „Du weißt bestimmt, was das bedeutet.“ Er zwinkerte ihr zu.

Sie musste keine Hellseherin sein, um zu erraten, was Zach damit meinte. „Ich wäre nur das fünfte Rad am Wagen.“

Das Video fror ein und sie hörte ein knisterndes Geräusch. „Zach? David? Die Verbindung ist weg.“

„Ja … Verbindung … Da zieht ein Sturm auf“, sagte David endlich. „Deshalb können wir morgen nicht Ski fahren. Gut, dass wir auf Hallensport umsteigen.“ Er tauschte einen Blick mit Zach aus und beide grinsten.

Sie beschloss, nicht auf diese Bemerkung einzugehen.

„Ein Sturm?“, fragte Monique stattdessen. „Seid ihr wirklich sicher dort? Was ist mit Lawinen?“

„Mach dir keine Sorgen um uns“, sagte Zach schnell. „Hier ist es sicher. Sie haben ein Lawinenwarnsystem. Es ist nur ein Wintersturm. Wir könnten für ein paar Tage eingeschneit werden, aber das wird kein Problem sein.“

„Na ja, ich würde es nicht riskieren wollen. Gut, dass ich mich entschieden habe, mit Mom und Dad nach San Francisco zu kommen. Wir haben hier klares Wetter, kein Regen in der Vorhersage. Ich gehe gleich auf Erkundungstour.“

Wieder verpixelte das Video, fror dann ein und Monique konnte nur Fragmente eines Satzes hören.

„… Party bei Scanguards …“

“Was?”, fragte Monique. „Das Bild ist schon wieder weg.“

Das Video startete endlich neu und Zach sagte: „Kannst du uns jetzt hören?“

„Ja, jetzt kann ich euch hören. Was ist mit Scanguards’ Silvesterparty?“

David wechselte einen verschwörerischen Blick mit Zach.

„Was?“, fragte Monique jetzt ungeduldig.

„Du bist wahrscheinlich damit einverstanden, oder?“, fragte Zach und blickte dann zu seinem Bruder.

David brummte leise. „Lass es sein.“

Sie starrte ihre Brüder an. „Mit was einverstanden?“

„Ich meine, du hast wahrscheinlich schon erraten, warum Mom und Dad wollten, dass du mit ihnen nach San Francisco fährst“, fuhr Zach fort, während David seinen Ellbogen in die Rippen seines Bruders rammte.

„Sie wussten, dass ich nicht Ski fahren will“, antwortete sie, aber ihre Nackenhaare stellten sich auf. Hier stimmte etwas nicht. „Warum sollte ich also nicht mit ihnen nach San Francisco fahren?“

„Weil du mit Grayson verkuppelt wirst“, sagte Zach unverblümt.

„Scheiße, Zach!“, fluchte David und funkelte seinen Bruder an.

„Was?“ Einen Moment lang wusste Monique nicht einmal, von wem sie sprachen. Dann fiel der Groschen. „Grayson? Grayson, der arrogante Idiot, Woodford?“

Zach verzog das Gesicht. „Also ist er zwanzig Jahre später immer noch ein Arschloch?“

Monique vermutete es. „Ich habe ihn nicht gesehen, seit er uns in New Orleans besucht hat, als wir elf waren. Ihr könnt unmöglich glauben, dass Mom und Dad versuchen würden, mich mit ihm zu verkuppeln. Das ist lächerlich. Sie wissen, dass ich ihn noch nie mochte.“

„Tja, ich habe gehört, wie Mom und Dad ein paar Tage vor der Reise darüber gesprochen haben“, sagte Zach und zuckte mit den Schultern. „Wenn’s hilft, Mom war nicht begeistert von der Idee, aber Dad hat darauf bestanden.“

Sie war sauer. „Wie kann er nur? Ich kann selbst Freunde finden!“ Tatsächlich war sie ziemlich gut darin, Männer aufzureißen, wann immer es ihr nach männlicher Gesellschaft verlangte.

„Ich nehme an, Dad mag deinen Geschmack, wenn es um deine Freunde geht, nicht. Nichts für ungut, aber die meisten davon waren Fußabtreter", sagte Zach.

„Ich stimme Zach nur ungern zu", fügte David hinzu, „aber du könntest wirklich bessere Kerle finden als die, mit denen du in letzter Zeit ausgegangen bist."

„Du auch?" Monique funkelte ihre Brüder an. „Und ihr denkt, Grayson ist ein Upgrade im Vergleich zu meinen früheren Freunden? Als ob! Mit zwölf war er ein kleiner Scheißer und ich wette, seitdem ist er noch schlimmer geworden. Was zum Teufel hat sich Dad nur dabei gedacht?"

„Ich bin sicher, er hat es gut gemeint", antwortete Zach.

„Er hat es gut gemeint?", stieß sie hervor und presste ihre Lippen fest zusammen. „Ich werde nicht mit Grayson Woodford ausgehen, selbst wenn er der letzte Mensch auf Erden ist und das Überleben unserer Spezies davon abhängt. Er ist ein arrogantes Arschloch!"

David stieß Zach noch einmal in die Seite. „Siehst du? Du hättest es ihr nicht sagen sollen. Verdammt, Zach!" Dann blickte er wieder in die Kamera. „Schwesterchen, du könntest immer noch nach Gstaad fliegen und zu uns kommen, obwohl du hier wahrscheinlich die Silvesterparty verpassen wirst. Wir sind dir neun Stunden voraus."

„Ich bin froh, dass ihr es mir gesagt habt", sagte Monique. „Zumindest laufe ich jetzt nicht in einen Hinterhalt."

„Du kommst also nach Gstaad?", fragte David.

„Nein, ich habe immer noch keine Lust, mir in einer abgelegenen Hütte den Hintern abzufrieren und mich wie das fünfte Rad zu fühlen." Sie war nicht in der Stimmung, ihren Brüdern dabei zuzuhören, wie sie die Frauen fickten, die sie gerade kennengelernt hatten.

„Du wirst dich mit Dad auseinandersetzen, oder?", fragte Zach.

„Er wird es nicht kommen sehen. Wenn er denkt, dass er mich kontrollieren kann, dann hat er sich getäuscht."

Sowohl David als auch Zach verzogen das Gesicht.

„Tu mir einen Gefallen", bat Zach, „erwähne nicht, dass ich derjenige war, der es dir gesagt hat. Sonst muss ich auf unbestimmte Zeit in der Schweiz im Exil bleiben."

Monique schnaubte. „Du hättest es mir sagen sollen, bevor ich in den Jet nach San Francisco gestiegen bin."

„Tut mir leid, Schwesterchen.“ Zach sah aus, als wäre er am Boden zerstört. „Warum gehst du nicht aus und lässt etwas Dampf ab, hmm? Danach fühlst du dich bestimmt besser.“

„Das ist eine ausgezeichnete Idee“, fügte David hinzu. „Es gibt einige tolle Bars in San Francisco. Das Black Velvet ist eine wirklich noble Aufreißer-Bar im Financial District. Ich war vor zwei Jahren dort, als ich zu Besuch war, und jedes Mal habe ich tolle Dates gelandet. Das ist genau das, was du jetzt brauchst. Vertrau mir.“

Sie atmete aus. „Hmm.“

„Versprich mir, dass du dich beruhigst, bevor du Dad konfrontierst“, fügte Zach hinzu. „Sei nicht emotional. Sag ihm einfach, dass du deine eigenen Entscheidungen treffen kannst und dass du seine Einmischung nicht willst. Ich will ja diesem Idioten hier neben mir ungern zustimmen, aber in eine Bar zu gehen und jemanden aufzureißen, ist vermutlich das Beste, was du im Moment machen kannst.“

Sie hasste es, es zuzugeben, aber ihre Brüder hatten wahrscheinlich recht. Sex mit einem Fremden half ihr immer, die Dinge klar zu sehen und die Anspannung loszuwerden, die ihren Körper durchströmte.

„Gut.“

„Also gut“, sagte Zach. „Frohes neues Jahr, Schwesterchen!“

„Ja, frohes neues Jahr“, fügte David hinzu. „Und ich hoffe, du bekommst alles, was du dir wünschst.“

„Frohes neues Jahr. Ich liebe euch beide.“

Monique beendete den Anruf. Sie warf das Handy aufs Bett, immer noch wütend.

Warum versuchte ihr Vater, sie zu einer Beziehung mit Grayson Woodford, dem mutmaßlichen Erben des Scanguards-Imperiums, zu drängen? Es konnte nicht wegen des Geldes oder der Verbindungen sein, da das Königreich in Louisiana bereits mit Scanguards verbunden war. Im Januar würde in New Orleans eine neue Scanguards-Filiale eröffnet werden, die mit ausgewählten Vampiren aus Louisiana und San Francisco besetzt werden würde. Wer die Filiale tatsächlich leiten würde, war noch nicht bekannt gegeben worden, doch Monique hoffte, dass sie in der engeren Auswahl war. Diese Position würde es ihr ermöglichen, endlich unter der Fuchtel ihres Vaters hervorzukommen und ihm und allen anderen zu beweisen, dass sie bereit war, die Führung zu übernehmen.

Aber eindeutig hatte Cain nicht genug Vertrauen in sie, oder warum sollte er es sonst für nötig empfinden, dass sie einen Freund oder Ehemann hatte, und insbesondere einen, den er ausgesucht hatte?

Monique wurde von Minute zu Minute genervter und öffnete ihren Schrank. Zach und David hatten recht. Sie musste erst einmal Dampf ablassen, bevor sie ihren Vater konfrontierte und ihm mitteilte, was sie von seinem Plan hielt.

Sie wählte ein figurbetontes schwarzes Cocktailkleid, das ihr Dekolleté zur Geltung brachte, aber dennoch dezent genug war, um in einer Bar nicht fehl am Platz zu wirken. Sie entschied sich für einfache Diamant-Ohrstecker und ließ ihre Armbänder und Halsketten in der Schmuckschatulle, die sie mitgebracht hatte. Sie wollte nicht den falschen Mann anziehen, indem sie teuren Schmuck aufblitzen ließ. Schminken war nicht nötig. Als Hybridin war sie mit makelloser Haut gesegnet.

Als sie fertig war, hängte sie sich eine kleine schwarze Handtasche über die Schulter und ging nach unten. Als sie am Fuß der Treppe ankam, schreckte sie ein schrilles Geräusch auf.

Kuckuck, Kuckuck.

Sie blickte in die Richtung des Geräusches und entdeckte eine kitschige Uhr an der Wand. Sie schüttelte den Kopf. Manche Leute hatten keinen Geschmack. Sie holte tief Luft und durchquerte das Foyer. Aus dem Augenwinkel sah sie William, einen der Bodyguards der Königswache, auf einem Sessel im Wohnzimmer des großen viktorianischen Hauses sitzen. Er stand auf und gesellte sich zu ihr ins Foyer.

„William, hast du meine Eltern gesehen?“

„Sie sind schon aufgebrochen, um John und Savannah zu besuchen.“

Monique erinnerte sich, dass ihre Eltern erwähnt hatten, dass sie mit John verabredet waren, der viele Jahre zuvor der Anführer von Cains Königswache gewesen war und sein Leben gerettet hatte, als Cains Bruder Abel versucht hatte, Cains Königreich und dessen Verlobte Faye an sich zu reißen.

„Soll ich dich zu Johns Haus fahren, damit du dich ihnen anschließen kannst?“

„Nein, danke, William. Ich treffe mich mit Freunden auf einen Drink.“

„Ich komme mit“, kündigte William an.

„Das wird nicht nötig sein. Ich kann auf mich selbst aufpassen.“

„Aber –“

„Ich habe nein gesagt“, unterbrach Monique. „Oder soll ich meinem Vater sagen, dass du mir gegenüber sexuelle Avancen gemacht hast?“

William funkelte sie an. „Das wäre eine Lüge.“

Er hatte recht. „Willst du wirklich riskieren, dass mein Vater mir glaubt anstatt dir?“

Er kniff die Augen zusammen. „Drohst du damit all deinen Leibwächtern, damit sie dich ohne Schutz ausgehen lassen?“

Sie zuckte mit den Schultern. „Es funktioniert. Warum sollte ich es also ändern?“ Sie segelte an ihm vorbei. „Genieße deinen freien Abend, William.“

Er hinderte sie nicht daran, das Haus zu verlassen. Draußen hielt sie ein Taxi an und stieg ein.

„Wohin, Miss?“

„Zum Black Velvet im Financial District. Brauchen Sie die Adresse?“

„Nein, ich kenne die Bar, Miss. Kein Problem.“

Monique lehnte sich in ihrem Sitz zurück und das Taxi fuhr den Hügel hinunter in Richtung North Beach und Financial District.

2

Die V-Lounge im Scanguards-Hauptquartier war heute Abend offiziell geschlossen, damit sie für die Silvesterparty am nächsten Abend dekoriert werden konnte. Grayson blickte auf sein Klemmbrett, wo er eine Aufgabe nach der anderen abgehakt hatte. Er hatte sich freiwillig bereit erklärt, die Veranstaltung zu organisieren.

„Sieht bisher ganz anständig aus."

Als Grayson die Stimme seiner Schwester hörte, drehte er sich um und sah, wie Isabelle die Lounge betrat.

„Anständig? Es ist fabelhaft", antwortete Grayson. „Warte, bis du die Lichtshow siehst, die ich geplant habe."

Er deutete auf die Ketten winziger Glühbirnen, die in einem Muster, das den Nachthimmel nachahmte, an der Decke befestigt waren.

„Versuchst du, jemanden zu beeindrucken? Vielleicht Dad?"

„Warum sollte ich das? Es ist ja nicht so, als würde er sich, von was immer ich auch tue, leicht beeindrucken lassen." Obwohl Isabelle recht hatte. Grayson wollte seinem Vater zeigen, dass er stolz auf alles war, was er tat, egal wie unbedeutend die Arbeit war, auch wenn er lieber etwas Wichtigeres täte.

„Du versuchst nicht zufällig, dich bei ihm einzuschleimen, damit er dich die neue Scanguards-Filiale in New Orleans leiten lässt, oder?"

War er so durchschaubar? „Und du interessierst dich also nicht für die Stelle?", lenkte er ab. „Bitte! Ich weiß, wie ehrgeizig du bist."

Isabelle zuckte mit den Schultern. „Es ist nichts falsch daran, ehrgeizig zu sein."

„Grayson?"

Grayson blickte über seine Schulter und sah, wie Sebastian durch eine Hintertür eintrat. Der gut aussehende halbchinesische Kerl mit den kurzen Haaren und stechenden Augen war ein Vampirhybride, genau wie Grayson und Isabelle.

„Hallo Sebastian."

„Ich habe die Kabel angeschlossen", berichtete Sebastian. „Es dürfte jetzt funktionieren."

Isabelle kicherte. „Sebastian, ich sehe, mein Bruder lässt dich seine Arbeit erledigen."

„Das nennt man delegieren, Isa", sagte Grayson. „Danke, Sebastian. Lass es uns versuchen. Schalte die Lichter aus."

Sebastian legte den Hauptlichtschalter an der Wand um und der ballsaalgroße Raum wurde dunkel. Auf seinem Handy tippte Grayson auf die App, die die von ihm entworfene Lichtshow steuerte.

Über ihren Köpfen leuchteten winzige Glühbirnen auf.

„Wow", hauchte Isabelle. „Ist das –"

„… der Nachthimmel über San Francisco genau so, wie er morgen Nacht um Mitternacht aussehen wird", sagte Grayson stolz. Es war seine Idee gewesen, obwohl er die Hilfe einiger seiner Kollegen gebraucht hatte, um seine Vision zum Leben zu erwecken.

Er drückte auf die Play-Taste und die Lichter änderten sich und beleuchteten nacheinander verschiedene Konstellationen. Er zeigte zur Decke. „Das ist Orion … und das ist der Große Wagen."

„Da hast du dich ja wirklich reingehängt, wie?" War das Lob, das er in Isabelles Stimme hörte? Plötzlich legte sie ihren Arm um seine Schultern. „Gut gemacht, Bruderherz. Ich glaube, Dad wird das gefallen."

„Ohne Sebastian und Adam hätte ich es nicht geschafft. Sie haben schwer gearbeitet, um die Leitungen zu verlegen …"

„Vergisst du nicht jemanden, Bro?", sagte Damian von hinter ihnen.

Grayson blickte über seine Schulter und sah Damian auf sie zukommen. „Habe ich nicht." Er zwinkerte. „Damian wird die Musik für die Lichtshow liefern. Bist du damit fertig?"

„Welche Art von Musik?", fragte Isabelle und nahm ihren Arm von Grayson.

Damian zeigte auf Graysons Handy. „Ich habe die Musik gerade in die App hochgeladen. Es dürfte jetzt synchronisiert sein. Fang noch einmal von vorne an."

Grayson tippte erneut auf die App, um die Lichtshow neu zu starten. Als verschiedene Konstellationen an der Decke aufleuchteten, ertönte die Titelmusik von Star Trek aus den Lautsprechern durch den Raum. Es war sogar noch besser, als Grayson erwartet hatte. Damian hatte sich selbst übertroffen.

„Du hast sogar die Musik so synchronisiert, dass sie aus dem Lautsprecher kommt, der der beleuchteten Konstellation am nächsten ist. Wow, das ist beeindruckend!“, sagte Grayson und grinste Damian an.

Damian lachte leise. „Gern geschehen. Ich sehe euch später. Ich beeile mich lieber. Ich muss noch ein paar Dinge im Mezzanine überprüfen und meinen Smoking anprobieren.“

„Danke, Damian!“ rief Grayson ihm nach, als dieser die Lounge verließ. Er wandte sich an seine Schwester. „Da fällt mir was ein: Könntest du bitte meinen Smoking aus der Reinigung holen?“

„Sehe ich aus, als wäre ich dein Dienstmädchen?“

Grayson lächelte sie süß an. „Nein, obwohl ich auf der Halloween-Party gesehen habe, wie toll du in einem French-Maid-Outfit aussiehst.“

Nicht, dass seine Schwester sexy Klamotten brauchte, um hinreißend auszusehen. Sie hatte die Schönheit ihrer Mutter geerbt, ebenso wie deren Intelligenz.

„Ach, Schmeichelei? So gehst du’s also an?“

„Es klappt. Zumindest bei den meisten Frauen. Ich soll angeblich sehr charmant sein.“ Er grinste.

„Das habe ich auch gehört. Unglücklicherweise für dich bin ich jedoch gegen deinen Charme immun.“

„Na ja, einen Versuch war es wert.“ Grayson zuckte mit den Schultern, nicht überrascht, dass sie keine Besorgungen für ihn machen wollte.

„Bis später, Grayson“, sagte Isabelle und ging zur Tür.

Die Lichter gingen wieder an. „Sieht so aus, als ob alles funktioniert“, sagte Sebastian.

„Danke, Sebastian.“ Grayson sah auf sein Klemmbrett. „Wir sind hier für heute Abend so ziemlich fertig. Die Speisen und Getränke werden morgen im Laufe des Tages geliefert. Ich schätze, wir können jetzt einpacken. Wie wäre es, wenn du und ich etwas trinken gehen? Ich kenne diese Bar in der Nähe meines Lofts. Dort gibt es immer tonnenweise heiße Frauen.“

„Du meinst das Black Velvet? Ich glaube, die Hälfte der Scanguards war schon dort. Adam hat es die *Todsichere Sache* getauft.“

„Die *Todsichere Sache*? Wie passend!“

„Ja. Ich wünschte, ich könnte mitkommen, aber ich muss noch ins Mezzanine und beim Aufbau für morgen Abend helfen. Tut mir leid.“

„Keine Sorge, ein anderes Mal", sagte Grayson und klopfte ihm auf die Schulter. „Aber du kommst doch morgen Abend zur Scanguards-Party, richtig? Nicht zu der im Mezzanine."

„Ich gehe zu beiden. Wahrscheinlich zuerst zur Scanguards-Party und danach ins Mezzanine."

„Warum denn?"

„Weil ich wirklich ein bisschen Action brauche und es auf der Scanguards-Party keine verfügbaren Frauen geben wird, außer Frauen wie deine Schwester."

„Sie ist weit außerhalb deiner Liga, Kumpel!"

Und er wusste auch, dass Isabelle mit jedem Jahr anspruchsvoller wurde, wenn es um Beziehungen ging, egal wie kurz sich diese herausstellten. An einer richtigen Beziehung schien sie nicht interessiert zu sein. Nicht, dass er es ihr verübeln konnte. Warum sollte sie sich an eine Person binden, wenn es so viel Auswahl gab?

„Vertrau mir, ich würde niemals mit einer Frau ausgehen, mit der ich praktisch aufgewachsen bin. Das wäre ja, als würde ich mit meiner eigenen Schwester ausgehen, wenn ich eine hätte."

„Das verstehe ich gut. Da gibt's nichts Geheimnisvolles, oder?"

„Genau."

„Na dann, danke für all deine Hilfe."

„Bis morgen", sagte Sebastian und verschwand.

Grayson legte das Klemmbrett auf die Bar in der Mitte des großen Raums und trat dahinter. Nur weil die Lounge geschlossen war, hieß das nicht, dass er sich nicht schnell einen Drink einschenken konnte. Er schnappte sich ein sauberes Glas und zapfte 0-negatives Blut aus einem der Hähne. Er fühlte sich ausgehungert und leerte das Glas in einem großen Zug. Aber sein Hunger war noch nicht gestillt. Er wollte mehr als nur ein Glas menschliches Blut. Er wollte Sex.

Mit den Vorbereitungen für die Silvesterparty war er so beschäftigt gewesen, dass er seit fast einer Woche nicht mehr in die Clubs und Bars gegangen war. Er hatte all seine Energie in diese Party gesteckt, nur um seinen Vater zufriedenzustellen und ihm klar zu machen, dass er sich verändert hatte und bereit war, die Führung zu übernehmen. Dass er kein impulsives Kind mehr war. Dass man sich auf ihn verlassen konnte. Aber würde sein Vater die ganze Arbeit, die er in dieses Projekt gesteckt hatte, überhaupt bemerken? Er hoffte es jedenfalls, denn Isabelle hatte richtig geraten: Er wollte die neue Filiale von Scanguards in New Orleans leiten. Es würde ihm endlich die Chance geben zu zeigen, dass er ein geborener Leader war, und er würde körperlich weit genug entfernt sein, um der ständigen Musterung seines Vaters zu entkommen.

Er wusste, dass Cain, der Vampirkönig von Louisiana, bereits in San Francisco eingetroffen war und an der Scanguards-Party teilnehmen würde. Auch ihn musste Grayson beeindrucken, denn Cain hatte in dieser Angelegenheit ebenfalls ein Mitspracherecht, da die Zweigstelle ein Joint Venture zwischen Cains Königreich und Scanguards war.

In dem Wissen, dass viel von der morgigen Nacht abhing, musste Grayson sich heute Abend entspannen, damit er auf der Party so selbstbewusst wie üblich sein würde. Und wie könnte er sich besser entspannen, als heute Nacht mit einer Frau ins Bett zu gehen?

Auf zum Black Velvet. Das war ganz bestimmt eine *todsichere Sache.*

3

„Ich habe dich hier noch nie gesehen. Und ich komme oft hierher."

Dies war der dritte Mann in weniger als einer Stunde, der den gleichen langweiligen Anmachspruch von sich gab. Monique ließ ihre Augen über ihn schweifen. Zumindest war dieses menschliche Exemplar recht gut aussehend und hatte obendrein einen muskulösen Körper. Die beiden Männer vor ihm hatten überhaupt nichts in ihr bewegt.

Er lächelte sie an, dabei zeigten sich süße Grübchen an seinen Wangen. In der Bar war überhaupt nicht viel los. Das überraschte sie, aber vielleicht hätte es das nicht sollen. Offensichtlich blieben heute alle zu Hause, da morgen Silvester war. Es schien, als hätten sich nur wenige verzweifelte Seelen hinausgewagt, um ihr Glück zu versuchen. Die Auswahl war gering, und je später es wurde, desto spärlicher wurde sie. Das war der einzige Grund, warum sie diesen Mann jetzt anlächelte.

„Ich komme aus einer anderen Stadt", sagte Monique und verlieh ihrer Stimme einen sanften Ton, um zu verbergen, dass sie das Raubtier und nicht die Beute war. „Ich wollte ein wenig abschalten und diese Bar wurde mir empfohlen."

„Oh, das ist definitiv die richtige Bar zum Entspannen", sagte er mit einem breiten Grinsen. „Ich bin Claus."

„Mona. Schön, dich kennenzulernen." Sie zog es vor, ihren richtigen Namen nicht zu nennen, wenn sie auf Gelegenheitssex aus war.

„Was trinkst du, Mona?", schnurrte er und deutete auf ihr Glas.

„Einen Sonoma Zin, aus Alexander Valley, glaube ich."

Dies war ihr zweites Glas und obwohl sie den vollmundigen Geschmack des Rotweins genoss, hatte er keine Wirkung auf sie. Vampire und Vampirhybriden konnten nicht betrunken werden. Manchmal war es ein Segen, manchmal ein Fluch.

„Noch eins?", fragte er, wobei er dem Barkeeper ein Zeichen gab und auf ihr Glas zeigte.

Der Barkeeper nickte.

„Und was führt dich nach San Francisco?"

„Eine familiäre Verpflichtung." Eine, über die sie jetzt nicht sprechen wollte. Der einzige Grund, warum sie in dieser Bar war, war, weil sie vergessen wollte, was ihre Familie zu tun versuchte. Schnell wechselte sie das Thema. „Und du kommst aus San Francisco, Claus?"

„Hier geboren und aufgewachsen. Ich arbeite im Finanzbereich."

Ach, ja, sie kannte den Typ. Mit wenigen Worten versuchte er ihr zu sagen, dass er ein guter Fang war. Sie war nicht beeindruckt. Das Vermögen oder der Hintergrund eines Mannes beeindruckten sie nicht. Sie suchte nichts, was länger als eine Nacht dauerte. Ihre Prioritäten lagen woanders. War er ein guter Küsser? Hatte er Ausdauer im Bett? War er ein guter Liebhaber?

„Reden wir nicht über die Arbeit. Erzähl mir etwas Persönlicheres."

„Was würdest du gerne wissen?" Er beugte sich näher, und der Geruch von zu viel Aftershave überschwemmte ihre Sinne.

„Welche Sportart macht dir Spaß?", fragte sie mit heiserem Unterton und versuchte, in Stimmung zu kommen, mit ihm zu flirten. Normalerweise fiel ihr das leicht und es ging ihr in Fleisch und Blut über, aber heute Abend spürte sie es nicht. Claus erregte sie nicht.

„Sport?", räusperte sich Claus.

„Ich reite gerne."

Die Antwort war nicht von Claus gekommen, sondern von einem Mann hinter ihr. Monique drehte sich auf ihrem Barhocker um, um den Eindringling anzusehen. Ihr Mund wurde trocken. Der Mann, der gesprochen hatte, war kein Mensch. Seine Aura identifizierte ihn als einen Vampirhybriden. Er trug eine lässige schwarze Hose und ein cremefarbenes Leinenhemd, bei dem die oberen beiden Knöpfe offen waren. Sein Haar war schwarz und seine Augen von einem faszinierenden Grün. Ihre Augen verweilten an seinem Hals, wo seine Arterie pulsierte. Allein der Anblick dieses Mannes brachte ihre Reißzähne dazu, begierig auf einen Biss, zu jucken.

Der Fremde blieb nur einen Meter von ihr entfernt stehen. „Und du verdienst was Besseres als den hier." Der Hybride deutete auf Claus und schenkte dem Kerl kaum einen zweiten Blick. „Was viel Besseres."

Monique atmete seinen männlichen Duft tief in ihren Körper ein. Sein Aroma war rein und unverfälscht, nur das, was ihm die Natur geschenkt hatte. Und wie es aussah, hatte ihn die Natur reichlich beschenkt. Ein heißer Körper, ein hübsches Gesicht und jede Menge Charme.

„Entschuldigung“, sagte Claus hinter ihr. „Wir haben uns unterhalten … Sie können sich nicht einfach einschalten …“

Der sexy Hybride neigte seinen Kopf zur Seite und sah an ihr vorbei auf den Menschen. „Habe ich aber bereits getan. Mach dich vom Acker.“

„Wie unhöflich!“, antwortete Claus. „Ich schlage vor, Sie verschwinden oder ich lasse Sie rauswerfen.“

Der Hybride grinste. Selbstvertrauen sickerte aus jeder Pore seines sündigen Körpers. „Und ich schlage vor, du drehst dich um und lässt meine Freundin und mich in Ruhe, bevor ich dir in den Arsch trete.“ Dann begegnete er ihrem Blick. „Hat er dich lange belästigt, Babe?“

Monique genoss die kleine Scharade, die der Hybride spielte, und spielte mit. „Nicht lange, aber wenn du das nächste Mal zu spät kommst, werde ich nicht auf dich warten.“

Schnaubend drehte Claus sich um und stapfte zum anderen Ende der Bar, wo er sich auf einen leeren Barhocker fallen ließ.

Monique drehte sich wieder um, um den Hybriden anzusehen. „Ich gebe dir Punkte für Originalität. Dein Anmachspruch ist definitiv besser als der dieses Menschen. Jetzt ist die Frage, kannst du das mit etwas Solidem untermauern?“

Er trat näher und beugte sich zu ihr. „Ich stelle niemals unbegründete Behauptungen auf.“ Er machte eine Geste zum anderen Ende der Bar. „Du wolltest doch nicht wirklich, dass er dich reitet, oder? Ehrlich gesagt, würde dieser Typ wahrscheinlich nicht einmal wissen, was er mit dir anstellen soll.“

Sie spürte, wie seine anzüglichen Worte sie erregten. „Und du weißt es?“

Schon jetzt schlug ihr Herz schneller und sie wusste, dass er es spüren konnte. Sein vampirisches Gehör konnte es wahrnehmen, da er so nah bei ihr stand.

„Wie gesagt, ich reite gerne. Und je wilder die Stute, desto besser. Ich schrecke nie vor einer Herausforderung zurück.“

Monique leckte sich die Unterlippe. Sie hatte nicht damit gerechnet, heute Abend einem Vampir zu begegnen, aber jetzt, da es so war, war sie froh darüber, denn seine Ausdauer würde die jedes Menschen übertreffen, und das war es, was sie heute Nacht brauchte: einen Mann, der sie hart nahm und nicht aufhörte, bis sie vollständig befriedigt war.

Sie legte ihre Hand auf seine Brust und spürte die Hitze unter ihrer Handfläche und den starken Herzschlag, der gegen ihre Hand trommelte.

„Ich bin nur an etwas Zwanglosem interessiert", warnte sie ihn. „Ich hasse nichts mehr als besitzergreifende Männer."

„Zwanglos ist genau das, was ich will." Er brachte seinen Mund zu ihrem Ohr. „Obwohl ich eine Forderung habe."

Sie drückte gegen seine Brust. Gerade als sie dachte, sie hätte den richtigen Mann für heute Abend gefunden, musste er es verderben, indem er Forderungen stellte. Männer!

„Bleib bis zum Sonnenaufgang in meinem Bett und du kannst in der Zeit mit mir machen, was du willst."

Überrascht von seiner Forderung hob sie eine Augenbraue. „Egal was?"

Er nickte.

Monique packte ihn am Revers seines Hemdes und zog ihn näher an sich heran. „Sogar ein Biss?"

Er drückte seine Wange an ihre und flüsterte ihr ins Ohr: „Ich kann es kaum erwarten, bis du deine Fangzähne in mich versenkst."

Seine Stimme war jetzt heiser und sie hörte die Erregung darin. Sie wusste, woran er dachte: an das Vergnügen, das der Biss eines Vampirs sowohl beim Vampir als auch beim Empfänger des Bisses hervorrief. Und heute Abend würde er der Empfänger sein. Sie hatte noch nie zuvor einen Hybriden oder einen Vampir gebissen. Die meisten ihrer Liebhaber waren Menschen gewesen, und sie hatte immer Gedankenkontrolle bei ihnen angewendet, um sie den Biss vergessen zu lassen, damit sie nicht herausfanden, was sie wirklich war.

„Und ich kann es kaum erwarten, herauszufinden, wie du schmeckst", murmelte sie und drückte ihren Körper an seinen.

„Was machen wir dann noch hier?"

„Hast du einen Namen?"

„Spielt das eine Rolle?"

„Nein. Aber vielleicht möchte ich deinen Namen ausrufen, wenn du mich zum Höhepunkt bringst."

„Gutes Argument. Wie klingt Gray?" Er sah ihr in die Augen.

„Genauso falsch wie Mona."

„Dann lass uns von hier verschwinden, Mona, bevor ich in dieser Bar lebenslanges Besuchsverbot bekomme."

4

Grayson spürte, wie Erregung durch seine Adern floss. Er hatte vorgehabt, eine menschliche Frau für etwas dringend benötigten Sex und einen schnellen Happen abzuschleppen, aber in dem Moment, als er die Vampirhybridin im Black Velvet gesehen hatte, hatte er diesen Plan verworfen. Die glühend heiße Mona in seinem Bett zu haben, wäre viel befriedigender. Als Vampirhybridin würde sie mit seinen unersättlichen Forderungen und seiner endlosen Ausdauer mithalten können.

Grayson legte seinen Arm um ihre schmale Taille und führte sie nach draußen. Eine leichte Brise wehte durch ihre langen dunklen Locken. Ihr Gesicht war wie Porzellan, ihre Augen hellgrün, genau wie seine. Sie war groß für eine Frau und athletisch, mit festen, perfekt proportionierten Brüsten. Sie trug keinen BH unter ihrem figurbetonten schwarzen Kleid und sie brauchte auch keinen.

„Noch etwas", sagte Mona und drehte sich zu ihm um.

Einen Augenblick später spürte er, wie er gegen die Hauswand gedrückt wurde.

„Sag es mir." Was auch immer es war, er war zuversichtlich, dass es kein Dealbreaker sein würde.

„Ich hoffe, du bist ein guter Küsser."

Eine Seite seines Mundes hob sich und er schlang seinen Arm erneut um ihre Taille und zog sie eng an sich. Ihre üppigen Kurven schmiegten sich an die harten Ebenen seiner Brust und weiter unten wurde seine Erektion von ihrem Bauch gepolstert. „Babe, ich bin der Beste."

„Du bist wohl arg arrogant."

„Ich spreche nur von Fakten."

Grayson legte seine Hand auf ihren Nacken und zog ihr Gesicht zu sich. Ihre Lippen öffneten sich und er bemerkte, dass sie keinen Lippenstift trug. Er wusste das zu schätzen, denn der Geschmack von Lippenstift konnte den natürlichen Duft einer Frau überdecken. Und Monas eigenes Aroma sprach ihn auf einer ursprünglichen Ebene an. Es sprach zu dem Vampir in ihm, zog ihn zu ihr, so wie eine Motte vom Licht angezogen wurde.

„Willst du mich nur anstarren, oder wirst du mich bald küssen?"

Er grinste. „Wirst du mich die ganze Nacht herumkommandieren?"

„Wenn ich dadurch bekomme, was ich will …"

Grayson eroberte ihren Mund und übertönte, was sie sonst noch sagen wollte. Ihre Lippen waren fest, gaben aber seiner Forderung nach. Hungrig schob er seine Zunge in ihren Mund und duellierte sich mit deren Gegenstück, genoss die Heftigkeit, mit der sie ihre Zunge an seine rieb. Die Art, wie sie mit kaum gezügelter Leidenschaft auf ihn reagierte, ließ seinen Schwanz noch härter werden. Er ließ seine Hand zu ihrem Hintern gleiten, packte eine feste Pobacke und drückte sie an sich. Durch ein Stöhnen nahm sie seine Erektion zur Kenntnis, und er schluckte dieses in sich hinein, wo es gegen seine Rippen prallte und seinen Körper vibrieren ließ. Mit männlichem Stolz drückte er seinen Schwanz gegen ihren Unterleib, während er tiefer in die süße Höhle ihres Mundes eindrang, um sie zu erkunden.

Als er Monas Hand auf seinem Nacken spürte und sie ihn dort streichelte, stöhnte er und spürte, wie ein Stromstoß durch seinen Kern in seinen Schwanz schoss. Mit der anderen Hand packte sie seinen Hintern und zog ihn an sich. Er küsste sie und erkundete sie weiter. Er strich mit seiner Zunge über einen ihrer Eckzähne und streichelte diesen sanft, bis er spürte, wie ihre Fangzähne sich zu ihrer vollen Länge ausfuhren.

„Fuck, ja", fluchte er, bevor er zuerst einen Fangzahn leckte, dann den anderen.

Mona wurde weich in seinen Armen, ihr Körper schmiegte sich an seinen, ihr Herz hämmerte, ihr Atem bebte. Unkontrolliertes Stöhnen rollte über ihre Lippen. Sie reagierte darauf, dass er ihre Reißzähne liebkoste, die erogenste Zone eines jeden Vampirs oder Vampirhybriden. Für sie würde es sich anfühlen, als würde er ihre Klitoris lecken, und er konnte nicht genug davon bekommen. Er wollte, dass sie in seinen Armen kam, genau hier, wo jeder Passant sehen konnte, was sie taten.

Er hielt ihren Kopf fest, damit sie den sinnlichen Liebkosungen, die er auf ihre Reißzähne entfesselte, nicht entkommen konnte, und schob ein Bein zwischen ihre Schenkel. Ohne Hemmung folgte Mona seiner unausgesprochenen Einladung und rieb ihre Muschi an seinem Oberschenkel, ritt ihn, so wie sie später seinen Schwanz reiten würde. Der Duft ihrer Erregung stieg ihm in die Nase und er füllte seine Lunge mit ihrem Aroma. Ihr Stöhnen war jetzt lauter, unkontrollierter, als hätte sie vergessen, dass sie in der Öffentlichkeit waren.

Ein weiteres Lecken seiner Zunge über ihre Reißzähne und Mona erschauderte plötzlich in seinen Armen und erreichte ihren Höhepunkt.

Sie schnappte nach Luft, und Grayson ließ von ihren Lippen ab, verstärkte jedoch seinen Griff um ihre Taille und hielt sie fest, während sie versuchte, ihre Atmung unter Kontrolle zu bringen.

Er drückte sein Gesicht in ihr Haar und atmete ihren Duft ein. „Also, habe ich die Prüfung bestanden?“

„Mm.“

„Ich nehme das als ein *Ja.*“

„Klugscheißer“, murmelte sie, aber hinter der Beleidigung lag keinerlei Kraft.

„Mein Loft ist nur zwei Blocks von hier entfernt.“

Was gut war, denn ungefähr so lange konnte er sich noch davon abhalten, seinen ungeduldigen Schwanz zu befreien und in sie einzutauchen.

~ ~ ~

Monique spürte immer noch ein angenehmes Summen zwischen ihren Beinen, als Gray sie in seine Loftwohnung im obersten Stockwerk eines dreistöckigen Gebäudes in einer ruhigen Seitenstraße, nur einen Steinwurf vom Black Velvet entfernt, führte. In dem Moment, als er die Tür hinter ihnen schloss, drückte sie ihn gegen eine Wand und küsste ihn. Die Art und Weise, wie er sie außerhalb der Bar berührt und geküsst hatte, hatte sie hungrig auf mehr gemacht. Ungeduldig zog sie an seinem Hemd und ließ die Knöpfe fliegen, bevor sie nach seinem Gürtel griff, als er plötzlich ihre Handgelenke packte.

Überrascht ließ sie seine Lippen los. „Kneifst du jetzt?“

Er grinste und zum Teufel, wenn dieser Ausdruck ihn nicht noch sexyer aussehen ließ. „Musst du irgendwo hin, Babe? Denn selbst wenn du dich jetzt beeilst, verlässt du mein Bett trotzdem nicht vor Sonnenaufgang.“

„Hast du Angst, dass du nicht lange genug durchhalten wirst?“

Er zog ihre Hand nach unten zu seiner Leiste und drückte sie dort auf die harte Beule. Dann sah er sie mit seinen grünen Augen mit einer

Intensität an, die ihr Herz höherschlagen ließ. „Fühlt sich das so an, als würde es bald weich werden?"

Sie drückte seinen Ständer durch seine Hose. „Darf ich damit eine Probefahrt machen?"

Er gluckste und ließ dann ihr Handgelenk los. „Du bist nicht die Art von Frau, die von irgendjemandem Befehle entgegennimmt, oder?"

Damit hatte er recht. „Ich gebe sie gerne. Jetzt zieh dich aus."

Ein großspuriges Lächeln umspielte seine Lippen. Gray zog sein Hemd aus und ließ es auf den Boden fallen. Seine Augen immer noch mit ihren verbunden, zog er seine Schuhe aus, öffnete dann seinen Gürtel und seine Hose und ließ sie fallen. Er trug enganliegende schwarze Boxershorts und seine Erektion dehnte den Stoff bis zur Kapazitätsgrenze.

Monique ließ ihre Augen über seine breiten Schultern, seine gut geformte Brust, seinen flachen Bauch und seine schmalen Hüften gleiten. Er war perfekt. Und er stand da, mit dem Rücken zur Wand und wartete darauf, dass sie sich satt sah. Sie berührte seine nackte Haut, liebte die weiche Textur und die Wärme, die Härte darunter, den dünnen Schweißfilm, der sie bedeckte. Dann strich sie mit ihren Händen nach unten, bis ihre Finger gegen den Bund seiner Boxershorts stießen.

Gray sog hörbar die Luft ein und Monique hakte ihre Daumen unter die Boxershorts und befreite ihn davon. Sein prächtiger Schwanz sprang heraus, voll erigiert und schwer. Er war größer, als sie erwartet hatte, und auch schöner. Perfekt, als hätte Michelangelo ihn gemeißelt. Unfähig, der Versuchung zu widerstehen, ihn zu kosten, ließ sie sich auf die Knie fallen und brachte ihr Gesicht auf Höhe seiner Leiste.

„Fuck!"

Monique hob ihre Lider, um ihn anzusehen, und sah, wie seine Augen golden schimmerten. Er wurde jetzt von seiner vampirischen Seite regiert, und sie liebte, was sie sah: einen Vampir, der sein Verlangen und seine Leidenschaft nicht mehr lange kontrollieren konnte. Genau wie sie es mochte, weil es sie anmachte, einen Mann in den Wahnsinn zu treiben, wie nichts anderes das konnte.

„Verdammt, lutsch mich schon!"

Es machte ihr nichts aus, diesem speziellen Befehl zu folgen, denn es war das, was sie mehr als alles andere tun wollte. Als sie über den bauchigen Kopf leckte und den Tropfen Feuchtigkeit kostete, der aus seiner Spitze austrat, schloss Monique die Augen und saugte den

Geschmack und Duft seiner Erregung auf. Jede Zelle ihres Körpers schien auf einmal lebendig zu werden und ihr ganzer Körper kribbelte vor Vergnügen.

Sie schloss ihre Lippen um seinen Schwanz und glitt soweit sie konnte auf ihm hinunter, entspannte dann ihren Kiefer und nahm einen weiteren Zentimeter in sich auf. Verdammt, er war groß. Und hart. Und köstlich.

Aus den Augenwinkeln sah sie, dass er seine Handflächen flach gegen die Wand hinter sich presste, als wollte er sich davon abhalten, ihren Kopf zu packen, damit er hart und schnell zustoßen konnte. Sie wusste es zu schätzen, dass er sie nicht zwang, und bemerkte gleichzeitig, was es ihn kostete: Seine Finger verwandelten sich in scharfe Krallen. Der Vampir in ihm brach an die Oberfläche. Ihr war bis zu diesem Moment nie klar geworden, dass sie sich nach dem sehnte, was er ihr anbot: von einem Vampir begehrt zu werden. Von einem Vampir, der ihr an Stärke und Macht, an Lust und Leidenschaft ebenbürtig war.

Sie fing an, ihren Mund an ihm auf und ab zu bewegen, während sie seinen Schwanz die ganze Zeit mit ihrer Zunge leckte, seine Eier mit einer Hand wiegte und ihre andere um seine Wurzel legte. Gray stöhnte im Einklang mit ihrem Saugen und seine Klauen gruben sich in die Wand hinter ihm und ritzten Rillen in die Trockenmauer. Er bewegte langsam seine Hüften synchron mit ihren Bewegungen und sie spürte, wie er sich mit jeder Sekunde schneller bewegte.

„Fuck!“, zischte er und stieß sie weg, sodass sein Schwanz aus ihrem Mund glitt.

Mit feuerroten Augen packte er sie und zog sie hoch. Seine Reißzähne waren vollständig ausgefahren und sie hatte noch nie einen aufregenderen Anblick gesehen.

„Zieh dieses verdammte Kleid aus oder ich reiße es in Fetzen“, verlangte er mit heiserer Stimme, während er auf seine Klauen deutete.

Mit aufgeregt klopfendem Herzen befreite sich Monique von ihrem Kleid und warf es auf den Boden. Sie stand nur in ihrem schwarzen Slip und ihren High Heels vor ihm. Sein Blick fiel auf ihre Brüste und seine Brust hob sich. Bevor sie ihr Höschen ausziehen konnte, hatte er es ihr bereits vom Leib gerissen und hob sie in seine Arme. Sie stieß ihre Schuhe von sich, während er sie in ein anderes Zimmer trug und sie auf ein weiches Bett legte.

Monique spürte kühle Laken unter ihrem Rücken, bevor Gray sie mit seinem Körper bedeckte und gleichzeitig in ihre Muschi eintauchte. Sie schnappte überrascht nach Luft. Noch nie war ein Mann so in sie eingedrungen, ohne sie vorher zu berühren, ohne sich zu vergewissern, dass sie feucht war.

Sein Schwanz füllte sie vollständig aus, dehnte sie mehr, als sie für möglich gehalten hatte. Sie atmete tief aus. Das Vergnügen, ihn in sich zu spüren, war so intensiv, dass sie weder denken noch sprechen konnte. Alles, was sie tun konnte, war zu spüren, wie dieser Fremde, dieser Vampir, sie nahm, als ob ihr Körper ihm gehörte. Konnte er es auch fühlen? Konnte er spüren, dass ihr Körper sich ihm hingeben wollte?

„Du fühlst dich so gut an", murmelte er, als er begann, sich in einem langsamen und gemessenen Tempo in ihr zu bewegen. Fast zärtlich.

Nein! Sie wollte keine Zärtlichkeit. Sie wollte gefickt werden, hart und schnell. Zärtlichkeit war etwas für Idioten und hoffnungslose Romantiker. Sie war weder noch.

Monique schlang ihre Beine um ihn und zwang ihn tiefer in sich hinein. „Fick mich härter!"

„Oh, du magst es nicht langsam?" Er schüttelte den Kopf und lachte leise. „Dann muss ich dir beibringen, es zu mögen."

„Mach dir keine Umstände. Ich bevorzuge es hart und schnell." Sie umfasste seine Hüften und brachte ihn dazu, fester in sie zu stoßen.

~ ~ ~

Grayson hielt inne und löste Monas Hände von seinen Hüften und hielt sie zu beiden Seiten ihres Kopfes auf der Matratze fest. Er brachte sein Gesicht ganz nahe an ihres heran.

„Ich möchte zuerst deinen Körper kennenlernen und herausfinden, was dich anmacht, bevor ich dich wie ein Höhlenmensch ficke." Er saugte ihre Oberlippe in seinen Mund und knabberte daran, bevor er sie losließ. „Weil es noch besser wird, wenn ich weiß, was dein Körper von mir braucht."

Er bewegte seine Hüften langsam zurück, bevor er sanft tiefer in Monas einladende Scheide stieß. Ihre Augenlider flatterten und ihre Lippen öffneten sich bei einem Atemzug, und er wiederholte die Handlung.

„Siehst du? Ist das so hart?“, murmelte er an ihren Lippen.

„Es ist sehr hart.“ Sie befreite eine Hand aus seinem Griff und ließ sie an seinen Nacken gleiten, was ihn erschaudern ließ.

„Mhm“, sagte er. „Ich mag es, wenn du mich da berührst.“

„Wie wäre es hier?“, fragte sie und strich mit ihrem Finger über seine Lippen, bevor sie ihn über seinen Eckzahn rieb.

Sofort fuhren sich seine Reißzähne zu ihrer vollen Länge aus, denn das Vergnügen ihrer Berührung war so intensiv, dass er sich sofort in ihr ergießen wollte.

„Babe, mach das noch mal und ich komme wie ein unerfahrener Jüngling.“

„Gut zu wissen.“

Aber anstatt aufzuhören, begann Mona, seine Reißzähne zu lecken. Grayson hatte nicht die Kraft, sie zum Aufhören zu bewegen. Stattdessen fuhr er fort, in ihre einladende Scheide zu stoßen, wobei sein Tempo mit jeder Sekunde zunahm.

Sie wollte es hart und schnell und jetzt bekam sie genau das, denn er konnte sich nicht mehr zurückhalten. „Du gewinnst.“

Er hämmerte in sie hinein und sein Schwanz war so hart und unerbittlich, dass er sie verletzt hätte, wenn sie ein Mensch gewesen wäre. Aber die Vampirfüchsin unter ihm begrüßte seine wilden Stöße und ihr Becken hob sich jedes Mal, wenn er in sie eindrang. Als sie plötzlich seine Lippen freigab, erlangte Grayson ein gewisses Maß an Kontrolle zurück und war dankbar dafür. Aber im nächsten Moment packte Mona seine Schultern und zog ihn näher, um ihr Gesicht an seinen Hals zu bringen. Instinktiv neigte er seinen Kopf zur anderen Seite, um ihr einen besseren Zugang zu ermöglichen.

Sein Herz hämmerte, als wollte es aus seiner Brust springen, denn er wusste, was kommen würde. Als sie mit ihren Fangzähnen über seine Haut strich, schauderte er. Einen Moment später durchbohrte sie seine Haut mit den scharfen Spitzen und begann an seiner Vene zu saugen.

Verdammt!

Beim nächsten Stoß kam er härter als je zuvor zum Höhepunkt. Aber sein Höhepunkt ebbte nicht ab, sondern ging weiter. Welle um Welle raste durch seinen Körper, während Mona sein Blut trank. Er stieß weiter, ihre kombinierten Säfte machten ihre Muschi feucht und heiß, bis er spürte, wie sie sich unter ihm verkrampfte. Ihre inneren Muskeln griffen fest nach seinem Schwanz und pressten die letzten Samentropfen aus ihm heraus.

Er spürte, wie sich ihre Reißzähne von seinem Hals lösten und ihre Zunge über die Stichwunden leckte, um diese sofort zu schließen. Schweratmend rollte er sich von ihr ab.

„Fuck! Das war unglaublich“, sagte er mit heiserer Stimme und sein Herz pochte in seinen Ohren.

Neben ihm hob und senkte sich Monas Brust schnell und sie keuchte. „Wow.“

Sie wandte ihm ihr Gesicht zu. Ihre Augen schimmerten jetzt golden, ein Zeichen, das vieles bedeuten konnte: Erregung, Befriedigung, Lust, Anbetung. Er wusste, dass seine Augen in der gleichen Farbe schimmerten. Und er kannte den Grund dafür.

Er war in ihrem Bann. Und es war ihm egal, dass ihn das verwundbar machte.

5

„Wie kommt es, dass ich dich noch nie zuvor in der Stadt gesehen habe?“, fragte Grayson, während Mona immer noch über seinen nackten Körper drapiert war. „Bist du gerade hierher gezogen?“

„Ich bin nur für eine Woche hier.“

„Oh.“ Wenn er es nicht besser wüsste, würde er sagen, dass er enttäuscht war, obwohl er wusste, dass er es nicht sein sollte. Schließlich war er nicht auf der Suche nach etwas Festem, schon gar nicht jetzt, da er auf die Stelle als Leiter der Scanguards-Niederlassung in New Orleans hoffte.

„Du bist also geschäftlich hier?“, fragte er.

„Nein, nur zum Vergnügen.“

„Tja, dann hoffe ich, dass du dich bisher vergnügt hast.“ Er ließ seine Hand zu ihrem köstlichen Hintern gleiten und streichelte sie.

„Mm.“

Auch wenn das nicht gerade eine bejahende Antwort war, interpretierte er sie als solche.

Ein sanfter Atemzug huschte über seine Brust und er spürte, wie Mona mit ihren Fingern über seine Brustwarze rieb.

„Wie wäre es, wenn du dafür deine Reißzähne benutzt?“, schlug er vor. Als sie ihn gebissen hatte, hatte er es mehr genossen, als er zugeben wollte. Schließlich war er normalerweise der dominante Partner.

„Also hat dir mein Biss gefallen?“ Sie hob den Kopf, um ihn anzusehen. „Lässt du dich von all deinen Liebhaberinnen beißen?“

War das eine verschleierte Frage, um herauszufinden, mit wie vielen Frauen er geschlafen hatte? „Das hätte nicht viel Sinn, da alle Frauen, mit denen ich schlafe, Menschen sind.“

Er strich mit seinem Zeigefinger über ihre Lippen und drängte sie, sie zu teilen. „Zeig sie mir.“

Ihre Augen begannen sofort golden zu schimmern und ihre Reißzähne fuhren sich aus. Er streichelte einen mit seinem Finger und beobachtete, wie Mona die Augen schloss und tief einatmete.

„Und du? Beißt du alle deine Liebhaber?“, fragte er.

Sie öffnete die Augen und hielt ihren Blick fest auf ihn gerichtet. „Nur die Menschen. Ich beiße keine Vampire. Das Risiko, ausgetrickst zu werden …“

Sie beendete ihren Satz nicht, aber Grayson verstand instinktiv, was sie meinte. Ein unzertrennlicher Blutbund wurde hergestellt, wenn ein Paar beim Sex das Blut des anderen trank. Die Handlung musste simultan geschehen und die Bindung konnte nur durch den Tod gebrochen werden.

„Du denkst, ein Vampir könnte dich in einen Blutbund hineintricksen? Warum?“

Sie zuckte mit den Schultern. „Meine Familie ist wohlhabend und einflussreich.“

Er dachte über ihre Worte nach. Er hatte die gleichen Bedenken. Immerhin war er der Erbe des Scanguards-Imperiums. Das war der Grund, warum er Mona nicht seinen richtigen Namen genannt hatte. Grayson war nicht gerade ein gebräuchlicher Name. Und als Vampirhybridin hätte sie höchstwahrscheinlich von seiner Familie gehört und zwei und zwei zusammengezählt. Oder wusste sie bereits, dass er Grayson Woodford war, und das alles war nur ein Trick, um ihn zu verführen? Ein sehr angenehmer Trick. War es wirklich Zufall gewesen, dass sie sich im Black Velvet begegnet waren? Viele Leute wussten, dass er die Bar häufig besuchte und dass sie nur ein paar Blocks von seiner Loftwohnung entfernt lag. Hatte sie das geplant, weil sie wusste, wer er war, und einen großen Fisch an Land ziehen wollte?

„Ich verstehe. Wenn du einen Vampir beim Sex beißt und er beschließt, das Gleiche zu tun, würdest du mit ihm blutgebunden sein.“ Er atmete aus. „Warum hast du mich also gebissen?“

„Weil ich in einer Stadt bin, in der mich niemand kennt, und weil du auf mich nicht wie der Typ wirkst, der an etwas anderem als Gelegenheitssex interessiert ist.“

„Jetzt hast du mich aber verletzt“, sagte er gespielt empört.

Sie verdrehte die Augen.

„Und jetzt, wo du mir erzählt hast, dass deine Familie wohlhabend und einflussreich ist, wirst du mich wohl nicht noch einmal beißen, aus Angst, ich könnte das Gleiche tun?“

Er konnte sehen, wie sich die Räder in ihrem Kopf drehten.

Sie zögerte. „Wir werden sehen.“

Sie vertraute ihm nicht, und er konnte es ihr nicht verübeln. Sie saßen im selben Boot.

„Du musst es nicht beschönigen. Wenn du mich nicht noch einmal beißen willst, weil du mir nicht vertraust, sag es einfach. Aber nur um etwas klarzustellen: Du verlässt mein Bett trotzdem nicht vor Sonnenaufgang. Denn all das Gerede übers Beißen macht mich geil."

Tatsächlich war es seinem Schwanz egal, ob sie versuchte, ihn zu umgarnen, und er war bereits wieder steinhart.

Mona richtete sich auf, setzte sich rittlings auf ihn und sah hinunter, wo sein Schwanz perfekt aufrecht stand. „Das kann ich sehen. Vielleicht sollte ich dich reiten."

Er leckte sich über die Unterlippe. „Ich finde, das ist eine ausgezeichnete Idee."

Er legte seine Hände auf ihre Hüften, als sie sich auf ihre Knie hob und ihre Position so anpasste, dass die Spitze seines Schwanzes auf ihre Muschi gerichtet war. Als sie sich auf ihn senkte, strömte sämtlicher Atem aus seiner Lunge und bei dem intensiven Gefühl ihrer inneren Muskeln, die ihn wie eine feste Faust drückten, stöhnte er laut auf.

Sie ritt ihn hart und schnell, ihre festen Brüste hüpften auf und ab, ihr langes schwarzes Haar wehte umher, Geräusche der Lust rollten über ihre Lippen. Sie sah aus wie eine Göttin, eine Göttin der fleischlichen Freuden, der Sünde, der Hingabe, des Überflusses. Er könnte sich an eine Frau wie sie gewöhnen, eine Frau, die wusste, was sie wollte, eine starke Frau, eine, die seine Aufmerksamkeit für mehr als nur eine Nacht fesseln könnte. Plötzlich wurde ihm klar, dass trotz seines Wunsches, sich eines Tages mit einer menschlichen Frau zu binden, keine menschliche Frau ihm jemals ebenbürtig sein könnte. Vielleicht war ihm keine menschliche Partnerin bestimmt, sondern eine übernatürliche.

Mona ritt ihn, als würde der Teufel sie verfolgen, und spießte sich immer wieder auf seinen Schwanz. Sie war eine erfahrene Liebhaberin, eine Frau ohne Hemmungen, eine Frau mit einem perfekten Körper. Ihr Blut roch süß, und er war versucht, sie zu beißen. Aber er hielt sich zurück. Es war zu riskant. Sex mit Mona musste reichen. Und der Sex mit ihr war unglaublich.

Ihre Haut war mit einem dünnen Schweißfilm bedeckt und ihr ganzer Körper schien zu glühen. Er eroberte ihre Brüste und drückte sie, und sie beugte sich über ihn, um ihm besseren Zugang zu gewähren.

„Leck sie, Baby“, verlangte sie.

Grayson fuhr mit seiner Zunge über die harte Brustwarze und saugte sie in seinen Mund. Mona stieß ein Stöhnen aus.

„Ja!“

Er begrüßte ihr enthusiastisches Lob, leckte und saugte an einer Brust, wechselte dann zur anderen, während er weiterhin beide drückte. Er liebte ihre feste Textur, ihre weiche Haut, ihre perfekte Größe. Als Vampirin würde sie sich nie Sorgen machen müssen, dass ihre Brüste schlaff herabhängen würden, wenn sie älter wurde. Sie würden immer so perfekt sein. *Mona* würde immer so perfekt sein.

Als er ihre Brüste leckte und saugte, bemerkte er plötzlich, dass seine Reißzähne ausgefahren waren und er sie über ihre Brüste strich. Mona schauderte sichtlich, und er tat es noch einmal und streichelte ihre Brustwarze mit seinem Fangzahn.

„Oh Gott! Ich komme!“

Ihre Muschi verkrampfte sich, als sie ihren Höhepunkt erreichte. Ihr Orgasmus löste seinen eigenen aus, und er ließ sich gehen und goss seinen Samen in sie, seine Lippen immer noch um einen Nippel geschlossen, seine Reißzähne immer noch ausgefahren. Als Mona aufhörte sich zu bewegen, ließ Grayson ihre Brustwarze los und sie brach auf ihm zusammen. Er legte seine Arme um sie und drückte sie fest an sich, liebte ihr Gewicht auf seiner Brust. Ihre Körper waren immer noch verbunden, sein Schwanz spießte sie immer noch auf. Immer noch hart.

Er strich mit seiner Hand über ihr Haar. „Du bist so heiß, Babe. Ich liebe es, wie du dich so vollkommen gehen lässt. Ich liebe es, dir dabei zuzusehen, wie du dir nimmst, was du willst.“

Sie bewegte sich in seinen Armen und sein Schwanz glitt halb aus ihrem Kanal. Da er die Verbindung nicht verlieren wollte, korrigierte er ihre Hüften und sank bis zum Anschlag in sie zurück.

„Oh“, murmelte sie. „Du bist immer noch hart.“

„Bist du nicht froh, dass du mich ausgesucht hast und nicht diesen Menschen in der Bar?“

„Mhm, sehr froh.“

Mit seinen Händen auf ihren Hüften führte er sie auf und ab, damit er mit seinem Schwanz kleine Stöße machen konnte. Mona seufzte zufrieden, ihr Kopf ruhte in seiner Halsbeuge.

„Müde?“, fragte er.

„Nein.“

Aber er wusste, dass es eine Lüge war. Er rollte sie von seinem Körper und löffelte sie. „Warum schließt du nicht für ein paar Minuten die Augen und ruhst dich aus?“

„Und was wirst du tun?“

Er lachte leise und hob ihr Bein, damit er seinen Schwanz zwischen ihre Schenkel schieben konnte, und tauchte von hinten in ihre einladende Scheide ein. „Das.“

„Oh.“ Sie griff nach seiner Hand und zog sie an ihre Brust.

Er bewegte sich langsam mit sanften, flachen Stößen hinein und heraus, mit gerade genug Reibung, damit sein Schwanz in seinem erregten Zustand blieb.

„Du magst es also doch langsam, hmm?“, flüsterte er ihr ins Ohr.

„Mm.“

~ ~ ~

Monique bewegte sich und spürte, wie ein heißer Körper sie von hinten umarmte. Sofort fiel ihr wieder alles ein, was in der Nacht passiert war. Gray hatte sie von hinten genommen, mit sanften und langsamen Bewegungen, und zu ihrer Überraschung war sie noch heftiger gekommen als zuvor. Er hatte sie damit überrascht, wie zärtlich er gewesen war. Keiner ihrer Vampirliebhaber hatte jemals eine solche Zärtlichkeit zur Schau getragen. Besonders nicht die gut aussehenden: Im Allgemeinen verließen sich gut aussehende Männer zu sehr auf ihr Aussehen, um eine Frau in ihrem Bett zu behalten, anstatt auf fachmännisches Liebesspiel. Aber Gray war anders – gut aussehend und ein rücksichtsvoller Liebhaber. Nicht, dass sie ihm das sagen würde. Komplimente würden ihn zu eingebildet machen.

Gesättigt war sie in seinen Armen eingeschlafen. Das war etwas, was sie mit ihren One-Night-Stands nicht tat. Wenn der Sex vorbei war, verließ sie normalerweise das Bett des Kerls. Aber es hatte sich so gut angefühlt, in Grays Armen zu liegen, dass sie nicht aufstehen konnte. Außerdem war ihr Deal, dass sie bis Sonnenaufgang bleiben würde.

„Guten Morgen, Babe“, murmelte Gray in ihr Ohr und saugte ihr Ohrläppchen in seinen Mund, um mit seiner Zunge darüber zu lecken. „Tut mir leid, dass ich so schnell eingeschlafen bin. Ich wünschte, ich könnte es gleich wiedergutmachen, aber ich habe heute eine Menge zu erledigen."

„Dann vielleicht heute Abend?" Die Frage war heraus, bevor sie sie zurücknehmen konnte. Hatte sie ihm gerade gesagt, dass sie ihn wiedersehen wollte? Warum hatte sie das getan? Damit würde sie sich nur Enttäuschung einhandeln.

„Das würde ich gerne, aber ich bin heute Abend für diese riesige Party verantwortlich. Es ist eine Familiensache. Aber –"

„Vergiss es", unterbrach sie ihn schnell und setzte sich auf. Wie blöd! „Natürlich hast du Pläne. Ich hätte nicht fragen sollen."

Gray setzte sich hinter ihr auf und schlang seine Arme um sie. Er drückte einen Kuss auf ihr Schulterblatt. „Wie wäre es, wenn du mir deine Handynummer gibst, und sobald ich weg kann, rufe ich dich an. Es könnte aber spät werden."

In ihr tobte ein Krieg. Sollte sie ihm ihre Nummer geben, nur um den ganzen Abend zu hoffen, dass er anrief? Oder sollte sie lieber gleich behaupten, dass sie auch auf eine Party gehen musste? Sich zu verfügbar zu machen, würde ihm die Oberhand verschaffen, und sie wollte diese Art von Machtdynamik nicht, nicht einmal, wenn es um einen One-Night-Stand ging – oder einen Two-Night-Stand.

„Bitte, Babe, ich will dich wiedersehen", bettelte er und pflanzte zärtliche Küsse auf ihren Hals.

Er klang nicht wie ein Mann, der eine Frau nach ihrer Telefonnummer fragte, nur um sie dann doch nie anzurufen. Er war derjenige, der um die Nummer bat. Das änderte die Sache.

„In Ordnung", sagte sie und lächelte in sich hinein. „Gib mir dein Handy und ich programmiere sie ein."

Gray sprang aus dem Bett und ging zu der Stelle, wo sie sich hastig ausgezogen hatten. Er holte sein Handy aus seiner Hosentasche und ging zu ihr zurück. Bei Tageslicht sah er genauso sexy und gut aus wie in der Nacht zuvor – und er trug einen Steifen von massiven Ausmaßen.

Sie versuchte, seinen Schwanz nicht anzustarren, damit sie nicht anfing zu sabbern, und nahm das Handy, das er ihr reichte. Er setzte sich neben sie und beobachtete, wie sie ihre Handynummer eingab. Sie drückte die Ruftaste und hörte ihr eigenes Telefon klingeln.

„Bitte schön, jetzt habe ich auch deine Nummer."

„Perfekt.“ Er nahm ihr das Handy ab. „Fünf-Null-Vier? Ist das nicht New Orleans?“

Sie sah ihn an. „Ja, dort wohne ich.“

Er lächelte breit. „Wenn das kein Zufall ist, dann weiß ich nicht, was es ist. Ich habe mich gerade für eine Stelle in New Orleans beworben.“

„Wirklich?“ Sagte er das nur, damit sie es nicht seltsam fand, wenn er plötzlich in New Orleans auftauchte, um fortzufahren, was auch immer dies war? „Hast du den Job bekommen?“

„Ich weiß es noch nicht, aber ich bin definitiv in der engeren Auswahl.“

„Warum willst du San Francisco verlassen? Gefällt es dir hier nicht?“

„Doch schon. Aber hier werde ich immer der Sohn meines Vaters sein. Alle vergleichen mich mit ihm. Es ist nicht einfach, aus dem Schatten eines erfolgreichen Mannes herauszutreten.“

Seltsamerweise verstand sie genau, was er meinte. Und die Tatsache, dass er aus eigener Kraft erfolgreich werden und sich nicht auf seine Familie verlassen wollte, machte ihn noch anziehender. Er war definitiv ein Mann, der eine zweite Nacht verdiente.

6

Monique war in das gemietete Haus in Russian Hill zurückgekehrt, bereit für eine Konfrontation mit ihrem Vater, aber da alle schliefen, hatte sie sich in ihr eigenes Zimmer zurückgezogen und auch geschlafen. Als das Haus gegen Sonnenuntergang zum Leben erwachte, ging Monique frisch geduscht und angezogen nach unten.

Kuckuck, Kuckuck.

Ihr Herz blieb bei dem Geräusch stehen. Verdammt! Hatte diese blöde Uhr einen Bewegungssensor oder warum ging sie jedes Mal los, wenn sie daran vorbeiging? Genervt betrat sie die Küche.

Eine Haushälterin hatte den Kühlschrank mit menschlicher Nahrung gefüllt. Monique war die Einzige, die davon profitieren würde. Ihre Eltern und die drei Vampirleibwächter tranken nur menschliches Blut. Sie hatte Hunger und füllte ihren Teller mit Obst und Gebäck und machte sich Kaffee. Obwohl sie als Vampirhybridin von menschlichem Blut leben konnte, genoss sie menschliches Essen.

„Hey, Monique", sagte ihre Mutter, als sie die Küche betrat.

Faye sah wie immer wunderschön und jung aus, und wenn die Leute sie nebeneinander sahen, dachten sie oft, sie seien Schwestern. Weder Monique noch Faye korrigierten sie jemals.

„Wo warst du letzte Nacht?"

„Ich war aus."

„Allein?"

Monique zuckte mit den Schultern. „William wollte ich auf keinen Fall mitnehmen. Er ist eine totale Spaßbremse."

„Das habe ich gehört!", rief William aus dem Flur.

Monique deutete in seine Richtung. „Verstehst du jetzt, was ich meine? Ich würde nie jemanden kennenlernen, wenn einer der Leibwächter an mir klebt wie Kaugummi am Schuh."

Faye seufzte. „Dein Vater will doch nur, dass du in Sicherheit bist. Er war nicht erfreut, als er herausfand, dass du dich gestern ohne deinen Bodyguard davongeschlichen hast."

„Oh, hat William ihm das gesagt? Dass ich mich hinausgeschlichen habe? Ich wusste nicht, dass ich hier eine Gefangene bin."

„Monique, sprich nicht so mit deiner Mutter!"

Die scharfen Worte kamen von Cain, der die Küche betrat und sie mit zusammengekniffenen Augen ansah.

„Und wenn es darum geht, wie du William dazu gebracht hast, dich ohne Schutz ausgehen zu lassen, ist mir vollkommen bewusst, womit du ihm gedroht hast", fügte Cain hinzu.

Monique erhob ihre Stimme und blickte an ihm vorbei in den Flur. „Du musstest wieder petzen, William, nicht wahr?"

„Mach William keine Vorwürfe, er macht nur seinen Job."

„Na gut! Ich werde ihm keine Vorwürfe machen", sagte Monique und stemmte ihre Hände in die Hüften. „Ich mache dir Vorwürfe. Und wo ich gerade dabei bin: Ich werde heute Abend nicht dein kleines Spielchen spielen. Wenn du denkst, du kannst Kuppler spielen und mich dazu zwingen, mit Grayson Woodford auszugehen, dann hast du dich aber getäuscht."

Cain starrte sie an und Faye sah genauso fassungslos aus. Hatten sie wirklich geglaubt, sie würde es nicht herausfinden?

„Wer hat dir das erzählt?"

„Das ist egal", schoss Monique zurück. „Was zählt, ist, dass du versuchst, mein Leben zu bestimmen. Ich kann mir meinen eigenen Freund aussuchen. Und ganz sicher wird es nicht Grayson sein. Der Typ ist ein arrogantes Arschloch!"

„Du kennst ihn doch gar nicht!"

„Genug, um zu wissen, dass ich diesen arroganten Idioten nicht ausstehen kann, der denkt, die Welt dreht sich um ihn."

„Und ich dachte, die Welt dreht sich nur um dich", konterte Cain, und seine Stimme triefte vor Sarkasmus. „Da lag ich wohl falsch."

„Ich bin keine Figur, die du auf deinem Schachbrett herumschubsen kannst."

„So ist es nicht."

„Ist es das nicht? Reicht es dir nicht, dass Scanguards eine Filiale in New Orleans eröffnet, an der du mitwirkst? Willst du zusätzlich noch eine familiäre Bindung? Also wird die Prinzessin als Opferlamm dargeboten."

„Sei nicht so dramatisch. Du bläst das überproportional auf."

„Tu ich das? Wie hätte es dir gefallen, wenn dein Vater entschieden hätte, wen du lieben darfst? Du hättest es ihm in den Ar–"

„Genug!", unterbrach Faye sie plötzlich. „Ihr seid beide Hitzköpfe. Beruhigt euch."

Monique atmete scharf durch ihre Nasenlöcher aus, während sie ihren Vater immer noch wütend anstarrte.

„Monique", begann Cain erneut. „Alles, was wir tun, ist, euch heute Abend auf der Silvesterparty einander vorzustellen. Nur damit ihr euch kennenlernen könnt."

„Das interessiert mich nicht. Ich lasse mich nicht für einen egoistischen Idioten zur Schau stellen, nur damit er sich entscheiden kann, ob ich gut genug für ihn bin! Wir sind nicht im 19. Jahrhundert. Und ich gehe nicht zu dieser verdammten Party. Du kannst Grayson sagen, dass ich ihn nicht daten werde, selbst wenn er der letzte Mann auf Erden wäre und das Überleben unserer Spezies davon abhinge."

„Grayson weiß nichts davon", sagte Cain. „Wenn er das täte, würde er ebenfalls nicht auf der Party auftauchen."

Monique schnaubte. „Und du meinst, damit preist du es besser an, Dad? Er will mich eindeutig nicht. Und du erwartest, dass ich zu der Party gehe, damit er mich persönlich abweisen kann? Wow, tolle Idee, Dad! Das wird ganz sicher mein Selbstvertrauen stärken. Der arrogante Grayson Woodford, derselbe kleine Idiot, der mich verspottet hat, als ich elf war, bekommt jetzt eine Wiederholung? Damit er mich zwanzig Jahre später vor allen in Verlegenheit bringen kann? Nein danke!"

„Dich verspotten? Wovon sprichst du?", warf Faye ein. „Was ist passiert?"

Monique warf ihrer Mutter einen überraschten Blick zu. „Du erinnerst dich nicht? Er und seine Familie besuchten uns, als er zwölf war. Wir spielten alle draußen, Zach und David und Patrick und Grayson. Isabelle war im Haus. Wir gingen zu diesem kleinen See direkt hinter dem Wald, und Grayson forderte alle heraus, von einem Felsen am Rand ins Wasser hineinzuspringen. Aber als ich an der Reihe war, sah ich einen Alligator näherkommen. Also bin ich nicht gesprungen. Ich schrie und warnte sie, aus dem Wasser zu steigen. Aber dann war der Alligator plötzlich weg, vielleicht weil ich geschrien habe. Und Grayson hat sich über mich lustig gemacht und gesagt, ich sei ein Feigling und eine Lügnerin."

„Oh, Schatz“, sagte Faye. „Ihr wart Kinder damals. Ich bin sicher, er hat sich total verändert.“

Das bezweifelte sie sehr. „Ach, tatsächlich? Dann hast du vielleicht nicht gehört, was David über Grayson gesagt hat, als er vor zwei Jahren zu Besuch in San Francisco war. Glaub mir, er ist jetzt ein noch größeres Arschloch.“ Sie warf Cain einen scharfen Blick zu. „Und das ist der Typ, mit dem du mich verkuppeln willst? Wie kannst du nur, Dad?“

„Monique, bitte“, sagte Cain, jetzt etwas ruhiger. „Ich sage dir, Grayson ist zu einem sehr verantwortungsbewussten jungen Mann herangewachsen, und was du brauchst, ist ein Mann, der dir ebenbürtig ist. Nicht diese Menschen, an denen du innerhalb einer Woche das Interesse verlierst.“

In den Worten ihres Vaters lag ein Körnchen Wahrheit. Ja, sie brauchte einen Mann, der ihre Aufmerksamkeit fesselte, einen Mann, der so stark und mächtig war wie sie. Aber es gab viele Vampire und Vampirhybriden, die so waren. Und sie hatte eine tolle Nacht mit einem von ihnen verbracht. Sie brauchte Grayson ganz sicher nicht.

„Ich kann selbst jemanden finden. Ich brauche deine Hilfe nicht.“ Und sie benutzte das Wort Hilfe in einem sehr lockeren Zusammenhang. „Außerdem bin ich nicht verzweifelt. Ich sehe nicht, dass du Zach oder David mit jemandem verkuppeln willst. Und wir sind gleichaltrig. Die beiden dürfen also ihre eigene Wahl treffen, aber ich muss einen Typen auswählen, den du gutheißt? Einen, den du für mich auswählst? Danke, aber nein, danke!“

„Komm einfach heute Abend zu der verdammten Party“, schmeichelte Cain. „Du würdest die Sache steuern, weil Grayson nichts davon weiß.“

„Hast du kein einziges Wort davon gehört, was ich gerade gesagt habe?“ Monique schnaubte genervt. „Ich mag Grayson nicht. Ich werde nicht mit ihm ausgehen. Also halte dich verdammt noch mal aus meinem Liebesleben raus! Und wenn du das nicht kannst, werde ich aus deinem Leben verschwinden und von zuhause ausziehen.“

Als sich Cains Kiefer sichtbar anspannte, holte Monique tief Luft und stürmte an ihm vorbei in den Flur. Na gut, wenn er nicht aufhören konnte, sich einzumischen, dann war es vielleicht das Beste, wenn sie verschwand.

„Ich gehe aus“, sagte sie zu William, der im Foyer stand. „Alleine.“

7

Die V-Lounge sah festlich aus. Die Frauen trugen elegante Abendkleider und die Männer edle Smokings. Sogar die wenigen anwesenden Kinder, der zweijährige Harry und der zehnjährige Dean, ahmten die elegante Kleidung ihrer Eltern nach. Mehrere Kellner streiften durch den Raum und boten den Menschen Alkohol und Hors d'Oeuvres und den Vampiren und Vampirhybriden menschliches Blut an.

Grayson sah sich um und vergewisserte sich, dass alles perfekt war. Heute Abend, nach der Lichtshow um Mitternacht, würde er sich an Samson und Cain wenden und sicherstellen, dass sie wussten, wie ernst es ihm damit war, die Scanguards-Filiale in New Orleans zu leiten, wenn diese Anfang Januar eröffnet wurde.

Nach der atemberaubenden Nacht, die er mit Mona in seinen Armen verbracht hatte, war er entschlossen, etwas Ernsthaftes mit ihr anzufangen, was bedeutete, dass es für ihn unerlässlich war, nach New Orleans zu ziehen. Er war nicht an einer Fernbeziehung interessiert, denn er sehnte sich bereits jetzt nach Monas Berührung, ihren Reißzähnen in seinem Hals und seinem Schwanz in ihrem Körper. Seine Reaktion auf sie überraschte ihn, aber er war kein Idiot: Er wusste, wann sich etwas richtig anfühlte. Und mit der sexy Vampirhybridin, die ihre Reißzähne in ihn versenkt hatte, zusammen zu sein, fühlte sich absolut richtig an.

Er hatte kurz mit dem Gedanken geflirtet, sie zur Scanguards-Party einzuladen, hatte diesen jedoch genauso schnell wieder verworfen. Er wollte mehr Zeit mit ihr allein verbringen, bevor er sie seiner Familie und seinen Freunden aussetzte und bevor sie herausfand, dass er der Erbe des Scanguards-Imperiums war. Er wollte nicht, dass sie davon geblendet wurde, wer er war, sondern ihn um seiner selbst willen mochte.

Eine schwere Hand landete auf seiner Schulter und Grayson drehte sich um.

„Wirklich schönes Setup, Bro", sagte Cooper.

„Danke, Coop! Freut mich. Bist du alleine gekommen?"

„Nein." Er deutete auf eine Stelle nahe der Tür, wo seine Eltern, Haven und Yvette, standen. „Ich bin mit Mom und Dad mitgefahren.

Lydia kommt separat, weil sie nach Mitternacht im Mezzanine singen wird.“

„Ich nehme an, das bedeutet, dass Patrick und Damian die meisten meiner Gäste nach Mitternacht abziehen werden?“

Cooper grinste. „Die meisten Hybriden gehen später in den Club und suchen nach anderer Unterhaltung.“ Er zwinkerte. „Ich fürchte, du bleibst bei den alten Leuten hängen. Oder kommst du später auch ins Mezzanine?“

„Ne. Ich habe andere Pläne.“

„Ein Mädchen?“

Grayson grinste. „Eine Frau.“

„Jemanden, den ich kenne?“

„Definitiv nicht.“

„Warum hast du sie nicht hierher eingeladen?“

„Wegen Typen wie dir. Ich werde nicht jeden in meinem Gehege wildern lassen, während ich noch meinen Anspruch geltend mache.“

Cooper grinste. „Sie ist also hübsch.“

„Sie ist wunderschön. Und das ist alles, was du aus mir herausholen wirst. Amüsiere dich.“ Er klopfte Cooper auf die Schulter und der Hybride ging davon.

Graysons Blick fiel auf Ryder, der die hochschwangere Scarlet zu einem Sitzbereich führte. Er überbrückte die Distanz zwischen ihnen.

„Hey, Scarlet, Ryder. Ich wusste nicht, ob ihr es schaffen würdet.“

Scarlet seufzte schwer, als sie sich setzte. „Das ist unsere letzte Chance für einen Abend außer Hause, bevor die Babys kommen. Das wollte ich nicht verpassen.“

Ryder stopfte ein Kissen hinter ihren Rücken. „Besser?“

Scarlet schenkte ihm ein liebevolles Lächeln. „Danke, Baby.“

„Wir haben Mom auf Kurzwahl“, sagte Ryder. „Es könnte jetzt jederzeit losgehen.“

„Na, zumindest habt ihr es nicht weit, wenn es heute Abend passiert“, antwortete Grayson. Immerhin war die Klinik nur ein paar Stockwerke unter der V-Lounge, und Maya, die Ärztin von Scanguards und Ryders Mutter, war unter den Gästen.

„Wie wäre es, wenn ich einen der Kellner anhalte, damit er euch etwas zu essen bringt? Hast du Hunger, Scarlet?“, fragte Grayson.

„Ich bin ausgehungert“, bestätigte sie. „Und was zu trinken. Habt ihr vielleicht einen Saft?“

„Haben wir. Da Dean und Harry heute Abend hier sind, haben wir ein paar alkoholfreie Optionen auf Lager. Ich schicke dir einen Kellner.“

„Danke dir“, sagte Ryder.

„Na sicher, Bro.“

Heute Abend musste alles wie am Schnürchen laufen. Er brauchte die Zustimmung seines Vaters sowie die von Cain, damit sie ihm die Leitung der neuen Scanguards-Filiale anvertrauten.

„Grayson.“

Grayson drehte sich um. Theo, der Vampir, der heute Abend die Bar besetzte, winkte ihm zu. Er näherte sich schnell der Bar. „Was ist los?“

Theo deutete auf einen der Hähne, aus denen menschliches Blut gezapft wurde. „Das B+ scheint zur Neige zu gehen. Es kommt nur ein Rinnsal heraus. Aber ich habe heute Abend kaum etwas davon ausgeschenkt, und das Fass war voll, als ich anfing.“

„Scheiße!“, fluchte Grayson. „B+ ist Cains Lieblingsblutgruppe.“ Er hatte sich selbst beim Palast erkundigt, um sicherzustellen, dass Cains Bedürfnisse hundertprozentig erfüllt würden. „Lass mich das überprüfen.“

Grayson ging hinter die Bar und duckte sich. Er öffnete den Schrank unter den Hähnen und betrachtete die durchsichtigen Schläuche, die von den Hähnen zu einem Rohr im Boden führten, das zu den Fässern im Lagerraum führte.

„Hmm.“

Er überprüfte jeden Schlauch, bis er einen fand, der sich locker anfühlte. Er zog ihn direkt aus der Verbindungsmutter am Rohr. „Da ist es.“

„Problem gefunden?“, fragte Theo.

„Ja, der Schlauch hat sich vom Anschluss gelöst.“ Augenblicke später hatte er den Schlauch befestigt und stand auf. „Probiere es jetzt.“

Theo stellte ein sauberes Glas unter den B+-Hahn und begann zu zapfen. Zuerst kam nur Luft heraus, aber ein paar Sekunden später floss Blut aus dem Hahn.

„Danke, Grayson.“ Theo reichte ihm das teilweise gefüllte Glas. „Willst du es trinken?“

„Na klar. Kann es nicht verkommen lassen." Grayson nahm das Glas und leerte es in einem großen Zug, bevor er das Glas an Theo zurückgab. „Bis dann."

Die V-Lounge füllte sich. Alle Vampirangestellten von Scanguards waren eingeladen, und so wie es aussah, nahmen viele von ihnen an der Party teil. Grayson erkannte viele der Vampire, die als Leibwächter beschäftigt waren: große, einschüchternde und schroff aussehende Kerle. Scanguards beschäftigte auch weibliche Bodyguards. Yvette und Roxanne waren zwei der dienstältesten weiblichen Leibwächter. Unter den Gästen entdeckte Grayson auch zwei Hexer: Wesley, Havens und Katies Bruder, und Charles, der mit Roxanne blutgebunden war. Die beiden Hexer arbeiteten für Scanguards und betrieben ein Labor im Gebäude, wo sie Tränke brauten und an Zaubersprüchen arbeiteten. Angesichts dessen, was in diesem Labor vor sich ging, war Grayson überrascht, dass die beiden das Gebäude noch nicht in die Luft gesprengt hatten.

Grayson ließ seinen Blick über die Menge schweifen und mischte sich unter die Leute, begrüßte Freunde und Kollegen und stellte sicher, dass für alle gesorgt war. Er wollte sich gerade zu seinem Bruder Patrick gesellen, der mit Gabriel sprach, als Samsons Stimme von links zu ihm drang. Er drehte den Kopf und sah Samson im Gespräch mit Cain, dem Vampirkönig von Louisiana. Grayson trat ein paar Schritte näher und konzentrierte sich auf ihre Unterhaltung. Die beiden sahen nicht einmal in seine Richtung.

„Was hat Monique gesagt?", fragte Samson.

„Sie sagte, dass sie Grayson nicht ausstehen kann, dass er ein arroganter Arsch ist – ihre Worte, nicht meine – und dass sie nicht mit ihm ausgehen würde, selbst wenn er der letzte Mann auf Erden wäre und das Überleben unserer Spezies davon abhinge."

Geschockt ließ Grayson die Worte auf sich wirken. Er wusste, von wem sie sprachen: Cains Tochter.

„Also wollte sie gar nicht zur Party kommen? Du konntest sie nicht dazu überreden?"

„Sie ist stur."

„Verdammt. Jetzt müssen wir uns etwas anderes einfallen lassen, um diese beiden zusammenzubringen. Ich sage dir, sie passen perfekt zueinander."

„Monique glaubt das nicht. Ich weiß nicht einmal, wer ihr erzählt hat, dass wir versuchen, sie mit Grayson zu verkuppeln. Sie hat sogar damit gedroht, auszuziehen, falls ich jemals wieder so etwas versuchen sollte."

Grayson hatte genug gehört. Samson und Cain versuchten, ihn zu verkuppeln. Das war schon schlimm genug, denn er wollte nicht mit einer verwöhnten Prinzessin verkuppelt werden. Aber was das Fass zum Überlaufen brachte, war die Tatsache, dass besagte Prinzessin sich weigerte, sich überhaupt mit ihm zu treffen. Und sie hatte ihn einen Arsch genannt. Das konnte er nicht auf sich sitzen lassen.

Er marschierte auf die beiden zu und Samson wirbelte zu ihm herum.

„Was zum Teufel, Dad?" Er funkelte ihn und Cain an. „Wie konntest du?"

„Grayson, beruhige dich", sagte Samson.

„Nein, ich beruhige mich nicht!" Er stieß seinen Finger in Samsons Brust. „Du hast kein Recht, mir zu sagen, mit wem ich ausgehe! Und ganz sicher werde ich keine verwöhnte, eigensinnige Prinzessin ficken, die mich nicht ausstehen kann."

„Pass auf, Grayson!", schnauzte Cain. „Du redest von meiner Tochter."

Grayson funkelte Cain an. „Oh ja? Dann sag deiner zimperlichen Prinzessin, dass ich sie nicht mit einer Beißzange anfassen würde!"

„Verdammt, Grayson!", fluchte Samson.

Inzwischen hatten die Leute um sie herum aufgehört zu reden und beobachteten die Auseinandersetzung. Aber Grayson war das egal. Er würde sich weder von seinem Vater noch von Cain manipulieren lassen.

„Halt dich aus meinem verdammten Leben heraus! Das gilt für euch beide! Ich entscheide, wen ich date, wen ich ficke und mit wem ich einen Blutbund eingehe. Und es wird definitiv nicht Monique Montague sein, die verwöhnte Prinzessin von Louisiana! Und du kannst dir den Job in der Filiale in New Orleans in den Hintern schieben, weil ich ihn nicht mehr will. Nicht, wenn er an Bedingungen geknüpft ist. Also fickt euch beide!"

Er drehte sich auf dem Absatz um.

„Grayson!"

Aber er hörte nicht auf die Stimme seines Vaters, sondern marschierte durch die sich trennende Menge. Seine Freunde und Kollegen starrten ihn fassungslos an, als er zur Tür ging. Er knallte die Tür hinter sich zu, wütend, sein Herz schlug wie ein Presslufthammer. Draußen auf dem leeren Flur holte er tief Luft. Dann noch einmal. Aber der Atem konnte die Wut nicht wegwischen, die ihn durchströmte. Er wollte nichts mehr mit seinem Vater zu tun haben, auch nicht mit Cain und schon gar nicht mit Monique. Er war keine Spielfigur im Spiel seines Vaters. Es war an der Zeit aufzuhören, zu versuchen, ihn zufriedenzustellen, wo doch klar war, dass er in Samsons Augen niemals das Richtige tun konnte.

Grayson drückte auf den Rufknopf für den Fahrstuhl und wartete, wobei er ungeduldig mit dem Fuß wippte. So viel zu all seiner harten Arbeit, mit der er versucht hatte, Samson und Cain zu beeindrucken. Wenn er gewusst hätte, was die beiden vorhatten, hätte er sich nie die Mühe gemacht, die Verantwortung für die Silvesterparty zu übernehmen.

Als sich die Fahrstuhltüren öffneten, sprang er hinein und fuhr zur Parkebene hinunter. Er verließ den Fahrstuhl und erhaschte einen Blick auf Orlando, der in seinem Hummer saß und darauf wartete, dass sich das Garagentor vor ihm öffnete. Anscheinend war Grayson nicht der Einzige, der die Party vorzeitig verließ. Er eilte zu seinem Auto, einem Audi R8, den er erst drei Monate zuvor gekauft hatte, und stieg ein. Augenblicke später schoss er aus der Tiefgarage und fädelte sich in den dichten Verkehr auf der Mission Street ein.

Er nahm sein Handy heraus und öffnete die Anruf-App, um Monas Nummer zu finden. Er drückte darauf und ließ es klingeln.

„Hey.“ Ihre heisere Stimme sank tief in seine Brust und er fühlte sich sofort besser.

„Babe, ich würde dich gerne sehen.“

„Jetzt?“

„Ja, jetzt.“

8

Grayson hielt seinen Wagen vor einem italienischen Restaurant in North Beach an, wo Mona bereits auf ihn wartete. Bevor er aus dem Auto steigen und ihr die Tür aufhalten konnte, hatte sie bereits die Beifahrertür geöffnet und sprang hinein.

„Hey“, murmelte er. Er beugte sich zu ihr und küsste sie. „Du siehst super aus.“

Sie trug ein rotes Cocktailkleid und eine passende Jacke darüber. Ihr dunkles Haar fiel ihr über die Schultern, und ihr Gesicht war ohne Make-up wunderschön, genau wie in der Nacht zuvor.

„Ich hatte nicht erwartet, dass du so früh frei bist“, sagte sie, während er den Wagen in Gang setzte und sich in den Verkehr einordnete. „Was ist mit deiner Familiensache passiert? Die Party? Es ist noch nicht einmal Mitternacht.“

Er verzog das Gesicht. „Lange Geschichte. Aber sagen wir einfach, ich habe meinem Vater die Meinung gesagt, als klar wurde, dass er mich manipuliert. Ich habe ihm gesagt, er soll sich aus meinem Leben heraushalten.“

Mona seufzte und legte ihre Hand auf seinen Oberschenkel, eine Geste, die er begrüßte. Er legte seine Hand auf ihre und drückte sie.

„Ich glaube, ich bin nicht die Einzige, die einen übermächtigen Vater hat“, sagte sie. „Er versucht mir ständig zu sagen, wie ich mein Leben führen soll.“

Grayson warf ihr einen Seitenblick zu und lächelte sie an. „Willkommen in meiner Welt. Bist du deshalb über die Feiertage in San Francisco? Um deiner Familie zu entkommen?“

Sie sah aus dem Fenster. „So ungefähr. Obwohl es schwer ist, ihr lange zu entkommen.“

Das verstand er nur zu gut. „Wie wäre es, wenn wir heute Abend nicht mehr über unsere Familien sprechen und einfach so tun, als gäbe es sie nicht?“

Sie lächelte ihn an. „Ich finde, das ist eine geniale Idee.“

Sie strich mit der Hand über seinen Oberschenkel, und Grayson holte tief Luft. „Wenn du versuchst zu überprüfen, ob ich schon hart bin, lass mich dir die Mühe ersparen. Die Antwort ist ja."

Ein leises Glucksen rollte über Monas Lippen. „Ich liebe einen Mann, der so schnell hart wird."

Er nahm seine Hand von ihrer und griff nach dem Saum ihres Kleides. Er zog den Stoff hoch, bevor er seine Hand auf ihren nackten Oberschenkel gleiten ließ. Langsam bewegte er sie nach oben.

„Du würdest nicht zufällig erkunden, ob ich schon feucht bin, oder?", fragte sie kokett, hielt ihn aber nicht auf.

„Oh, ich weiß, dass du schon feucht bist. Ich kann es riechen. Ich möchte nur einen Vorsprung haben, dich zum Orgasmus zu bringen." Er strich mit seiner Hand über ihr Höschen und glitt dann unter den feuchten Stoff. Als seine Finger ihr Geschlecht berührten, sog Mona den Atem ein.

Er bewegte seine Hand nach unten und tauchte zu ihrer durchnässten Muschi, badete seine Finger in ihren Säften.

„Oh Babe, du brauchst es wirklich dringend, nicht wahr?"

„Ganz dringend", sagte sie mit rauchiger Stimme, ihr Becken neigte sich nach oben, um ihm einen besseren Zugang zu ermöglichen.

„Sag mir: Hast du heute Morgen, nachdem du gegangen bist, an mich gedacht?", fragte Grayson und ließ seine feuchten Finger nach oben zu ihrer Klitoris gleiten.

Mona schnappte nach Luft. „Was, wenn ich das hätte?"

Er lachte leise und bog in seine Straße ein. „Dann würde ich dir sagen, dass ich auch an dich gedacht habe. Als ich heute duschte, konnte ich nicht anders und stellte mir vor, du wärst bei mir."

Er bog von der Straße ab und das Garagentor öffnete sich vor ihm. Er fuhr hinein, während er Monas Geschlecht weiter streichelte.

„Hast du masturbiert?", fragte sie.

Er brachte das Auto zum Stehen, während sich das Garagentor hinter ihnen schloss, und stellte den Motor ab. Dann löste er den Sicherheitsgurt und beugte sich zur Beifahrerseite hinüber.

„Das habe ich. Es fühlte sich gut an, aber nicht so gut, als wäre ich leibhaftig mit dir zusammen."

Er drückte einen Knopf, um den Beifahrersitz abzusenken, und Mona schnappte nach Luft, als der Sitz weiter nach hinten geneigt wurde und ihren Körper fast in die Horizontale brachte.

„Was –“

Grayson schob ihr Kleid bis zur Taille hoch und ihr Höschen hinunter bis zu ihren Knien. Dann senkte er seinen Kopf zu ihrem Geschlecht und leckte über ihre feuchten Falten.

„Gray! Oh!“

„Mm.“

Sie schmeckte gut. Frisch, blumig, wie Morgentau auf einer Wiese. Ihre Klitoris war bereits geschwollen, reagierte auf seine Liebkosungen und mehr Säfte sickerten aus ihrem Kanal. Er benutzte eine Hand, um die kleine Haube über ihrem Lustknopf für einen besseren Zugang zurückzuziehen, und leckte über das freigelegte Organ. Mona stöhnte laut. Dann stieß er seinen Mittelfinger in ihre enge Muschi und ihre Muskeln verkrampften sich sofort um ihn. Sie neigte ihr Becken nach oben, um sich fester an seiner Zunge zu reiben und seinen Finger tiefer in sich aufzunehmen.

Verdammt, wie er eine Frau liebte, die sich ohne Hemmungen hingab, die sich einem Mann so frei hingab und darauf vertraute, dass er sich um sie kümmerte. Und er wollte sich um sie kümmern, sie beglücken. Er fühlte sich zu ihr hingezogen. Er war schon mit vielen Frauen zusammen gewesen, aber noch nie mit einer Frau wie Mona. Sie war stark, doch hatte sie keine Angst davor, sich ihm zu ergeben, so wie er sich ihr ergeben wollte. Er hatte sich noch nie so gefühlt, hatte noch nie einer Frau die Kontrolle überlassen wollen, aus Angst, er würde dadurch schwach wirken. Aber er erkannte jetzt, dass es keine Schwäche war, sich einem anderen Menschen zu öffnen, sondern ein Zeichen von Selbstvertrauen, von Stärke.

Während er sie in einem langsamen, aber stetigen Rhythmus mit den Fingern fickte, leckte er weiter an ihrer Klitoris. Ihre unregelmäßige Atmung zeigte ihm, dass sie kurz vor ihrem Höhepunkt stand. Er verdoppelte seine Anstrengungen und passte sein Tempo ihren Bewegungen an.

„Oh ja! So gut.“

Er begrüßte ihr Lob und spürte, wie sich Stolz in seiner Brust ausbreitete. Bis diese Nacht vorüber war, würde er sicherstellen, dass sie sich nie wieder nach der Berührung eines anderen Mannes sehnte.

Verdammt! Dieser Gedanke traf ihn wie ein Blitz. War er völlig verrückt geworden? Aber so sehr er auch versuchte, den Gedanken zu verdrängen, dass er diese Frau für mehr als nur ein paar Nächte wollte, konnte er ihn nicht aus seinem Kopf verbannen. Er wusste praktisch nichts über sie, aber es knisterte zwischen ihnen wie verrückt. War es nur der Sex, der ihn dazu brachte, sie mehr zu wollen als jede andere Frau vor ihr? Oder war es mehr? Spürte sie auch, dass sie Seelenverwandte waren?

Mona wand sich unter ihm, ihre Hand lag jetzt in seinem Nacken und streichelte ihn. „Oh, ja, bitte, ja."

Plötzlich versteifte sie sich und schrie mit einem keuchenden Stöhnen auf. Grayson spürte, wie die Wellen ihres Orgasmus an seine Lippen prallten und ihre inneren Muskeln seinen Finger drückten. Er hörte auf, in sie zu stoßen, erlaubte ihr, ihren Höhepunkt auszukosten, bevor er sie losließ und sich aufsetzte.

Er sah ihr in die von Leidenschaft umwölkten Augen, und sie zog sein Gesicht an sich.

„Ich hatte noch nie einen Liebhaber wie dich", murmelte sie und senkte ihre Lippen auf seine.

Als sie den Kuss abbrach, lächelte er. „Ich hoffe, das ist eine positive Sache."

„Bist du auf Komplimente aus?"

„Dein Höhepunkt ist Kompliment genug."

~ ~ ~

Monique war noch immer nicht von ihrem Hochgefühl heruntergekommen, als Gray sie in sein Loft führte. Sie befreite sich von ihrer Jacke und warf sie auf einen Stuhl. Die schwere Tür fiel hinter Gray zu und einen Moment später drückte er sie bereits mit dem Rücken gegen die Wand und küsste sie mit einer Wildheit, an die sie sich hätte gewöhnen können.

Sie hatte nicht damit gerechnet, dass er sie im Auto befriedigen würde. Aber als es geschah, hatte sie sich gehen lassen und seinen Mund auf ihr genossen. Alle Anspannung, die sich während ihrer Konfrontation mit ihrem Vater aufgebaut hatte, war aus ihr geflossen. Gray half ihr zu vergessen, was passiert war, und ließ sie nur an das Vergnügen denken, das sie einander bereiten konnten.

Sie liebte es, wie er sie zwischen der Wand und seinem harten Körper einklemmte und seine Erektion wie ein Versprechen an sie drückte. Als

Vampirhybride war er maskuliner als jeder andere Mann, und ihr wurde jetzt klar, warum ihre Beziehungen zu menschlichen Männern nie funktionierten: Sie konnten ihre unstillbaren Bedürfnisse nicht befriedigen. Einige ihrer früheren Liebhaber hatten sie eine Nymphomanin genannt; sie wussten nicht, dass es die Vampirseite in ihr war, die sie so hungrig nach Sex machte. Aber Gray verstand sie, denn er war genauso, getrieben von seinem Urbedürfnis nach Blut und Sex.

Ungeduldig zerrte sie an seiner Kleidung, schob ihm die Smokingjacke von den Schultern und machte sich an den Knöpfen seines gestärkten Hemds zu schaffen, während er den Reißverschluss ihres Kleides fand und ihn senkte. Als kühle Luft gegen ihre nackten Brüste wehte, bemerkte sie, dass er ihr das Kleid ausgezogen hatte. Es sammelte sich um ihre Füße. Genauso schnell half sie ihm, sich von Hose und Boxershorts zu befreien. Er trug immer noch sein Hemd, als er ihr das Höschen vom Leib riss, seine Arme unter ihre Schenkel schob und sie hochhob, ihren Rücken gegen die Wand gedrückt.

Bei ihrem nächsten Atemzug spürte sie die knollige Spitze seines Schwanzes an ihrem Geschlecht, bevor er in sie eindrang, als wollte er sie aufspießen. Er war heute Abend anders, wilder, ungezähmt und ungezügelt. Sie begrüßte diese Seite von ihm und drängte ihn, ihren Körper mit seinem zu beanspruchen. Nie zuvor hatte sie es genossen, in einer Position zu sein, in der sie einem Mann ausgeliefert war und sich nicht bewegen konnte. Dennoch liebte sie das Gefühl, dass Gray sie hart und schnell fickte und sie nahm, als ob sie ihm gehörte, und mit ihr tat, was ihm gefiel. Und in diesem Moment gehörte sie ihm, und dieses Wissen schockierte sie bis ins Mark. Sie hatte immer geglaubt, dass sie den Forderungen eines Mannes niemals nachgeben würde, aber hier war sie und erlaubte diesem Fremden, sie zu nehmen, als wäre sie sein Besitztum.

Ein heftiger Schauer raste durch ihren Körper und sie erkannte, dass er von Grays Schwanz verursacht wurde, der sich in ihr verkrampfte, als warmer Samen ihren engen Kanal überflutete. Doch trotz seines Orgasmus tauchte er weiterhin hart und tief ein, sein Atem ging unregelmäßig, Schweiß bildete sich auf seiner Haut. Als sie seinen Augen begegnete, sah sie sie golden schimmern und sie bemerkte, dass seine Reißzähne zwischen seinen geöffneten Lippen hervorlugten. Sie waren vollständig ausgefahren und das Heißeste, was sie je gesehen hatte.

Instinktiv neigte sie ihren Kopf zur Seite und strich die Haarsträhnen weg von ihrem Hals.

Sie bemerkte, wie sein Blick dorthin schoss, wo sie ihre Vene in einem schnellen Tempo pulsieren fühlte, und erkannte den Hunger darin.

„Ja", murmelte sie.

Sie wollte das. Wollte spüren, wie seine Fangzähne ihre Haut durchbrachen und tief in sie eindrangen.

„Fuck!", zischte er, bevor er sein Gesicht zu ihrem Hals senkte, über ihre Vene leckte und seine Reißzähne in sie trieb.

Ein Blitz, der einer elektrischen Ladung glich, schoss durch ihren Körper und drohte, sie von innen zu verbrennen. Sie spürte, wie sein Herzschlag ihren eigenen widerhallte, als Wellen der Lust über sie hereinbrachen, sie in purer Glückseligkeit ertränkten und den Rest der Welt und all ihre Probleme verschwinden ließen. In diesem Moment existierten nur sie beide.

Sie hatte gewusst, dass es genüsslich war, von einem Vampir gebissen zu werden, aber sie hatte keine Ahnung gehabt, dass es sogar noch genüsslicher war, als hätte sie *ihn* gebissen.

~ ~ ~

Grayson trug Mona in sein Schlafzimmer und legte sie aufs Bett, beide jetzt nackt. Ihr Blut floss durch seine Adern und er konnte sie immer noch auf seiner Zunge schmecken. Er hatte noch nie etwas Verlockenderes als ihr Blut gekostet und war froh, dass sie ihn nicht daran gehindert hatte, als er seine Reißzähne ausgefahren hatte, um von ihr zu trinken. Tatsächlich hatte sie ihn eingeladen, ihn in Versuchung geführt, indem sie ihm ihren Hals angeboten hatte.

Er zog sie in seine Arme, ihr Körper halb über seinen drapiert.

„Du warst wilder als gestern", murmelte sie. Ihr süßer Atem strich über seine Haut und ließ ihn vor Vergnügen schaudern.

„Du magst es, wenn ich wild bin?"

„Mm." Mit ihrem Zeigefinger malte sie kleine Kreise um seine Brustwarze. „Ich mochte deinen Biss."

Er legte zwei Finger unter ihr Kinn, um ihren Kopf anzuheben, damit er ihr in die Augen schauen konnte. „Ich habe es geliebt, dich zu beißen. Dein Geschmack ist … unglaublich." Anders konnte er es nicht beschreiben. Obwohl er menschliches Blut liebte und immer menschliches Blut trinken würde, war Monas Blut auf einer ganz anderen Ebene.

„Du hast mich richtig hart kommen lassen, als du mich gebissen hast", gab sie zu.

Ihre Augen schimmerten golden, die grüne Farbe in ihnen war verschwunden. Und obwohl er wusste, dass sie befriedigt war, wusste er auch, dass dies heute Abend nicht das letzte Mal sein würde, dass sie sich liebten. Beide brauchten das, um die Probleme mit ihren Familien und den Stress ihres Lebens zu übertönen.

Grayson legte seine Lippen auf ihre und gab ihr einen federleichten Kuss. „Ich hoffe, du hast nicht vor, heute Nacht zu schlafen."

Sie lächelte. „Nicht, wenn ich es verhindern kann. Aber wenn ich doch einschlafe, wecke mich einfach."

„Wie soll ich das machen?" Er strich mit seiner Hand über ihren Hintern und streichelte sie zärtlich.

„Ich bin sicher, dir fällt etwas ein."

Sie legte ihre Hand um seinen Schwanz und zog daran. Sein halb erigierter Schaft füllte sich innerhalb von drei Sekunden mit Blut.

„Mhm, das ist perfekt." Er genoss ihre weiche Handfläche, die ihn streichelte und schloss für einen Moment die Augen. „Erzähl mir von dir, Mona. Was willst du vom Leben?"

Sie hörte plötzlich auf, ihre Hand an seiner Erektion auf und ab zu bewegen, und er fügte hinzu: „Mach weiter, Babe. Ich beherrsche Multitasking."

Sie stieß ein leises Lachen aus. „Bist du dir da sicher?"

Plötzlich erhöhte sie ihr Tempo und er legte seine Hand auf ihre, um sie zu bremsen. „Verführerin. Jetzt rede mit mir. Was willst du in deinem Leben erreichen?"

„Unabhängigkeit", sagte sie, während ihre Hand wieder zu dem gemächlichen Rhythmus von zuvor zurückkehrte.

„Von deiner Familie?"

„Ja. Ich möchte meine eigenen Entscheidungen treffen, meinen eigenen Kurs bestimmen. Ich möchte von niemandem beurteilt werden, nur weil sie denken, dass ich aufgrund dessen, wer mein Vater ist, mich auf eine bestimmte Art und Weise benehmen sollte. Das ist schwer an einem Ort, an dem jeder dich und deine Familie kennt."

„Für sie wirst du immer das kleine Mädchen sein, das sie aufwachsen sahen, nicht die Frau, die du jetzt bist“, sagte Grayson.

„Ist das bei dir auch so? Hast du dich deshalb auf eine Stelle weit weg von hier beworben?“

Er wusste, dass der Job in New Orleans im Eimer war. Nach der Auseinandersetzung mit Samson und Cain hatte er keine Chance mehr, die Stelle zu bekommen. Aber das wollte er ihr gegenüber nicht zugeben. Wenn aus dem, was er mit Mona hatte, etwas Ernstes wurde, konnten sie gehen, wohin sie wollten, weit weg von ihren Familien.

„Ja, jeder sieht mich als eine verwöhnte jüngere Version meines Vaters. Und mein Vater behandelt mich strenger als alle seine Angestellten. Ich muss doppelt so hart arbeiten, um ihm zu beweisen, dass ich Führungspotenzial habe. Es ist frustrierend, weil ich immer nur so sein wollte wie er. Und jetzt sieht es so aus, als würde ich seine hohen Ansprüche nie erfüllen können. Ich könnte genauso gut woanders wieder von vorne anfangen.“

Vielleicht war das die Lösung für seine Probleme: einen klaren Schlussstrich unter Scanguards zu ziehen und den Einfluss seines Vaters hinter sich zu lassen.

„Manchmal ist es das, was wir tun müssen, um zu zeigen, dass wir nicht nur Kopien von ihnen sind“, sagte Mona. „Es ist nur so, dass meine Brüder nicht die gleichen Probleme mit meinem Vater haben wie ich. Sie behandelt er anders. Sie kommen mit Mord und Totschlag davon, und sie sind keineswegs perfekt, aber von mir erwartet er Perfektion. Und ich kann nicht perfekt sein. Niemand ist das.“

Er zog ihr Gesicht zu sich. „Du bist verdammt nah dran an Perfektion. Tatsächlich habe ich noch keinen Fehler an dir gefunden. Und ich würde deinem Vater gerne sagen, dass er die perfekte Tochter hat und etwas nachsichtig sein sollte.“

„Ich kann meine eigenen Schlachten schlagen.“ Ihre Stimme war plötzlich scharf und sie stoppte die Bewegung ihrer Hand auf seinem Schwanz.

„Ich habe nicht gesagt, dass du es nicht kannst. Du bist eine starke Frau und ich liebe starke Frauen“, sagte er leise, legte seine Hand auf ihre und bewegte sie an seinem Schwanz auf und ab. „Ich wollte nur, dass du weißt, dass ich auf deiner Seite bin.“

„Gray?“

„Ja?“

„Mach Liebe mit mir.“

9

Grayson regte sich. Die Sonne war gerade aufgegangen und hatte ihn geweckt. Er konnte nicht länger als ein paar Stunden geschlafen haben, denn die Füchsin in seinem Bett hatte verlangt, dass er sie immer wieder fickte. Er war ihren Wünschen jedes Mal nachgekommen. Mona schlief noch, aber er fühlte sich verschwitzt und brauchte eine kühlende Dusche. Leise schlich er sich aus dem Bett und ging ins Badezimmer. Er schloss die Tür hinter sich und erblickte sein Spiegelbild. Als Vampirhybride hatte er im Gegensatz zu einem Vollblutvampir ein Spiegelbild. Er bemerkte, wie entspannt und glücklich er aussah.

Er drehte die Dusche auf und trat in die übergroße Duschkabine, ließ das kühle Wasser über seinen Körper laufen und ihn dort berühren, wo Mona ihn zuvor gestreichelt hatte. Er konnte immer noch ihre Hände und ihren Mund auf sich spüren, wie sie jeden Zentimeter seines Körpers erkundeten. Bei dem Gedanken wurde er wieder hart. Er seifte sich ein und reinigte sich, wusch sich die Haare und spülte sie ab, bevor er auf die Bademattte trat, um sich abzutrocknen. Rasch putzte er sich die Zähne und kämmte mit den Fingern durch sein Haar.

Ein Handtuch um seinen Unterkörper gewickelt, ging er zurück ins Schlafzimmer. Mona hob den Kopf und öffnete die Augen.

„Ich wollte dich nicht wecken“, sagte er und setzte sich auf die Bettkante.

„Hey“, murmelte sie leise und zog ihn näher.

Er lächelte sie an. „Bist du hungrig? Ich habe Blutflaschen im Kühlschrank.“

„Eigentlich hätte ich Lust auf menschliche Nahrung.“

„Ich kann uns etwas Gebäck von einem Laden um die Ecke besorgen“, bot Grayson an.

„Ich kann mitkommen.“

„Warum bleibst du nicht hier? Du musst dich nicht anziehen, wo wir doch beide wissen, dass ich dir die Kleider sowieso wieder vom Leib reißen werde.“

Sie kicherte leise. „Du bist dir deiner Sache sehr sicher.“

Er drückte ihr einen Kuss auf die Lippen. „Das liegt daran, dass ich die Zeichen lesen kann. Du hast Lust auf mehr." Er richtete seinen Blick auf ihre Brustwarzen, die sich in harte kleine Knospen verwandelt hatten. Sanft umfasste er eine Brust und drückte sie, bevor er mit seiner Hand ihren Oberkörper hinunter und unter das Laken glitt, bis er ihr Geschlecht erreichte.

„Genau wie ich es mir gedacht habe." Er tauchte seinen Finger in ihre feuchte Scheide und hörte sie nach Luft schnappen, bevor er seinen Finger wieder herauszog. „Ich werde nicht lange brauchen, Babe."

Er zog sich schnell Jeans und ein lässiges Hemd an und suchte dann nach seiner Brieftasche und seinen Schlüsseln. Beides fand er in seiner Smokinghose. Als er sie herauszog, fiel auch sein Handy heraus. Er schnappte es sich und warf einen Blick auf das Display. Vier verpasste Anrufe von Isabelle. Das Handy war auf stumm gestellt, deshalb hatte er es nicht klingeln gehört.

Seltsam, Isabelle rief normalerweise nicht mehrmals an, nur weil er nicht sofort zurückrief. Handelte sie auf Samsons Wunsch hin? Oder war sie in Schwierigkeiten? Ein paar Sekunden lang überlegte er, was er tun sollte. Er wusste, dass er es sich nie verzeihen würde, wenn er sie nicht zurückrufen würde, wenn sie seine Hilfe brauchte.

„Stimmt etwas nicht?", fragte Mona vom Bett aus.

„Ich habe vier verpasste Anrufe von meiner Schwester. Aber keine Voicemail." Er seufzte. „Sie könnte in Schwierigkeiten sein."

„Ruf sie zurück."

Er nickte und tippte auf Isabelles Nummer. Es klingelte einmal, bevor sie abnahm.

„Du musst kommen. Sofort."

Alarmiert von ihrem panischen Tonfall setzte sein Herz einen Schlag aus. „Was ist los, Isa?"

„Dad wurde entführt, und Mom ist verletzt, und …"

„Ach du lieber Gott. Ich komme sofort nach Hause."

„Ich bin in Russian Hill. Ich schicke dir die Adresse per SMS. Komm schnell. Ich brauche dich."

„Ich bin in ein paar Minuten da."

Er beendete den Anruf und steckte sein Telefon in die Hosentasche, während der Schock durch seinen ganzen Körper raste. Sofort wurde er von Schuldgefühlen überfallen. Er hatte seinem Vater verletzende Worte an den Kopf geworfen, und jetzt war er weg.

„Was ist los?", fragte Mona mit geweiteten Augen.

„Familiennotfall. Ich muss weg. Jetzt sofort."

Sie hob ihre Beine aus dem Bett.

„Du kannst hier bleiben und dich an allem bedienen, was im Kühlschrank ist. Zieh einfach die Tür zu, wenn du gehst. Ich rufe dich später an, wenn ich mehr weiß."

Sie nickte. „Okay. Ich hoffe, es wird alles gut."

Er antwortete nicht, sondern eilte zur Tür und öffnete sie. Auf seinem Handy ertönte ein Ping, was darauf hinwies, dass Isabelle ihm die Adresse geschickt hatte, wo er sie treffen sollte. Gleichzeitig hörte er ein Handy klingeln. Aber es war nicht seins. Es war Monas.

Grayson knallte die Tür hinter sich zu und eilte zur Garage. Augenblicke später saß er in seinem Audi und schoss aus der Garage auf die Straße. Es war wenig Verkehr. Die meisten Leute waren gerade erst von Silvesterpartys zurückgekehrt und lagen jetzt in ihren Betten und schliefen.

Während der kurzen Fahrt nach Russian Hill gingen ihm hundert Gedanken durch den Kopf. Wie schwer war seine Mutter verletzt? Wer hatte seinen Vater entführt? Und warum? Er wollte schreien, jemanden schlagen, die Zeit zurückdrehen. Er zweifelte jetzt an sich. Wenn er auf der Party geblieben und nicht wie ein verwöhnter, verantwortungsloser Idiot abgehauen wäre, wäre die Entführung vielleicht nie passiert. Was, wenn es seine Schuld war? Und noch schlimmer, was, wenn sein Vater starb, was, wenn er nie mehr zurückkam und er die Worte, die er im Zorn an ihn gerichtet hatte, niemals zurücknehmen konnte? Was, wenn er nie die Gelegenheit bekam, um Verzeihung zu bitten?

Dieser Gedanke zog alle Luft aus seiner Lunge und würgte ihn. Verdammt!

Er trat aufs Gaspedal, und das Auto schoss über die nächste Bremsschwelle. Noch ein paar Sekunden und er erreichte sein Ziel. Er erkannte sofort, wo er war. Dies war eines der vampirsicheren Häuser, die auswärtige Vampire während ihres Aufenthalts in San Francisco mieteten. Er war mit diesem vertraut, weil er es Cain wegen seiner großartigen Lage und dem luxuriösen Interieur, das einem König und seiner Familie würdig war, empfohlen hatte.

Grayson parkte seinen R8 in zweiter Reihe vor dem beeindruckenden Anwesen. Es war ihm egal, wen er blockierte. Als er aus dem Auto sprang, bemerkte er, dass Isabelles babyblauer Thunderbird ein paar Autos weiter die Straße hinunter geparkt war. Er stürmte zur Haustür. Sie war angelehnt, und er stieß sie schnell auf und betrat das kleine geschlossene Foyer, wobei er die Tür bereits hinter sich zuzog, bevor er die zweite Tür öffnete, die in ein viel größeres Foyer führte.

Dort begrüßte ihn ein Chaos. Zerbrochene und umgeworfene Möbel und Lampen lagen auf dem Boden verstreut. An mehreren Stellen war die Trockenmauer beschädigt, und Glas von gerahmten Gemälden war auf dem Boden verstreut. Er konnte Spuren von Blut – Vampirblut und Menschenblut – sehen und riechen. Und er sah noch etwas, etwas, das das Blut in seinen Adern gefrieren ließ: feine graue Asche auf dem Holzboden, die Überreste eines oder mehrerer Vampire.

„Isa?“, rief Grayson.

„Hier drinnen!“

Er folgte der Stimme seiner Schwester und marschierte in ein großes Wohnzimmer. Isabelle saß auf der Sofakante, wo ihre Mutter Delilah bewusstlos lag. Sie blutete aus einer Kopfwunde und ein Auge war zugeschwollen. Mit einer Hand hielt Isabelle ihren Mund offen, während sie Delilah Blut aus ihrem Handgelenk einflößte. Auf dem Teppich, ein paar Meter von ihnen entfernt, lag Faye, Cains blutgebundene Gefährtin. Auch sie war bewusstlos. Maya, die Vampirärztin von Scanguards, kniete neben ihr und bereitete gerade eine Infusion vor, wobei ein Vampir, den Grayson nicht kannte, ihr half.

Grayson näherte sich seiner Mutter und seiner Schwester. „Was ist passiert?“

Isabelle blickte über ihre Schulter. „Gott sei Dank bist du da. Eine Horde Vampire hat sie angegriffen und Dad und Cain entführt. Sie haben zwei der Leibwächter getötet.“ Sie zeigte auf den Vampir, der Maya half. „William ist der einzige Bodyguard, der überlebt hat.“

Grayson drehte sich zu William um und ließ seinen Blick über ihn schweifen. Er sah jetzt, dass auch er verletzt war. Blut quoll aus einer hässlich aussehenden Bauchwunde.

„William, ich bin Grayson. Du brauchst menschliches Blut.“

Maya sah über ihre Schulter. „Ich habe ihm gesagt, er soll etwas trinken, aber er besteht darauf, mir mit Faye zu helfen.“

„Ich hole das Blut“, sagte Grayson schnell, stürmte in die Küche und kehrte einen Moment später mit mehreren Flaschen Blut zurück. Eine reichte er William. „Trink jetzt! Das ist ein Befehl!“

Als William begann, die Flüssigkeit hinunterzuschlucken, blickte Grayson zu Isabelle zurück. „Wie geht es Mom?“

„Sie haben sie bewusstlos geschlagen, aber sie wird heilen“, sagte Isabelle zuversichtlich.

„Gut.“ Er sah Faye an. „Was ist mit ihr passiert? Ich sehe keine Wunden.“

„Ich bin mir nicht sicher“, sagte Maya, während sie einen Beutel mit menschlichem Blut hochhielt, damit der Infusionsschlauch es in Fayes Vene leiten konnte. „Ich hoffe, die Transfusion wird alles rückgängig machen, was sie bewusstlos gemacht hat.“

„William“, sagte Grayson, „hast du gesehen, was mit ihr passiert ist?“

„Ich bin mir nicht sicher, aber ich glaube, sie haben ihr etwas injiziert.“

Grayson wechselte einen Blick mit Maya.

„Wo ist ihre Tochter? Monique? Hat sie etwas gesehen?“, fragte Grayson und sah William an.

„Sie war nicht hier. Ich habe sie schon angerufen.“

Grayson nickte. „Okay. Wie viele Angreifer waren es?“

„Ungefähr ein Dutzend Vampire“, sagte William.

„Ach du lieber Gott! Mom! Mom!“

Beim Klang der weiblichen Stimme blickte Grayson über seine Schulter. In der Tür zum Wohnzimmer stand eine Frau, die er nur allzu gut kannte, eine Frau, die er nur wenige Minuten zuvor in seinem Bett zurückgelassen hatte. Ihm war sofort klar, dass sie nicht Mona hieß. Völliger Unglaube lähmte ihn. Er hatte mit Monique Montague geschlafen, der Frau, mit der Samson und Cain versucht hatten, ihn zu verkuppeln.

„Monique!“, rief William erleichtert aus.

Als sie ein paar Schritte ins Wohnzimmer trat und sich Faye näherte, fiel Moniques Blick plötzlich auf Grayson. Sie schnappte nach Luft.

„Du“, murmelte sie fast atemlos.

Vielleicht war jetzt eine richtige Vorstellung angebracht. „Ich bin Grayson, Samsons Sohn.“

10

„Ich bin Grayson, Samsons Sohn."

Die Worte schossen in Moniques Gehirn hin und her und es dauerte mehrere Sekunden, bis sie sie registrierte. Nein, das war nicht möglich. Sie hatte mit genau dem Mann Sex gehabt, den ihr Vater für sie ausgesucht hatte? Der Mann, mit dem er sie verkuppeln wollte? Hatte Grayson davon gewusst und mitgespielt? Oder besser gesagt, sie ausgetrickst, als klar geworden war, dass sie nicht zur Silvesterparty gehen würde? Hatte sie ihnen direkt in die Hände gespielt?

Sie schüttelte die Gedanken ab. Das war jetzt egal. Mit all dem konnte sie sich später befassen. Im Moment zählten nur zwei Dinge: sich um ihre Mutter zu kümmern und ihren Vater aus den Händen seiner Entführer zu befreien.

Sie nickte Grayson zu und bestätigte damit seinen Gruß. „Was ist hier passiert? Wer hat das gemacht? Was ist mit Mom? William? Wo sind die anderen Bodyguards der Königswache?"

„Tot", antwortete William tonlos. „Wir haben versucht, deine Eltern zu beschützen, aber wir waren in der Unterzahl. Als wir gerade von der Party zurückkamen, griffen uns ein Dutzend von ihnen an." Er deutete zu Delilah, die bewusstlos und blutig auf der Couch lag, während eine junge Hybridin ihr Blut aus ihrem Handgelenk einflößte.

„Samson und Delilah hatten uns hierher begleitet. Sie wollten noch eine Weile bleiben und reden, aber dann stürmten ein Dutzend Vampire herein und griffen uns an. Wir kämpften. Cain schaffte es, einen von ihnen zu töten, und Samson hätte auch einen seiner Angreifer getötet, aber als zwei von ihnen Delilah angriffen, versuchte Samson, sie zu verteidigen, und sie überwältigten ihn."

Monique kniete sich zu ihrer Mutter. „Was haben sie Mom angetan? Warum ist sie bewusstlos?" Sie sah die Vampirin an, die ihr eine Infusion verabreichte, und erkannte sie. Sie hatte Maya, die Ärztin von Scanguards, im Laufe der Jahre mehrmals getroffen. „Maya?"

„Ich bin mir nicht sicher, warum sie bewusstlos ist. Ich kann keine offensichtlichen Verletzungen erkennen."

Grayson trat näher. „Maya, denkst du, sie könnten ihr das Blut eines Toten injiziert haben? Das hätte sie umhauen können, meinst du nicht?“

„Du könntest recht haben“, sagte Maya. „Wenn das der Fall ist, wird die Transfusion mit menschlichem Blut die Wirkung des Giftes in ihrem Körper neutralisieren. Aber so einen Fall hatte ich noch nie. Ich habe keine Ahnung, wie lange es dauern wird.“

Monique nickte. „Bitte rette sie.“ Dann sah sie Grayson direkt an. „Und deine Mutter? Wird sie sich erholen?“

Er sah an ihr vorbei, dann nickte er und sah ihr in die Augen. „Das wird sie. Meine Schwester spendet ihr Blut. Sie wird heilen.“

Er blickte zurück zu William, der die Hand auf seine Bauchwunde presste. „Weißt du, wie sie Samson und Cain weggebracht haben? Mit dem Auto? Lieferwagen? Wir müssen herausfinden, wohin sie sie gebracht haben.“

„Ich habe einen schwarzen Van gesehen, aber ich habe kein Nummernschild oder irgendetwas anderes erkennen können“, sagte William mit Bedauern. „Und es könnte mehr als einen Van gegeben haben. Ich bin mir nicht sicher. So viele Leute würden nicht in einen einzigen passen.“

„Wir müssen den Van finden“, sagte Monique mit rasendem Puls. Wenn sie in New Orleans wäre, wüsste sie genau, was jetzt zu tun war. Aber dies war San Francisco. „Hast du einen Kontakt zur Polizei, Grayson?“

„Bin schon dabei.“ Er zückte sein Handy und tippte auf eine Nummer. „Ich werde direkt mit dem Polizeichef sprechen. Ich habe seine Handynummer.“

„William, wie viel Zeit ist vergangen, seit die Entführer mit Cain und Samson weg sind?“, fragte Monique.

„Kurz vor Sonnenaufgang.“ Er sah auf eine große Uhr über dem Kamin. „Vor etwa einer Stunde und fünfzehn Minuten.“

„Scheiße!“, fluchte Monique. „Sie könnten mittlerweile schon überall sein.“

„Donnelly?“, sagte Grayson in sein Handy. „Hier ist Grayson Woodford. Hör zu, Dad und der Vampirkönig von Louisiana wurden vor einer Stunde und fünfzehn Minuten entführt. Wir brauchen Straßensperren. Wir suchen einen schwarzen Van.“ Er stoppte. „Ich gebe das Telefon an einen der Bodyguards weiter, der den Lieferwagen gesehen hat. Er wird dir alle Einzelheiten mitteilen. Und wir brauchen den Feed aller Verkehrskameras in der Stadt. Ja … ich werde mit Thomas und Eddie sprechen. Schick uns einfach die Feeds. Vielen Dank.“ Er reichte William sein Handy.

Während William mit dem Polizeichef sprach, wandte sich Grayson an Maya. „Wer weiß schon, was passiert ist?“

„Gabriel weiß es. Er alarmiert alle und ruft sie zurück ins Hauptquartier“, antwortete Maya.

„Gut. Isa, du bist für die Sicherheit von Mom und Faye verantwortlich. Organisiere einen Transport, um sie zu unserem Haus in Nob Hill zu bringen. Das hat mehr Sicherheitsvorkehrungen als dieses Haus. Ich werde die Rettungsaktion leiten“, sagte Grayson bestimmt.

„Wirst du nicht“, schnauzte Monique. Auf keinen Fall würde sie ihm erlauben, sie zu überrollen. „Mein Vater wurde auch entführt. Und ich werde mich nicht einfach auf die faule Haut legen und Däumchen drehen, während du auf *Mission Impossible* machst.“

„Du kannst mit deiner Mutter bei uns bleiben. William wird auch dort sein. Isabelle wird fünf zusätzliche Leibwächter organisieren, um euch alle zu beschützen“, sagte Grayson beharrlich.

Monique funkelte ihn wütend an. Sie kochte bereits und stemmte ihre Hände in die Hüften. „Ich bin keine Jungfer in Nöten. Ich bin eine Vampirhybridin und genauso klug, wenn nicht sogar klüger als du, und wenn du glaubst, dass du mich ausschalten kannst, dann hast du dich aber getäuscht.“

„Ich sorge nur dafür, dass du in Sicherheit bist. Wenn es jemand auf deinen Vater abgesehen hat, könntest du auch in Gefahr sein.“

„Und du etwa nicht? Dein Vater wurde auch entführt. Was also, wenn er das Ziel war und mein Vater nur im Weg war? Wären du und Isabelle dann nicht nach der gleichen Logik in Gefahr?“ Sie stieß ein Knurren aus.

Grayson schnaubte und ging ein paar Schritte auf sie zu. „Ich kann auf mich selbst aufpassen!“

Arroganter Bastard! „Das kann ich auch!“

„Gibt es etwas, das ich wissen sollte?“, fragte Isabelle plötzlich und starrte sie an.

„Nein!“, sagten Monique und Grayson gleichzeitig.

Tja, zumindest waren sie sich in einer Sache einig: die Tatsache zu verbergen, dass sie sich sehr gut kannten. Aber das war das Einzige, worüber sie sich einig waren.

„Hätte mich täuschen können, weil ihr euch wie ein altes Ehepaar zankt“, sagte Isabelle und leckte über ihr Handgelenk, um die Stichwunde zu schließen.

„Hier ist dein Handy zurück“, sagte William schließlich und gab es Grayson. „Der Polizeichef sagte, sie werden eine Fahndungsmeldung für alle dunklen Vans herausgeben und Straßensperren errichten.“

„Gut.“ Er steckte sein Handy ein.

„Wir können das nicht einfach der Polizei alleine überlassen. Sie sind nicht dafür trainiert, mit so etwas umzugehen“, sagte Monique und wandte sich an Grayson. Wenn dies in New Orleans passiert wäre, hätte sie bereits alle Leibwächter und Mitarbeiter des technischen Supports angerufen und die Nachricht unter vertraulichen Informanten verbreitet. „Wir müssen etwas tun.“

„Wir sind schon dabei“, betonte Grayson, als sein Handy klingelte. Er beantwortete den Anruf. „Orlando?“ Es gab eine kurze Pause, dann sagte er: „Danke.“

Er wandte sich an seine Schwester. „Isa, Orlando ist draußen in einem Verdunklungswagen. Kannst du ihm die Garage öffnen? Ich werde in der Zwischenzeit auf Mom aufpassen.“

„Klar“, antwortete Isabelle und verließ den Raum.

Monique näherte sich Grayson und senkte die Stimme. „Also, was genau ist dein Plan? Hast du überhaupt einen?“

Er begegnete ihrem Blick, ohne mit der Wimper zu zucken. „Vertrau mir, ich habe schon oft genug bei Entführungen ermittelt. Ich brauche niemanden, der mir sagt, was ich tun soll.“

„Ich auch nicht.“

„Das ist mir schon klar. Ich habe genug von dir gehört, um zu wissen, dass du rechthaberisch und stur bist.“

„Gestern Nacht hat dich das aber nicht gestört“, zischte sie leise.

Gestern Nacht war alles anders gewesen. *Er* war anders gewesen. Er war ein Mann gewesen, der sie erregte, der sie anmachte. Jetzt war er Grayson Woodford, der verwöhnte Erbe von Scanguards. Und der Typ, der sie gedemütigt hatte, als sie elf war. Und er war dabei, sie zu überrollen, obwohl für sie genauso viel auf dem Spiel stand wie für ihn. Ihre beiden Väter waren in Gefahr.

„Wir reden später über gestern Nacht. Dies ist nicht der richtige Ort dafür. Aber vertrau mir, wenn ich dir sage, dass ich alles in meiner Macht Stehende tun werde, um unsere beiden Väter lebendig zurückzubringen. Auch wenn es das Letzte ist, was ich tue."

„Und du denkst, das würde ich nicht?" Sie funkelte ihn empört an.

„Das habe ich nicht gesagt."

„Was hast du dann gesagt? Hmm? Dass ich dessen nicht fähig bin, weil ich eine Frau bin? Spuck es aus!"

11

Grayson holte tief Luft und zwang sich, ruhig zu bleiben und nicht die Stimme zu erheben. Warum zum Teufel stritten sie sich überhaupt? Wie war das so schnell passiert? Noch vor einer Stunde waren sie perfekt im Einklang gewesen. Sie waren liebevoll miteinander umgegangen. Er musste sich daran erinnern, wie es sich angefühlt hatte, mit Monique zusammen zu sein. Die Erinnerung an ihr Liebesspiel dämpfte endlich seine Wut und ließ ihn ihre Situation aus einem anderen Blickwinkel betrachten.

Sie saßen im selben Boot: Sie hatten gebieterische Väter, und beide waren entführt worden. Er verstand jetzt, was sie fühlte und warum sie im Zorn war mit ihm. Tatsächlich war sie nicht wütend auf ihn, sie war wütend auf sich selbst, genauso wie er wütend auf sich selbst war, dafür, wie er mit seinem Vater gesprochen hatte.

„Monique, Babe, ich weiß …"

Er konnte seinen Satz nicht beenden, weil Orlando und Isabelle den Raum betraten. Orlando war ein Vollblutvampir, der erst vor etwas mehr als einem Jahr angefangen hatte, für Scanguards zu arbeiten. Er war kein gesprächiger Typ, und sein muskulöser Körperbau ließ ihn einschüchternd wirken. Aber Grayson wusste, dass Samson ihm vertraute, obwohl sein Vater niemandem verraten hatte, woher er Orlando kannte oder woher dieser kam. Und Orlando gab niemals freiwillig Informationen über sich selbst preis.

„Grayson", sagte Orlando, „was brauchst du?"

„Orlando, danke, dass du so schnell gekommen bist."

„Ich war in der Gegend."

„Bitte hilf Isabelle dabei, meine Mutter und Faye in unser Haus zu bringen. William kommt auch mit."

„Ich auch", unterbrach Maya. „Ich muss Faye und deine Mutter eine Weile im Auge behalten."

Grayson nickte. „Gut. Orlando, stationiere vier zusätzliche Leibwächter zu Hause. William ist verletzt, sorge dafür, dass er Zeit hat zu genesen."

„Ich bin fast geheilt", behauptete William.

„Mach die Anrufe, Orlando“, befahl Grayson. „Und kann jemand Fayes persönliche Sachen und Kleidung einpacken?“ Er sah Monique an und senkte seine Stimme, damit es nicht wie ein gebellter Befehl klang. „Würdest du das bitte tun, Monique?“

Zu seiner Überraschung nickte sie ohne Protest.

„Und pack auch deine eigenen Sachen. Du kannst hier nicht alleine wohnen bleiben.“

Sie zögerte, aber dann sagte sie: „Gut.“

Plötzlich kam ein leises Stöhnen vom Sofa. Graysons Blick schoss dorthin und er sah, wie sich seine Mutter regte.

„Mom!“ Mit zwei großen Schritten war er an ihrer Seite und setzte sich auf die Sofakante.

„Oh, Grayson, Isabelle“, presste sie hervor, Tränen stiegen ihr in die Augen. „Sie haben euren Vater, sie haben Samson.“

Sie versuchte, sich aufzusetzen, und Grayson zog sie in seine Arme. „Ich weiß, Mom. Aber wir bringen ihn zurück. Ihn und Cain. Ich verspreche es dir. Ich werde nicht ruhen, bis er wieder in deinen Armen ist.“ Er drückte ihr einen Kuss auf den Kopf.

„Wie fühlst du dich, Mom?“, fragte Isabelle und ging neben dem Sofa in die Hocke.

Delilah berührte ihren Kopf an der Stelle, wo Blut auf einer Wunde verkrustet war. „Besser, denke ich. Hat mir einer von euch Blut gespendet?“

Isabelle nickte. „Ja, ich habe dir meins gegeben.“

Delilah strich mit ihrer Hand über Isabelles Wange. „Danke, Isa.“ Dann schniefte sie.

„Mom, kannst du uns etwas über die Vampire erzählen, die dich angegriffen haben?“, fragte Grayson. „Irgendetwas, das uns helfen könnte, herauszufinden, wo sie Dad und Cain hingebracht haben?“

„Ich bin mir nicht sicher. Es ging alles so schnell. Sie müssen vor dem Haus auf der Lauer gelegen haben; sie stürmten herein, gerade als wir eintraten. Es waren mindestens zehn.“

„Hast du sie verschwinden sehen?“

„Sie haben mich niedergeschlagen. Aber ich hörte, wie einer von ihnen etwas über die Vans sagte. Sie müssen also mit mehr als einem gekommen sein.“

Grayson drückte ihre Hand. Er musste die nächste Frage stellen, obwohl er das nicht wollte. „Konntest du mit Dad kommunizieren, seit er entführt wurde?“

Jedes blutgebundene Paar hatte die Fähigkeit, telepathisch zu kommunizieren.

Sie zögerte und berührte ihre Schläfe, dann nickte sie. „Ja, für einen Moment. Als sie ihn nach draußen schleiften, schickte er mir eine psychische Nachricht. Er sagte, er könne mindestens fünf dunkle Lieferwagen sehen, vielleicht sechs, und dass sie aussähen wie die Verdunkelungs-Vans, die Scanguards benutzt. Aber dann war er weg. Als ob sie ihn bewusstlos geschlagen hätten.“

Eine Träne lief ihr über die Wange, und Grayson wusste, dass er sie nicht fragen konnte, ob sie spürte, ob Samson noch lebte. Sie litt genug. „Diese Informationen helfen. Fünf oder sechs Verdunkelungs-Vans können nicht einfach verschwinden. Wir werden sie finden.“

„Ja, das müssen wir“, sagte Delilah. „Ich darf ihn nicht verlieren.“

„Ich bringe ihn zu dir zurück, Mom.“ Nicht nur für sie, sondern auch für sich selbst.

Sie nickte. Dann glitt ihr Blick an ihm vorbei zu Faye, die auf dem Boden lag. Maya hielt immer noch den Infusionsbeutel hoch, um Faye mehr Blut einzuflößen.

„Wie geht es Faye?“

Maya drehte sich um, um Delilahs Blick zu erwidern. „Ich weiß es noch nicht. Wie fühlst du dich? Brauchst du mehr Blut?“

Delilah schüttelte den Kopf. „Ich glaube, ich bin okay. Ich mache mir nur Sorgen um Samson und Cain.“ Sie schluchzte. „Die Angreifer haben direkt vor mir zwei von Cains Wachen gepfählt. Ihre Familien … wir müssen sie informieren.“

Trotz ihres eigenen Schmerzes dachte Delilah immer noch an andere.

„Das machen wir, Mom.“ Grayson wandte sich an William. „Du kennst ihre Familien?“

Wilhelm nickte. „Ja. Ich werde mich darum kümmern.“

„Danke“, sagte Grayson. Er zog sein Handy aus der Tasche. „Ich werde Thomas und Eddie darüber informieren, wonach sie auf den Aufnahmen der Verkehrskameras suchen müssen.“

Er wählte Thomas’ Nummer, als er Monique wieder das Wohnzimmer betreten sah. Sie stellte zwei Reisetaschen an der Tür ab. Sie hatte ihr rotes

Cocktailkleid gegen eine enganliegende Jeans und einen ebenso engen cremefarbenen Pullover eingetauscht, der ihre schlanke Figur und ihren athletischen Körperbau betonte. Ihr langes Haar sah feucht aus, ein Beweis dafür, dass sie schnell geduscht hatte. Trotz allem, was passierte, konnte er nicht anders, als seinen Blick über ihren Körper schweifen zu lassen. Selbst ihre wahre Identität zu kennen, konnte sein Verlangen nach ihr nicht mindern. Er hatte unwiderrufliches Verlangen nach Monique.

~ ~ ~

Monique bemerkte, dass Grayson sie mit undeutbarem Gesichtsausdruck ansah. Aber anstatt ihn zu mustern, um zu versuchen zu verstehen, was zwischen ihnen vor sich ging, riss sie ihren Blick von ihm los. Sie konnte sich im Moment keine Sorgen um ihn und ihre Beziehung machen, wenn man es überhaupt als Beziehung bezeichnen konnte. Andere Dinge waren wichtiger: das Wohlergehen ihrer Mutter und die Rettung ihres Vaters. Diesen beiden Dingen musste sie ihre ganze Energie widmen.

Monique näherte sich ihrer Mutter, die immer noch auf dem Boden lag, und ging in die Hocke, als sie bemerkte, dass Faye sich bewegte.

„Sieht so aus, als würde sie zu Bewusstsein kommen“, sagte Maya.

„Mom? Mom? Kannst du mich hören?“, fragte Monique und beugte sich über sie, ihre Hand auf der Schulter ihrer Mutter.

Fayes Augenlider flatterten. Es dauerte noch einen Moment, bevor sie ihre Augen öffnete.

„Gott sei Dank“, murmelte Monique.

„Cain. Sie haben ihn weggeschleppt“, brach es aus Faye hervor, als sie sich aufsetzte.

„Langsam“, warnte Maya und zeigte auf die Infusion, die immer noch an Fayes Arm befestigt war. „Wie fühlst du dich?“

„Als hätte mir jemand Säure in die Adern gespritzt.“

Monique schauderte bei dem Gedanken. „Erinnerst du dich, was passiert ist?“

Auf die Frage hin sah Faye zum Sofa, wo Delilah saß. Sie sah schon viel besser aus. „Delilah, bist du in Ordnung?“

Delilah nickte. „Es geht mir gut.“

Mit einem erleichterten Seufzer richtete Faye ihren Blick wieder auf Monique. „Oh, Liebling, ich bin so froh, dass du nicht hier warst, als es passierte, sonst hätten sie dich vielleicht auch entführt."

Monique konnte den Worten ihrer Mutter nicht zustimmen. Wäre sie hier gewesen, hätte sie die Angreifer bekämpfen können, und vielleicht wären Cain und Samson nicht entführt worden. Sie legte ihre Arme um ihre Mutter und drückte sie einen Moment lang, bevor sie sie losließ.

„William sagte, dass etwa ein Dutzend Vampire euch angegriffen hätten, als ihr zurückgekommen seid", sagte Monique und hoffte, dass ihre Mutter mehr Details berichten konnte.

„Ja, sie haben uns überfallen. Es waren einfach zu viele. Und als sie Steven und Brock töteten, wusste ich, dass wir keine Chance hatten." Fayes Augen quollen auf und eine rosafarbene Träne rollte über ihre Wange. „Oh Gott, ihre Familien werden am Boden zerstört sein." Sie schluchzte. „Ich weiß nicht, warum sie mich und Delilah nicht getötet haben oder warum sie uns nicht auch entführt haben. Sie hatten sicherlich die Gelegenheit."

Monique bemerkte, dass Grayson sein Telefonat beendet hatte und sich neben Delilah setzte und seinen Arm um ihre Schultern legte, um sie zu trösten.

„Sie müssen es auf Dad und Samson abgesehen haben", meinte Monique.

„Das glaube ich auch", fügte Grayson hinzu und sein Blick wanderte von Delilah zu Faye. „Warum sonst hätten sie euch am Leben gelassen?"

„Mom, hast du einen der Männer erkannt?", fragte Monique.

Faye schüttelte den Kopf. „Es tut mir leid. Habe ich nicht."

„Ich auch nicht", fügte Delilah hinzu. „Und ich kenne viele der Vampire, die in San Francisco leben."

„Wenn wir Fahndungsfotos hätten, könntet ihr dann eure Angreifer vielleicht wiedererkennen?", fragte Monique.

„Ich denke schon", sagte Delilah.

Faye nickte. „Ich habe einige von ihnen deutlich gesehen. Ich bin mir sicher, dass ich sie identifizieren kann, wenn ich sie wiedersehe."

Monique tauschte einen Blick mit Grayson aus. „Hat Scanguards keine Datenbank mit bekannten Vampiren?"

„Haben wir“, bestätigte Grayson sofort. „Gute Idee. Ich werde es so einrichten, dass sie alle Fotos in der Datenbank ansehen können. Vielleicht kriegen wir einen oder zwei Treffer.“

„Faye“, sagte Delilah plötzlich, „bist du in der Lage, über deine telepathische Verbindung mit Cain zu kommunizieren? Ich kann Samson nicht mehr erreichen.“

„Daran habe ich noch gar nicht gedacht“, sagte Faye, schloss dann die Augen und konzentrierte sich sichtlich. Ein paar angespannte Sekunden vergingen, aber dann schüttelte Faye den Kopf. „Ich kann ihn nicht fühlen. Entweder ist er zu weit weg oder … oder sie haben ihn KO geschlagen, wie sie mich KO geschlagen haben.“

„Angesichts deiner Symptome glaube ich, dass sie dir das Blut eines Toten injiziert haben“, sagte Maya. „Das wirkt wie Gift. Sie hätten dasselbe bei Cain und Samson anwenden können.“

„Ich werde weiter versuchen, ihn zu erreichen“, versprach Faye.

Monique winkte Grayson zu. „Wie umfangreich ist die Datenbank von Scanguards?“

„Sie listet die meisten Vampire auf, die an der Westküste leben, sowie einige, die mit unserem New Yorker Büro in Verbindung stehen, aber es ist keineswegs eine vollständige Liste.“

„Hmm. Also ungefähr zehntausend Vampire?“

Grayson nickte. „Mehr oder weniger. Waren weibliche Vampire unter den Angreifern?“ Er sah William an, dann Faye und Delilah.

Alle drei schüttelten den Kopf.

„Dann können wir die Liste auf etwa die Hälfte kürzen.“

Monique dachte einen Moment darüber nach. Wie hoch war die Wahrscheinlichkeit, dass die Angreifer von der Westküste stammten? Was, wenn sie aus Louisiana kämen? „Ich glaube, der Palast hat auch eine Datenbank aller früheren und gegenwärtigen Angestellten sowie Clanmitglieder. Oder, William?“

„Du hast recht“, stimmte William zu. „Ich rufe an und lasse uns Zugriff darauf einrichten.“

„Das ist gut“, fügte Grayson hinzu und sah Monique anerkennend an. „Und wenn wir schon dabei sind, werde ich mit Luther sprechen, um uns Zugang zu den Gefängnisakten zu verschaffen.“

„Gefängnisakten?“ Monique fragte sich, ob sie richtig gehört hatte.

„Ja, ein Angriff wie dieser erfordert Planung und Erfahrung. Ich bin mir sicher, dass mindestens einer der Angreifer ein Ex-V-CON ist. Wenn er Zeit in einem der Vampirgefängnisse in den USA verbracht hat, werden wir ihn finden."

Monique nickte. Sie mochte die Art, wie Grayson dachte.

„Oh mein Gott", sagte Faye plötzlich. „David und Zach! Hast du mit ihnen gesprochen?"

Verdammt! Sie hatte ihre Brüder ganz vergessen. „Ich rufe sie gleich an."

„Sag ihnen, sie sollen direkt nach San Francisco fliegen", verlangte Faye. „Ich brauche sie hier, damit ich mich nicht auch noch um sie sorgen muss."

„Ich kümmere mich darum, Mom", versprach Monique.

„Entschuldigt", unterbrach Orlando, „für den Transport zur Woodford-Residenz ist jetzt alles bereit. Wir machen uns auf den Weg."

Monique half ihrer Mutter auf und ging mit ihr zum Foyer, während Grayson Delilah half.

„Monique, welche ist deine Tasche?", fragte Grayson.

„Die blaue, warum?"

„Weil du mit mir fährst."

12

Grayson stellte Moniques Reisetasche in den Kofferraum seines Autos und stieg auf der Fahrerseite ein. Monique saß bereits auf dem Beifahrersitz, ihr Handy am Ohr.

„Ruf mich an“, sagte sie in einem drängenden Ton und beendete das Gespräch.

Grayson ließ den Motor an. „Hast du deine Brüder erreicht?“

„Nein. Es geht direkt zur Voicemail. Ich hatte schon befürchtet, dass das passieren würde. David und Zach waren zu einer abgelegenen Hütte in der Schweiz unterwegs und erwarteten einen Wintersturm. Der hat wahrscheinlich die Verbindung zu den Mobilfunkmasten zerstört.“

„Wir versuchen es weiter.“ Grayson fädelte sich in den Verkehr ein.

Es entstand eine Pause, die sich über fast eine Minute erstreckte. Jetzt war die Zeit für ein privates Gespräch, aber er hatte keine Ahnung, wie er dieses beginnen sollte. Es stellte sich heraus, dass er das nicht musste.

„Wusstest du, was unsere Väter vorhatten?“, fragte Monique mit abgehackter Stimme.

„Nein. Ich habe es auf der Silvesterparty von Scanguards erfahren. Ich nehme an, du hast es schon früher herausgefunden, da du nicht einmal zur Party aufgetaucht bist.“

Sie schnaufte. „Wärst du aufgetaucht, wenn du es schon früher herausgefunden hättest?“

Er beschloss, diese geladene Frage nicht zu beantworten. Stattdessen sagte er: „Du musst eine wirklich schlechte Meinung von mir gehabt haben. Laut Cain hast du gesagt, dass du nicht mit mir ausgehen würdest, selbst wenn ich der letzte Mann auf Erden wäre und das Überleben unserer Spezies von uns abhinge.“ Dachte sie das immer noch? Oder hatte das, was zwischen ihnen passiert war, ihre Meinung über ihn verändert?

Sie zuckte mit den Schultern und sah aus dem Fenster. „Als ob du eine bessere Meinung von mir hattest oder warum sonst bist du schon vor Mitternacht von der Party weg, für die du verantwortlich warst?“

„Gutes Argument.“ Er räusperte sich. „Also, ähm, da du mich kennengelernt hast, ohne meinen Namen zu kennen, und wir uns wirklich gut verstanden haben, kann ich davon ausgehen, dass sich deine Meinung über mich verbessert hat?“

Monique grunzte ziemlich undamenhaft. „Nimm nichts an. Es könnte ja sein, dass du unser zufälliges Treffen arrangiert hast.“ Sie machte Luftzitate um das Wort *zufällig*.

„Warum zum Teufel sollte ich das tun?“ Er warf ihr einen Seitenblick zu. „Woher hätte ich überhaupt gewusst, wo ich dich finden kann? Vielleicht ist es ja umgekehrt. Oder warum bist du in meiner Stammkneipe aufgetaucht? Jeder bei Scanguards weiß, dass ich mehrmals die Woche ins Black Velvet gehe. Und von allen Bars in San Francisco gehst du ausgerechnet auch in das Black Velvet. Wenn das kein seltsamer Zufall ist, dann weiß ich nicht, was es ist.“

„David hat die Bar empfohlen.“

„Dein Bruder?“

„Ja, er sagte, er war vor zwei Jahren dort, als er in San Francisco zu Besuch war.“

Grayson seufzte, als ihm klar wurde, was passiert war. „Hat er dir auch gesagt, wer ihm die Bar gezeigt hat?“

„Nein.“

„Das war ich. Ich habe ihn mit in die Bar genommen. Er weiß, dass es mein Stammlokal ist. Er weiß, dass du mir dort über kurz oder lang über den Weg laufen würdest.“

„Ich werde ihm einen Pflock in den Arsch schieben! Verdammter Bastard!“, fluchte Monique. „Und ich dachte, er wäre auf meiner Seite! Dieser verlogene, hinterhältige kleine Idiot! Warte, bis er da ist. Ich werde –“

„Monique“, unterbrach Grayson. „Heißt das, du bereust die letzten zwei Nächte?“ Er stoppte an einer roten Ampel und sah sie an. „Bereust du es, mit mir geschlafen zu haben?“

Sie atmete ein, ihre Augen weiteten sich, ihre Brust hob sich. Ihre Lippen öffneten sich, aber sie sagte nichts. Musste sie wirklich darüber nachdenken, ob sie es bereute, mit ihm geschlafen zu haben?

„Verdammt, Monique, das sollte eine einfache Ja- oder Nein-Antwort sein.“

„Es ist kompliziert“, sagte sie schließlich und sah weg. „Jetzt, wo ich weiß, wer du bist, bin ich mir nicht sicher, wer die Person wirklich war, mit der ich geschlafen habe. Es war alles klarer, als ich deinen Namen nicht kannte."

„Es sollte nicht kompliziert sein. Ich bin immer noch dieselbe Person. Ich habe in den letzten zwei Nächten nicht so getan, als wäre ich jemand anderes. Als ich mit dir zusammen war, war ich ich selbst. Vielleicht sogar noch mehr, weil ich niemandes Erwartungen erfüllen musste, wie Grayson Woodford sein sollte."

~ ~ ~

Monique sah Grayson in die Augen und dachte über seine Worte nach. Hatte sie nicht die gleichen Motive gehabt, ihre Identität zu verbergen, weil sie nicht nur als verwöhnte Prinzessin gesehen werden wollte, sondern als eine Frau mit normalen Wünschen und Bedürfnissen? Eine Frau, die wollte, dass ein Mann sie um ihrer selbst willen liebte und nicht wegen ihrer Abstammung und ihres gesellschaftlichen Status.

„Hättest du mit mir geschlafen, wenn ich dir in der Bar meinen richtigen Namen gesagt hätte?", forderte sie ihn heraus.

Als er nicht sofort antwortete, spöttelte sie. „Siehst du, bei dir ist es auch nicht so eindeutig. Du hattest auch Vorurteile gegen mich und wolltest auch nichts mit mir zu tun haben. Leugne es nicht!"

„Aber das hat sich geändert!", behauptete er.

Hinter ihnen hupte jemand und Grayson trat aufs Gas und überquerte die Kreuzung.

„Warum? Weil wir Sex hatten? Das ändert nichts."

„Das ändert alles."

„Wie denn? Wir sitzen immer noch im selben Boot. Unsere Familien haben versucht uns zu verkuppeln. Und keiner von uns beiden möchte vorgeschrieben bekommen, mit wem er eine Beziehung hat. Vor allem nicht von seinen Eltern. Du kannst unmöglich über die Situation, in der wir uns befinden, erfreut sein."

Sie hatten gerade die Einfahrt zu einer Tiefgarage erreicht. Das Tor öffnete sich und Grayson fuhr hinein.

„Und was ist das für eine Situation?", fragte Grayson unverblümt.

„Vor allen verstecken zu müssen, dass wir Sex hatten."

Grayson funkelte sie an. Offensichtlich gefiel ihm ihre Bemerkung nicht. Er fuhr auf einen Parkplatz und stellte den Motor ab.

„Warum willst du es verstecken? Schämst du dich, mit mir zusammen zu sein?“

Sie öffnete die Autotür und stieg aus, ohne seine Frage zu beantworten. Sie hatte keine Antwort für ihn, zumindest keine, die sie artikulieren konnte. In ihr bekriegten sich verschiedene Seiten. Einerseits hatte sie es genossen, in Graysons Armen zu sein, und wollte mehr davon, andererseits hatte sie Angst, dass sich ihre Machtdynamik ändern würde und sie plötzlich als schwächere Partnerin hervorkommen würde. Könnte jemand mit Graysons Ruf sie jemals als gleichberechtigte Partnerin ansehen? Würden sie sich nicht ständig darum streiten, wer die Oberhand behalten würde?

Sie marschierte zu den Aufzügen und drückte auf die Ruftaste. Grayson war einen Moment später an ihrer Seite.

„Ich habe dir eine Frage gestellt, Monique.“

„Ich habe dich gehört. Damit kann ich jetzt nicht umgehen.“ Sie brauchte Zeit, um herauszufinden, wie sie mit Grayson weitermachen sollte. Wäre er immer noch Gray gewesen, der Fremde aus der Bar, wäre die Entscheidung leicht gewesen. Aber Grayson Woodford kam mit emotionalem Gepäck. „Ich muss mich darauf konzentrieren, unsere Väter zu retten. Alles andere muss warten.“

Der Fahrstuhl öffnete sich und sie trat ein. Grayson folgte ihr, zog seine Zugangskarte über den Kartenleser und drückte den Knopf für das oberste Stockwerk. Als sich die Türen schlossen, wandte er sich wieder ihr zu.

„Wenn du es so willst, na gut. Aber dieses Gespräch ist noch nicht beendet. Noch lange nicht.“ Er fixierte sie mit seinen Augen. „Weil ich nicht bereit bin, das aufzugeben, was die letzten zwei Nächte zwischen uns vorgefallen ist. Wir sind gut zusammen. Du kannst nicht so tun, als wäre das nicht der Fall.“

Bei dem intensiven Blick, den er ihr zuwarf, lief ihr ein Schauer über den Rücken und sie war froh, dass sie einen warmen Pullover trug, der die Gänsehaut auf ihrer Haut verbarg. Ja, sie waren im Bett gut zusammen gewesen, aber das war keine Garantie dafür, dass sie außerhalb des Schlafzimmers gut füreinander waren.

13

In der obersten Etage angekommen, ging Grayson zum Büro von Thomas und Eddie, seine Gedanken immer noch bei der Unterhaltung mit Monique, die schweigend neben ihm herging. Zum ersten Mal in seinem Leben wünschte er sich, er wäre nicht Grayson Woodford, Erbe des Scanguards-Imperiums. Er wünschte, er wäre nur ein normaler Vampirhybride, den Monique attraktiv fand. Aber er war, wer er war. Das konnte er nicht ändern. Alles, was er tun konnte, war, Moniques Meinung über ihn zu ändern, damit sie den Mann hinter der Fassade sah, den Mann, mit dem sie geschlafen hatte.

Die Tür zu Thomas' und Eddies Büro stand offen. Thomas und Eddie saßen an ihren Schreibtischen und starrten auf mehrere Computermonitore. Beide trugen lässige Kleidung, was darauf hinwies, dass sie nach der Party bereits nach Hause zurückgekehrt waren, bevor sie die Nachricht von der Entführung erhalten hatten.

„Hey", sagte Grayson und zeigte dann auf Monique. „Das ist Monique, Cains Tochter. Monique, das sind Thomas und Eddie. Unsere IT-Genies."

„Hallo Leute."

„Hallo", sagte Thomas. „Tut mir leid wegen Cain und Samson." Er deutete zu Eddie. „Wir schauen uns bereits das Überwachungsmaterial an."

„Schon was gefunden?", fragte Grayson eifrig.

Eddie drehte den Kopf, um sie anzusehen. „Es waren tatsächlich fünf Lieferwagen. Bis hin zu den Nummernschildern identisch."

„Meinst du das ernst?" Grayson starrte die beiden Vollblutvampire an.

„Eddie hat recht", bestätigte Thomas. „Alle fünf Lieferwagen hatten die gleichen Nummernschilder. Jemand hat sich viel Mühe gegeben, um es fast unmöglich zu machen, die Fluchtfahrzeuge aufzuspüren."

„Gestohlene Nummernschilder?", fragte Grayson.

„Nein, total erfunden", antwortete Thomas.

„Und wo sind sie jetzt?", fragte Monique. „Haben sie die Stadt verlassen?"

„Wir sind uns noch nicht sicher“, sagte Eddie an Thomas’ Stelle und deutete auf einen großen Monitor, auf dem verschiedene Videos zu sehen waren. „Das sind alle Straßen und Brücken, die aus San Francisco hinausführen. Wir gingen bis zu dem Zeitpunkt zurück, an dem die Vans Russian Hill verließen, und soweit wir sehen konnten, passierten sie keinen dieser Punkte. Inzwischen hat die Polizei Straßensperren an allen Straßen errichtet, die aus der Stadt hinausführen.“

„Ihr glaubt also, sie sind noch in der Stadt?“, fragte Monique.

„Sieht so aus“, sagte Thomas.

„Sie sitzen also in der Stadt fest?“, fragte Grayson.

„Wenn du es so nennen willst. Sie hatten viel Zeit, die Stadt zu verlassen, aber sie taten es nicht. Da frage ich mich, warum.“

Grayson fragte sich das auch. Warum in der Stadt bleiben, wo das Risiko, aufgespürt zu werden, viel größer war?

Thomas seufzte. „Aber wir brauchen viel mehr Personal, um alle Verkehrskameras in der Stadt durchzugehen und alle fünf Lieferwagen zu verfolgen, da wir nicht wissen, mit welchem sie Cain und Samson transportiert haben.“

„Fordert mehr Personal auf, ins Büro zu kommen“, befahl Grayson.

„Sie sind schon unterwegs“, bestätigte Thomas. „Vermutlich müssen wir auch Sicherheitsaufnahmen von Geschäften und Hotels durchgehen, an denen die Lieferwagen vorbeigefahren sind. Das ist viel Laufarbeit, da wir uns nicht in alles reinhacken können.“

„Aber ihr werdet sie finden“, sagte Monique bestimmt.

Bevor Thomas antworten konnte, nahm Grayson ihren Arm und drückte ihn. „Thomas und Eddie sind die Besten. Und ihr IT-Team kennt sich aus. Richtig, Jungs?“

„Wir werden alles in unserer Macht Stehende tun“, sagte Eddie mit einem Blick zu Thomas, der zustimmend nickte.

„Danke“, sagte Monique.

„Was ist mit der Vampir-Datenbank?“ Grayson sah Thomas an. „Hast du die Datei schon zum Haus geschickt?“

Thomas nickte. „Ich habe bereits mit Isabelle gesprochen und ihr Zugriff auf die Datenbank gewährt. Faye, Delilah und Fayes Leibwächter gehen die Fotos gerade durch.“ Er deutete auf einen der Monitore auf seinem Schreibtisch. „Wenn sie jemanden erkennen, wird Isabelle die Datei markieren und mich sofort anpingen, damit wir das Bild verteilen und sehen können, ob wir den Aufenthaltsort des Verdächtigen herausfinden können."

„Ich weiß euren Einsatz zu schätzen", sagte Grayson.

„Ihr könnt euch auf uns verlassen", antwortete Thomas.

Das wusste er. Thomas war einer von Samsons ältesten Freunden, und sie hatten viel zusammen durchgemacht. Jeder bei Scanguards respektierte Samson und würde alles tun, um ihn zu retten.

„Grayson?"

Grayson drehte sich um, als Gabriels Stimme von der offenen Tür kam. Gabriels Blick wanderte zu Monique.

„Lass uns reden. In meinem Büro", schlug er vor. „Monique, du auch."

Sie folgten ihm in sein Büro, wo Gabriel die Tür schloss. Sein Haar war zu einem niedrigen Pferdeschwanz zurückgebunden, und die Narbe, die sich von seinem Auge bis zu seinem Kinn erstreckte, schien zu pochen.

„Irgendwelche Neuigkeiten?", fragte Grayson.

Gabriel schüttelte den Kopf. „Eure Mütter sind in der Woodford-Residenz und wir haben fünf Leibwächter, die sie beschützen. William sollte auch bald geheilt sein, und ich habe gerade Patrick erreicht. Er wird zuerst bei dir zu Hause vorbeischauen, um sich bei Delilah zu melden, und dann kommt er ins Hauptquartier."

Grayson nickte. „Gut. Wir brauchen jeden Hybriden, den wir bekommen können. Die Vollblutvampire sind bis heute Nacht nur eingeschränkt beweglich. Wir müssen jeden Hybriden anrufen und auffordern, ins Hauptquartier zu kommen."

„Ich dachte mir schon, dass du das sagen würdest. Ich habe bereits eine Benachrichtigung an die Handys aller Hybriden gesendet."

„Vielen Dank."

„Noch was", begann Gabriel und sah Monique dann direkt an. „Da die Entführung in dem gemieteten Haus stattfand, glaube ich, dass dein Vater das Hauptziel war. Wenn jemand Samson entführen wollte, hätte es dafür einfachere Orte gegeben."

Monique atmete tief durch. „Du denkst also, es war einer der Feinde meines Vaters."

„Macht Sinn", warf Grayson ein. „Kennst du jemanden, der dafür in Frage käme?"

Monique schüttelte den Kopf. „Dad hat mich nicht gerade in die tägliche Führung des Königreichs einbezogen. Vielleicht wissen David oder Zach mehr. Aber sie fahren in der Schweiz Ski. Ich kann sie immer noch nicht erreichen.“

„Versuch es jetzt noch einmal“, schlug Grayson vor.

Monique zückte ihr Handy und tippte auf einen Kontakt. Der Anruf ging direkt auf die Mailbox. Sie legte auf und tätigte einen zweiten Anruf, diesmal zu Zach. Auch dieser ging auf die Voicemail.

„Entweder sind sie immer noch außerhalb der Reichweite der Mobilfunkmasten oder ihnen ist etwas zugestoßen.“

Grayson sah Monique in die Augen und sah die Sorge darin. „Mal sehen, ob Thomas und Eddie ihren letzten bekannten Standort herausfinden können.“

„Okay.“

„Gib Thomas die Nummern und er kümmert sich darum“, sagte Grayson.

Monique verließ das Büro. Als sich die Tür hinter ihr schloss, wandte sich Grayson wieder Gabriel zu.

„Ich wollte das nicht vor Monique sagen“, begann Grayson, „aber wenn Cain das Ziel war, dann könnten auch David und Zach in Gefahr sein.“

„Das habe ich mir auch gedacht. Das Gleiche gilt für Monique. Sie sollte in deinem Elternhaus bleiben, damit sie alle zusammen beschützt werden können. Ihre Mutter braucht sie jetzt.“

Grayson atmete scharf aus. „Ja, viel Glück dabei, ihr das beizubringen. Das habe ich schon versucht, und sie hat es kategorisch abgelehnt. Sie will sich an den Rettungsbemühungen beteiligen. Und ehrlich gesagt kann ich ihr das nicht verübeln.“

Gabriel hob die Augenbrauen.

„Ich werde dafür sorgen, dass sie nicht von meiner Seite weicht.“

Und das nicht nur, damit, wer auch immer ihre Väter entführt hatte, keine Chance bekam, Monique etwas anzutun.

„Na gut. Aber wir müssen etwas wegen ihrer Brüder unternehmen. Sie wissen noch nicht einmal, was passiert ist. Und es sorgt mich, dass wir sie nicht erreichen können.“

„Mich auch.“

„Wir müssen vielleicht einen Jet vom New Yorker Büro schicken, um sie nach Hause zu bringen, sobald wir herausgefunden haben, wo genau sie sind."

„Das dauert zu lange. Sie könnten ebenfalls bereits angegriffen werden."

„Was dann?"

„Ich habe eine Idee", sagte Grayson. Er zückte sein Handy und wählte eine Nummer. Es klingelte einmal, dann wurde der Anruf angenommen. „Wesley?"

14

Moniques ganzer Körper verkrampfte sich vor Angst, obwohl sie ihr Bestes tat, um nicht nach außen zu zeigen, wie besorgt sie war. Sie wollte nicht, dass Grayson sie für schwach hielt, sonst würde er darauf bestehen, dass sie bei ihrer Mutter in der Woodford-Villa in Nob Hill blieb. Was, wenn ihre Brüder nicht einfach außerhalb der Handyreichweite waren? Was, wenn ihnen etwas zugestoßen war? Sie war nicht dumm. Sie wusste, dass, wenn Cain das Hauptziel der Angreifer gewesen war, der Rest ihrer Familie ebenfalls in Gefahr sein könnte. Das erklärte jedoch nicht, warum sie Faye nicht auch entführt hatten.

„Wir sind gleich da", sagte Grayson vom Fahrersitz seines Sportwagens.

Sie nickte, ihr Herz pochte immer noch in ihren Ohren, die Anspannung in ihrem Körper stieg. „Und du denkst, sie können sie finden?"

„Ja, vertrau mir."

Einen Moment später bogen sie in die Einfahrt eines edwardianischen Hauses auf einem kleinen Hügel ein. Sie folgte Grayson die Stufen hinauf, die zur Eingangstür führten. Bevor sie sie erreichten, öffnete ein gut aussehender Mann mit dunklem Haar die Tür. Sie erkannte seine Aura als die einer übernatürlichen Kreatur – einem Hexer.

„Ich bin Wes", begrüßte er sie und führte sie hinein. „Hey, Grayson. Kommt herein."

Drinnen gingen sie in das offene Wohn-Esszimmer, wo eine hinreißende Rothaarige Waffen an ihren Gürtel schnallte. Auch sie war ein übernatürliches Wesen.

„Du bist eine Hüterin der Nacht", sagte Monique.

„Ja, ich bin Virginia. Du musst Cains Tochter sein. Es tut mir leid, was du gerade durchmachst." Sie schenkte ihr ein freundliches Lächeln und sah dann Grayson an. „Hey, ich bin in ein paar Minuten fertig."

„Gut, Cooper ist unterwegs", sagte Grayson.

„Cooper? Warum?", fragte Virginia.

„Er wird dich begleiten."

„Ich werde Virginia begleiten“, unterbrach Wesley. „Cooper muss nicht mit ihr mit.“

„Tut mir leid, Wes, aber wir brauchen dich hier“, protestierte Grayson. „Du und Charles, ihr müsst ein paar Tränke und Zaubersprüche zubereiten, die wir brauchen werden, wenn wir die Entführer konfrontieren müssen.“

„Auf keinen Fall!“, bellte Wesley. „Du willst, dass ich meine Frau Gott weiß was für Feinden allein gegenübertreten lasse? Verdammt nochmal nein!“

„Deshalb geht Cooper mit. Er ist einer unserer besten Hybriden. Er ist stark und er ist schlau.“

Virginia seufzte. „Außerdem kann ich auf mich selbst aufpassen.“

Wes grunzte unzufrieden und funkelte Virginia an. „Ich hasse es, wenn du das machst!“

„Baby“, gurrte Virginia und legte ihre Hand auf Wesleys Schulter. „Du weißt, dass das ein absoluter Routineauftrag für mich ist, oder?“

„Ich sage ja nicht, dass du damit nicht umgehen kannst“, sagte Wes, seine Stimme jetzt etwas sanfter. „Ich mache mir nur Sorgen, wenn du nicht hier bist.“

Virginia drückte einen sanften Kuss auf seine Lippen. „Ich werde es wiedergutmachen, wenn ich zurück bin.“

Wesley verdrehte die Augen. „Du manipulierst mich.“

„Ich weiß.“ Sie schmunzelte. „Und wären die Rollen vertauscht, würdest du das Gleiche tun.“

„Touché.“

Virginia sah Monique an. „Thomas hat mir die letzten bekannten Pings von Davids und Zachs Handys geschickt. Sie kamen von irgendwo außerhalb von Gstaad. Er bestätigte, dass ein Mobilfunkmast aufgrund eines Sturms, der gestern durch die Gegend zog, ausgefallen war. Hast du noch weitere Informationen darüber, was sie dort vorhatten?“

„Als ich sie am Tag vor Silvester anrief, sagten sie, dass sie zwei Frauen aus New York getroffen hätten, die sie in eine abgelegene Hütte eingeladen haben.“

„Haben sie gesagt, ob die Frauen Vampire oder Menschen waren?“

„Sie haben es nicht erwähnt.“

„Okay, es sollte nicht allzu schwierig sein, herauszufinden, wer diese Frauen sind und wo sich diese Hütte befindet. Gstaad ist nicht so groß.

Wir beginnen im Gstaad Palace, wo deine Brüder übernachtet haben, bevor sie zur Hütte aufbrachen. Ich werde Pearce bitten, alle Unterkünfte in Gstaad nach zwei Amerikanerinnen aus New York zu überprüfen."

„Wer ist Pearce?", fragte Monique.

„Er ist ein Hüter der Nacht wie ich. Er arbeitet im Komplex von Baltimore. Ich dachte mir, dass Thomas und sein Team hier genug beschäftigt sind, und ich wollte ihre Ressourcen nicht abzweigen, um etwas zu tun, was unsere eigenen Leute erledigen können."

„Das weiß ich zu schätzen, Virginia", sagte Monique.

„Na sicher." Virginia schob einen Dolch in ihren Stiefel. „Ich brauche noch Fotos von deinen Brüdern, damit ich sicher sein kann, dass sie die sind, für die sie sich ausgeben."

Monique zog ihr Handy aus der Tasche und entsperrte es. „Airdrop?"

„Funktioniert für mich", sagte Virginia, nahm ihr Handy aus der Tasche und wischte darüber.

Einen Moment später ertönte ein leiser Signalton und Virginia sagte: „Ich hab sie."

„Wie lange dauert es, bis ihr in der Schweiz ankommt?", fragte Monique neugierig. Sie hatte von den Portalen der Hüter der Nacht gehört, die es ihnen ermöglichten, an unzählige Orte auf der ganzen Welt zu teleportieren, war aber noch nie in einem gewesen und hatte auch noch keines gesehen.

„Ein paar Sekunden", antwortete Virginia. „Wir haben Glück, in einer Kirche in Gstaad gibt es ein Portal, das wird der einfache Teil unserer Mission sein. Aber je nach Wetter und Straßenverhältnissen kann es Stunden oder sogar noch länger dauern, bis wir die Hütte erreichen, in der David und Zach festsitzen."

„Ich verstehe. Und du kannst sie alle in dem Portal zurücktransportieren? Sie werden unterwegs nicht irgendwo verloren gehen?"

„Solange sie sich alle an mir festhalten, bringe ich sie sicher und gesund hierher zurück."

Die Türklingel läutete.

„Ich schätze, das ist Cooper", sagte Wesley und ging in den Flur, um ihn hereinzulassen.

„Keine Sorge, Monique", sagte Grayson und legte eine Hand auf ihren Arm. „Ich bin schon oft durch diese Portale gereist, und obwohl es deinen

Brüdern vielleicht ein bisschen schwindelig werden könnte, ist es für einen Vampir vollkommen sicher.“

Sie schätzte seine beruhigenden Worte und nickte stumm.

„Hey Leute“, begrüßte sie ein junger Vampirhybride mit superkurzen dunklen Haaren und einem muskulösen Körperbau. Er trug eine Khakihose, ein Flanellhemd und Stiefel. Darüber eine dünne Windjacke.

„Du brauchst eine Winterjacke“, sagte Grayson und zeigte auf ihn. „In der Schweiz ist es eiskalt.“

„Oh“, sagte Cooper mit überraschtem Gesicht. „Ich schätze, ich habe nicht die ganze Nachricht erhalten. Mir wurde nur gesagt, ich sollte für eine Reise durch das Portal bei Virginia auftauchen. Und bewaffnet kommen.“ Er klopfte auf seine Windjacke. „Halbautomatisches Kleinkaliber mit Silberkugeln, ein Pflock und ein Silbermesser.“

„Ich hole dir eine meiner Jacken“, sagte Wes schnell und öffnete einen Schrank im Flur.

„Ich werde dich auf dem Weg informieren“, sagte Virginia zu dem Hybriden. „Lass uns gehen. In der Schweiz ist es bereits später Nachmittag. Die Sonne geht wahrscheinlich jeden Moment unter. Ich möchte rechtzeitig dort ankommen, um mich umzusehen.“

Wesley reichte Cooper eine dicke Jacke.

„Danke, Bro“, sagte Cooper, zog sie an und schloss dann den Reißverschluss.

Virginia schlüpfte in einen dicken Parka mit Kapuze und steckte Handschuhe in ihre Taschen. „Los geht’s.“

„Wo ist das Portal?“, fragte Monique.

„Im Keller“, sagte Wesley und folgte seiner Frau die Treppe hinunter. „Wir haben es vor ungefähr neun Jahren gebaut, als die Hüter der Nacht den Quelldolch gefunden haben. Es hat die Erstellung neuer Portale ermöglicht.“

„Den Quelldolch?“, fragte Monique, als sie den anderen in den Keller folgte.

„Ja“, erklärte Wes. „Es ist ein alter Dolch, der in der Dunklen Epoche geschmiedet wurde, und das einzige Werkzeug, das ein Portal zum Teleportieren erstellen kann. Bevor der Quelldolch gefunden wurde, mussten sich die Hüter der Nacht auf die wenigen Portale verlassen, die ihre Komplexe in den verschiedenen Städten verbanden.“ Er deutete auf eine schlichte Backsteinmauer. „Das ist es.“

Obwohl das Licht an der Decke den schmuddeligen Raum erhellte, konnte Monique nichts sehen, was auch nur im Entferntesten wie ein Teleportationsportal aussah. Alles, was sie sehen konnte, war ein in den Stein geritztes Symbol. Es sah aus wie ein Dolch.

Bevor sie fragen konnte, wo das Portal sei, legte Virginia ihre Handfläche auf das Symbol, und darunter begann der Stein zu leuchten. Plötzlich war die Steinmauer weg. Dahinter befand sich eine kleine dunkle Höhle. Monique starrte ungläubig hinein.

„Das ist schon ganz schön beeindruckend, nicht wahr?“, meinte Grayson neben ihr.

„Sei vorsichtig, Baby“, sagte Wesley zu Virginia und zog sie in seine Arme.

„Ich bin immer vorsichtig.“ Sie küssten sich für einen kurzen Moment.

Virginia wollte gerade das Portal betreten, als Monique sich an etwas erinnerte. „Warte.“

Sie blickte über ihre Schulter.

„Meine Brüder kennen dich nicht. Sie müssen sicher sein, dass sie dir vertrauen können. Nimm dein Handy und nimm mich auf.“

Virginia nickte. „Gute Idee.“ Sie zog ihr Handy heraus und richtete es auf Monique. „Los.“

„David, Zach, ihr könnt Virginia und Cooper euer Leben anvertrauen. Sie werden euch nach Hause bringen. Ich liebe euch.“

„In Ordnung“, sagte Virginia und schob ihr Handy zurück in die Tasche.

Cooper trat mit ihr ins Portal und Monique bemerkte, dass Virginia die Hand des jungen Hybriden ergriff.

Einen Moment später starrte Monique wieder auf eine Backsteinmauer. „Wow.“

„Ich habe mich daran gewöhnt“, sagte Wes mit einem Lächeln. Dann richtete er seinen Blick auf Grayson. „Also, was ist dein Plan?“

„Rufe Charles an und bitte ihn, dich im Labor zu treffen. Da ihr einen Vampir nicht auspendeln könnt, um seinen Standort zu finden, könnt ihr uns nicht dabei helfen, Cain und Samsons Aufenthaltsort zu finden. Aber wir brauchen alle magischen Waffen, die an Vampiren funktionieren – Zaubersprüche, Tränke, alles, was uns helfen könnte, sie auszuschalten, bevor sie uns kommen sehen.“

„Okay, das können wir machen.“

„Du und Charles, ihr seid also beide Hexer?“, fragte Monique, als sie wieder nach oben gingen.

„Ja, und wir sind beide sehr gut“, behauptete Wes.

„Also kann man Vampire nicht auspendeln?“, sagte Monique. „Kennst du dich mit Voodoo aus?“

„Ich kenne etwas Voodoo-Magie, aber das ist nicht meine starke Seite.“

„Ich habe gehört, dass es einen Ortungszauber gibt, den Voodoo-Praktizierende ausführen können“, sagte Monique und erinnerte sich an etwas, das eine Bekannte in New Orleans einmal erwähnt hatte. „Aber ich habe keine Details.“

„Erinnerst du dich, wer dir das erzählt hat?“, fragte Grayson interessiert.

„Es war eine ältere Frau, die sich um die Reinigung der Uniformen der Wachen kümmert. Ich dürfte in der Lage sein, ihre Kontaktdaten zu finden.“

„Es ist einen Versuch wert“, sagte Grayson. „Richtig, Wes?“

„Sicher. Wenn ich mit ihr darüber sprechen kann, was für den Zauber benötigt wird, können wir es ausprobieren.“ Dann blickte er wieder zu Grayson. „Also nehme ich an, dass weder Delilah noch Faye über ihre telepathische Verbindung mit ihren Gefährten kommuniziert haben?“

„Leider konnten sie das nicht. Wir gehen davon aus, dass sie bewusstlos sind. Sie haben Faye mit dem Blut eines Toten außer Gefecht gesetzt.“

„Das ist schlechtes Mojo. Es wirkt wie ein Gift im Körper eines Vampirs. Dasselbe kann mit Silbernitrat erreicht werden. Wenn man jedoch jemanden am Leben erhalten möchte, würde man eher das Blut eines Toten als Silbernitrat verwenden “, erklärte Wesley.

„Warum?“

„Weil das Blut eines Toten einen Vampir nicht töten wird. Es ist perfekt für längere Folter ohne das Risiko von Silbernitrat, das das Opfer über kurz oder lang töten wird. Wenn die Entführer also verhindern wollen, dass Cain und Samson mit ihren Gefährtinnen kommunizieren, würden sie das Blut eines Toten verwenden. Es macht den Vampir bewusstlos und schwach. Ich bin mir nicht sicher, wie hoch die Dosis sein muss, um sie daran zu hindern, ihre telepathische Verbindung zu nutzen, aber ich nehme an, die Entführer injizieren sie regelmäßig. Vielleicht verabreichen sie es sogar als eine Infusion. Aber wenn es um Samson geht, ist es natürlich noch einfacher. Pump ihn mit menschlichem Blut voll, das nicht von Delilah ist, und er wird in dem gleichen Zustand sein, als hätten sie ihm das Blut eines Toten gegeben. Mit dem Unterschied, dass er irgendwann sterben würde."

„Hmm. Ich weiß."

„Tja, ich werde mit Charles über mögliche Ortungszauber sprechen und wenn du, Monique, mit dieser Voodoo-Praktizierenden sprechen kannst, sag ihr, sie soll mich kontaktieren."

„Danke für deine Hilfe, Wes", sagte Monique und warf ihm ein dankbares Lächeln zu.

15

„Wie fühlte es sich an zu teleportieren?“, fragte Monique.

Sie saßen wieder in Graysons Auto und fuhren zum Scanguards-Hauptquartier im Mission-Viertel. Der Verkehr war immer noch ruhig, da die meisten Leute an diesem Tag frei hatten und viele Geschäfte geschlossen waren.

„Ein bisschen verwirrend. Als ich das erste Mal durch eines der Portale reiste, fühlte es sich an, als würde ich wie eine nasse Socke in einem Trockner herumgeschleudert. Aber ich habe mich daran gewöhnt. Ich habe ein paar Jahre im Komplex der Hüter der Nacht in Baltimore verbracht.“

„Was hast du dort gemacht?“

„Ausgeholfen. Von ihnen gelernt. Dämonen getötet. Ich war nicht der Einzige. Ryder war auch dabei. Er ist Mayas und Gabriels Sohn. Scanguards hat einen Deal mit den Hütern der Nacht abgeschlossen. Als Gegenleistung dafür, dass sie uns geholfen haben, haben Ryder und ich mit ihnen zusammengearbeitet und dort ausgeholfen, wo unsere Fähigkeiten nützlich waren.“

„Stimmt es, dass die Hüter der Nacht sich unsichtbar machen und durch Wände gehen können?“

Grayson lächelte. „Ja, es stimmt, und nicht nur das. Sie können auch andere unsichtbar machen, entweder durch ihre Berührung oder mit ihrem Verstand. Es ist eine ziemlich praktische Fähigkeit. Und du fühlst nichts dabei.“

„Was meinst du damit?“

„Sie haben mich und Ryder unzählige Male unsichtbar gemacht, dabei konnte ich mich selbst immer noch sehen und fühlte mich nicht anders. Wenn sie mir nicht gesagt hätten, dass ich unsichtbar war, hätte ich es nicht gewusst.“

„Und bist du auch mit ihnen durch Wände gegangen?“

Er schüttelte den Kopf. „Nein. Das können nur die Hüter der Nacht.“

„Ich verstehe jetzt, warum ihr sie als eure Verbündeten haben wollt. Sie können sich einem Feind nähern, ohne gesehen zu werden, und in verschlossene Räume eindringen."

„Und sie sind gute Leute. Sie haben geschworen, die Menschen zu beschützen genau wie Scanguards."

Er blickte immer noch gerne auf seine Zeit bei den Hütern der Nacht in Baltimore zurück. Er hatte so viel von ihnen gelernt, und der Kampf gegen Dämonen war ein Höhepunkt seiner Ausbildung als Krieger gewesen. Er hatte sich mit den Männern in Baltimore angefreundet und auch mit ihren Frauen. Er hatte nichts als Respekt für sie und wusste, dass er sich auf sie verlassen konnte, wenn er ihre Hilfe brauchte. Deshalb hatte er nicht gezögert, Virginia um diesen großen Gefallen zu bitten.

„Virginia ist eine großartige Kriegerin", sagte er und warf Monique einen Blick zu. „Sie wird deine Brüder finden."

„Danke, dass du das für mich tust."

Er wusste nicht, wie er auf ihre Dankesworte reagieren sollte. Das musste er auch nicht, denn in diesem Moment klingelte sein Handy. Er drückte den Akzeptieren-Knopf an seinem Lenkrad.

„Ja?"

„Hey Grayson, hier ist Luther."

„Hallo Luther."

„Bezüglich deiner Anfrage auf Zugang zu den Gefängnisunterlagen bin ich auf ein Problem gestoßen."

„Was für ein Problem?"

„Der neue Ratspräsident sagt, er könne nicht einfach jedem Zivilisten Zugang zur Datenbank der Gefängnisse gewähren."

„Weiß er nicht, dass mein Vater entführt wurde?", schnappte Grayson empört.

„Weiß er. Aber anscheinend sind er und Samson einander nicht grün."

„Scheiße!", fluchte Grayson. Sie brauchten Zugang zu diesen Daten, weil die Wahrscheinlichkeit hoch war, dass ein Ex-V-CON, ein Ex-Vampirsträfling, an der Entführung beteiligt war. Die Angreifer waren keine Amateure. Sie waren hartgesottene Kriminelle, die vorbereitet gekommen waren. „Dann haben wir keine andere Wahl, als uns in ihr System zu hacken. Thomas kann –"

„Geht nicht", unterbrach Luther. „Thomas würde Tage brauchen, um sich einzuhacken. Das letzte Sicherheitsupdate hat dafür gesorgt."

„Scheiße, scheiße, scheiße!“, fluchte Grayson erneut. „Und du? Hast du keinen Zugriff?”

Luther seufzte. „Mein Zugriff ist begrenzt und ich kann nur den Teil der Datenbank sehen, der die im Grass-Valley-Gefängnis untergebrachten V-CONs abdeckt. Und selbst dafür muss ich physisch in Grass Valley sein. Ich meine, ich mache das, kein Problem, aber das bringt uns nur einen Teil der Daten. Es ist absolut möglich, dass die Angreifer nicht ortsansässig waren. Sie könnten aus New Orleans sein, besonders wenn Cain das Hauptziel war.“

„Luther?“, schaltete sich Monique ein.

„Wer ist da?“

„Ich bin Monique, Cains Tochter“, sagte sie.

„Hey, tut mir leid, dass ich keine besseren Nachrichten habe.“

„Nicht deine Schuld. Ist der neue Ratsvorsitzende Bill Wheeler?“

„Ja, das ist er. Warum?“

„Ich kenne seine Frau. Sie stammt ursprünglich aus New Orleans. Sie schuldet mir einen Gefallen. Ich werde mit ihr reden.“

„Viel Glück“, sagte Luther. „Bis später.“

„Bis später“, sagte Grayson und beendete das Gespräch. Er warf Monique einen Seitenblick zu. „Du hast Freunde in hohen Positionen?“

„Manchmal ist es nützlich, eine Prinzessin zu sein.“ Sie entsperrte ihr Handy und navigierte zu einer Nummer, dann hielt sie das Telefon an ihr Ohr.

„Clarice? Ich bin’s, Monique“, sagte sie und schluchzte.

Grayson wirbelte seinen Kopf in ihre Richtung, überrascht, Monique weinen zu sehen.

„Ich weiß nicht, ob du es schon gehört hast, aber mein Vater wurde heute Morgen entführt und meine Mutter ist schwer verletzt. Wir sind nicht sicher, ob sie durchkommt.“

Das war eine dreiste Lüge, denn er hatte mit eigenen Augen gesehen, dass Faye gut ausgesehen hatte, nachdem Maya ihr menschliches Blut gegeben hatte, doch Monique fuhr unbeirrt fort.

„Ich habe solche Angst. Ich weiß nicht, was ich tun soll … ja … ich weiß … so schrecklich.“ Sie stieß ein weiteres Schluchzen aus. „Aber es gab Zeugen der Entführung, und wir wissen, dass die Angreifer Vampire waren, höchstwahrscheinlich Ex-V-CONs, weißt du, ehemalige Vampir-Sträflinge. Wenn wir nur alle ihre Fahndungsfotos bekommen könnten, damit wir sie finden und meinen Vater retten können, aber mir wurde gesagt, dass Zivilisten wie ich nicht auf die Datenbank zugreifen können. Ich würde nie fragen, aber …“ Es entstand eine Pause, während der Monique zuhörte. „Ja, oh, würdest du wirklich? Ich weiß nicht, wie ich dir danken soll. Du bist die liebste Person der Welt, Clarice.“ Ein weiteres Schluchzen und Monique sagte: „Danke.“

Sie beendete das Gespräch und sah ihn dann mit einem Grinsen an. „Sie wird die Daten über eine gesicherte Verbindung an mein Handy senden.“

Ihre Stimme klang wieder ganz normal, und sie vergoss keine Tränen mehr. Sie hatte geschauspielert. Und Junge, ihr Schluchzen hatte echt ausgesehen und geklungen.

„Du … ähm …“ Er schüttelte den Kopf.

„Ach, die Tränen?“ Sie machte eine wegwerfende Handbewegung. „Ich kann sie einschalten, wann immer ich sie brauche.“

„Gut zu wissen. Und Clarice, wird sie uns wirklich die Daten besorgen?“

„Sie ist ein totaler Softie, wenn es um traurige Geschichten geht. Und ihr Gefährte kann ihr nichts abschlagen.“ Monique zwinkerte. „Sie hat ein starkes Durchsetzungsvermögen.“

„Sie wird ihm Sex und Blut verweigern, bis er nachgibt, nicht wahr?“, vermutete Grayson.

„Was auch immer funktioniert.“

„Und da heißt es, dass Frauen das schwächere Geschlecht sind.“

„Sind wir, wenn wir das sein müssen.“

„Mmm-hmm.“

Obwohl er Moniques Manipulationsfähigkeiten mitangesehen hatte, konnte er nicht anders, als sie zu bewundern. Sie war rücksichtslos, wenn sie etwas wollte, und benutzte schmutzige Tricks, bis sie es bekam. Er war froh, dass sie auf derselben Seite standen, denn er wollte keine Gegnerin wie Monique: klug, stark und gerissen.

„Wir müssen zum Haus deiner Eltern“, verlangte Monique. „Wenn ich den Link bekomme, können wir die Daten dort auf einen Computer herunterladen, damit deine und meine Mutter die Fotos durchsehen können.“

„Kein Problem.“

An der nächsten Kreuzung machte er eine illegale Kehrtwende und fuhr in Richtung Nob Hill.

„Wir dürften in etwa zwanzig Minuten dort sein."

Er griff nach ihrer Hand und drückte sie. Zu seiner Überraschung zog sie sie nicht zurück, sondern hielt sie fest. In der Berührung lag nichts Sexuelles. Es war eine Geste zwischen zwei Freunden, die sich in einer schwierigen Zeit gegenseitig unterstützten. Es bedurfte keiner Worte. Sie dachten beide über dasselbe nach: wie sie ihre Väter retten könnten.

16

Die Woodford-Residenz wurde wie eine Festung bewacht. Zwei menschliche Bodyguards standen vor dem Haus Wache. Grayson kannte sie beide. Sie ließen ihn und Monique mit einer kurzen Begrüßung passieren. Im Foyer trafen sie auf Patrick.

„Hey", sagte Patrick und klopfte ihm auf die Schulter. „Gibt es schon Neuigkeiten?"

Grayson schüttelte den Kopf. „Noch nicht. Wie geht es Mom?"

Sein Bruder zuckte mit den Schultern. „Körperlich geht es ihr gut. Aber sie ist ein emotionales Wrack." Sein Blick wanderte zu Monique. „Du musst Monique sein. Faye hat erwähnt, dass du nicht zu Hause warst, als der Angriff stattfand."

„Ja. Du bist Patrick, richtig? Wie geht es meiner Mutter?"

„Sie macht ein tapferes Gesicht." Er deutete zum Ende des Flurs. „Sie sind alle im Büro und durchsuchen Scanguards' Datenbank. Ich bin auf dem Weg zum Hauptquartier. Thomas braucht mehr Leute, die die Verkehrskameras und Sicherheitsaufnahmen durchgehen."

„Wir sehen uns in Kürze dort", sagte Grayson. „Monique hat es geschafft, uns Zugang zur Gefängnisdatenbank zu verschaffen. Wir sind nur hier, um den Computer so einzurichten, dass sie alle sich die Fotos daraus ansehen können."

Kurz bevor sie vor dem Haus geparkt hatten, hatte Moniques Handy mit einer Nachricht von Clarice gepingt. Tatsächlich hatte sie ihren Mann davon überzeugen können, ihnen Zugriff auf die Datenbank aller V-CONs in Nordamerika zu gewähren.

Patrick verließ das Haus und Monique ließ ihren Blick schweifen. „Hier bist du also aufgewachsen."

„Ja. Als wir Kinder waren, war das Haus nur halb so groß. Aber später kaufte mein Vater das Haus neben unserem und legte die beiden Häuser zusammen zu einem einzigen. Insgesamt sind es etwa 600 Quadratmeter."

„Aber du hast dich trotzdem entschieden, auszuziehen?"

„Nachdem ich von meiner Zeit im Komplex der Hüter der Nacht in Baltimore zurückgekommen bin, bin ich einfach nie wieder eingezogen.

Ich wollte meine eigene Wohnung haben. Und die Loftwohnung passt mir.“

„Hallo Leute!“

Grayson drehte sich beim Klang von Isabelles Stimme um. Sie kam gerade die Treppe herunter. „Hey, Isa.“

Sie zwang sich zu einem Lächeln und er bemerkte die Anspannung, unter der sie stand. Er machte einen Schritt auf sie zu und umarmte sie. Einen Moment lang sagte niemand etwas, dann löste sich Isabelle aus seinen Armen und seufzte.

„Danke, Grayson.“ Sie lächelte Monique an und griff nach ihr. „Hallo, Monique, es tut mir leid, dass wir nicht früher die Gelegenheit hatten, uns richtig zu begrüßen.“ Sie legte ihre Arme um Monique. „Hast du schon mit deinen Brüdern gesprochen?“

„Nein. Ich kann sie nicht erreichen.“ Monique deutete zu Grayson. „Grayson hat dafür gesorgt, dass ein Hüter der Nacht in die Schweiz reist, um nach ihnen zu suchen.“

Isabelle warf ihm einen fragenden Blick zu.

„Virginia“, erklärte Grayson. „Sie hat Cooper mitgenommen.“

„Das ist gut“, sagte Isabelle. „Virginia ist eine der besten Kriegerinnen. Sie kann jedem in den Arsch treten. Und Cooper ist großartig.“

„Ich hoffe, sie werden sie bald finden“, sagte Monique. „Ich habe Mom noch nicht gesagt, dass ich sie nicht erreichen kann. Ich möchte nicht, dass sie sich noch mehr Sorgen macht.“

„Wenn sie fragt, sag ihr einfach, dass sie auf dem Rückweg sind“, schlug Isabelle vor. „Manchmal ist eine kleine Notlüge besser als die Wahrheit.“

„Du hast wahrscheinlich recht.“ Monique zwang sich zu einem Lächeln.

„Wo sind all die anderen Wachen?“, fragte Grayson.

„Orlando ist im Arbeitszimmer bei Mom, Faye und William. William ist noch in der Genesungsphase. In ein paar Stunden wird er seine volle Stärke erreichen. Einer der Vampirwächter, Conrad, ist oben in deinem alten Zimmer, von wo aus er einen Blick auf die Straße hat, und Robbie ist im Elternschlafzimmer mit Blick auf den Garten. Wenn die Sonne untergeht, werden Vampirwächter die beiden menschlichen Wachen draußen ersetzen.“

„Gut. Orlando und die beiden Vampirwächter oben sollten bei Sonnenuntergang ebenfalls abgelöst werden, damit sie sich ausruhen können“, schlug Grayson vor.

„Wird nicht passieren.“

Grayson blickte zur Küchentür, aus der Orlando plötzlich herauskam. „Was wird nicht passieren?“

Orlando trat näher. „Ich verlasse meinen Posten nicht. Ich bleibe hier, bis Samson zurück ist.“ Der enorme Vampir verschränkte die Arme vor der Brust und straffte seine Haltung.

„Das kann Tage dauern“, sagte Grayson leise, da er nicht wollte, dass seine Stimme bis ins Arbeitszimmer drang. „Du brauchst Ruhe wie alle anderen auch.“

„Ich werde nicht gehen, und es gibt nichts, was du oder sonst jemand dagegen tun oder sagen kann.“ Orlando kniff die Augen zusammen.

Verärgert über die Sturheit des Riesen, grunzte Grayson. „Ich sagte –“

„Lass mich einen Kompromiss vorschlagen“, unterbrach Isabelle.

Zu Graysons Überraschung wurde Orlandos Gesichtsausdruck weicher, als er Isabelle ansah. Die Spannung in seinem Kiefer schien nachzulassen.

„Du kannst im Haus bleiben, wenn du zustimmst, in einem der Gästezimmer zu schlafen –“

„Ich brauche keinen Schlaf!“, protestierte Orlando.

„– und zwar mindestens sechs Stunden“, fuhr Isabelle unbeirrt fort. „Und während du dich ausruhst, stationieren wir einen zusätzlichen Bodyguard im Haus.“

Orlando grunzte in seinen nicht vorhandenen Bart. „Hmm.“

Grayson musste ein Grinsen unterdrücken. Anscheinend wusste Isabelle genau, wie sie einen doppelt so großen Vampir dazu bringen konnte, klein beizugeben.

„Deal oder kein Deal?“

Ein weiteres Grunzen kam von Orlando, aber dann nickte er. „Na gut.“ Er machte auf dem Absatz kehrt und marschierte zum Ende des Flurs. Dort öffnete er die Tür zum Arbeitszimmer und verschwand.

„Sturer Idiot.“ Isabelle schüttelte den Kopf. „Er kommandiert hier alle herum, als würde ihm das Haus gehören. Ich weiß wirklich nicht, warum Dad ihn überhaupt eingestellt hat. Er hat keine Manieren.“

Grayson schmunzelte. „Zumindest sieht es so aus, als hättest du ihn unter Kontrolle."

„Und Manieren sind nicht nötig", fügte Monique hinzu, „wenn man so groß und stark ist wie dieser Typ. Es ist ja nicht so, als würde sich irgendjemand mit ihm streiten wollen, nur weil er keine Manieren hat."

„Das stimmt", antwortete Isabelle.

„Isa, können wir im Esszimmer einen zusätzlichen Computer aufstellen, damit wir die Gefängnisdaten herunterladen können?", fragte Grayson.

„Lass mich meinen Computer holen", sagte Isabelle und ging nach oben.

Als sie verschwunden war, drehte sich Grayson zu Monique und überbrückte die Distanz zwischen ihnen mit zwei Schritten. „Wie geht es dir?"

„Es geht mir gut."

Er schüttelte den Kopf. „Nein, wie geht es dir wirklich?" Er legte seine Finger unter ihr Kinn und hob es an.

„In Wahrheit?", fragte sie mit leiser Stimme und begegnete seinem Blick. „Ich habe wahnsinnige Angst, dass ich meinen Vater verliere und nie wieder zurücknehmen kann, was ich ihm an den Kopf geworfen habe, als ich ihn das letzte Mal gesehen habe."

„Mir geht es genauso." Er drückte seine Stirn an ihre. „Wir bringen sie beide zurück."

Oder sie kamen bei dem Versuch um.

17

Gstaad, Schweiz

Es war dunkel, als Virginia und Cooper das Gstaad Palace Hotel erreichten, das eher wie ein kleines Schloss mit Türmchen aussah als wie ein Fünf-Sterne-Hotel. Genau wie der Rest der Stadt war es hell erleuchtet und immer noch mit Weihnachtsdekorationen geschmückt. Dies war das Hotel, in dem David und Zach Montague bis zum Silvestermorgen übernachtet hatten.

Cooper öffnete seine dicke Jacke, als er und Virginia die Hotellobby betraten. Draußen war es kälter gewesen, als er je erlebt hatte, aber im Hotel fühlte es sich mild an. Die Reise von San Francisco nach Gstaad durch das Portal in Virginias Haus hatte nur wenige Sekunden gedauert, obwohl es sich viel länger angefühlt hatte. Ihm war übel geworden, aber er würde das auf keinen Fall jemandem gegenüber zugeben. Wenn Grayson und Ryder die Portale während ihrer Arbeit mit den Hütern der Nacht in Baltimore wiederholt benutzt und sich nicht über das verwirrende schwerelose Gefühl beschwert hatten, dann würde er sich auch nicht beschweren.

„Wie können Menschen in einem solchen Klima leben?", fragte Cooper mit einem Seitenblick auf Virginia.

„Gesprochen wie ein echter Kalifornier." Sie grinste.

„Na los dann", sagte Cooper mit einem Nicken zu Virginia, als er sich der rustikalen Rezeption näherte, während Virginia zu den Toiletten ging.

Hinter der Rezeption arbeiteten drei Angestellte, zwei junge Frauen und ein älterer Mann.

„Hallo, Ma'am", sagte er mit einem breiten Lächeln und wandte sich an die hübsche Frau mit dem dunklen Pixie-Haarschnitt.

Sie lächelte ihn an. „Checken Sie ein?"

„Nein, ich fürchte, ich sollte mich mit meinen beiden Freunden treffen, die in Ihrem Hotel übernachtet haben, aber ich bin wegen des Sturms zwei Tage zu spät …" Er seufzte. „Die Sache ist die, wir sollten zusammen zu einer Hütte fahren, aber ich weiß nicht, wo diese Hütte ist und wie ich dorthin komme. Und wegen des Problems mit dem Mobilfunkmast kann ich sie nicht auf dem Handy erreichen."

„Oh ja, der Sturm hat den Mobilfunkmast für eine Weile außer Gefecht gesetzt, aber er funktioniert jetzt wieder."

Er verzog das Gesicht. „Ich kann sie immer noch nicht erreichen. Ich frage mich, ob Sie eine Ahnung haben, wohin sie unterwegs waren?"

„Sie sagten, sie waren Gäste hier?"

Er nickte.

„Namen?"

„David und Zach Montague."

„Oh, ich glaube, ich erinnere mich an sie. Amerikaner, richtig?"

„Ja, aus New Orleans."

Sie tippte etwas auf ihrer Tastatur und Cooper atmete tief ein. Er vernahm Virginias Geruch in der Nähe. Er war jetzt am stärksten in der Nähe der Empfangsdame. Virginia hatte sich unsichtbar gemacht und war hinter die Frau getreten, um über ihre Schulter in den Monitor zu schauen.

„Hmm. Ich sehe nur, dass sie am Silvestermorgen früh abgereist sind."

„Haben sie erwähnt, wohin sie wollten?"

„Ich fürchte, ich war nicht im Dienst, als sie auscheckten."

Cooper warf einen Blick auf die beiden anderen Mitarbeiter. „Vielleicht hat einer Ihrer Kollegen sie ausgecheckt?"

Sie sah auf den Bildschirm und schüttelte den Kopf. „Franz hat sie ausgecheckt. Ich fürchte, er hat heute dienstfrei."

„Danke für Ihre Mühe."

Er ging weg und wartete in der Nähe eines Korridors, der zu den Toiletten führte. Es dauerte ein paar Minuten, bis Virginia aus der Damentoilette kam und sich zu ihm gesellte.

„Ich weiß ihr Passwort und habe einen Computer im Büro hinter der Rezeption benutzt. Sie hat recht, sie haben am Silvestermorgen ausgecheckt. Ich habe eine Gebühr für einen Autoservice für den Abreisetag, den der Concierge für sie arrangiert hat, gefunden."

„Ausgezeichnet. Und die zwei Frauen aus New York, die sie in diese Hütte eingeladen haben? Irgendeine Spur von ihnen?"

„Nein. Ich habe jede Frau überprüft, die an Silvester ausgecheckt hat. Es waren nicht viele. Keine waren Amerikanerinnen im richtigen Alter."

„Lass uns beim Autoservice nachfragen. Sie sollten eine Aufzeichnung darüber haben, wo David und Zach abgesetzt wurden."

Sie hatten gerade die Straße überquert, als Virginias Handy klingelte.

Sie sah auf das Display. „Es ist Pearce." Auf diesen Anruf hatte sie gewartet. „Hallo Pearce. Hast du gute Nachrichten für mich?"

Coopers empfindliches Vampirgehör nahm Pearces Stimme auf, während er nahe bei Virginia stand.

„Ich habe keine Aufzeichnungen darüber, dass zwei Frauen aus New York in Gstaad in irgendein Hotel oder eine Pension eingecheckt haben."

Virginias Stirn legte sich in Falten. „Wo könnten sie sonst übernachtet haben?"

„Wahrscheinlich in einer Privatunterkunft. Ich habe herausgefunden, dass zwei amerikanische Frauen in ihren Zwanzigern nach Bern geflogen sind. Aber sie kamen nicht aus New York, sie kamen aus Alabama und sind am JFK-Flughafen umgestiegen."

Cooper tauschte einen überraschten Blick mit Virginia aus. „Hey Pearce, hier ist Cooper. Waren das die einzigen amerikanischen Frauen in dem Alter?"

„Ich fürchte schon. Wenn also die beiden Frauen, die David und Zach in eine Hütte eingeladen haben, nicht länger als zwei Wochen in der Schweiz sind, müssen es diese beiden sein: Sharleen Harlow und Barbie Franklin."

„Danke, Pearce."

„Pearce", fügte Virginia hinzu. „Tu mir einen Gefallen: Überprüfe ihre Kreditkarten und finde heraus, wo sie sie zuletzt verwendet haben. Und führe eine Hintergrundprüfung der beiden durch."

„Gib mir ein paar Minuten. Ich rufe dich gleich zurück."

Virginia steckte ihr Handy wieder in die Tasche. „Wenn das die Frauen sind, die David und Zach getroffen haben, warum sollten sie dann darüber lügen, woher sie kamen? Und wie hätten sie das überhaupt geschafft? David und Zach hätten ihre Akzente leicht erkannt."

„Viele Leute sind talentiert, wenn es um verschiedene Akzente geht. Schauspieler machen das ständig", sagte Cooper schulterzuckend.

Virginia begegnete seinem Blick. „Du hast recht. Schauspieler lernen es, damit sie in verschiedene Rollen schlüpfen können."

„Du denkst doch nicht –?" Er beendete seinen Satz nicht.

„Das ist genau, was ich denke."

„Verdammt! Wenn sie angeheuert worden sind, um sie an einen abgelegenen Ort zu locken, wären David und Zach auf einen Angriff nicht vorbereitet gewesen … Wir könnten bereits zu spät sein."

„Wir müssen herausfinden, wo der Fahrdienst sie abgesetzt hat", sagte Virginia.

Es dauerte nicht lange, auf die Daten des vom Hotel genutzten Fahrdienstes zuzugreifen. Cooper musste zugeben, dass Virginias Fähigkeit, sich unsichtbar zu machen, praktisch war. Kurz nachdem sie eine Adresse gefunden hatten, saßen sie in einem gestohlenen Geländewagen und fuhren in Richtung Süden.

Auf der noch schneebedeckten Straße war es stockfinster. Glücklicherweise war das gestohlene Auto mit Schneeketten ausgestattet und der Benzintank war voll. Die Scheinwerfer durchdrangen die Dunkelheit, aber es fing wieder an zu schneien, und es war schwer zu erkennen, wo die Straße endete und die Wildnis begann.

Cooper fuhr, dankbar für seine überlegene Vampirsicht. Er fuhr schnell.

Virginias Telefon klingelte. Sie stellte es auf Lautsprechermodus. „Pearce? Was hast du für uns?"

„Die beiden Amerikanerinnen sind Schauspielerinnen für Erwachsenenfilme."

„Erwachsenen-was?"

„Pornostars", antwortete Pearce, und der Ton setzte für einen Moment aus. „…ihren Agenten und tat so, als wollte ich sie anheuern. Mir wurde gesagt, dass sie derzeit einen Job im Ausland haben."

„Fuck!", fluchte Cooper. „Glaubst du, sie wurden angeheuert, um David und Zach zu ködern, damit sie sie unvorbereitet erwischen?"

Es knisterte in der Leitung, dann war Pearces Stimme wieder da. „…das annehmen. Passt auf …" Pearce brach vollständig ab.

„Pearce? Bist du noch da?", fragte Virginia. „Pearce?" Sie sah auf ihr Handy. „Das Signal ist weg."

„Scheiße!"

„Cooper, tritt drauf. In ungefähr zwei Meilen gibt es eine Gabelung."

„Okay, wir sind fast da. Links oder rechts?"

„Rechts."

Die Abzweigung kam zu schnell, und Cooper musste das Lenkrad hart nach rechts drehen, um es zu schaffen. Das Heck des Wagens kam ins Schleudern, aber es gelang ihm, die Kontrolle über das Auto zu behalten.

„In drei Meilen sollte es eine Abzweigung nach links geben."

Nirgends gab es Straßenlaternen. Cooper konnte nur darauf hoffen, dass die Scheinwerfer des Autos alle Straßenschilder erfassten, aber der fallende Schnee reflektierte die Scheinwerfer und es sah so aus, als würde sich die Straße vor ihm auf ihn zubewegen.

„Ich hasse Schnee", stieß er hervor.

„Ja, im Moment tue ich das auch", gestand Virginia. Dann zeigte sie plötzlich nach links. „Dort."

Cooper trat auf die Bremse. Er konzentrierte sich auf das kleine Straßenschild, konnte aber nicht lesen, was darauf geschrieben stand. Schnee bedeckte den größten Teil der Beschriftung. Er nahm die Abzweigung. Es gab eine starke Steigung, doch die Ketten an den Rädern ermöglichten es, der Straße zu folgen, bis sie plötzlich endete.

„Das muss es sein", meinte Virginia.

Vor ihnen stand ein Chalet. Aus dessen Schornstein stieg weißer Rauch in den dunklen Nachthimmel. Cooper stellte den Motor ab und sprang heraus. Der Schnee knirschte unter seinen Stiefeln. Virginia war ihm schon ein paar Schritte voraus und er holte sie ein. Er bemerkte, dass Virginia ihren Dolch bereits gezogen hatte, und auch er griff nun nach seiner Pistole. Sie war mit kleinkalibrigen Silberkugeln geladen.

Aus einem Fenster strömte Licht, aber die Vorhänge waren zugezogen, sodass sie nicht hineinsehen konnten. Cooper tauschte einen Blick mit Virginia aus und schweigend gingen sie zur Haustür. Sie war nur angelehnt.

Sein Herz begann zu donnern. Niemand würde bei diesem Wetter eine Tür offenlassen und die kostbare Wärme des Holzfeuers verschwenden. Das war nicht gut. Überhaupt nicht gut.

Cooper stieß die Tür noch ein paar Zentimeter auf, damit er hineinspähen konnte. Er sah eine umgestürzte Lampe, eine zerbrochene Weinflasche und Glasscherben auf dem Boden. Flackerndes Licht beleuchtete den Holzboden im Raum und spiegelte sich in einer Blutlache. Schock durchfuhr seinen Körper und seine Reißzähne verlängerten sich sofort. Er drückte die Tür einen weiteren Zentimeter auf, um mehr sehen zu können, als er graue Asche entdeckte, die einen dunklen Teppich bedeckte. Im Augenwinkel nahm er eine Bewegung wahr und riss die Tür vollständig auf, seine Waffe auf die Person gerichtet, die auf ihn zustürmte.

Fuck!

18

„Das Warten macht mich wahnsinnig“, sagte Monique.

Sie und Grayson waren wieder im Scanguards-Hauptquartier. Monique hatte Delphine, der Voodoo-Praktizierenden in New Orleans, eine Nachricht hinterlassen, aber noch keinen Rückruf erhalten.

William hatte bestätigt, dass er den Palast in New Orleans kontaktiert und dort Anweisungen gegeben hatte, die Datenbank ehemaliger und aktueller Angestellter sowie Clanmitglieder an Fayes E-Mail-Adresse zu senden, damit die drei die Fotos durchsehen konnten, um herauszufinden, ob sich einer der Angreifer darunter befand.

Drei der Lieferwagen der Entführer waren verlassen in der Stadt aufgefunden worden, und mehrere Teams hatten die Lieferwagen inspiziert, um festzustellen, ob die Entführer etwas Belastendes zurückgelassen hatten. Es wurden jedoch keine Hinweise auf Samsons und Cains Aufenthaltsort gefunden.

Mit jeder Stunde, die verging, wurde Monique besorgter. Es fühlte sich an, als würde sich nichts vorwärts bewegen. Sie machten keine Fortschritte. Die Sonne war bereits untergegangen.

„Im Moment können wir nichts tun“, sagte Grayson seufzend. „Thomas’ Teams durchkämmen das Filmmaterial.“

„Dabei können wir helfen“, beharrte Monique und sah Thomas und Eddie an, die beide in ihre Monitore starrten. Ein Dutzend andere Angestellte erfüllten die gleiche Aufgabe im Computerraum in einem der unteren Stockwerke.

„Du solltest dich ausruhen“, sagte Thomas.

„Vielleicht können wir bei etwas anderem helfen?“, fragte Monique.

Grayson nahm ihre Hände in seine. „Jeder macht das, was er am besten kann. Deine Mutter und meine durchforsten immer noch die Datenbank, in der Hoffnung, jemanden zu erkennen. Dabei können wir ihnen nicht helfen. Wir sollten uns lieber ein paar Stunden ausruhen, damit wir bereit sind, sobald wir einen Standort haben.“

„Ich fühle mich gerade so nutzlos.“ Und sie hasste es, sich so zu fühlen. Sie musste etwas tun, um zu den Rettungsbemühungen beizutragen, aber bisher war noch nichts Positives dabei herausgekommen. „Ich wünschte, wir hätten wenigstens Neuigkeiten von meinen Brüdern. Warum dauert das so lange?“

„Du hast selbst gesagt, dass sie in eine abgelegene Hütte gefahren sind. Virginia und Cooper werden eine Weile brauchen, um diese Hütte zu finden und dorthin zu gelangen. Vergiss nicht, dass sie dort ankamen, als die Sonne in der Schweiz unterging. Je nach Wetterlage dort …“

„Das weiß ich“, sagte sie. „Ich mache mir nur Sorgen. Warum hat Virginia uns noch nicht angerufen?“

„Lass es mich probieren.“ Grayson zog sein Handy aus der Tasche und scrollte durch seine Kontakte. Er drückte die Nummer und hielt dann das Telefon ans Ohr. Einen Moment später schüttelte er den Kopf und steckte das Telefon zurück. „Geht direkt zur Voicemail. Sie ist wahrscheinlich außerhalb der Reichweite von Mobilfunkmasten in den Bergen. Das könnten gute Nachrichten sein. Vielleicht haben sie und Cooper die Hütte bereits erreicht.“

Monique zwang sich zu einem Nicken. „Ich hoffe, du hast recht.“

„Komm, lass uns von hier verschwinden.“

Grayson nahm ihren Arm und führte sie zur Tür. „Thomas, ruf mich an, sobald du etwas Verwertbares hast.“

„Mach ich“, erwiderte Thomas, ohne den Blick vom Monitor abzuwenden.

Wenige Minuten später schossen sie in Graysons Sportwagen aus der Tiefgarage. Monique schwieg, ihre Gedanken überschlugen sich und ihre Sorgen um ihre Brüder und ihren Vater nahmen zu. Jedes mögliche Was-wäre-wenn-Szenario spielte sich in ihrem Kopf ab. Als das Auto schließlich langsamer wurde und Grayson in eine Garage fuhr, wurde ihr klar, dass er sie nicht zur Woodford-Residenz gefahren hatte. Stattdessen waren sie an seinem Zuhause im Financial District angekommen.

„Ich dachte, wir fahren zu deinem Elternhaus.“

„Keiner von uns würde sich dort entspannen können. Außerdem weiß deine Mutter nicht, dass wir deine Brüder noch nicht erreicht haben. In dem Moment, in dem sie dich ansieht, würde sie es wissen. Und ich will nicht, dass sie sich weitere Sorgen machen muss.“

Monique nickte. „Du hast recht.“

Sie wollte ihrer Mutter nicht gegenübertreten, weil sie gerade nicht für sie stark sein konnte, wo sie kurz davor stand, selbst zusammenzubrechen.

„Komm“, sagte Grayson.

Sie stiegen aus dem Auto und Grayson holte ihre Reisetasche aus dem Kofferraum. Augenblicke später waren sie in seiner Loftwohnung und die Tür schloss sich hinter ihnen. Stille begrüßte sie und Monique atmete tief durch.

Sie folgte Grayson in die offene Küche, wo er den Kühlschrank öffnete und zwei Flaschen Blut herausnahm. Er reichte ihr eine.

„Hier, du musst dich stärken.“ Er schraubte den Deckel auf und begann zu trinken.

Monique öffnete ihre Flasche und trank ebenfalls. Als die zähflüssige rote Flüssigkeit ihre Zunge und ihren Rachen bedeckte, spürte sie, wie ihre Zellen mit neuer Energie erwachten. Ihr ganzer Körper schien sich zu revitalisieren. Ihre Sinne schärften sich und ihr Verstand wurde klarer.

Sie leerte die Flasche und stellte sie auf die Küchentheke. „Vielen Dank. Das brauchte ich.“

Grayson stellte seine leere Flasche neben ihre und nahm ihre Hand. „Komm.“

Sie erlaubte ihm, sie zu dem großen Sofa im Wohnbereich zu führen. Er setzte sich hin und zog sie auf seinen Schoß, sodass sie rittlings auf ihm saß.

„Was machst du?“, fragte Monique, versuchte aber nicht aufzustehen. Sie mochte es, ihm nahe zu sein.

„Ich möchte dich in den Armen halten“, murmelte er und zog sie an seine Brust.

Sie legte ihre Arme um ihn und drückte ihre Wange an seine. Die Umarmung fühlte sich tröstend an und ließ etwas von der Anspannung in ihrem Körper von ihr sickern.

„Glaubst du, dass wir deinen Vater und meinen bald finden werden?“

„Ja“, murmelte er. „Unsere besten Leute arbeiten daran. Wir werden sie finden, das verspreche ich dir. Und dann müssen wir uns beide bei ihnen entschuldigen.“

Monique wich etwas zurück und sah ihm ins Gesicht. „Du auch? Was hast du zu deinem Vater gesagt?“

„Ich habe ihm gesagt, er solle sich aus meinem Leben heraushalten, sonst würde er es bereuen.“ Er schüttelte leicht den Kopf. „Aber jetzt bin ich derjenige, der es bereut. Es war ein dummer Streit. Ich war im Unrecht. Und wofür? Weil ich mich nicht einmal mit dir treffen wollte, nur weil die

Idee von meinem Vater stammte." Er holte tief Luft. „In Wirklichkeit weiß Dad wirklich, was gut für mich ist." Er fixierte sie mit seinen Augen. „*Du* tust mir gut."

„Wir kennen uns kaum", sagte sie, obwohl ihr bei seinen Worten innerlich warm wurde. Aber sie wollte nicht zu viel in ihre Beziehung zu Grayson hineininterpretieren. Sie konnte ihren eigenen Gefühlen im Moment nicht vertrauen, nicht während sie sich auf einer emotionalen Achterbahn befand.

„Dann müssen wir uns bemühen, einander besser kennenzulernen." Er hob seine Hand und strich mit seinen Fingerknöcheln über ihre Wange. „Oder etwa nicht?"

Sein Blick senkte sich und sie bemerkte, dass er auf ihre Lippen blickte. Sie atmete ein, nahm seinen männlichen Duft auf und die Tatsache, dass sie sich ausruhen mussten, war plötzlich vergessen. Sie fühlte sich zu Grayson hingezogen wie eine Biene zum süßen Nektar einer Blume. Vielleicht hatten ihre Väter doch recht gehabt, als sie versuchten, sie zusammenzubringen. Es konnte nicht schaden, Grayson besser kennenzulernen. Niemand musste davon wissen.

„Aber wir werden niemandem erzählen, was zwischen uns vor sich geht", räumte sie ein. Falls es zwischen ihnen nicht klappen sollte, wollte sie keine Fragen beantworten müssen.

„Nur du und ich. Niemand muss davon erfahren." Grayson legte seine Hand auf ihren Nacken und zog sie näher an sein Gesicht, bis sich ihre Lippen fast berührten. „Ich war noch nie mit einer Frau wie dir zusammen."

„Wie mir?"

„Ja, stark, fordernd, gebieterisch."

„Du denkst, ich bin gebieterisch?"

„Verdammt noch mal, ja. Und ich liebe es."

Er legte seine Lippen auf ihre, drängte sie nicht, sondern überredete sie, diese zu teilen, und wartete darauf, dass sie ihn einlud. Er gab ihr die Kontrolle darüber, was passieren würde. Und das brauchte sie im Moment. Sie brauchte etwas, über das sie die Kontrolle hatte, denn alles andere in ihrem Leben geriet außer Kontrolle.

Monique leckte über den Saum von Graysons Lippen und spürte, wie sie sich öffneten.

„Oh, Babe“, murmelte er, bevor sie in seinen Mund eintauchte, um ihn zu erforschen.

~ ~ ~

Grayson hieß Moniques Zunge, die an seiner leckte, willkommen und sein Herz schlug bei der sinnlichen Berührung schneller. Monique hatte das Sagen und nahm sich, was sie gerade brauchte, und er hätte nicht glücklicher darüber sein können. Oder angetörnter. Er war beim Sex immer der dominante Partner gewesen und dachte, dass die Frauen das von ihm erwarteten. Aber im Moment fühlte es sich befreiend an, Moniques Führung zu folgen.

Ihre Hände waren in seinem Haar, ihre Finger massierten seine Kopfhaut, ließen ihn vor Vergnügen erbeben. Er legte eine Hand auf ihren unteren Rücken und zog sie näher an seinen Körper. Sie wiegte ihr Becken gegen ihn und bei der Berührung schoss ein Stromschlag durch seinen Schwanz und ließ ihn vor Lust stöhnen.

„Du bist hart“, murmelte sie an seinen Lippen und ihr heißer Atem strich über sein Gesicht.

„Deine Schuld“, schaffte er zu erwidern, bevor sie den Kuss intensivierte und ihn zum Schweigen brachte.

Verdammt, diese Frau konnte küssen, und sie leckte nicht einmal seine Fangzähne, aber seine Erregung stieg bereits an. Wenn sie so weitermachte, würde er kommen, ohne sich auszuziehen. Da er wusste, dass er sie aufhalten musste, löste er seinen Mund von ihrem.

Mit golden schimmernden Augen sah sie ihn an. „Stimmt etwas nicht?“

„Du bringst mich zum Kommen, Babe“, murmelte er. „Und ich würde es vorziehen, in dir zu sein, wenn das passiert.“

Sie lächelte verschmitzt. „Ich dachte, du hättest mehr Selbstbeherrschung.“

„Hatte ich auch gedacht.“ Mit beiden Händen auf ihrem Hintern zog er ihr Becken zu seinem und rieb seine Erektion an ihr. „Aber es sieht so aus, als wäre mir gerade die Selbstbeherrschung ausgegangen.“

„Dann sollten wir uns vielleicht ausziehen.“

„Das ist eine gute Idee.“ Er grinste und griff nach dem Saum ihres engen Pullovers. Er zog ihn ihr über den Kopf und warf ihn auf die Couch. Darunter trug sie gar nichts. „Du trägst keinen BH.“

„Das hast du bemerkt?“

Er senkte seinen Kopf zu ihrem Dekolleté. „Ja, Scanguards hat mich gut ausgebildet.“ Er senkte seine Lippen auf eine Brust und leckte über ihren Nippel.

„Haben sie dir das auch bei Scanguards beigebracht?“ Ihre Stimme war sanft, neckend, ihre Erregung offensichtlich in ihrem Ton.

Er ließ ihre Brustwarze los. „Nein. Privatunterricht.“ Er fing ihre andere Brustwarze ein und saugte sie in seinen Mund. Sie wurde sofort hart und ein leises Stöhnen kam von Monique.

„Du musst einen guten Lehrer gehabt haben.“

„Mm.“

Während er weiterhin ihre Brüste mit Liebkosungen überschüttete, begann Monique, ihn von seinem Hemd zu befreien. Er streifte es seine Schultern hinab und zog sie dann wieder näher, bis sich ihre nackten Oberkörper berührten. Der Haut-auf-Haut-Kontakt schickte seinen Herzschlag in die Stratosphäre und pumpte mehr Blut in seinen Schwanz.

Als er spürte, wie sie sich an seinem Hosenbund zu schaffen machte, erhob er sich mit ihr in seinen Armen und stellte sie auf die Füße. Schnell entledigte er sich seiner restlichen Kleidung, während Monique aus ihrer schlüpfte. In dem Moment, als sie beide nackt waren, ließ sich Grayson auf das Sofa fallen und zog Monique zurück auf seinen Schoß, sodass sie rittlings auf ihm saß.

Er strich federleicht mit seinen Lippen über ihre. Er wollte heute Abend Zärtlichkeit; er wollte sanft und langsam. Er glitt mit seiner Hand zu ihrem Geschlecht, streichelte sie langsam, während ihre Säfte seine Finger bedeckten.

„Ich liebe es, wie weich du bist“, flüsterte er an ihren geöffneten Lippen und atmete ihren Atem ein. „Und doch so stark.“

Monique richtete sich auf ihre Knie auf und passte ihre Position so an, dass sie über seinem Schwanz schwebte. „Ich möchte dich in mir spüren.“

„Dann nimm dir, was du willst. Ich gehöre ganz dir.“

„Gut.“ Sie zog seine Oberlippe zwischen ihren Mund und biss sanft hinein, ohne seine Haut zu verletzen.

Sein Schwanz zuckte bei dem sinnlichen Biss und ein Keuchen entfuhr ihm. „Fuck, Babe, du machst mich verrückt.“ Die Lust, die durch seinen Körper strömte, ließ ihn am Rande eines monumentalen Höhepunkts schweben, und er war noch nicht einmal in ihr.

„Mm.“ Sie summte leise, während sie sich nach unten senkte und seinen Schwanz in ihre enge und feuchte Scheide nahm und ihre inneren Muskeln sich wie ein Schraubstock um ihn legten.

Er lehnte seinen Kopf zurück auf die Rückenlehne der Couch und atmete tief aus. Er ließ seinen Blick über Moniques wunderschönen Körper schweifen und genoss den Anblick ihrer exquisiten Brüste, die sich von einer Seite zur anderen auf und ab bewegten, während sie ihn langsam ritt, als wäre er ein Hengst, den sie einreiten musste. Und vielleicht war er genau das, ein Hengst, den sein neuer Besitzer zähmen musste.

Eine Hand auf ihrer Hüfte, die andere auf ihrem Rücken, zog er sie an sich, bis ihre Brüste direkt vor seinem Gesicht waren. Sie hüpften munter auf und ab, und er fing eine von ihnen ein und saugte daran.

Monique stöhnte leise, ihr Kopf fiel zurück, als sie sich diesem Moment hingab, und die lange Säule ihres Halses war entblößt, als wäre dies eine Einladung. Seine Reißzähne verlängerten sich bei dem verlockenden Anblick, aber er hielt sich zurück. Er wollte mehr, mehr von dem langsamen und sinnlichen Liebesspiel, auf das sie sich jetzt einließen. Und wenn er sie biss, wäre es viel zu schnell vorbei.

Er küsste ihre Brüste, knetete sie, leckte ihre seidige Haut, atmete ihren süßen Duft ein. Ihre Brüste passten perfekt in seine Handflächen und ihr enges Geschlecht war ein perfektes Zuhause für seinen Schwanz. Sie bewegten sich synchron, als wären sie schon lange ein Liebespaar, als wüssten sie genau, was der andere brauchte. Es gab keine Eile, um ihren Höhepunkt zu erreichen, keine Notwendigkeit, die Ziellinie zu überqueren, denn die Reise selbst war das Ziel.

Kleine Schweißperlen bedeckten Moniques sanfte Haut. Als diese sich mit seinem eigenen Schweiß vermischten, schufen sie ein einzigartiges Aroma, das ihn betäubte, während er nur daran denken konnte, für den Rest seines Lebens mit dieser Frau zu schlafen. Dieser Gedanke hätte ihn erschrecken und zurückweichen lassen sollen, doch kein solches Gefühl überkam ihn. Die Vorstellung, niemals wieder eine andere Frau außer Monique zu berühren, machte ihm keine Angst. Stattdessen erfüllte sie ihn mit Erregung.

Monique beugte sich näher, ihren Mund an seinem Ohr. „Dein Schwanz ist perfekt. Ich liebe es, wie du mich ausfüllst."

„Oh, Babe, du kannst meinen Schwanz reiten, wann immer du willst." Er würde es ihr niemals verweigern können.

„Gut, weil ich das brauche." Ein leises Stöhnen rollte über ihre Lippen, bevor sie hinzufügte: „Kannst du bitte etwas für mich tun?"

„Alles was du willst."

„Beiß mich."

Ihre Forderung ließ ihn an Ort und Stelle fast zum Höhepunkt kommen. „Fuck ja, Babe!"

„Aber nicht in meinen Hals", flüsterte sie.

„Wo dann?"

Sie hob den Kopf und zog sich zurück, dann schob sie ihm ihre Brüste entgegen.

Er erkannte sofort, was sie wollte, und begegnete ihrem Blick. „Oh, Babe …" Er nahm eine Brust in seine Handfläche und führte die Brustwarze zu seinem Mund. Zitternd vor Erregung leckte er über den harten Nippel, dann trieb er seine Fangzähne in ihr festes Fleisch und begann zu saugen. Monique schauderte und ihre Muschi verkrampfte sich um ihn herum, während seine eigene Erregung anstieg, als ihr Blut seine Kehle bedeckte.

Monique schrie vor Ekstase auf. Die Wellen ihres Orgasmus schickten sichtbare Schauer durch ihren Körper und katapultierten ihn über den Rand. Sein Orgasmus traf ihn wie eine gewaltige Ozeanwelle und ertränkte ihn in einem Meer aus Glückseligkeit und Befriedigung.

Alles um ihn herum schien in der Ferne zu verschwinden. Alles, was er fühlen konnte, war Monique. Er entfernte seine Reißzähne von ihrer Brust und leckte über die Stichwunden, bevor er seinen Kopf hob, um sie anzusehen.

Ihre Wimpern flatterten wie die Flügel eines Schmetterlings, ihr Atem war unregelmäßig, ihr Herz raste hörbar. „Grayson, ich … das war …" Sie leckte sich über die Lippen und begann noch einmal. „Ich hätte nie gedacht, dass es so gut sein könnte."

Er brachte sein Gesicht zu ihrem. „Monique, Babe, du bist die tollste Frau, mit der ich je zusammen war." Und er war mit vielen zusammen gewesen. „Ich kann nicht genug von dir bekommen."

„Dann müssen wir das eben wiederholen", murmelte sie und lächelte.

„Gut, denn ich habe Lust auf viel mehr.“ Er griff nach ihren Hüften und brachte sie dazu, sich auf ihm auf und ab zu bewegen, während er nach oben stieß, sein Schwanz trotz seines Höhepunkts immer noch hart.

Monique stöhnte leise und legte ihre Hand auf seinen Nacken und streichelte ihn. „Ich gehöre ganz dir.“

Weiter unten bewegten sich ihre Hüften synchron mit seinen und sie hielt ihn gefangen, damit er nicht entkommen konnte, selbst wenn er das wollte – was er nicht tat.

19

Ein andauerndes Geräusch riss sie aus ihrem Schlummer. Monique öffnete die Augen und erkannte sofort, dass sie auf der Couch eingeschlafen war, wo Grayson sie immer noch in seinen Armen hielt. Das Geräusch wiederholte sich und sie erkannte es als den Klingelton ihres Handys. Sie setzte sich schnell auf und Grayson tat dasselbe.

„Deins?", fragte er.

„Ja." Sie griff nach ihrer Hose, zog ihr Handy aus der Tasche und drückte, aus Angst, dass sich die Mailbox anschalten würde, schnell auf die Annahmetaste, ohne nachzusehen, wer anrief. „Ja?"

„Monique?"

Sie erkannte die vertraute Stimme im Bruchteil einer Sekunde. „Zach? Oh mein Gott, geht es euch gut?"

Grayson deutete auf das Telefon und sie verstand und stellte den Anruf auf Lautsprecher, damit er mithören konnte.

„Ich habe mir solche Sorgen um euch beide gemacht. Was ist passiert?"

In den Bergen südlich von Gstaad in der Schweiz – einige Stunden zuvor

Das gemietete Haus, in das Sharleen und Barbie Zach und David Montague zu Silvester und Neujahr eingeladen hatten, war ein gemütliches zweistöckiges Chalet mit einem rustikalen großen Wohnzimmer und einer kleinen Küche im Erdgeschoss sowie zwei Schlafzimmern und einem Badezimmer im Obergeschoss. Das Chalet lag etwa eine Stunde südlich von Gstaad, versteckt in einem Wald mitten im Nirgendwo. Der große Holzkamin beheizte das ganze Haus und die Weihnachtsdekoration im Inneren des Hauses verlieh eine romantische und festliche Atmosphäre.

Zach war froh, dass Monique beschlossen hatte, sich ihnen nicht anzuschließen, denn sie wäre definitiv das fünfte Rad am Wagen gewesen. Und zuzuhören, wie ihre beiden Brüder Marathon-Sex mit zwei Mädchen aus New York hatten, hätte sie höllisch genervt.

Zach drehte sich zur Seite, aber der Platz neben ihm im Bett war leer. „Sharleen?"

Niemand antwortete. Höchstwahrscheinlich war sie nach unten gegangen, um etwas zu trinken zu holen. Er setzte sich im Bett auf, schnappte sich ein Paar Shorts und zog sie an, dann verließ er barfuß das Zimmer. Er ging die Holztreppe hinunter. Obwohl er nur spärlich bekleidet war, fror er nicht. Das Feuer brannte immer noch im Kamin und als Vampirhybride konnte er die Kälte besser ertragen als ein Mensch. In dem großen Wohnzimmer brannte noch eine Stehlampe, und Licht schien durch die offene Küchentür heraus.

„Sharleen?"

Er ging zur Tür und machte einen Schritt in die schmale Küche. Die Kühlschranktür stand offen und versperrte ihm die Sicht, aber er erkannte Sharleens schlanke Beine, die darunter hervorlugten.

„Du bist hungrig?", fragte er und näherte sich.

Sie schloss die Kühlschranktür, eine Flasche Wasser in der Hand. Sie trug eines seiner Hemden und hatte nur einen Knopf geschlossen. Ihre üppigen Brüste und harten Nippel wurden kaum von dem weißen Stoff bedeckt. Sie warf ihm ein kokettes Lächeln zu.

„Ich brauchte nur einen Drink. Du machst mich schlapp."

Sie klimperte mit den Wimpern und er wusste, dass sie ihn nur neckte.

„Oh ja?" Er überbrückte die Distanz zwischen ihnen mit ein paar Schritten und ließ seine Hände auf ihren Hintern gleiten. Genau wie er angenommen hatte, trug sie kein Höschen. „Warum rennst du dann halbnackt durchs Haus, wenn du doch weißt, dass es mir schwerfällt, dieser Art von Versuchung zu widerstehen?"

„Mein Fehler", schnurrte sie und ihre Lippen formten sich zu einem sexy Schmollmund.

Er drückte ihren Po und zog sie zu sich. „Und was, wenn mein Bruder oder Barbie dich so sehen? Was dann?"

„Dann hätte ich sie vielleicht gebeten, sich uns anzuschließen … du weißt schon … zu einem Ménage-à-quatre."

Zach erstickte fast an seinem eigenen Speichel. Sie hatte Bock auf einen Vierer?

Sie kicherte. „Habt ihr, du und dein Bruder, nicht darauf gehofft, als ihr unserer Einladung gefolgt seid?"

Meinte sie das ernst? „Na dann lass sie uns wecken, oder? Und schauen wir mal, ob sie mitspielen", schlug er vor und fragte sich, ob sie kneifen würde, wenn es hart auf hart kam.

Sharleen stöhnte leise. „Das würde mir gefallen.“ Sie zog seinen Kopf zu ihrem Dekolleté hinunter. „Aber zuerst, wie wäre es mit einem schnellen Fick gleich hier?“

Das ließ er sich nicht zweimal sagen. Er wirbelte sie herum und beugte sie vor, sodass ihr nackter Hintern auf ihn zeigte und ihre Brüste auf dem Quarztresen ruhten. Er wollte gerade seinen Schwanz aus seiner Hose befreien, als er ein Geräusch aus dem Wohnzimmer hörte.

„Wir haben Gesellschaft.“

Er ließ sie los und ging zur offenen Küchentür. „David? Bist du das?“ Was er sah, ließ ihn fluchen. „Fuck!“

Ein großer Vampir stand mit einer Waffe in der Hand im Wohnzimmer. Hinter ihm betrat eine andere Person das Chalet.

„Vampirangriff!“, schrie Zach, um seinen Bruder zu warnen, als er bereits auf den Eindringling zustürmte.

Der Angreifer zielte mit seiner Pistole, aber Zach sprang aus der Schusslinie und schnappte sich mitten im Flug einen Stuhl, gerade als ein Schuss ertönte. Sharleen stieß einen schrillen Schrei aus. Zach schleuderte den Stuhl in die Richtung des Angreifers, während er hart auf dem Holzboden landete und hinter den Esstisch rutschte. Der zweite Eindringling, dessen Aura ihn auch als einen Vampir identifizierte, raste auf ihn zu und das Licht des Kamins spiegelte sich auf dem silbernen Messer in seiner linken Hand. In seinem Gürtel sah Zach einen Holzpflock.

Zach schnappte sich einen anderen Stuhl, zerbrach ihn und formte einen behelfsmäßigen Holzpfahl. Beide Angreifer rasten nun auf ihn zu. Er schnappte sich die Stehlampe neben ihm und warf sie auf den Vampir mit der Pistole, doch das bremste diesen kaum.

Er hörte Schritte auf der Treppe und hoffte auf Verstärkung, aber zu seinem Entsetzen kam nicht sein Bruder aus dem ersten Stock herunter, sondern Barbie, die nur mit einem kurzen Nachthemd bekleidet war. Wo zum Teufel war David?

Zach kollidierte mit einem seiner Angreifer und schleuderte ihn gegen die Wand, während der andere Typ erneut mit seiner Waffe zielte. Zach tauchte in die andere Richtung ab, schnappte sich eine schwere Vase und warf sie in die Richtung des Schützen. Eines der Mädchen schrie und eine andere Person stürmte in das Chalet. Im Augenwinkel erkannte Zach David, der einen Stapel Brennholz in den Armen hielt und nur ein Paar

Jeans und Stiefel trug. Er schleuderte ein schweres Stück Holz auf den Vampir mit der Pistole, was den Kerl dazu brachte, zu David herumzuwirbeln und zu schießen.

Inzwischen rappelte sich der Angreifer mit dem silbernen Messer wieder auf und Zach stürzte auf ihn zu, trat mit dem Knie in die Eier des Arschlochs, schlug dann mit seinen Klauen gegen seinen Hals und hinterließ tiefe Wunden. Blut spritzte auf den Boden. Aber auch die Klauen des Angreifers waren jetzt ausgefahren, ebenso wie dessen Reißzähne, und er knurrte bösartig. Zach, jetzt ganz Vampir, packte ihn mit seinen Klauen und schnitt tief in den Bauch des Typen. Der Scheißkerl revanchierte sich, indem er seinen Arm mit dem Messer schwang. Es schnitt tief in Zachs Seite und das Silber brannte wie Säure. Aber der Idiot müsste schon mit mehr auffahren, wenn er wollte, dass Zach den Kampf aufgab.

Ein weiterer Schrei von einer der Frauen erreichte seine Ohren, aber er hatte keine Zeit nachzusehen, wer Hilfe brauchte, denn sein Angreifer stürzte sich erneut auf ihn. Diesmal wich Zach ihm aus, sprang dann hinter ihn und stieß den provisorischen Pfahl in den Rücken des Vampirs, wobei er auf das Herz zielte. Für den Bruchteil einer Sekunde erstarrte der Vampir, dann löste er sich in Asche auf.

„David?“

Zach ließ seine Augen durch den Raum schweifen und suchte nach seinem Bruder. Er lag mit dem Rücken auf dem Boden, der große Vampir mit der Waffe über ihm. Sie kämpften um die Kontrolle der Pistole. Und es sah so aus, als würde David verlieren.

„Fuck!“

Zach stürmte auf sie zu, als er über etwas stolperte. Er blickte nach unten. Sharleen lag leblos auf dem Boden, Blut strömte aus ihrem Hals. Da er wusste, dass er ihr nicht mehr helfen konnte, stürzte er sich auf den Vampir und rammte den provisorischen Pflock in den Rücken des Bastards. Gleichzeitig ging die Waffe los. Als der Vampir sich in Asche auflöste, fiel Zach auf seinen Bruder und seine Hand ruckte auf David zu. Er stoppte den Pflock, als dieser Davids Haut berührte.

Zach rollte von seinem Bruder ab, sein Herz raste, sein Atem ging unregelmäßig. „Fuck!“

Neben ihm atmete David schwer und setzte sich auf. „Ja, was zum Teufel war das?“

Mühsam atmend schossen ihre Blicke zur Treppe. Barbie lag auf dem Treppenabsatz und hielt eine Hand an ihre Brust. Sie blutete stark.

David rannte zu ihr. „Scheiße!“ Er nahm ihre Hand und betrachtete die Wunde darunter. „Schusswunde.“ Er zog sie zu sich und sah hinter ihren Rücken. „Keine Austrittswunde.“

Zach wusste, was das bedeutete. „Kleinkaliber, Silberkugel.“

„Wir müssen sie rausholen“, sagte David und stimmte zu. „Barbie, bleib ruhig, wir kümmern uns um dich.“ Dann blickte er dorthin, wo Sharleen auf dem Boden lag.

Zach schüttelte den Kopf. Es war zu spät, um Sharleen zu retten. Sie war bereits tot.

Barbie weinte weiter. „Niemand … sollte dabei … verletzt werden“, jammerte sie.

Zach richtete seinen Blick auf sie. „Was?“

David starrte sie völlig überrascht an. „Was zum Teufel, Barbie? Worum ging es hier?”

Barbie schluchzte und brach plötzlich zusammen. David fing sie auf, bevor ihr Kopf auf der Treppe aufschlagen konnte.

„Sie atmet“, sagte er.

„Wir können sie nicht sterben lassen“, sagte Zach.

„Stimmt. Sie weiß etwas über diesen Angriff. Ich werde ihr etwas Blut geben.“ David biss in sein Handgelenk.

Zach wandte sich ab, um sich anzusehen, was von den beiden Angreifern übrig war: eine ganze Menge graue Asche, ein paar Handys, Autoschlüssel, die Pistole, das Silbermesser und ein paar Münzen. Warum zum Teufel hatten sie ihn und David ins Visier genommen?

Ein Geräusch an der Tür ließ ihn herumfahren. Noch ein Vampir! Scheiße! Er stürmte auf ihn zu, gerade als der Eindringling mit gezückter Pistole die Schwelle überquerte.

„Zach, nein!“, schrie eine Frau, während er den eindringenden Vampir, oder besser gesagt Vampirhybriden, angriff. Sie stürzten zusammen auf den Boden. Zach drückte das silberne Messer, das er vom Boden aufgesammelt hatte, an den Hals des Vampirhybriden, sodass dessen Haut brutzelte.

„Wir sind von Scanguards!“, schrie die Frau. „Monique hat uns geschickt!“

Zach zögerte und erkannte plötzlich, dass der Vampirhybride, mit dem er kämpfte, sich nur verteidigte, anstatt ihn anzugreifen.

„Wer seid ihr? Rede schnell“, forderte Zach und blickte zu der Frau hoch, die in der Tür des Chalets stand. Ihre Aura identifizierte sie als übernatürliche Kreatur, aber sie war kein Vampir.

„Wir haben eine Videobotschaft von deiner Schwester.“ Sie hob ihre Hand. „Ich werde in meine Tasche greifen, um mein Handy herauszuholen.“

Er beobachtete sie genau, als sie ihr Handy herauszog, es entsperrte und darauf tippte. Dann drehte sie das Display so, dass er es sehen konnte. Es war tatsächlich seine Schwester auf dem Video.

„David, Zach, ihr könnt Virginia und Cooper euer Leben anvertrauen. Sie werden euch nach Hause bringen. Ich liebe euch.“

Zach setzte sich wieder auf seine Fersen zurück und ließ Cooper los. „Verdammt!“

„Ich bin Virginia, eine Hüterin der Nacht. Wir sind mit Scanguards verbündet. Und dieser junge Mann ist Cooper Montgomery, der Sohn von Yvette und Haven.“

„Hey“, sagte Cooper und setzte sich auf.

Zach stand auf und bot ihm seine Hand an, um ihm aufzuhelfen. „Hey, Cooper, tut mir leid. Aber wir wurden gerade von zwei Vampiren angegriffen. Sie haben eines der Mädchen getötet, das andere ist schwer verletzt. Wusstet ihr, dass das passieren würde? Seid ihr deshalb hier?“

„Ich glaube, ihr solltet euch dafür vielleicht hinsetzen“, sagte Cooper mit ernstem Blick.

Verdammt! Nichts Gutes begann jemals damit, dass jemand ihm riet, sich zu setzen.

San Francisco – jetzt

„Und die beiden Mädchen? Waren sie daran beteiligt?“, fragte Monique, nachdem sie ihren Brüdern zugehört hatte, wie sie von dem Angriff auf sie erzählten.

Grayson saß neben ihr auf der Couch, seinen Arm um ihren Rücken gelegt, beide immer noch nur teilweise bekleidet.

„Nachdem Virginia geholfen hat, die Silberkugel aus Barbies Brust zu holen, und David sie geheilt hat“, erklärte Zach, „erzählte sie uns, dass sie und Sharleen für eine Geburtstagsüberraschung für David und mich angeheuert wurden. Sie sollten uns in dieses Chalet einladen, für das alle Kosten abgedeckt waren, und sich um all unsere sexuellen Bedürfnisse kümmern. Offenbar arbeiteten die beiden als Schauspielerinnen für Filme für Erwachsene.“

„Pornostars?“, fragte Grayson und schüttelte den Kopf.

„Ja. Und wir sind darauf hereingefallen. Ich hätte wissen müssen, dass es zu schön ist, um wahr zu sein.“

Ein Brummen kam durch die Leitung. Dann sprach David. „Ich glaube nicht, dass sie wussten, dass die Leute, die sie angeheuert haben, uns tatsächlich töten wollten. Sie wollten, dass wir in einer abgelegenen Gegend ohne Handyempfang waren. Denn hätten wir gehört, dass Dad und Samson entführt worden waren, hätten wir alle Vorsichtsmaßnahmen getroffen und wären sofort in die Staaten zurückgeflogen.“

„Hat euch das überlebende Mädchen gesagt, wer sie bezahlt hat?“, fragte Monique.

„Ich lasse Pearce das gerade nachforschen“, unterbrach Virginia. „Bis wir zurück sind, sollten wir eine Antwort haben.“

Monique tauschte einen Blick mit Grayson aus. „Gut. Danke Virginia. David, Zach, ich glaube, die Tatsache, dass ihr angegriffen wurdet, bestätigt, dass das Hauptziel Dad war und nicht Samson. Jemand will uns auslöschen.“

Grayson nickte. „Leute, wie weit seid ihr vom Portal entfernt?“

„Virginia?“, fragte David.

„Ihr könnt uns in etwa fünfundvierzig Minuten in San Francisco erwarten“, sagte Virginia.

„Gut. Mom wird froh sein zu wissen, dass ihr alle in Sicherheit seid“, sagte Monique. „In der Zwischenzeit rufe ich im Palast an, um zu sehen, was dort los ist.“

„Gute Idee. Bis bald, Schwesterherz“, sagte David.

Zach fügte hinzu: „Halte durch.“

„Tschüss, Jungs.“

Monique beendete das Gespräch und stieß einen erleichterten Seufzer aus. „Gott sei Dank sind sie jetzt in Sicherheit.“

Grayson drückte sie beruhigend an sich. „Du denkst also, dass jemand versucht, das Königsreich deines Vaters an sich zu reißen und alle, die in der Thronfolge sind, auszulöschen?“

„Warum sonst hätten sie Dad entführen und versuchen sollen, David und Zach zu töten? Und wer weiß, wäre ich in jener Nacht bei meinen Eltern gewesen, hätten sie vielleicht versucht, auch mich umzubringen."

„Ich schaudere bei dem Gedanken, dass das hätte passieren können. Gott sei Dank warst du bei mir", sagte Grayson. „Komm, wir ziehen uns an. Wir haben viel zu tun."

Plötzlich klingelte es an der Tür. Grayson tippte auf sein Handy, um zu sehen, wer unten vor der Haustür stand. Er warf Monique einen Blick zu. „Es ist John."

20

Grayson, jetzt mit Jeans und dunklem Hemd bekleidet, öffnete die Wohnungstür und ließ John herein. John Grant, ein großer Vampir mit langen Haaren und Südstaaten-Akzent, war seit über einem Jahrzehnt bei Scanguards. Davor war er der Führer der Königswache in Cains Palast außerhalb von New Orleans gewesen und hatte Cain nach einem Attentat im Alleingang das Leben gerettet.

„Hey, John“, begrüßte ihn Grayson.

„Grayson.“

John sah an ihm vorbei und das überraschte Funkeln in seinen Augen verriet, dass er Monique hier nicht erwartet hatte.

„John, es ist so schön, dich zu sehen.“

„Monique. Hey, Kleine.“

Er zog Monique in eine Umarmung und bei diesem Anblick spürte Grayson etwas, das er nicht weiter untersuchen wollte. Als John sie freigab, huschte sein Blick zwischen Monique und Grayson hin und her. Grayson musste kein Gedankenleser sein, um zu wissen, was John vermutete.

„Ich wusste nicht …“, begann er und zuckte dann mit den Schultern. „Weiß davon jemand?“

Grayson wechselte einen Blick mit Monique, die den Kopf schüttelte.

„Nein. Und vielleicht ist es im Moment besser, wenn es niemand erfährt“, sagte sie sanft. „Das lenkt nur alle ab …“ Sie beendete ihren Satz nicht, musste es auch nicht, denn sie wussten alle, was gerade wichtiger war.

„Was bringt dich hierher?“, fragte Grayson. „Hast du irgendwelche Neuigkeiten?“

„Keine Neuigkeiten an sich“, sagte John ausweichend. „Aber, ähm …“ Er sah Monique an. „Ich wollte dir nicht noch mehr Sorgen machen, als du bereits hast. Deshalb bin ich gekommen, um mit Grayson zu sprechen. Aber da du hier bist, kann ich es dir wohl auch sagen. Ich glaube, im Palast geht etwas vor sich.“

„Was meinst du damit?“, fragte Monique.

„Ich habe ein paar Anrufe getätigt. Ich wollte herausfinden, ob Cain in letzter Zeit irgendwelche Drohungen erhalten oder sich neue Feinde gemacht hat, also rief ich ein paar der Kerle an, die ich von damals, als ich Cains Königswache geleitet habe, noch kenne."

„Und was haben sie dir erzählt?", fragte Grayson eifrig.

„Das ist es eben: Sie haben nichts gesagt. Ich konnte sie nicht erreichen. Also versuchte ich es bei ein paar weiteren Wachen, von denen ich wusste, dass ich ihnen vertrauen konnte, Männer, die sich niemals gegen Cain wenden würden. Und kein einziger ging an sein Handy."

„Glaubst du, sie wurden eingesperrt?", fragte Monique.

„Oder noch schlimmer, getötet", antwortete John. „Davon müssen wir ausgehen. Das bringt mich zu meiner Theorie."

„Du glaubst, dass jemand versucht, das Königreich an sich zu reißen", unterbrach Monique.

John warf ihr einen überraschten Blick zu. „Wie hast du –"

„Wir haben gerade herausgefunden, dass Moniques Brüder in der Schweiz von zwei Vampiren angegriffen wurden", erklärte Grayson.

„Verdammt!", fluchte John.

„Sie konnten ihre Angreifer töten", fügte Monique hinzu. „Sie sind auf dem Weg hierher. Eine Hüterin der Nacht bringt sie zurück."

John nickte und ein Hauch von Erleichterung rollte über seine Lippen. „Virginia?", fragte er mit einem Blick zu Grayson.

„Ja. Ich habe sie und Cooper nach Gstaad geschickt, als Monique ihre Brüder nicht erreichen konnte."

„Gute Idee. Ich nehme an, sie hatten keine Gelegenheit, die Angreifer zu fragen, wer sie geschickt hat, bevor sie sie erledigt haben?"

„Leider nicht", sagte Grayson bedauernd, „aber eines der Mädchen, das angeheuert wurde, um sie in eine abgelegene Hütte zu locken und abzulenken, lebt. Pearce versucht herauszufinden, wer sie und ihre Freundin dafür bezahlt hat. Wir sollten bald mehr wissen."

„Scheiße", zischte John. „Das ist schlimmer, als ich dachte. Das sieht nach einem wirklich gut geplanten und koordinierten Angriff aus. Jemand hat viel Zeit und Geld investiert, um dies zu organisieren."

Grayson dachte dasselbe. „Ich kann nicht anders, als zu denken, dass das eine persönliche Sache ist. Cain kennt die Person, die dahintersteckt." Er sah Monique an und bemerkte ihren besorgten Gesichtsausdruck. „Und vielleicht ist das auch gut so. William, der überlebende Leibwächter, hat den Palast bereits gebeten, die Datenbank aller ehemaligen und aktuellen Angestellten sowie Clanmitglieder an Faye zu senden, damit sie und meine Mutter sie durchforsten können nach einem der Männer, die Cain und Samson entführt haben."

Monique nickte und zog ihr Handy aus der Tasche. „Lass mich mit Mom sprechen und sie und Delilah bitten, die Datenbank des Palastes zu ihrer ersten Priorität zu machen. Anschließend können sie zur Scanguards-Datenbank zurückkehren."

Grayson nickte. „Gute Idee."

Monique wählte bereits Fayes Nummer, als Graysons Handy klingelte.

Er schaute auf das Display und nahm ab, wobei er sich von Monique entfernte, damit er mit Isabelle sprechen konnte, ohne Moniques Gespräch mit Faye zu stören.

„Hey Isa. Was ist los?"

„Mom und Faye haben einen der Angreifer identifiziert. Er ist ein Ex-V-CON."

Er bedeutete John, näher zu kommen. „Das sind hervorragende Neuigkeiten."

„Ich schicke dir jetzt seine Datei und sein Foto. Er war im Gefängnis von Grass Valley eingesperrt, stammt aber ursprünglich aus Louisiana."

Grayson war nicht überrascht, das zu hören, nicht nach dem Angriff auf David und Zach. „Wir werden ihn uns vornehmen. Übrigens, David und Zach sind in Sicherheit und auf dem Rückweg aus der Schweiz. Sie wurden angegriffen, konnten aber die Vampire töten. Behalte das im Moment noch für dich. Ich möchte nicht, dass sich Faye noch mehr Sorgen macht. Monique wird mit ihr sprechen."

„Verstanden. Wir reden später", sagte Isabelle und beendete das Gespräch.

Einen Moment später erklang ein Ton auf seinem Handy. Isabelle hatte die Akte des Ex-V-CONs geschickt. Monique beendete gleichzeitig ihr Gespräch und sah ihn und John an.

„Mom sagte, der Palast habe ihr die Datenbank nicht geschickt, die ich angefordert habe. Sie bittet William, noch einmal anzurufen." Ihre Lippen verzogen sich vor Unmut. „Das gefällt mir nicht. Es ist, als wollten sie nicht, dass wir uns die Datenbank ansehen, weil wir darin die Entführer finden könnten."

John brummte. „Das verstärkt nur meinen Verdacht auf ein Komplott."

Grayson ging es genauso. „Mal sehen, wer dieser Typ ist." Er zeigte auf sein Handy und sah Monique an. „Deine Mutter und meine haben einen Ex-V-CON aus der Gefängnisdatenbank identifiziert. Er kommt ursprünglich aus Louisiana."

Monique stellte sich neben ihn und John stand an seiner anderen Seite, als er auf die Akte klickte und sie öffnete.

Auf dem Bildschirm erschien das Foto eines Mannes mit kurzen blonden Haaren, hellbraunen Augen und einem Spitzbart. Er lächelte nicht. Vielmehr sah er angepisst aus, vielleicht weil das Foto aufgenommen worden war, als er vom Vampirrat festgenommen und eingesperrt wurde.

„Ein heiter aussehender Kerl", sagte Grayson.

„Ich kenne ihn", sagte John.

Grayson drehte den Kopf, um ihn anzusehen. „Wirklich?"

John nickte langsam, sein Gesichtsausdruck war jetzt ernster als zuvor, als er die Loftwohnung betreten hatte.

„Wer ist das?", fragte Monique.

„Sein Name ist Rufus. Ich weiß seinen Nachnamen nicht mehr, aber ich erinnere mich, dass er immer mit Abel zusammengesteckt hat. Sie waren wie Pech und Schwefel."

Schock durchfuhr Grayson. Er wusste über Abel Bescheid. Er wusste von den bösen Taten, die dieser in der Vergangenheit vollbracht hatte.

Moniques Kinnlade klappte auf. „Abel? Mein Onkel?"

„Ja. Rufus war Abels rechte Hand, bevor Baltimore auftauchte und für ihn unentbehrlich wurde. Ich habe keine Ahnung, was mit Rufus geschah. Aber dass er hier aufgetaucht ist und zu den Entführern gehört, kann nur eins bedeuten."

„Abel steckt hinter der Entführung", vermutete Grayson. „Er wird den Job beenden, den er vor über drei Jahrzehnten nicht erledigen konnte."

John nickte erneut. „Er ist hier, um Cains Königreich an sich zu reißen und sich an Scanguards zu rächen, weil sie damals Cain geholfen haben, Abel zu besiegen. Und er wird Faye wehtun, weil sie ihn zurückgewiesen hat."

21

Cain stöhnte. Es fühlte sich an, als liefe Batteriesäure durch seine Adern. Er verlor immer wieder das Bewusstsein und nahm seine Umgebung kaum wahr. Die silbernen Fesseln um seine Hände und Füße brannten sich in sein Fleisch und hinterließen bösartige, blutende Wunden, die ohne menschliches Blut keine Chance auf Heilung hatten. Er versuchte, den Schmerz zu verdrängen, zwang sich dazu, ihn zu ignorieren. Aber er war geschwächt von dem Mittel, das sie ihm alle paar Stunden injizierten.

Er war in einen dunklen, muffig riechenden Raum eingesperrt, ähnlich einer Lagerhalle. Die Wände waren aus Beton. Er war nicht allein in dem großen Raum. An der gegenüberliegenden Wand war Samson auf die gleiche Weise angekettet. Sein Körper zuckte von schmerzhaften Krämpfen. Ihre Gefängniswärter hatten Samson nicht das injiziert, was sie Cain gaben. Stattdessen zwangsernährten sie ihn alle paar Stunden mit menschlichem Blut. Cain konnte es riechen und hungerte danach, damit er heilen und wieder stark werden konnte. Aber das Blut, das sie Samson gaben, bewirkte bei seinem Freund das Gegenteil. Cain verstand, warum: Als Vampir, der mit einem Menschen blutgebunden war, konnte Samson nur das Blut seiner Gefährtin trinken. Blut von jedem anderen Menschen machte ihn krank und würde ihn, wenn es lange genug fortgesetzt wurde, letztendlich töten.

Cain hatte diese besondere Art von Verwundbarkeit nicht, weil seine Gefährtin eine Vampirin war. Er konnte vom Blut eines jeden Menschen leben. Die Entführer wussten das offensichtlich und gaben ihm deshalb etwas anderes, um ihn zu schwächen. Aber seine Sinne waren zu abgestumpft, um herauszufinden, was es war. Genauso wie seine Sinne zu schwach waren, um die telepathische Verbindung, die er mit Faye teilte, zu nutzen und mit ihr zu kommunizieren.

Lebte Faye? Er hatte gesehen, wie sie zu Boden gestürzt war, als sie ihn aus dem Haus gezerrt und in einen dunklen Lieferwagen geworfen hatten. Er hatte so hart gekämpft, wie er konnte, aber es waren zu viele Angreifer gewesen.

„Samson?“, rief Cain aus, seine Stimme heiser und leise.

Ein Grunzen kam von Samson, aber es kamen keine Worte über seine Lippen. Er war mit offensichtlichen körperlichen Schmerzen in der fötalen Position zusammengerollt. Wenigstens wusste er, dass Delilah noch am Leben war. Wäre sie tot, würde ihn das Menschenblut, mit dem sie ihn fütterten, eher stark als krank machen. Nur ihr Tod würde den Bund brechen und ihn befreien. Zumindest gab dieses Wissen Cain Hoffnung, dass die Entführer Faye auch nicht getötet hatten.

Das Geräusch einer schweren sich öffnenden Tür, deren Scharniere von jahrzehntelangem Rost knarrten, machte ihn darauf aufmerksam, dass jemand eintrat. Cain richtete seinen Blick auf die Tür, eine Tat, die anstrengend und schmerzhaft war. Hinter der Person, die jetzt im Türrahmen stand, war Licht. Wie ein Heiligenschein umgab es den Vampir.

„Hallo Cain. Lange her.“

Obwohl er die Stimme seit über drei Jahrzehnten nicht mehr gehört hatte, erkannte er sie sofort. „Abel.“

Abel betrat den Raum, und das Licht von draußen fiel aus einem anderen Winkel auf ihn und beleuchtete sein Gesicht.

„Ja, Bruder, ich bin es. Hast du wirklich geglaubt, du würdest mich nie wiedersehen?“

Cain schluckte schwer. Er hatte gehofft, dass sein böser Bruder in den über dreißig Jahren, seit er nach einem misslungenen Putschversuch aus Louisiana vertrieben worden war, ein angemessenes Ende gefunden hatte. Leider stellte sich Abel als widerstandsfähiger heraus.

„Was willst du?“, presste er heraus, wobei die Anstrengung des Sprechens ihn auslaugte.

„Du fühlst dich jetzt nicht so toll, oder?“, meinte Abel in einem selbstgefälligen Ton. „Was du durch deine Adern fließen fühlst, ist das Blut eines Toten. Wir geben dir gerade genug, damit du nicht wieder ohnmächtig wirst. Welchen Sinn hätte es, wenn du nicht mitbekommst, was passiert, stimmt’s?“

Ein Glucksen hallte von den Wänden wider.

„Sie werden uns finden und dich töten“, versprach Cain.

„Ach, tatsächlich? Und wer würde das tun? Deine Söhne vielleicht?“ Abel legte nachdenklich einen Finger an die Lippen. „Oh, tut mir leid, dich zu enttäuschen, aber deine beiden Jungs sind bereits tot. Ich schätze, in der Schweiz Ski zu fahren, war doch keine gute Idee."

Schock durchfuhr Cains Körper. „Du, du …" Aber sein Körper verriet ihn und ließ ihn nicht die Worte formen, die er Abel entgegenschleudern wollte.

„Und ich sehe, dass Monique sich in eine wunderschöne junge Frau verwandelt hat. Ich bin ein wenig enttäuscht, dass sie nicht bei dir war, als meine Männer dich holten. Aber keine Sorge, wir schnappen sie uns später. Und dann werde ich es genießen, sie zu ficken."

Cain schrie auf. Der Laut kam aus seiner Kehle wie der eines Tieres, eines verletzten Tieres. Er zerrte an den silbernen Ketten, aber die Schmerzen brannten durch seine Handgelenke und der Gestank von verbrannter Haut und verbranntem Haar überfiel ihn noch schlimmer als zuvor.

„Faye hätte mir gehören sollen. Sie hat die falsche Wahl getroffen. Und jetzt wird sie dafür bezahlen. Ich werde euch beiden wehtun. Ihr werdet beide zusehen, wenn ich Monique ficke."

Cain versuchte, die hasserfüllten Worte seines Bruders auszublenden. Er war sich sicher, dass die Königswache und Scanguards bereits mobilisiert worden waren. Zusammen würden sie ihn und Samson finden und Abel besiegen.

„Und dann werde ich auf deinen Thron steigen. Meine Männer bereiten bereits den Palast für meine Krönung vor und beseitigen die Leute, die dir noch treu ergeben sind."

Cains Augen weiteten sich.

„Oh ja." Abel lachte höhnisch. „Hast du wirklich geglaubt, die Handvoll Männer, die ich nach San Francisco mitgebracht habe, sind die einzigen, die mir getreu sind? Ich habe eine Armee, die mir all das verschaffen wird, was die ganze Zeit mir hätte gehören sollen."

Verdammt! Es war schlimmer, als er vermutet hatte. Das bedeutete, dass ihnen jetzt nur Scanguards helfen konnte. „Lass Samson gehen. Er hat damit nichts zu tun."

Abel marschierte tiefer in den Raum und näherte sich Samson. „Glaubst du das wirklich?" Er trat Samson in die Eingeweide und entrang ihm ein schmerzerfülltes Stöhnen, dann blickte er über seine Schulter zurück zu Cain. „Er hat *alles* damit zu tun. Seine Männer halfen, mich zu besiegen. Jetzt werden er und seine Leute dafür bezahlen."

Er drehte Samson den Rücken zu. „Und er ist so leicht zu unterwerfen. Weil er dumm ist. Er bindet sich an eine Sterbliche und macht sich verwundbar. Er ist für sein Überleben von ihr abhängig. Alles, was ich mit ihm tun muss, ist, ihn weiterhin mit menschlichem Blut zu ernähren, und er wird einen qualvollen Tod sterben." Abel grinste. „Keine Sorge, Bruder, mir fällt auch etwas Passendes für dich ein."

„Fahr zur Hölle", spuckte Cain mit letzter Kraft.

„Nein, da gehst du hin."

Abels Handy klingelte plötzlich und er zog es aus seiner Tasche. Er antwortete und drückte es an sein Ohr. „Was?"

Cain bemühte sich, die andere Seite des Gesprächs zu hören, aber er war zu schwach, seine Sinne zu abgestumpft.

„Wie?"

Es gab eine Pause, dann befahl Abel: „Dann brennt seine verdammte Wohnung nieder. Jetzt sofort!"

22

Sekunden nachdem Grayson geklingelt hatte, wurde die Tür zu Wesleys und Virginias Haus aufgerissen. Monique flog in die Arme ihrer Brüder und drückte sie fest. Grayson betrat, gefolgt von John, hinter ihr das Haus.

„Hey, Schwesterchen", sagten Zach und David.

„Ich freue mich so, euch zu sehen", antwortete Monique.

„Hey, John", sagte Zach, und David begrüßte ihn auf die gleiche Weise, während er einen Arm um Moniques Taille legte. John umarmte sie beide kurz.

Grayson spürte sofort die Nähe zwischen John und den Drillingen. Immerhin hatte John sie aufwachsen sehen; er hatte bis zu ihrem späten Teenageralter im Palast gearbeitet. Als David zwei Jahre zuvor San Francisco besucht hatte, hatte er John als seinen Onkel bezeichnet, obwohl sie weder blutsverwandt noch angeheiratet waren. Grayson fühlte die gleiche Verbindung zu vielen Mitgliedern von Scanguards. Für ihn waren die Hybriden seine Cousins, ihre Eltern seine Onkel und Tanten.

„Grayson, danke, dass du Virginia und Cooper geschickt hast, um uns zu holen", sagte David und klopfte ihm auf die Schulter.

Grayson nickte und akzeptierte so Davids Dank. „Ich bin nur froh, dass ihr es geschafft habt. Monique war ziemlich besorgt um euch."

Monique warf ihm ein dankbares Lächeln zu, und als er ihr jetzt in die Augen sah, erkannte er, dass er alles tun würde, um nie wieder Sorgen darin zu sehen.

Zach sah John und Grayson an. „Gibt es Neuigkeiten über Dad? Und Samson, tut mir leid", fügte er mit einer entschuldigenden Geste hinzu.

„Wir haben immer noch keinen Standort", begann Grayson. „Aber wir sind uns zu 99 Prozent sicher, wer dahintersteckt: Abel."

Zach und David starrten ihn ungläubig an, dann sahen sie John und Monique zur Bestätigung an. Als beide mit ernstem Gesichtsausdruck nickten, fluchten die Brüder.

„Verdammt!"

Hinter ihnen tauchten Virginia und Cooper auf.

„Hey“, sagte Grayson mit einem Nicken. „Danke, Virginia, Cooper. Gute Arbeit.“

„Jederzeit“, sagte Virginia und deutete dann auf das Handy in ihrer Hand. „Ich habe gerade mit Pearce telefoniert. Er konnte das Geld, das die beiden Pornodarstellerinnen erhielten, zu einer Briefkastenfirma zurückverfolgen. Als er etwas tiefer grub“ – was Grayson als Hacken in verschiedene Systeme interpretierte –, „stellte er fest, dass die Firma Abel Montague gehört. Er sagte, dass das ganze Setup nicht sehr ausgefeilt sei. Als hätte Abel nicht einmal versucht zu verbergen, dass er hinter der Briefkastenfirma steckt.“

„Seltsam“, kommentierte David.

„Vielleicht nicht“, überlegte Grayson. „Er musste nur bis zu dem Zeitpunkt, bis er euch in eine Falle gelockt hatte, verbergen, dass er hinter all dem steckt. Er hat bereits unsere Väter, also ist es ihm zu diesem Zeitpunkt wahrscheinlich egal, dass wir wissen, dass er es ist.“

„Grayson hat recht“, warf John ein. „Wie ich Abel kenne, möchte er, dass wir wissen, dass er dahintersteckt. Er ist ein sadistischer Bastard und fordert gerne alle heraus. Seine Männer hätten Cain und Samson einfach töten können, aber er zog es vor, sie stattdessen zu entführen. Er will euch alle leiden sehen.“

„Dafür wird er bezahlen“, stieß Monique hervor.

Für einen kurzen Moment blickte Grayson ihr in die Augen und versprach ihr im Stillen, dass er dafür sorgen würde.

„Also, was ist jetzt der Plan?“, fragte Cooper in die kurze Stille hinein.

Grayson riss seinen Blick von Monique los und bemerkte, dass David ihn mit einem überraschten Funkeln in den Augen ansah. Hatte David bemerkt, wie er Monique angesehen hatte? War es offensichtlich, dass etwas zwischen ihnen vorging?

„John glaubt, dass Abel vielleicht ein paar Männer nach New Orleans geschickt hat, um den Palast zu übernehmen“, sagte Grayson mit einem Blick auf John.

„Wieso vermutest du das?“, fragte Zach.

„Ich habe ein paar der Wachen angerufen, denen ich vertraue“, erklärte John. „Ich konnte niemanden erreichen. Ich mache mir Sorgen, dass die Wachen, die eurem Vater gegenüber absolut loyal sind, verschwunden sind. Entweder eingesperrt oder getötet.“

Zach wechselte einen Blick mit seinem Bruder. „Lass uns hinfahren und sie ausschalten. Kommst du mit, John?“

„Natürlich“, sagte John sofort.

„Du brauchst mehr Verstärkung“, sagte Grayson. „Ich wünschte, Monique und ich könnten euch begleiten, aber wir haben gerade eine Spur zu einem von Abels Männern hier in San Francisco bekommen, der wir nachgehen müssen.“

Er deutete zu Virginia und Cooper. „Virginia, hast du etwas dagegen, sie zu begleiten? Cooper, du auch?“

Beide nickten.

„Aber wir brauchen noch ein paar Hüter der Nacht. Ich kann nicht alleine vier von euch unsichtbar machen und gleichzeitig kämpfen, wenn es sein muss. Das erfordert zu viel Energie. Ich werde ein paar Anrufe tätigen.“ Virginia zückte ihr Handy und trat ins Wohnzimmer.

„Danke“, sagte Zach, bevor er sich an Monique wandte. „Also, wie viel weiß Mom? Hast du ihr gesagt, dass Abel dahintersteckt?“

Monique nickte. „Ich habe sie auf der Fahrt von Graysons Wohnung hierher angerufen.“ Sie stoppte abrupt und holte schnell Luft.

Grayson wurde klar, dass ihr diese Neuigkeit versehentlich herausgerutscht war. Zachs und Davids Blicke landeten sofort auf ihm.

„Ähm, ja, wir haben uns überlegt, wie wir weiter vorgehen sollen“, sagte Monique und ihre Stimme zitterte für eine Sekunde.

„Ja“, half Grayson, wohl wissend, dass Monique das, was zwischen ihnen war, geheim halten wollte. „Wir hatten uns zum Brainstorming zusammengesetzt.“ Nun, nicht einmal er selbst würde sich das abkaufen. Zum Glück fragten ihre Brüder nicht weiter nach.

„Mom weiß also von Abel?“, fragte David und brachte das Gespräch zurück zum eigentlichen Thema.

„Ja“, sagte Monique mit stärkerer Stimme. „Ich hatte das Gefühl, dass sie es insgeheim schon vermutet hatte.“

„Rufen wir sie schnell an“, schlug David vor. „Wie ich Mom kenne, wird sie sich noch mehr Sorgen machen, wenn wir es nicht tun.“

Monique zückte ihr Handy und scrollte zu Fayes Nummer. Sie legte den Anruf auf Lautsprecher.

„Monique? Geht es den Jungs gut?“ Fayes Stimme war voller Hoffnung und Sorge.

„Mach dir keine Sorgen um uns, Mom“, sagte David.

„Du kennst uns doch“, fügte Zach hinzu, „wir sind ziemlich unverwüstlich.“

„Gott sei Dank!“, antwortete Faye. „Was wird jetzt passieren?“

„Wir machen uns auf den Weg nach New Orleans“, erklärte Zach.

„Aber ihr könnt nicht alleine gehen. Wie ich Abel kenne, sind wahrscheinlich schon ein Haufen seiner Männer dort. Ihr könnt sie nicht alleine besiegen. Es ist zu gefährlich. Wartet, bis wir euren Vater und Samson gerettet haben.“

„Nein, Mom, das muss jetzt erledigt werden“, warf David ein. „Im Moment denkt Abel wahrscheinlich, dass wir tot sind. Seine Männer werden uns nicht erwarten. Außerdem begleiten uns die Hüter der Nacht. Und John und Cooper kommen mit. Sie werden uns buchstäblich nicht kommen sehen.“

Ein Seufzer kam durch die Leitung. „Trotzdem mache ich mir Sorgen. Abel ist gerissen und böse.“

„Mach dir keine Sorgen um uns, Mom“, sagte Zach in sanftem Ton. „Wir werden Abel nicht gewinnen lassen.“

„Ich liebe euch, Jungs.“

„Hab dich lieb, Mom“, sagten Zach und David und beendeten das Gespräch.

David gab Monique das Handy zurück, als sich die Tür zum Keller öffnete und Zoltan und seine Gefährtin Enya erschienen.

Enya war eine natürliche Blondine mit langen Locken, die sie geflochten und in Kreisen um ihren Kopf festgesteckt hatte. Neben Zoltan sah sie winzig und zerbrechlich aus, aber Grayson wusste, dass das nicht der Fall war. Enya war eine beeindruckende Kriegerin. Zoltan war einst ihr Erzfeind gewesen, der Herrscher der Unterwelt. Aber als er sich in Enya verliebte, hatte sich sein Leben verändert und seine Herkunft enthüllt. Mit Enyas Liebe hatte er sein Geburtsrecht zurückerhalten. Der einstige Dämon hatte das Böse abgeschüttelt.

„Zoltan, Enya“, begrüßte Grayson sie, umarmte Enya kurz und klopfte Zoltan dann auf die Schulter. „Schön, euch zu sehen, Leute.“

„Grayson“, sagte Enya. „Alle in Baltimore richten schöne Grüße aus. Wir vermissen dich und Ryder.“

„Ich vermisse euch auch.“ Dann winkte er den Drillingen zu. „Ich glaube nicht, dass ihr Zach, David und Monique schon kennt, oder?“

Als sie sich alle begrüßten, fing Grayson Johns Blick auf. Er steckte gerade sein Handy zurück in die Tasche.

„Savannah sollte gleich hier sein“, verkündete John.

„Gut, dann könnt ihr in Kürze nach New Orleans aufbrechen“, sagte Grayson, dem sofort klar wurde, warum John seine blutgebundene Gefährtin angerufen hatte.

Monique trat einen Schritt auf ihn und John zu, während Zoltan und Enya weiter mit David und Zach sprachen.

„John, du kannst Savannah nicht mitnehmen. Es ist zu gefährlich für einen Menschen.“ Sie legte ihre Hand auf Johns Unterarm.

„Natürlich nicht“, versicherte ihr John schnell. „Ich muss mich nur ernähren, bevor ich gehe. Ich muss in Höchstform sein, da wir nicht wissen, was uns in New Orleans bevorsteht und wie lange wir bleiben müssen.“

Monique seufzte erleichtert auf, und bei dem Gedanken daran, dass John von seiner Gefährtin trank, wanderte Graysons Blick zu Moniques Hals und dann zu ihren Brüsten. Noch vor wenigen Stunden hatten seine Reißzähne tief in Moniques Brust gesteckt und ihr köstliches Blut hatte seinen Mund gefüllt und war seine Kehle hinuntergelaufen.

Er zwang sich, seinen Blick von ihr abzuwenden, denn ein längerer Blick auf sie würde verraten, was er für Monique empfand.

Er war froh, dass Zach gerade nähertrat. „Hey Grayson. Du hast erwähnt, dass ihr eine Spur zu einem von Abels Männern habt?“

Grayson räusperte sich. „Ja, John hat ihn von einem Foto in den Gefängnisakten erkannt. Er heißt Rufus. Thomas hat mir gerade seine Adresse hier in San Francisco per SMS geschickt. Deine Schwester und ich werden der Sache nachgehen. Ich bezweifle, dass er dort sein wird, aber vielleicht finden wir etwas in seiner Wohnung, das uns einen Hinweis darauf geben könnte, wo sie Cain und Samson festhalten.“

„Ich hoffe, wir finden sie bald“, sagte Zach.

„Das tun wir alle.“

„Wir sind so schnell wie möglich wieder da.“

Es dauerte noch ein paar Minuten, bis Savannah eintraf. Als sie und John in einem Raum verschwanden, damit John ungestört von seiner Gefährtin trinken konnte, legte Grayson seine Hand auf Moniques Rücken.

„Zeit für uns zu gehen.“

„Ja." Sie sah ihre Brüder und die Hüter der Nacht an. „Passt auf euch auf."

23

„Glaubst du, meine Brüder haben Verdacht geschöpft?“, fragte Monique, als sie in Graysons Auto saßen und die belebte Mission Street entlangfuhren.

Grayson sah sie von der Seite an, legte seine Hand auf ihre und drückte sie. Sie ließ es geschehen, denn die Berührung beruhigte ihre angespannten Nerven.

„Wäre es wirklich so schlimm, wenn das der Fall wäre?“

Seine Stimme war schmeichelnd, fast zärtlich und so ganz anders, als sie ihn sich vorgestellt hatte, als sie herausgefunden hatte, dass ihr Vater versucht hatte, sie zu verkuppeln. Das war eine andere Seite von ihm. Aber konnte sie ihrem Bauchgefühl vertrauen, dass der Grayson, mit dem sie jetzt zusammen war, der wahre Grayson war, der Mann hinter der Fassade?

„Vielleicht nicht“, sagte sie zögernd. „Es ist nur so, dass ich niemandem erklären will … ich meine … nach allem …“ Sie konnte ihren Satz nicht beenden, war sich über nichts mehr sicher. Was, wenn das, was sie gerade fühlte, eine Illusion war aufgrund der dramatischen Ereignisse, die sie durchmachten?

„Babe“, sagte er leise. „Du musst weder mir noch sonst jemandem etwas erklären. Ich wollte dich nicht in Verlegenheit bringen. Aber ich möchte, dass du etwas weißt …“

Sie sah ihn von der Seite an und ihr Herz hämmerte plötzlich.

„Die letzten achtundvierzig Stunden mit dir übertreffen alles, was ich in meinen zweiunddreißig Jahren erlebt habe. Und das sage ich nicht, damit du wieder mit mir schläfst.“ Er schmunzelte. „Und glaub mir, ich will wieder mit dir schlafen …“

Seine Worte brachten sie unwillkürlich zum Lachen. „Versuchst du mir zu sagen, dass du es genossen hast, Sex mit mir zu haben?“

„Sex?“ Er schüttelte den Kopf. „Monique, wir hatten nicht nur Sex. Es war mehr als das. Oder willst du damit sagen, dass ich der Einzige bin, der die Verbindung gespürt hat, die wir hatten, als wir uns liebten?“

Ihr Herz schlug unkontrolliert. Hatte er das auch gespürt? Als er mit ihr geschlafen und sie gebissen und ihr Blut direkt aus ihrer Brust getrunken hatte, hatte sie ein Hochgefühl verspürt, das sich nicht allein durch Sex erklären ließ. Es war mehr als das gewesen – etwas Persönlicheres, Intimeres.

„Ich konnte dich spüren, als wäre ich in dir", murmelte Monique. „Obwohl es umgekehrt war. Ich weiß, es klingt verrückt."

„Es ist nicht verrückt." Grayson zog ihre Hand an seine Lippen und küsste ihre Fingerknöchel. „Ich habe mich dir nahe gefühlt. Und das will ich wieder verspüren." Er wandte seinen Blick von der Straße ab und begegnete ihrem.

Seine Augen schimmerten golden und der Anblick ließ ihr Herz höherschlagen. Er führte ihre Hand zu seinem Oberschenkel und ließ sie dort ruhen. Monique spürte, wie seine Muskeln unter ihrer Handfläche zuckten, und liebte die Wärme, die von seinem Körper ausging.

„Du bist so ganz anders, als ich erwartet hatte."

„Ich hoffe, das ist gut." Grayson trat plötzlich auf die Bremse und brachte das Auto zum Stehen.

Vor ihnen war mitten auf einer Kreuzung ein Cable Car stehen geblieben. Ein Krankenwagen und ein Taxi blockierten die Straße. In der Ferne hörten sie eine Sirene, aber sie schien weit weg zu sein. Monique blickte auf die Szene und bemerkte etwas, das aussah wie ein verstümmeltes Fahrrad, das unter den Vorderrädern des Cable Cars steckte.

„Oh mein Gott", sagte sie und legte ihre Hand auf die Türklinke. „Ich glaube, ein Radfahrer ist unter dem Cable Car eingeklemmt. Wir müssen helfen."

Sie sprang aus dem Auto und hörte, wie Grayson den Motor abstellte, während sie zum Cable Car eilte. Die wenigen Personen, die damit gefahren waren, waren ausgestiegen und standen herum, während der Cable-Car-Fahrer sie von der Unfallstelle weg dirigierte. Der Schock stand ihnen ins Gesicht geschrieben.

Die Sanitäter kauerten vor dem Cable Car und versuchten, darunter zu greifen.

Monique spürte Graysons Hand auf ihrem Arm. „Der Radfahrer ist eingeklemmt."

„Können wir helfen?", fragte Grayson die Sanitäter.

Beide schüttelten den Kopf. „Wir brauchen die Rettungsscheren. Die Feuerwehr ist schon hierher unterwegs."

Monique wechselte einen flehenden Blick mit Grayson. Das schmerzvolle Stöhnen des eingeklemmten Opfers drang zu ihr. „Er braucht unsere Hilfe."

Grayson nickte. „Leute", sagte er und blickte den Sanitätern tief in die Augen. „Ihr lasst uns die Vorderseite des Cable Cars anheben, und dann zieht ihr den Radfahrer heraus."

Sein beruhigender Ton deutete darauf hin, dass er Gedankenkontrolle bei den beiden Menschen anwendete.

„Auf geht's." Grayson gab ihr ein Zeichen und zusammen ergriffen sie die Vorderseite des Cable Cars und nutzten ihre vereinte Vampirkraft, um das Fahrzeug nur wenige Zentimeter anzuheben, was ausreichte, damit die Sanitäter den Radfahrer sicher unter dem Cable Car herausziehen konnten.

„Wir haben ihn", sagte einer der Sanitäter, und Monique und Grayson senkten das Cable Car wieder.

Monique inspizierte den Radfahrer und versicherte sich, dass er atmete, bevor sie die beiden Sanitäter ansah. „Ihr habt es ganz alleine geschafft, ihn herauszuziehen. Wir waren nie hier", murmelte sie, bevor sie und Grayson sich umdrehten und zum Auto zurückgingen.

Das Feuerwehrauto traf einen Moment später ein und blockierte die Straße, was sie zu einem Umweg zwang.

„Danke dafür", sagte Monique, sah Grayson an und nahm seine Hand.

Er lächelte sie an und sah zufrieden aus. „Wir dürften bald dort sein."

Es dauerte noch eine halbe Stunde, bis sie schließlich in die Straße einbogen, in der laut Thomas Abels Komplize Rufus wohnte.

„Scheiße!", fluchte Grayson und hielt den Wagen an. Er zeigte auf ein Gebäude.

„Das kann doch nicht wahr sein!", sagte sie und schüttelte den Kopf. „Bitte sag nicht, das ist Rufus' Wohnung."

„Verdammt!", fluchte Grayson.

Dichter Rauch und lodernde Flammen schossen aus dem Gebäude, als das Feuer sich von Etage zu Etage des alten edwardianischen Wohnkomplexes ausbreitete.

„Das kann kein Zufall sein", sagte Monique. „Sie wussten, dass wir kommen."

Grayson nickte. „Abel ist klüger, als ich erwartet hatte. Er lässt uns beobachten. Er wusste, dass wir kommen würden, also zerstörte er die einzige Spur, die wir bisher hatten."

Schock durchfuhr Monique. „Grayson! Wir müssen meine Brüder und die anderen warnen. Was, wenn Abel bereits weiß, dass sie überlebt haben und auf dem Weg zum Palast sind?"

Grayson drehte den Wagen um und befahl: „Ruf sie an! Jetzt sofort!"

Monique wählte Johns Nummer. Der Anruf ging direkt auf die Mailbox. „John antwortet nicht." Sie probierte zuerst Zachs Nummer, dann Davids. Keiner der beiden antwortete. Ihr Herz verkrampfte sich vor Angst. „Sie antworten nicht, Grayson. Was, wenn sie in eine Falle gelaufen sind?"

„Versuche es noch einmal. Ich werde versuchen, Cooper und Virginia zu erreichen."

Panik ließ das Blut in ihren Adern gefrieren und ihre Angst, ihre Brüder zu verlieren, stieg mit jeder Sekunde.

24

Außerhalb von New Orleans – eine Stunde zuvor

Die unterirdischen Tunnel, die von den Wäldern außerhalb des Palastgeländes in den Palast führten, waren nur wenigen Auserwählten bekannt: dem König und seiner Familie und dem Anführer der Königswache. Sie stammten aus der Zeit, als der Palast eine Plantage gewesen war und Sklaven auf den Feldern gearbeitet hatten.

Zach war mit den versteckten Ein- und Ausgängen vertraut und führte zusammen mit seinem Bruder David die kleine Gruppe durch das dunkle und muffige Labyrinth. Die Reise durch das Portal der Hüter der Nacht war verwirrend gewesen und er schätzte es, wieder festen Boden unter den Füßen zu haben.

„Das bringt Erinnerungen zurück. Hier hat sich nichts geändert", bemerkte John, als er neben Zach ging.

„Dad, David und ich haben die Tunnel ein wenig verstärkt, wo es absolut notwendig war, damit sie nicht einbrechen", erklärte Zach, „aber größere Renovierungen können wir nicht durchführen. Es würde bedeuten, die Existenz und den Standort Außenstehenden preiszugeben."

Und im Moment wusste er zu schätzen, dass der Rest der Palastangestellten und Clanmitglieder nicht wusste, wo sich die Tunnel befanden. Es ermöglichte ihnen, unbemerkt den Palast zu betreten.

Zoltan gesellte sich zu ihnen, während Virginia, Cooper und Enya hinter ihnen gingen. „Wenn wir drinnen sind, wie handhaben wir die Tatsache, dass die Vampire uns immer noch riechen können, obwohl wir alle unsichtbar sind?"

„Wir können nur hoffen, dass wir niemandem zu nahe kommen, während wir die Situation auskundschaften", sagte Zach mit einem Achselzucken. „Zumindest haben wir den Vorteil, dass wir unsichtbar sind."

„Wir haben noch ein bisschen mehr", verkündete John und holte eine kleine Flasche mit einer Sprühdüse heraus. „Wesley hat das für uns gebraut."

„Was ist es?", fragte David neugierig.

„Ein kleines Zauberelixier, das unseren Geruch vorübergehend überdeckt und es Vampiren praktisch unmöglich macht, uns zu riechen."

„Cool", sagte David.

„Wie lange wird die Wirkung anhalten?"

John zuckte mit den Schultern. „Bin mir nicht sicher. Wesley hatte noch keine Zeit, es in einem Langzeitversuch zu testen."

Zoltan brummte widerwillig. „Also, was du sagen willst, ist, dass es nur ein paar Minuten sein könnten."

„Sogar ein paar Minuten sind von Vorteil", sagte Zach. „Was machen wir damit? Trinken?"

„Nein, wir sprühen es auf uns", erklärte John.

„Besser als nichts", sagte David.

Sie gingen schweigend weiter, bis sie einen Bereich erreichten, wo der grobe Erdtunnel in einen holzumrahmten Korridor überging. Es gab zwei Türen. Eine führte in das Schlafzimmer des Königs, die andere in das der Königin, obwohl dieses Zimmer umgebaut worden war, weil seine Eltern immer im selben Zimmer schliefen. Jetzt diente das Schlafzimmer der Königin als private Bibliothek und Wohnzimmer für das Paar. Zach und seine Geschwister störten ihre Eltern hier selten, weil sie wussten, wie sehr sie ihre Zeit allein miteinander genossen. Wie Frischvermählte.

Dieser Gedanke ließ sein Herz schmerzen. Wenn sie Cain nicht retten konnten, würde es Faye das Herz brechen, und Zach wusste, dass sie sich nie davon erholen würde.

An der Tür zur Kammer der Königin angekommen, blieben sie alle stehen. Zach spähte durch das Guckloch in den Raum. Er war leer. Er drehte sich um und sprach die Gruppe an.

„Sobald wir drinnen sind, teilen wir uns in drei Gruppen auf. Virginia, du gehst mit John, er kennt den Palast genauso gut wie David und ich. Enya, du gehst mit David und Cooper. Zoltan, du kommst mit mir."

Alle nickten.

„Lasst mich nachsehen, ob die Luft hinter diesem Raum frei ist", sagte Virginia. „Zurück in einer Sekunde."

„Halt", sagte John und hob die Sprühflasche hoch.

Virginia wartete, während John sie mit dem feinen Nebel aus der Flasche besprühte.

„Danke." Virginia näherte sich der Tür und ging dann mit dem linken Bein zuerst hindurch.

Zach beobachtete fasziniert, wie sie vollständig verschwand. Er trat zum Türspion, um in den Raum zu schauen, und beobachtete Virginia, wie sie sich im Raum umsah, dann zur Tür ging, die in den Flur führte. Zwei Meter von der Tür entfernt verschwand sie vor seinen Augen. Er musste annehmen, dass sie sich unsichtbar gemacht hatte, bevor sie durch die Tür trat, um den Flur zu erkunden.

Er wartete, sah sie aber nicht zurückkommen. War sie schon in Schwierigkeiten geraten?

Plötzlich wurde er zurückgestoßen und wäre beinahe auf den Hintern gefallen, wenn ihn sein Bruder nicht aufgefangen hätte. Virginia war durch die Tür getreten und mit ihm zusammengestoßen, plötzlich wieder sichtbar.

Virginia schnappte nach Luft. „Hoppla."

„Tut mir leid, ich habe dich nicht gesehen", sagte Zach. Dieses kleine Missgeschick brachte ihn zum Nachdenken. „Leute, sobald wir alle unsichtbar sind, bedeutet das, dass wir uns gegenseitig anrempeln werden?"

„Das ist ein Problem", fügte David hinzu.

„Ist es nicht", behauptete Enya. „Wir haben verschiedene Ebenen, um andere unsichtbar zu machen und ausgewählten Menschen zu erlauben, uns und einander immer noch zu sehen. Keine Sorge, wir sorgen dafür, dass jeder in dieser Gruppe alle anderen sehen kann."

Das war eine Erleichterung. „Also gut." Zach nickte John zu. „Sprüh mich ein."

John besprühte Zach und dann alle anderen, bis alle, einschließlich John, etwas von Wesleys Elixier erhalten hatten. Zach atmete tief ein und versuchte, die verschiedenen Gerüche zu erkennen, die von seinen Gefährten kamen. Zu seiner Überraschung konnte er sie nicht riechen. Es war, als wäre er allein.

„Ziemlich cool", sagte David und schnüffelte ebenfalls sichtlich.

„Lasst uns gehen", befahl Zach. Er warf einen weiteren Blick durch das Guckloch, öffnete dann die Tür zum Zimmer und trat ein.

Als alle im Raum waren, schloss David die Tür zum Tunnel. Ein verziertes Kunstwerk bedeckte die Wand und machte es praktisch unmöglich zu erkennen, dass dort eine Geheimtür verborgen war. Sogar der Türspion war geschickt getarnt.

„Jetzt unsichtbar machen“, flüsterte Virginia und sah die anderen Hüter der Nacht an. Beide nickten und sie fügte hinzu: „Wir sind jetzt alle unsichtbar.“

„Gut“, antwortete Zach ebenso leise, „John, nimm die Quartiere der Wachen, David, die Privaträume oben, ich überprüfe die Büros und schaue mich draußen um. Und denkt daran, dass wir zuerst herausfinden müssen, wie viele Feinde es gibt, bevor wir sie ausschalten. Verstanden?“

Alle nickten.

Virginia und John verließen als Erste den Raum. Sie gingen zur Hintertreppe, während der Rest den leeren Korridor entlang zur Haupttreppe des Gebäudes ging. Der Palast war ein massives Herrenhaus mit den Quartieren der königlichen Familie im Untergeschoss, Büros, einem Ballsaal und anderen öffentlichen Räumen im Erdgeschoss. Im ersten Stock befanden sich die Quartiere der Wachen, die im Palast lebten, und im zweiten Stock waren Gästezimmer sowie die Räume, die die Drillinge nutzten, um ein wenig Abstand von ihren Eltern zu genießen.

Schweigend, alle in Schuhen mit weichen Sohlen, schlichen sie die breite Treppe hinauf. Auf dem Treppenabsatz nickte Zach seinem Bruder zu und deutete nach links, während er Zoltan bedeutete, ihm nach rechts zu folgen. Als er um die Ecke bog, blieb er abrupt stehen.

Im Korridor stand ein Dutzend Wachen in Formation. Sie waren bis an die Zähne bewaffnet. Aber das war noch nicht das Schlimmste, denn Zach und Zoltan waren unsichtbar. Oder wären unsichtbar gewesen, wäre da nicht das feine weiße Pulver gewesen, das aus einem von der Decke hängenden Schlauch kam und die Partikel auf sie pustete. Der Staub blieb an ihrer Kleidung, ihrer Haut und ihrem Haar kleben und verwandelte sie in einen Kreideumriss ihrer selbst.

„Scheiße!“, fluchte Zach.

25

Thomas sah vom Computer hoch. „Wir haben alle ihrer Handys ausprobiert. Sie wurden alle um die gleiche Zeit ausgeschaltet."

„Verdammt!", fluchte Grayson.

Neben ihm spannte sich Monique an. „Oh Gott!"

„Da John und Cooper ihre Scanguards-Handys benutzten, konnte ich den genauen GPS-Standort ermitteln. Sie haben es definitiv in den Palast hinein geschafft."

„Abels Männer müssen auf sie gewartet haben", sagte Monique. Sie sah angespannt aus.

„Kurz bevor die Handys ausgingen, hat John eine SMS geschickt", fügte Thomas hinzu.

„Was hat er gesagt?", sagte Grayson und hoffte auf eine gute Nachricht.

„Ich weiß es nicht. Er hat sie nicht an uns geschickt, sondern an eine Nummer, die ich nicht kenne. Wir arbeiten daran, herauszufinden, wen er kontaktiert hat", sagte Thomas mit einem Blick auf Eddie, der auf seiner Tastatur herumhackte. „Es ist eine nicht registrierte Nummer."

Amaury erschien in der Tür von Thomas' Büro. „Hey, gibt es Neuigkeiten von unseren Leuten?"

Thomas schüttelte den Kopf.

„Ich muss nach New Orleans", sagte Monique. „Thomas, kannst du einen anderen Hüter der Nacht anrufen, der mich hinbringt?"

„Kommt nicht in Frage", fauchte Grayson. „Du gehst nicht."

„Ich muss meine Brüder retten!"

„Und dich in Gefahr bringen? Nur über meine Leiche."

Monique funkelte ihn an. „Du kannst nicht entscheiden, was ich tue oder nicht tue!"

„Mache ich aber, wenn es bedeutet, dass ich dich dadurch beschütze!"

„Du bist genauso ein arrogantes Arschloch, wie du schon immer warst. Wie konnte ich nur so dumm sein zu glauben, du hättest dich verändert?"

„Wovon zum Teufel sprichst du? Alles, was ich tue, ist, dich davon abzuhalten, in eine Falle zu tappen."

„Ja, weil du alles besser weißt, oder? Und ich bin nur eine hysterische Frau, nicht wahr? Genau wie damals, als ich elf war.“

Grayson fuhr sich mit der Hand durchs Haar, während sein Gehirn Überstunden machte. Eine Erinnerung, die er in die dunklen Tiefen seines Geistes zurückgedrängt hatte, versuchte aufzutauchen, aber er konnte sie nicht ganz greifen.

„Ich habe keine Ahnung, wovon du sprichst.“

„Natürlich nicht“, fauchte Monique und funkelte ihn an. „Weil du nur an dich selbst denkst. Dir sind die Gefühle anderer egal. Nein, du würdest lieber jemanden demütigen, als zuzugeben, dass du Unrecht hast.“

„Monique! Verdammt, ich habe keine Ahnung, was das soll. Ich dachte, du und ich wären auf derselben Wellenlänge.“ Schließlich waren sie sich erst vor ein paar Stunden nähergekommen und hatten einander getröstet.

„Wir waren noch nie auf der gleichen Wellenlänge.“ Sie holte tief Luft. „Und du bist immer noch der arrogante kleine Idiot, der du warst, als du zwölf warst und mich einen Feigling und eine Lügnerin genannt hast, als ich nicht in krokodilverseuchte Gewässer springen wollte. Du musstest mich demütigen, weil du der Tapfere sein wolltest. Und es war dir egal, dass du meine Gefühle verletzt hast. Denn alles, was dir wichtig ist, ist dein eigenes Ego.“

Verdammt! Die Erinnerung an jenen Sommer in New Orleans blitzte plötzlich vor seinen Augen auf. Jede einzelne Sekunde fiel ihm jetzt wieder ein.

„Oh Gott“, murmelte er und sah Monique mit anderen Augen an. Er ignorierte die Tatsache, dass sie nicht allein waren und dass seine Kollegen sie schweigend beobachteten. Das musste er jetzt mit Monique klären.

„Monique, ich war zwölf Jahre alt. Ich … ähm, ich …“ Verdammt, das war schwer. „Verdammt, Monique! Ich war schon damals in dich verknallt. Und deine Brüder wussten es und neckten mich unerbittlich. Es war mir peinlich. Verdammt, welchem Zwölfjährigen wäre es nicht peinlich, in ein Mädchen verknallt zu sein, das ihm nicht einmal einen zweiten Blick gönnt? Also habe ich mich gewehrt. Ich musste deinen Brüdern beweisen, dass ich nicht in dich verliebt war. Deshalb habe ich dich einen Feigling genannt. Obwohl *ich* wirklich der Feigling war, weil ich niemandem gegenüber zugeben konnte, dass ich dich mochte.“

Monique starrte ihn mit leicht geöffneten Lippen an.

„Aber dieses Kind bin ich nicht mehr. Und es ist mir egal, wer davon weiß." Er blickte zu Amaury, Thomas und Eddie, dann wieder zu Monique. „Also kann ich dir genauso gut gleich gestehen, was ich für dich empfinde. Ich bin in dich verliebt, Monique. Und ich werde diese Tatsache dieses Mal nicht verbergen, egal was alle anderen sagen."

„Grayson …", murmelte sie und die Wut sickerte sichtbar aus ihrem Körper.

„Und der Grund, warum ich nicht will, dass du nach New Orleans gehst, ist, dass ich es mir nie verzeihen könnte, wenn dir etwas zustößt. Aber da wir beide wissen, dass du nicht klein beigeben wirst und gehen wirst, egal was irgendjemand sagt, werde ich mit dir kommen. Ob du es willst oder nicht."

Es war so still im Büro, dass man hätte hören können, wie eine Stecknadel zu Boden fällt. Offenbar war er nicht der Einzige, der auf eine Antwort von Monique wartete. Amaury, Thomas und Eddie schienen genauso neugierig zu sein, wie sie auf dieses Geständnis reagieren würde.

~ ~ ~

Moniques Herz schlug ihr bis zum Hals. Damit hatte sie nicht gerechnet. Grayson war in sie verliebt? Und er hatte es vor seinen Kollegen kundgetan, als wäre es ihm egal, wer davon erfuhr. Sein Geständnis, dass er vor zwanzig Jahren in sie verknallt gewesen war und aus Verlegenheit gehandelt hatte, war ebenso unerwartet. Er entblößte sich vor ihr und seinen Kollegen. Es bedurfte eines starken Mannes, so etwas zu tun und sich verwundbar zu machen. Sie hatte Grayson völlig falsch eingeschätzt. Er war im Moment nicht der verwöhnte Erbe von Scanguards. Er war so viel mehr. Er war ein Mann, der genau wusste, was er wollte, und keine Angst davor hatte, sich dafür zu öffnen.

„Hast du alles ernst gemeint, was du gesagt hast?", murmelte sie.

Sie starrte ihm in die Augen und bemerkte, wie seine Iris golden zu schimmern begannen. Es zog sie zu ihm hin. Er war wieder Gray, der Fremde, mit dem sie geschlafen hatte.

„Ja, Babe. Jedes einzelne Wort."

Ihre Füße bewegten sich aus eigenem Antrieb, als sie die Distanz zwischen ihnen überbrückte. Sie stand nur ein paar Zentimeter von ihm entfernt, legte ihre Hand auf seine Brust und spürte seinen schnellen

Herzschlag unter ihrer Handfläche. Ihr eigenes Herz schlug genauso schnell.

„Vergib mir, Monique", flüsterte er. „Ich wollte dich niemals verletzen."

Als sie sich daran erinnerte, was vor zwanzig Jahren passiert war, wurde ihr plötzlich klar, warum es ihr so wehgetan hatte. Es war jetzt so offensichtlich, und doch hatte sie es all die Jahre nicht sehen können. Auch sie war verknallt gewesen. In Grayson verknallt. Und als er ihr wehgetan hatte, war daraus Groll geworden. Die Zurückweisung hatte sie geschmerzt, weil seine Meinung über sie wichtig gewesen war. Sie war immer noch wichtig. Jetzt sogar noch mehr.

Monique legte ihre Arme um ihn und drückte sich fest an ihn. Er legte seine Arme um sie und hielt sie fest. Sie vergrub ihren Kopf in seiner Halsbeuge und atmete seinen verführerischen Duft ein.

„Ich vergebe dir", flüsterte sie ihm ins Ohr.

„Vertraust du mir jetzt, dass ich alles, was ich tue, tue, weil ich es nicht überleben würde, wenn dir etwas zustieße?"

„Das tue ich. Ich vertraue dir."

Sie hob den Kopf und sah ihm in die Augen. Seine Lippen öffneten sich mit einem Atemzug und sie brachte ihre Lippen zu seinen.

Jemand räusperte sich. Plötzlich erinnerte sie sich daran, dass sie nicht allein waren, löste sich aus Graysons Armen und drehte sich um. Alle drei Vampire unterdrückten ein Lächeln.

Grayson räusperte sich. „Ähm, Amaury, könntest du mir einen Gefallen tun und die Hüter der Nacht anrufen und sehen, wer verfügbar ist, um uns nach New Orleans zu bringen?"

„Kein Problem", erwiderte Amaury und zückte sein Handy. „Aber du solltest ein paar Leute als Verstärkung mitnehmen. Es sind noch vier Stunden, bis die Sonne in Louisiana aufgeht. Nimm Blake mit. Er kennt den Palast."

Moniques Blick fiel auf Thomas und Eddie, bevor sie wegschaute, weil sie niemanden ansehen konnte. Sie war öffentliche Liebesbekundungen nicht gewohnt. Noch nie in ihrem Leben hatte sie sich so nackt gefühlt.

„Mach dir nichts draus", sagte Thomas mit einem Grinsen. „Wir haben schon Wetten abgelegt, wie lange es dauern würde, bis Grayson endlich erwachsen wird."

Eddie schmunzelte. „Es stellt sich heraus, dass dafür eine echte Prinzessin nötig war."

„Leute, seid ihr fertig damit, uns in Verlegenheit zu bringen?", fragte Grayson, obwohl er nicht verärgert klang.

Er drückte ihre Hand, und sie warf ihm einen kurzen Blick zu und bemerkte, dass seine Augen immer noch golden schimmerten. Taten ihre das auch? Sie nahm es an, denn was sie in sich fühlte, war schwer zu fassen. Sie hatte Gefühle für Grayson. Starke Gefühle.

Amaury beendete sein Gespräch und steckte sein Handy zurück in seine Tasche. „Hamish und Logan treffen euch in zwanzig Minuten am Portal in der 16th Street."

„Danke, Amaury. Oh, und … ähm, kennt Wesley den Palast nicht auch?", fragte Grayson.

Amaury nickte. „Ja, er war Teil des Teams, das Cain geholfen hat, Abel zu besiegen. Aber ich dachte, du wolltest, dass er hierbleibt und an den Zaubertränken arbeitet."

„Ich glaube, wir werden ihn in New Orleans brauchen. Wir haben keine Ahnung, was dort passiert ist, und wir brauchen vielleicht ein oder zwei Zaubersprüche, um unsere Leute aus Schwierigkeiten herauszuholen. Charles kann seine Arbeit hier fortsetzen."

Monique nickte. „Das ist bestimmt eine gute Idee. Ein Hexer könnte genau das sein, was wir brauchen." Sie hielt einen Moment inne, bevor sie fortfuhr: „Meine Brüder haben sicherlich die Tunnel benutzt, um in den Palast zu gelangen. Wir müssen davon ausgehen, dass sie kompromittiert sind. Abel weiß von den Tunneln, aber ich glaube, er kannte nur den Eingang zu den Zellen, nicht zu den Zimmern meiner Eltern. Deshalb hat mein Vater vor über dreißig Jahren den Zelleneingang zugemauert."

„Ich verstehe", sagte Grayson. „Wir sollten lieber nicht in die Fußstapfen von John und deinen Brüdern treten und in dieselbe Falle tappen. Wenn Abels Männer wussten, dass sie kommen würden, wussten sie wahrscheinlich auch, dass sie die Tunnel benutzen und unsichtbar hineinkommen würden. Nähern wir uns dem Palast auf eine andere Weise."

„Das ist nicht unser einziges Problem", sagte Monique, die sich um etwas anderes sorgte.

„Was meinst du?"

„Wir können nicht davon ausgehen, dass alle im Palast auf Abels Seite stehen. Es könnte einige geben, die nur mitspielen, denn wenn sie es nicht tun, wird Abel sie töten. Wir können nicht einfach alle töten, ohne zu wissen, auf wessen Seite sie stehen."

„Es gibt keine Möglichkeit herauszufinden, wer Cain noch treu ist."

„Dann müssen wir einen Weg finden. Ich kann es nicht gutheißen, Unschuldige zu töten."

Grayson sah sie an, als wollte er protestieren, aber dann schien er seine Meinung zu ändern. „Okay, dann finden wir einen Weg. Jetzt lasst uns diese Sache angehen."

26

Das Hüter-der-Nacht-Portal war in einem Tunnel der 16th-Street-U-Bahn-Station versteckt, die nach Mitternacht geschlossen war. Die Mitarbeiter von Scanguards hatten jedoch eine Möglichkeit, die Kameras der U-Bahn-Station zu deaktivieren, sowie einen Schlüssel, um hineinzukommen.

Monique war überrascht, Blake in einer Ganzkörper-Kevlar-Uniform mit Helm und Handschuhen zu sehen.

„Das wird mich vor der Sonne schützen, wenn es länger als erwartet dauert", erklärte Blake, „für den Fall, dass ich mich draußen aufhalten muss."

„Woher hast du die?", fragte Monique, als sie auf den Bahnsteig trat und Grayson folgte, der auf den dunklen Tunnel zusteuerte.

„Das ist die Uniform, die die Wachen im Vampirgefängnis in Grass Valley tragen. Luther ist dort als Berater tätig, also haben wir ein paar Uniformen von ihnen bekommen."

„Wir sollten mehr anfertigen lassen", schlug Grayson vor. „Es würde das Leben für alle Vollblut-Vampire leichter machen."

„Ich bin dafür", sagte Blake.

„Das ist eine tolle Idee." Monique nickte. Sollte sie die neue Scanguards-Filiale in New Orleans leiten, würde sie dies definitiv zu ihrer Priorität machen.

„Ehrlich gesagt weiß ich nicht, warum wir nicht schon mehr davon haben", sagte Wesley hinter ihnen.

Der Hexer trug eine große Tasche, die diagonal über seinen Körper geschlungen war. Monique hatte ihn nicht gefragt, was sich darin befand, aber sie konnte es sich denken: Tränke und Zaubersprüche und höchstwahrscheinlich ein Pflock, eine Pistole und ein silbernes Messer, alles Waffen, die einen Vampir töten konnten.

Sie, Grayson und Blake waren ebenfalls bewaffnet. Auf die mit Silberkugeln geladenen Kleinkaliberwaffen hatten sie Schalldämpfer aufgeschraubt. Aber ihre Hauptwaffe war ein Holzpflock, weil dieser lautlos tötete. Je nachdem, wie vielen Feinden sie begegneten und wo, mussten sie so viele wie möglich ausschalten, ohne jemanden zu alarmieren.

Im U-Bahn-Tunnel blieb Grayson, der vor ihr gegangen war, plötzlich stehen. „Wir sind hier."

„Hey Leute", sagte ein großer Mann. „Schön, dich zu sehen, Grayson. Ist schon lange her."

„Es ist auch schön, euch zu sehen, Leute."

Monique spähte an Graysons Schulter vorbei, und Grayson drehte sich seitlich, damit sie besser sehen konnte.

„Das ist Hamish, und das ist Logan", sagte er. „Leute, das ist Monique, Cains Tochter."

„Hey", sagte Monique, und die beiden Männer, die bis an die Zähne bewaffnet waren, nickten.

„Los dann", sagte Hamish und deutete auf die Öffnung in der Tunnelwand.

Einer nach dem anderen trat hinein. In der Höhle, die ungefähr die Größe eines Aufzugs für vier Personen hatte, standen sie dicht beieinander. Grayson hielt sie im Arm und legte dann seine Hand auf Logans Arm. Sie sah, dass die anderen sich auch aneinander festhielten, sodass jeder eine direkte oder indirekte Verbindung zu Hamish oder Logan hatte.

„Lasst nicht los", riet Hamish, „sonst verlieren wir euch auf der Reise."

Einen Moment später wurde es stockfinster um sie herum und Monique erkannte, dass sich die Öffnung zum Tunnel geschlossen hatte. Sie waren von Felswänden umgeben. Monique spannte sich instinktiv an und legte beide Arme um Grayson. Sie fühlte sich, als würde sie in die Luft geschleudert und klammerte sich noch fester an ihn.

„Es ist alles okay, Babe", murmelte er leise und sein Atem strich über ihr Gesicht.

Dann waren seine Lippen auf ihren und er küsste sie. Sie neigte ihren Kopf zur Seite und teilte ihre Lippen, damit er mit seiner Zunge in ihren Mund eindringen konnte. Hitze durchströmte sie und der Kuss verdrängte jeden Gedanken aus ihrem Gehirn. Die Leidenschaft, mit der er sie küsste, fühlte sich intensiver an, jetzt, wo sie wusste, dass Grayson sie liebte. Sie küsste ihn mit demselben Verlangen zurück, sein Arm um ihre Taille zog sie näher, sodass ihre Brüste an seine Brust gedrückt wurden. Sie spürte, wie sein Herzschlag ihren eigenen widerhallte, und der Duft seiner

Erregung stieg ihr in die Nase und sie wünschte sich, sie könnte ihn auf die nächste flache Oberfläche drücken und ihn reiten.

Logan räusperte sich. „Ähm, wir sind hier."

Moniques Augen flogen auf und sie befreite sich aus Graysons Umarmung. Sie und Grayson waren die Einzigen, die sich noch im Portal befanden. Die anderen vier waren ausgestiegen und standen in den Ruinen eines alten, ausgebrannten Gebäudes, das einst eine Kirche gewesen war.

Schwer schluckend verließ Monique das Portal und vermied es, ihre Reisegefährten anzusehen. Was sie wohl jetzt von ihr hielten? Der Vampir Blake war sich des Geruchs der Erregung, der sie und Grayson umhüllte, sicherlich bewusst geworden, aber er hatte den Anstand, seine Gedanken für sich zu behalten. Dafür war sie dankbar.

„Okay", sagte sie schnell und rieb ihre feuchten Handflächen an ihrer Hose. „So wie es aussieht, ist dies die St.-Tobias-Kirche. Das heißt, wir sind etwa eine halbe Stunde zu Fuß vom Palastgelände entfernt." Sie zeigte nach links. „Hier entlang."

Während sie durch den Wald marschierten und sich wachsam umsahen und dank Hamish und Logan für alle anderen außer ihrer eigenen kleinen Gruppe unsichtbar waren, arbeiteten sie die Einzelheiten aus, wie sie den Palast betreten und Zach und David und ihre Freunde finden konnten.

~ ~ ~

„Bist du dir da sicher?", fragte Grayson, als sie am Waldrand standen, von wo aus sie den Palast sehen konnten und die kleineren Cottages entlang der langen Straße, die dorthin führte.

„Ja", sagte Monique bestimmt. „Ich weigere mich zu glauben, dass mein Onkel es geschafft hat, jeden im Palast gegen meinen Vater aufzubringen."

„Okay, dann bleiben wir beim Plan. Ihr wisst alle, was zu tun ist." Grayson sah seine Gefährten an und alle nickten.

„Bereit, wenn du es bist", sagte Hamish.

„Lasst uns gehen."

Alle waren unsichtbar. Grayson ging neben Monique, Hamish an ihrer anderen Seite, während Blake, Wesley und Logan einen großen Bogen machten, um hinter eines der Cottages zu gelangen. Die Straße zum Palast war alle fünfzig Meter von Straßenlaternen gesäumt, und aus dem Inneren der Cottages fiel Licht auf ihre Veranden. Zwei Wachen standen im Schatten der ersten Hütte, bewaffnet mit Gewehren, die Augen umherschweifend, und warteten auf Eindringlinge.

„Kennst du sie?“, flüsterte Grayson Monique zu.

„Ja.“

Alle drei näherten sich den Wachen. Monique blieb dann nur wenige Meter von ihnen entfernt hinter einem Baum stehen, während Grayson und Hamish näher an die beiden Wachen herangingen. Monique gab Hamish ein Zeichen, und einen Moment später wurde sie sichtbar und ging um den Baum herum. Die beiden Wachen starrten sie ungläubig an.

„Prinzessin“, sagte einer von ihnen und grinste dann.

Monique näherte sich ihnen. „Ich brauche eure Hilfe.“

Die beiden Vampire tauschten einen Blick aus, dann sagte einer von ihnen: „Perfekt.“

Beide griffen nach ihr und packten ihre Arme, um sie festzuhalten. „Lasst mich los! Ich bin die Prinzessin.“

„Ja, und Abel wird uns schön dafür belohnen, wenn wir dich zu ihm bringen“, sagte einer der beiden lachend.

Es war das Letzte, was er von sich gab. Grayson rammte seinen Pflock in den Kerl, während Hamish dasselbe mit dem anderen feindlichen Vampir tat. Beide lösten sich in Staub auf.

„Ich schätze, sie waren doch nicht unschuldig“, sagte Grayson trocken.

„Vermutlich nicht“, stimmte Monique zu. Sie sah Hamish an. „Bin ich wieder unsichtbar?“

„Ja.“ Hamish schaute an ihr vorbei. „Logans Gruppe ist auf ein paar Wachen gestoßen. Sie warten auf Anweisungen.“

„Lasst uns gehen.“

Grayson nahm Moniques Hand, als sie sich weiter dem Palast näherten. Sie sah ihn von der Seite an, zog ihre Hand aber nicht zurück. Es sah so aus, als würde sie sich mit ihm wohler fühlen, jetzt, wo die Vergangenheit hinter ihnen lag.

Aus der Ferne konnte er jetzt zwei bewaffnete Vampirwachen sehen, die auf und ab gingen und in Richtung des Waldes blickten.

„Ich habe die beiden noch nie gesehen“, flüsterte Monique ihm zu.

„Bist du sicher?“

„Hundertprozentig.“

Grayson gab Logan das vereinbarte Zeichen, dass die beiden Vampire feindlich gesinnt waren. Logan nickte und hob dann sein Kinn zu Blake, der verstand. Ein paar Sekunden später verwandelten sich die beiden Vampirwächter in Staub. Ihre Waffen und alles andere aus Metall fiel zu Boden. Ein Gegenstand davon traf einen Stein und erzeugte ein Geräusch, das in der Nachtluft widerhallte.

Instinktiv schaute Grayson über seine Schulter und fragte sich, wie weit das Geräusch wohl hörbar war, als er sah, wie ein Mann von der Veranda eines der Cottages heruntersprang.

„Es kommt jemand“, flüsterte er Monique und Hamish zu.

Der Vampir rannte zu der Stelle, wo die beiden Vampire nur Sekunden zuvor getötet worden waren, während er sich hektisch umsah und in die Dunkelheit spähte.

Grayson packte ihn von hinten und drückte die Klinge seines silbernen Messers an die Kehle des Mannes. „Eine falsche Bewegung und du bist Staub.“

Der Vampir fuhr ihn empört an: „Mach nur! Und bring Abel eine Nachricht von mir: Niemand tut der königlichen Familie weh und kommt damit durch.“

Überrascht von den Worten blickte Grayson über seine Schulter. „Monique?“

Sie trat vor den Mann, um ihn anzusehen. „Oh mein Gott, das ist Robert. Er würde meiner Familie nie wehtun.“

Grayson ließ ihn los und Robert wirbelte herum, einen panischen Ausdruck auf seinem Gesicht. „Wo seid ihr? Wer seid ihr?“

„Hamish, Logan“, befahl Grayson. „Macht uns sichtbar.“

Eine Sekunde später starrte Robert ihn und Monique direkt an, schnappte nach Luft und wich einen Schritt zurück. „Ihr seid wirklich da.“ Er schüttelte den Kopf. „Ich dachte, ich wäre verrückt, als ich sah, wie die beiden Wachen aus heiterem Himmel zu Staub zerfielen.“ Er zeigte auf die Stelle, wo die beiden Vampire gestorben waren.

„Robert, was geht hier vor sich?“, fragte Monique.

„Abels Leute haben den Palast übernommen. Sie töteten viele der Wachen. Ich versuchte wegzulaufen, um Hilfe zu holen, aber ich saß in der Falle. Ich habe mich in einem alten Kartoffelkeller versteckt und auf eine Gelegenheit zur Flucht gewartet, aber es sind einfach zu viele von Abels Leuten hier.“

„Hast du meine Brüder gesehen?“

„Nein. Tut mir leid.“

„Gibt es noch andere, die meinem Vater treu sind?“, fragte Monique. Ihr Kiefer wirkte angespannt, ihr Körper steif.

„Ich glaube schon. Aber sie haben zu viel Angst, dass Abels Männer ihre Familien töten, wenn sie sich widersetzen“, erwiderte Robert. Plötzlich blickte Robert an Grayson vorbei und seine Augen weiteten sich. „Sie werden uns entdecken! Schnell!“

Grayson blickte über seine Schulter und sah zwei Wachen patrouillieren.

„Das werden sie nicht“, sagte Logan und sah Robert direkt an. „Wir sind alle unsichtbar, du auch.“

Grayson sah auf seine Uhr. „Wir haben noch zwei Stunden bis zum Sonnenaufgang. Ich schlage vor, wir eliminieren so viele Wachen wie möglich, die auf dem Palastgelände patrouillieren, bevor wir versuchen, ins Gebäude einzudringen.“

„Dann schnell“, sagte Monique. „Robert, du gehst mit Logan, Blake und Wesley. Weise auf die Vampire hin, die du nicht erkennst. Wir können annehmen, dass sie Abels Männer sind. Und wenn du jemanden erkennst, der uns immer noch treu ist, sorge dafür, dass sie ihn nicht töten.“

Robert nickte. „Ja, Monique.“

Sie teilten sich auf, eine Gruppe ging nach links, die andere nach rechts auf der Suche nach Abels Truppen. Zum ersten Mal seit seiner Ankunft in Louisiana hatte Grayson Hoffnung, dass sie Abels Armee besiegen könnten. Was die Rettung von Moniques Brüdern und seinen Scanguards-Kollegen und Hüter-der-Nacht-Freunden betraf, hoffte er, dass sie noch am Leben waren.

27

„Warum haben sie uns nicht gleich umgebracht?“, fragte David.

Alle sieben, Zach, David, Virginia, John, Cooper, Enya und Zoltan, befanden sich in einer großen unterirdischen Zelle mit Steinwänden und einer schweren Eisentür. Der Raum war Teil des unterirdischen Gefängnisses des Palastes, wurde aber seit Jahrzehnten nicht mehr genutzt.

„Wahrscheinlich warten sie auf Befehle von Abel“, überlegte Zach. „Aber wir werden nicht hier herumsitzen und Däumchen drehen.“ Er sah Zoltan an. „Sie wissen vielleicht nicht, dass Hüter der Nacht durch Wände gehen können.“

„Das denke ich mir auch.“ Zoltan zog seine Jacke aus.

„Was machst du?“, fragte David.

Zoltan deutete auf den weißen Farbstaub, der an seiner Kleidung klebte. Er schnüffelte an seiner Jacke. „Irgendetwas in diesem Staub hindert mich daran, ihn unsichtbar zu machen. Könnt ihr es riechen?“

Die drei Hybriden und John atmeten tief ein und sahen sich dann an.

„Vielleicht Bleifarbe?“, meinte John.

Cooper nickte. „Ja, ich glaube, das ist es.“

„Das erklärt es“, sagte Zoltan und wechselte einen Blick mit Enya und Virginia.

„Erklärt was?“, fragte Zach ungeduldig.

„Blei ist wie Kryptonit für Hüter der Nacht. Es laugt unsere Kräfte aus und wir können nicht hindurchgehen oder es unsichtbar machen.“

Das war ihm neu. Jetzt verstand er, warum Zoltan sich auszog.

„Okay, wir ziehen uns alle aus“, befahl Zach.

„Und vergesst eure Haare, Gesicht und Hände nicht“, fügte Zoltan hinzu. „Dreht eure abgelegte Kleidung um und verwendet die Innenseite, um euch damit abzuwischen.“

Alle begannen, ihre Jacken, Hosen und Hemden auszuziehen, um zu einer Kleidungsschicht ohne den weißen Farbstaub zu gelangen. Während Zach aus seiner Hose stieg, warf er Enya, der blonden Hüterin der Nacht, einen verstohlenen Blick zu. Sie hatte sich bis auf BH und Höschen ausziehen müssen und war nun damit beschäftigt, ihre langen Haare auszuschütteln, um den Staub loszuwerden.

Plötzlich wurde ihm die Sicht auf sie versperrt. Zoltan war, nur noch mit seinen Boxershorts bekleidet, vor ihn getreten. „Lass mich dir einen Rat geben“, zischte er tief und dunkel. „Ein wandernder Blick kann jemanden töten. Ich schlage vor, du schaust in eine andere Richtung.“

Zach schluckte schwer. Zoltans feindseligem Gesichtsausdruck nach zu urteilen, sprach der Mann keine leeren Drohungen aus.

„Nichts für ungut“, sagte er schnell. „Du bist ein Glückspilz.“ Er konnte sich nur vorstellen, wie es wäre, eine Frau wie Enya sein Eigen zu nennen.

„Stimmt hier etwas nicht?“, fragte Enya hinter Zoltan.

„Alles in Ordnung, Baby“, antwortete Zoltan und sah Zach mit zusammengekniffenen Augen an. „Nicht wahr, Zach?“

„Ja, ich bin nur begierig darauf, hier rauszukommen.“

Zoltan wandte sich an seine Frau. „Lass mich dein Haar überprüfen, um zu sehen, ob alles heraus ist.“

Zu Zachs Überraschung machte sich Enya unsichtbar, und jetzt sah er es auch. Es gab ein paar weiße Staubkörnchen, die scheinbar in der Luft schwebten. „Virginia, überprüfe die anderen genauso.“

Fasziniert sah Zach zu, wie Virginia alle auf die gleiche Weise inspizierte, um sicherzustellen, dass keine Bleipartikel in den Haaren von irgendjemandem zurückblieben.

„Alle sauber?“, fragte Zoltan nach einer Weile.

Alle nickten.

„In einem Schrank am Ende des Korridors sind Waffen“, sagte Zach. „Aber du musst an den Wachen vorbeikommen, um dorthin zu gelangen.“

„Kein Problem.“ Zoltan sah Enya und Virginia an. „Wir müssen die Wachen simultan ausschalten. Lasst uns gehen.“

Als die drei vor seinen Augen verschwanden, beneidete Zach die Hüter der Nacht um ihre Kräfte. Gleichzeitig lauschte er auf Geräusche von außerhalb der Zelle. Niemand sprach.

Plötzlich gab es draußen einen Aufruhr. Ein paar dumpfe Schläge waren zu hören, dann der Schmerzensschrei einer Frau. Waren Virginia oder Enya verletzt worden? Jetzt ertönte ein Grunzen, dann ein Schuss. Zachs Blick traf die seiner Gefährten. Hatte einer der Wächter einen Hüter der Nacht erschossen? Denn mit Sicherheit hätten die drei Hüter der

Nacht keine Schusswaffe benutzt, aus Angst, Abels Männer zu alarmieren, die ihren Kollegen zu Hilfe kommen würden. Zach glaubte, das leise Geräusch von Schritten zu hören, aber sein Herz schlug so laut, dass er sich dessen nicht sicher sein konnte.

Das Kratzen von Metall auf Metall durchschnitt die Stille. Jemand schloss die Zellentür auf. Hatten die Hüter der Nacht die Oberhand erlangt? Oder kamen ihre Gefängniswärter jetzt, um sie zu erledigen?

Zach drückte sich gegen die Wand neben der Tür, bereit, jeden, der hereinkam, mit seinen bloßen Händen anzugreifen – Hände, die sich in Klauen verwandelt hatten. Er sah Cooper, David und John an. Ihre Augen waren knallrot, ihre Reißzähne ausgefahren und ihre Finger hatten sich in scharfe Widerhaken verwandelt, die in der Lage waren, einem Gegner die Kehle herauszureißen.

Die rostigen Scharniere der Tür quietschten, als sie aufgerissen wurde. Licht strömte in die Zelle.

~ ~ ~

„Das war ein Schuss." Moniques Herz raste.

Sie, Grayson und Hamish hatten den Palast gerade durch einen Seiteneingang betreten, der für Lieferungen bestimmt war. Nur ein einziger Vampir hatte diesen Eingang bewacht und Monique hatte ihm einen Pflock ins Herz getrieben und ihn lautlos getötet.

„Von unten?", fragte Grayson, seine Stimme nur ein Flüstern.

Sie nickte und bedeutete ihm und Hamish, ihr zur Treppe zu folgen. Aber bevor sie sie erreichten, riss Grayson sie zurück.

Was?, formte sie lautlos mit ihrem Mund.

Grayson deutete auf etwas an der hohen Decke, dann auf den Boden, wo eine dünne Staubschicht den ansonsten makellosen Holzboden bedeckte. Sie richtete ihre Augen zur Decke und erkannte etwas, das wie ein Ventilator oder eine Lüftungsöffnung aussah. Ein Kabel ragte daraus hervor, und sie folgte diesem mit den Augen, bis es den Boden erreichte, wo es unter einem Teppich verschwand.

Sie verstand sofort. Wenn jemand auf den Teppich trat, würde der Lüfter ausgelöst und feine Asche oder Staub auf die Person darunter rieseln.

Wieso?, fragte sie Grayson und Hamish lautlos.

Hamish bedeutete ihr und Grayson, näher zu ihm zu treten, und flüsterte dann: „Wenn der Staub auf dich fällt, wird deine Silhouette sichtbar."

„Scheiße!", stieß Monique leise aus. „So müssen sie die anderen erwischt haben."

Grayson nickte. „Ich werde Logan warnen, nach mehr dieser Fallen Ausschau zu halten." Er zückte sein Handy und schickte eine SMS. Einen Moment später sah Monique eine Antwort von Logan kommen, obwohl sie keinen Ton vernahm. Alle ihre Handys waren auf lautlos gestellt.

„Okay", sagte Grayson. „Wohin jetzt? Ich glaube, der Schuss kam von unten."

„Zu den Zellen." Monique wich dem Teppich aus und quetschte sich daran vorbei, um die Treppe zu erreichen, die zu den unteren Ebenen des Palastes führte.

Sie spürte Grayson hinter sich, seine Hand auf ihrem Rücken, und Hamish folgte ihnen, als sie plötzlich Geräusche von unten hörte. Mehrere Leute riefen etwas Unverständliches, und dumpfe Aufschläge und schwere Schritte waren zu hören.

Monique umklammerte ihren Pflock fester. Am Treppenabsatz wandte sie sich nach rechts, in die Richtung, aus der die Geräusche kamen. Sie stieß mit einem Vampir zusammen und stolperte. Graysons schnelle Reaktion bewahrte sie davor, auf ihren Hintern zu fallen, und sie schnappte nach Luft.

Der Vampir starrte in ihre Richtung, sein Blick suchend. „Eindringlinge! Unsichtbare Eindringlinge!", schrie er wie am Spieß. Eine Sekunde später stieß Hamish seinen Pflock in die Brust des Typen und verwandelte ihn in Staub. Aber der Schrei hatte andere alarmiert, und mit Entsetzen sah Monique mehrere von ihnen vom Ende des Korridors kommen und auf sie zueilen.

„Wir schaffen das", murmelte Grayson neben ihr. „Ich nehme die beiden auf der linken Seite."

Hamish drückte sich gegen die Wand, damit die Angreifer an ihm vorbeilaufen würden, wenn er Glück hatte. „Ich schnappe sie von hinten."

„Ich nehme den rechts", sagte Monique und wappnete sich.

Die Angreifer waren fast bei ihnen, als plötzlich der Feueralarm losging. Eine Sekunde später ging die Sprinkleranlage an und Wasser regnete auf sie hinab. Als das Wasser sie traf, wurden ihre Silhouetten sichtbar.

„Scheiße!“ Grayson griff seine Gegner an.

Monique hielt ihren Pflock jetzt mit beiden Händen vor ihrer Brust und kollidierte mit einem massiven Vampir, der sich darauf aufspießte und sofort starb. Doch durch den Aufprall verlor sie auf dem nassen Boden den Halt, rutschte aus und prallte gegen die Wand. Sie stieß sich schnell davon ab und stürmte erneut in den Nahkampf. Hamish und Grayson tauschten Schläge und Tritte mit den feindlichen Vampiren aus, aber es kamen immer mehr, die sich dem Kampf anschlossen.

Monique tat ihr Bestes, um ihre Angreifer abzuwehren, indem sie ihre Beweglichkeit nutzte, um Schlägen und Tritten auszuweichen, als es plötzlich zwei Vampiren gelang, ihre Arme zu packen und sie gegen die Wand zu schmettern, was ihr für einen Moment den Wind aus den Segeln nahm. Als sie sie zurückzogen, sah sie den Pflock in der Hand eines dritten Angreifers. Er war auf ihre Brust gerichtet.

Sie versuchte, sich aus dem Griff ihrer Angreifer zu befreien und benutzte sie als Hebel, um ihre Beine so hoch wie möglich zu schlagen. Sie katapultierte den dritten Angreifer mit solcher Wucht nach hinten, dass er zu Boden fiel und auf der nassen Oberfläche mehrere Meter weiter rutschte.

„Verdammte Zicke!“, fluchte einer ihrer Angreifer. Aber es war das Letzte, was er sagte, denn er löste sich plötzlich in Asche auf. Monique nutzte die Überraschung des anderen Vampirs, um sich auf ihn zu stürzen und ihm ihren Pflock in die Brust zu rammen.

Sie wirbelte herum, jetzt völlig durchnässt. Grayson hatte sie gerettet. Erleichtert, dass er unverletzt war, atmete sie tief durch. „Danke.“

Dann sah sie an ihm vorbei und konnte ihren Augen nicht trauen. Ihre Brüder kämpften gegen die feindlichen Vampire. Sie waren nicht allein: John, Cooper und die drei Hüter der Nacht waren an ihrer Seite und töteten einen Vampir nach dem anderen. Aber das war nicht der Grund, warum sie fassungslos war. Nein, der Grund war die Tatsache, dass alle sieben nur ihre Unterwäsche anhatten. Ihre sehr nasse Unterwäsche.

Nur drei feindlich gesinnte Vampire kämpften noch, aber ihre Brüder und ihre Freunde machten sie schnell fertig.

„Gott sei Dank seid ihr am Leben“, sagte sie und ging auf ihre Brüder zu.

„Haben wir eine Party verpasst oder was?“, fragte Grayson mit einem Glucksen und deutete auf ihre fast nackten Körper.

„Blei im Farbstaub, den sie auf uns gesprüht haben“, sagte Zoltan mit einem Blick auf Grayson und Hamish.

Grayson nickte. „Wie viele sind noch da unten?“ Er deutete auf die Tür am Ende des Korridors, die zur Etage mit den Zellen führte.

„Keine“, sagte Zach. „Wir haben uns um sie gekümmert. Aber ich bin mir sicher, dass oben noch mehr sind.“

„Irgendwelche Neuigkeiten von Logan?“, fragte Monique mit einem Blick auf Grayson.

Er sah auf sein Handy und schüttelte den Kopf, dann schickte er noch eine SMS. „Lass sie uns finden. Und kann jemand die Sprinkler abstellen?“

„Ich kümmere mich darum“, sagte David. „Die Steuerung ist im Heizungskeller.“

„Nimm jemanden mit“, sagte Monique.

„Ich gehe mit“, bot Cooper an und zusammen gingen sie in die andere Richtung.

Von oben ertönte plötzlich das Geräusch einer Explosion. Monique tauschte einen panischen Blick mit Grayson aus und sie rannten, gefolgt von den anderen, die Haupttreppe hinauf.

Grayson hatte seine Schusswaffe gezogen und Monique griff nun auch nach ihrer. Die Zeit des stillen Tötens war vorbei. Sie nahm zwei Stufen auf einmal und eilte nach oben. Als sie mit Grayson an ihrer Seite den Treppenabsatz erreichte, sah sie mindestens ein Dutzend Vampire auf dem Boden des großen Foyers liegen. Sie sahen aus, als würden sie schlafen.

Die einzigen zwei Männer, die noch standen, waren Wesley und Logan. Beide wirbelten mit gezogenen Waffen herum und richteten sie auf sie und Grayson.

„Nicht!“, rief sie schnell.

Beide senkten ihre Waffen. Hinter Monique drängten sich die Hüter der Nacht und die anderen ins Foyer.

„Blake?“, fragte Grayson mit panischer Stimme.

Wesley machte eine wegwerfende Handbewegung. „Ihm geht es gut.“ Er zeigte auf eine Stelle auf dem Boden und Monique erkannte Blake, der wie die anderen Vampire auf dem Boden lag. „Ich habe ihm gesagt, dass er dem Gebräu nicht zu nahe kommen soll, als ich den Zauber gewirkt habe … Dasselbe gilt für Robert.“ Wes zuckte mit den Schultern. „Sie werden in Ordnung sein. Nur ein bisschen benommen, wenn sie aufwachen."

„Gott sei Dank", sagte Grayson mit Erleichterung in der Stimme.

„Sind das alle?", fragte Monique mit einem Blick auf die Vampire auf dem Boden.

„Wir denken schon, obwohl wir noch keine Zeit hatten, die oberen Stockwerke zu überprüfen", sagte Logan, „aber dank des Zaubers schläft jeder Vampir auf diesem Stockwerk."

Schließlich hörten die Sprinkler auf.

„Lasst uns sie mit Silber fesseln." Monique sah Grayson an und deutete auf eine Tür. „In der Wachstation …"

„Nein, lasst sie uns töten", unterbrach Zach.

„Wir müssen sie befragen", protestierte sie. „Einer von ihnen weiß vielleicht, wo Abel Cain und Samson gefangen hält."

„Unwahrscheinlich", behauptete Zach.

Monique wollte gerade mit ihrem Bruder zusammenrücken, als von draußen ein lautes Geräusch zu hören war. Sie blickte auf die offene Eingangstür und sah, dass Wesley bereits darauf zueilte.

„Helikopter", rief Wesley.

„Fuck!", fluchte Zach. „Holt die Gewehre von der Wachstation!"

Während Zach mit Hamish und Virginia zur Wachstation rannte, bemerkte Monique, wie John zur Eingangstür eilte und in die Dunkelheit hinausspähte.

Monique rannte mit gezogener Waffe zu ihm. Durch die offene Tür sah sie, dass mehrere Helikopter auf der Rasenfläche rund um den Palast landeten.

Monique zielte auf den Helikopter, der ihr am nächsten war, und wartete darauf, dass jemand ausstieg. Die erste Person sprang mit einer Waffe in der Hand aus dem Hubschrauber. Monique zielte, bereit zum Schuss.

„Nein!" John drückte ihre Hand mit der Waffe nach unten. „Das ist Victor. Er ist gekommen, um zu helfen."

„Der Vampirkönig von Mississippi?", fragte Monique fassungslos.

John nickte. „Ich habe es geschafft, ihm eine SMS zu schicken, kurz bevor Abels Männer uns gefangen genommen haben."

Monique beobachtete, wie Victor sich mit seinen Clanmännern näherte. Alle hatten ihre Waffen gezogen, schussbereit, ihre Augen wachsam, ihre Körper bereit für den Kampf.

„Victor“, rief John. „Wir haben sie überwältigt.“

Victor, ein Vampir, der älter als Cain und ein starker Krieger war, näherte sich John und musterte ihn von oben bis unten. Dann schweifte sein Blick an ihm vorbei zu den anderen, die ebenso spärlich bekleidet waren, bevor er das Foyer betrat und die am Boden liegenden Vampire ansah.

„Ich bin mir nicht sicher, was hier vorgefallen ist“, sagte Victor und verzog die Lippen, „aber wenn du wolltest, dass wir zu einer Orgie kommen, hättest du es sagen sollen, John. Ich hätte mich entsprechend angezogen.“

Victors Männer betraten das Foyer. Ihre Augen weiteten sich, als sie bemerkten, dass einige von ihnen nur Unterwäsche trugen und alle nass waren. Monique fiel auf, dass Zoltan Enya hinter seinen breiten Rücken schubste, außer Sichtweite der anderen Männer. Sie musste in sich hinein lächeln. Zoltan beschützte seine Gefährtin eindeutig und wollte nicht, dass andere Männer sie ansahen. Würde sich Grayson in derselben Situation ihr gegenüber genauso verhalten?

„Schön dich zu sehen, Mann“, sagte John und klopfte Victor auf die Schulter. „Ihr könntet uns helfen, diese Arschlöcher zu fesseln und den Palast zu durchsuchen, für den Fall, dass es jemand geschafft hat, sich zu verstecken.“

Victor lachte leise. „Du hättest uns etwas zu tun überlassen sollen. Das wäre höflich gewesen.“

„Ich sag dir was“, sagte John, „wenn ihr noch mehr von Abels Männern findet, dürft ihr sie töten. Nachdem wir sie befragt haben.“

„Abels Männer?“ Victor sah fassungslos aus. „Das wird mir ein ganz besonderes Vergnügen bereiten.“

28

Grayson beendete das Gespräch und warf sein Handy auf den Sessel. Die Sonne war wenige Minuten zuvor aufgegangen. Er war in Moniques Zimmer im Palast und hatte das Scanguards-Hauptquartier über die Ereignisse der letzten Stunden informiert. Glücklicherweise hatte das oberste Stockwerk, in dem sich die Zimmer von Monique und ihren Brüdern befanden, eine separate Sprinkleranlage, die nicht aktiviert worden war, als jemand im Keller den Alarm ausgelöst hatte.

Victor und seine Truppen hatten geholfen, den Palast zu sichern, und dafür gesorgt, dass alle Männer Abels entweder tot oder eingesperrt waren. Sie hatten einen Vampir namens Oscar identifiziert, der die Truppe angeführt hatte, während Abel in San Francisco war. Versuche, etwas Nützliches aus ihm herauszubekommen, waren jedoch gescheitert. Aber Grayson hatte ein Ass im Ärmel und brauchte die Kooperation des Schurken nicht.

Monique trat ein, einen Stapel trockener Kleidung in der Hand. Darauf lagen zwei Flaschen Blut. „Du kannst diese Klamotten anziehen. Sie sind von Zach."

Sie reichte ihm eine Flasche, und er schraubte sie auf. „Danke, Babe." Er begann, die dringend benötigte Nahrung hinunterzuschlucken.

„Irgendwelche Neuigkeiten aus San Francisco?", fragte sie und legte die Kleidungsstücke auf das Bett. Dann nahm sie die zweite Flasche Blut und trank sie.

„Thomas und Eddie haben bereits drei der fünf Vans aufgespürt und sind dem vierten auf der Spur."

„Das ist gut." Sie zeigte auf seine nasse Kleidung. „Willst du mit mir duschen?"

„Das hört sich wunderbar an." Er grinste und zog sich aus.

Monique zog sich ebenfalls aus, bevor sie nach seiner Hand griff und ihn in das angrenzende Badezimmer führte, wo sie die Dusche aufdrehte und eintrat. Als das warme Wasser ihren schönen Körper hinunterlief, spürte Grayson, wie Erregung ihn durchflutete. Er gesellte sich zu ihr unter die Dusche und Monique legte ihre Arme um ihn und drückte ihren Körper an seinen.

„Danke, dass du mir vorhin das Leben gerettet hast“, sagte sie und küsste ihn sanft.

„Ich hatte fast einen Herzinfarkt.“ Monique in den Fängen von drei tötungswilligen Vampiren zu sehen, hatte ihn zu Tode erschreckt. Und er war nicht leicht zu erschrecken.

„Vampire können keinen Herzinfarkt bekommen“, murmelte sie.

„Sagen wir einfach, dich in Gefahr zu sehen, tut mir schreckliche Dinge an. Ich mag dieses Gefühl nicht“, gestand er. Er hatte noch nie eine solche Angst, ein solches Entsetzen empfunden. Der Gedanke, Monique zu verlieren, jagte ihm einen eisigen Schauer durch die Adern.

„Ich werde es wiedergutmachen.“

„Wie?“

„Mir würden ein oder zwei Dinge einfallen.“ Sie ließ ihre Hände zu seinem Hintern gleiten und zog ihn zu sich.

Seine Erektion rieb an ihren Bauch und die Berührung jagte einen Speer der Lust durch seinen Körper. Er legte seine Arme um sie, berührte die weiche Haut ihres Rückens und streichelte ihren süßen Hintern, während das warme Wasser über ihre Körper lief. Grayson brachte seine Lippen zu ihren und eroberte hungrig ihren Mund, während er Monique gegen die Fliesen der Dusche drückte, damit sie nicht entkommen konnte. Er rieb seinen Schwanz an ihr, während er die süße Höhle ihres Mundes mit seiner Zunge erkundete und sie aufforderte, sich zu ergeben.

Ein leises Stöhnen kam aus Moniques Kehle und er konnte spüren, wie ihr Herzschlag mit seinem im Gleichklang war. Schnell und stark schlagend, wie Trommeln, die in der Nacht widerhallten, passte sich sein Rhythmus ihrem an, genau wie sich ihr Rhythmus seinem anpasste. Alles andere verschwand, nur ein Gedanke blieb: Liebe mit der Frau zu machen, die er liebte. Das Bedürfnis, sie zu nehmen, wurde mit jeder Sekunde, die er sie küsste, kostete und erkundete, stärker. Sie war alles, was er sich jemals von einer Frau gewünscht hatte, auch wenn er sich dessen nie zuvor bewusst gewesen war. Er wollte eine starke Frau, eine Kriegerin, eine Kämpferin. Eine Frau, die wusste, was es bedeutete, sich nach dem Blut eines anderen zu sehnen. Eine Frau, die sich behaupten konnte. Monique war all das und mehr. Sie war eine Alpha-Frau. Und ihm ebenbürtig.

Ihre Leidenschaft entsprach seiner, ihre körperlichen Bedürfnisse kamen seinen gleich und das Feuer in ihr, ihre Tatkraft und ihre Entschlossenheit machten ihn an. Es spielte keine Rolle, dass sie hierfür nicht viel Zeit hatten und nicht lange in den Armen des anderen verweilen konnten, er musste sie jetzt lieben, als ob sein Leben davon abhinge.

Er löste seine Lippen von ihren und spürte, wie seine Reißzähne sich ausfuhren.

Moniques Augen flogen auf und fixierten ihn. Lust sprühte aus ihnen heraus, während sie ihr Becken gegen ihn drückte und mehr verlangte. „Grayson, fick mich!"

Er wirbelte sie herum, ohne ein Wort zu sagen, und sie stützte sich mit ihren Händen an den Fliesen ab, machte ihre Beine breit und streckte ihm einladend ihren Hintern entgegen. Er stellte sich hinter sie und führte seinen Schwanz zu ihrer Muschi. Mit einem Stoß drang er in ihre warme Scheide. Ihre Säfte bedeckten seine Erektion und hießen ihn willkommen.

„Das habe ich vermisst." Er stieß ein Stöhnen aus und umfasste ihre Hüften mit beiden Händen.

„Verdammt, du fühlst dich so gut an", gestand Monique und blickte über ihre Schulter.

Sie zog ihre Unterlippe zwischen die Zähne, ihre Reißzähne lugten zwischen ihren Lippen hervor. Der Anblick schickte einen heißen Luststrom direkt in seine Eier, ließ ihn tiefer und härter in sie eintauchen. Sein Tempo beschleunigte sich.

„Das gefällt dir, oder? Du magst es, hart gefickt zu werden."

„Ja!"

Er bewegte seinen Kopf näher zu ihrem. „Wirst du dich jemals von einem anderen Mann so ficken lassen?"

Monique holte tief Luft.

„Sag es mir", forderte er und hämmerte seinen Schwanz ohne Pause in sie hinein.

„Was, wenn ich es täte?", fragte sie mit rauer Stimme.

Forderte sie ihn heraus? „Dann müsste ich dich dafür bestrafen."

Er zog seinen Schwanz aus ihr heraus und schlug ihr auf den Hintern. Ein überraschtes Keuchen kam von ihren Lippen, aber sie befreite sich nicht aus seinem Griff. Stattdessen sah sie ihn mit halbgeschlossenen Augen an. Ihre Lippen öffneten sich und ein sichtbarer Schauer lief ihr über den Rücken.

„Vielleicht solltest du mich mit etwas wirklich Hartem bestrafen“, sagte sie und senkte ihren Blick, um auf seinen Schwanz zu deuten. „Etwas, das lang ist … und dick … Das würde mich wirklich lehren, nicht ungehorsam zu sein.“

„Du meinst das hier?“ Er stieß seinen Schwanz mit solcher Kraft in sie hinein, dass sie nach Luft schnappte.

„Oh ja, das ist genau das, was ich brauche, um zu gehorchen.“

Grayson stieß weiter in sie hinein. „Na, dann bin ich aber froh, dass ich das Zeug dazu habe, dich bei der Stange zu halten.“

„Hmm.“ Sie stöhnte und ihr Atem ging unregelmäßig. „Aber …“

„Aber was?“

„Ich fürchte, ich kann nur so lange gehorchen, wie dein Schwanz in mir steckt.“

„Dann muss ich dich wohl lange und oft ficken.“ Was überhaupt kein Drangsal wäre. Ganz im Gegenteil. Außerdem wollte er keine gehorsame Partnerin, sondern eine aufregende und herausfordernde. Und Monique war beides.

Da Grayson noch nicht kommen wollte, zog er sich aus ihr heraus und drehte Monique zu sich um. „Auf die Bank“, forderte er und führte sie aus der Dusche, bevor er sie auf die weiße Lederbank in der Mitte des Badezimmers drückte. Er ging davor auf die Knie und nahm Moniques Beine und legte sie über seine Schultern, sodass sich ihre Muschi ihm vollständig darbot.

„Oh, Baby“, murmelte Monique. „Dafür haben wir keine Zeit.“

„Für Vergnügen ist immer Zeit“, protestierte er und senkte seinen Mund auf ihr Geschlecht.

Er leckte über ihre feuchte Spalte, ihre Säfte sammelten sich auf seiner Zunge. Er verteilte die Feuchtigkeit und leckte höher bis zu ihrem Kitzler. Das winzige Organ war geschwollen und in dem Moment, als er darüber leckte, erbebte Monique unter ihm. Stöhnen hallte im Badezimmer wider, als er ihrem Lustzentrum all seine Aufmerksamkeit schenkte.

Monique schob ihre Hände in sein Haar, ihre Finger streichelten ihn und sandten Schauer über seinen Rücken, während er einen Finger in ihr Geschlecht gleiten ließ und weiter ihre Klitoris leckte. Monique wand sich unter ihm, aber er ließ sie nicht los. Er wollte sie an den Rand eines Höhepunkts bringen.

„Oh, oh“, rief sie. „So nah. Bitte, bitte.“

Er hob seinen Kopf und stand schnell auf. Moniques Beine waren immer noch gespreizt und in die Luft gerichtet. Er passte seine Position an und tauchte seinen Schwanz in ihr bebendes Geschlecht, während er mit einer Hand ihre Klitoris streichelte. Monique bäumte sich auf und bot ihre hüpfenden Brüste wie auf einem Silbertablett dar.

Unfähig, der Versuchung zu widerstehen, senkte er seinen Kopf zu einer Brustwarze und leckte darüber, bevor er seine Reißzähne in ihr Fleisch trieb. Ein überraschtes Keuchen barst über Moniques Lippen und gleichzeitig spürte er, wie sich ihre Muschi um seinen Schwanz zusammenzog, als sie zum Höhepunkt kam. Während ihr Blut seine Kehle hinunterrannte, stieß er weiter in ihre einladende Scheide. Ihre Muskeln verkrampften sich immer wieder, solange die Wellen ihres Orgasmus anhielten.

Er versuchte, an seiner Kontrolle festzuhalten, es länger auszuhalten, aber ihre inneren Muskeln drückten ihn unerbittlich und er konnte sich nicht länger zurückhalten und kam zum Höhepunkt. Sein Samen schoss in heißen Strahlen in sie hinein, füllte sie und machte ihre enge Scheide noch glatter.

Als sein Orgasmus nachließ, zog er seine Reißzähne ein, leckte über die Stichwunden und hob seinen Kopf. Er sah sie an und sah ein zufriedenes Lächeln auf ihrem Gesicht.

„Mmm“, summte sie. „Das kannst du machen, wann immer du willst.“

„Das Beißen oder das Lecken?“

„Beides.“

„Ich bin froh, dass ich mich nicht entscheiden muss, denn ich weiß nicht, was ich lieber mag: deine Muschi lecken oder dein Blut trinken.“

~ ~ ~

Monique kicherte. „Ebenfalls.“

Sie würde sich auch schwertun, sich zu entscheiden, denn sie liebte die Art und Weise, wie Grayson sie mit Vergnügen überschüttete und ihre Muschi mit solcher Hingabe leckte, genauso wie sie es liebte, wenn er ihr Blut trank. Beide Taten erregten sie so sehr, dass ein monumentaler Orgasmus unvermeidlich war.

Sie hatte immer gedacht, wenn sie stets mit demselben Mann Sex hätte, würde die Aufregung nachlassen und sie das Interesse an ihm verlieren.

Schließlich war das mit all den Männern passiert, mit denen sie zusammen gewesen war. Stattdessen wuchs ihre Leidenschaft für Grayson jedes Mal, wenn sie ihn liebte, und sie wollte mehr von ihm. Sie sehnte sich nach seiner Berührung, seinen Küssen, der Intimität, die sie teilten. Ihre Gefühle für ihn verstärkten und vertieften sich bis zu einem Punkt, den sie nicht für möglich gehalten hatte.

Die Worte, die er vor weniger als zwölf Stunden vor seinen Kollegen geäußert hatte, hallten in ihrem Kopf wider.

Ich bin in dich verliebt, Monique.

Die Worte legten sich um ihr Herz wie eine dicke Decke, die sie wärmen sollte. Sie fühlte diese Wärme und es fühlte sich gut an. Konnte sie diesem Gefühl in ihr vertrauen? War es echt? War es Liebe?

Sie zog Grayson zu sich hinunter und strich mit ihren Lippen über seine. „Ich könnte mich an das gewöhnen."

„Das solltest du auch", neckte er. „Ich habe nicht die Absicht, dich aufzugeben." Er zog sie hoch und zurück in die Dusche. „Jetzt ist es noch wichtiger, dass ich die Scanguards-Filiale in New Orleans leite, denn eine Fernbeziehung wird für uns nicht funktionieren."

Verblüfft erstarrte sie. Wie konnte sie vergessen haben, dass er ihr von einer Bewerbung um eine Stelle in New Orleans erzählt hatte?

„Stimmt etwas nicht, Babe?", fragte er, als er das Haarshampoo nahm und anfing, ihre Haare zu waschen.

„Das ist der Job, von dem du in der ersten Nacht gesprochen hast."

„Ja. Und sobald ich ihn bekommen habe, werde ich hierher umziehen." Mit überraschend sanften Händen seifte er ihr Haar ein und massierte ihre Kopfhaut.

Eine Sekunde lang konnte sie nicht denken, weil Graysons sanfte Fürsorge sie ablenkte. Aber dann fing sie an: „Ich habe mich für die gleiche Stelle beworben."

„Du? Ich dachte, deine Brüder könnten daran interessiert sein … aber …"

Sie hob ihre Augenbrauen und schaute über die Schulter. „Aber was? Glaubst du, ich bin der Verantwortung nicht gewachsen?"

„Nein, nein", sagte er schnell, fast zu schnell. „Ich dachte nur nicht, dass du Interesse daran hättest … Ich meine, es ist nicht so, als wärst du zum Leibwächter ausgebildet worden."

„Ich muss nicht zum Leibwächter ausgebildet sein, um ein Unternehmen führen zu können.“ Sie hielt inne. „Außerdem könnte ich dir jederzeit in den Arsch treten.“

„Ich weiß, dass du das kannst.“ Er legte seine Hände auf ihre Schultern. „Lass mich dein Haar spülen.“

„Du wechselst also das Thema?“

„Nein.“ Er griff nach der Handbrause und begann, ihr Haar auszuspülen. „Ich hätte wohl wissen müssen, dass eine entschlossene Frau wie du eine Führungsposition anstrebt.“ Er drehte sie zu sich um. „Sieht so aus, als hätte ich eine starke Konkurrenz für den Job.“

„Machst du dir Sorgen, dass ich den Job an deiner Stelle bekomme?“

Er zögerte. „Auf diese Frage gibt es wirklich keine richtige Antwort. Wie wäre es, wenn wir einen Deal machen?“ Er zog sie an sich und schlang beide Arme um sie.

„Was für einen Deal?“

„Wenn du die Scanguards-Filiale leiten darfst, stellst du mich als deinen persönlichen Assistenten ein.“ Er grinste schamlos. „Ich kann viele Dinge sehr gut: deine Haare waschen, dich zum Höhepunkt bringen …“

Monique konnte das Grinsen nicht unterdrücken, das ihre Lippen nach oben bog. „Du nimmst das nicht ernst. Wir sind Rivalen. Beunruhigt dich das nicht?“

„Nein. Und weißt du, warum?“

„Warum?“

„Weil, selbst wenn ich den Job nicht bekomme, ich an dir kleben bleibe wie Kaugummi an deinem Schuh. Du wirst mich nicht los, Babe.“ Er tippte ihr auf die Nase. „Jetzt lass uns fertig duschen und anziehen. Wir müssen zurück nach San Francisco. Gabriel wartet auf uns.“

„Wer bleibt hier?“, fragte sie, während sie nach der Flüssigseife griff und begann, ihren Körper einzuseifen.

„Deine Brüder und Victors Armee. Wesley, Virginia und John werden heute Abend nach Sonnenuntergang zurückkehren. Hamish wird uns, Cooper und Blake zurück nach San Francisco bringen, aber die anderen Hüter der Nacht machen sich nach Hause zu ihrem Komplex auf, bis wir sie wieder brauchen. Wir nehmen Oscar, Abels Stellvertreter, mit nach San Francisco.“

„Glaubst du, du wirst in San Francisco irgendetwas Nützliches aus ihm herausbekommen? Er schien ziemlich stur zu sein, als Zach und David ihn bearbeiteten. Sieht nicht so aus, als würde Folter bei ihm wirken."

„Glaub mir, wenn er weiß, wo Abel unsere Väter festhält, werden wir es herausfinden."

„Ich hoffe, du hast recht", sagte sie und fügte dann hinzu, „Ich sollte mit meiner Mutter sprechen, um sie wissen zu lassen, dass es uns gut geht. Wahrscheinlich macht sie sich Sorgen."

„Amaury hat versprochen, dass er Faye und Delilah auf dem Laufenden hält." Er entließ Monique aus seiner Umarmung. „Wenn wir wieder in San Francisco sind, können wir bei ihnen vorbeischauen."

Monique nickte. „Bevor ich es vergesse: Wir müssen meiner Mutter die Akte aller aktuellen und ehemaligen Mitarbeiter des Palastes und aller Clanmitglieder schicken. Jetzt wissen wir, warum sie nie gesendet wurde. Höchstwahrscheinlich erkennen Mom und Delilah einige von ihnen als die Entführer."

„Ich habe Zach bereits gebeten, sich darum zu kümmern", sagte Grayson.

„Du denkst an alles."

Er zwinkerte ihr zu. „Ich wurde dazu geboren, die Führung zu übernehmen."

Und er würde ein guter Leader sein, das war ihr jetzt klar.

29

„Gabriel wird *was* tun?“, rief Monique aus und fragte sich, ob sie sich nicht verhört hatte.

Sie und Grayson standen vor der Arrestzelle in einem der unteren Stockwerke des Scanguards-Hauptquartiers, wo sie Oscar eingesperrt hatten, den Vampir, den sie aus New Orleans mitgebracht hatten und den sie für einen von Abels Leutnants hielten.

„Es ist Gabriels Gabe“, erklärte Grayson. „Er kann in die Erinnerungen einer Person eintauchen. Wenn Abel diesem Typen von seinem Plan erzählt hat und wo er Cain und Samson versteckt hält, wird Gabriel die Informationen finden.“

„Das ist eine außergewöhnliche Gabe.“ Monique griff nach seiner Hand. „Wegen unseres Gesprächs vorhin …“

„Du meinst den Job in New Orleans?“

„Ja. Ich glaube, du würdest einen guten CEO abgeben.“

Er lächelte. „Genauso wie du. Du bist eine kluge Frau, Monique. Und stark. Viele andere wären unter diesem Stress schon zusammengebrochen.“ Er strich ihr ein paar Haarsträhnen aus dem Gesicht. „Aber du bist voll dabei, ganz mittendrin, und das ohne Pause. Du musst erschöpft sein.“

„Nicht erschöpfter als du.“ Obwohl sie zugeben musste, dass sie ein oder zwei Stunden Schlaf nicht ablehnen würde.

Grayson beugte sich näher. „Wir werden sie finden. Wir werden nicht aufhören, bis wir es geschafft haben.“

„Ich weiß. Es ist einfach so frustrierend, dass wir scheinbar keine Fortschritte machen.“

„Wir haben Abels Männer in New Orleans besiegt. Ich würde das nicht als keinen Fortschritt bezeichnen“, sagte Grayson mit freundlicher und sanfter Stimme. „Und deine Brüder werden dort die Stellung halten. Jetzt liegt es an uns, den Rest zu erledigen. Wir können es schaffen. Wir sind ein gutes Team.“

„Komisch", sagte sie mit einem Lächeln. „Ich hätte nie gedacht, dass der Grayson Woodford, den ich kannte, sich gleichzeitig als Teamplayer und Anführer entpuppen würde."

„Wir alle spielen unterschiedliche Rollen und passen uns dem an, was gerade gebraucht wird. Und ich kann mehr sein als nur ein Teamplayer oder eine Führungskraft. Für dich möchte ich viel mehr sein."

Seine Augen begannen golden zu schimmern und der Anblick erwärmte ihr Herz. „Das bist du", gab sie zu, kam aber nicht weiter, denn Gabriel stieg aus dem Fahrstuhl und marschierte auf sie zu.

„Hey Leute, ich bin froh, dass in New Orleans alles gut gelaufen ist", sagte Gabriel ohne anzuhalten und zog seine Zugangskarte über den Kartenleser außerhalb der Zelle.

Ein Piepton ertönte und zeigte an, dass die Tür entriegelt war. Gabriel stieß sie auf und trat ein. Monique und Grayson folgten ihm in den steril wirkenden Raum. Es gab keine Möbel. Stattdessen waren ein Bett, zwei Stühle und ein Tisch eingebaut. Sie waren aus Beton und konnten nicht bewegt oder zerstört werden, sodass der Häftling keine Chance hatte, daraus eine Waffe zu schmieden.

Der Gefangene war mit silbernen Ketten an die Wand gefesselt, die seine Haut überall dort verbrannten, wo sie nicht durch seine Kleidung geschützt war. Der Gestank von verbranntem Haar und verbrannter Haut stieg ihr in die Nase, aber sie empfand kein Mitleid mit dem Mann. Er hatte versucht, sie und ihre Brüder zu töten, und hatte wahrscheinlich unzählige Wachen und Mitarbeiter getötet, die der königlichen Familie treu ergeben waren. Er verdiente mehr als nur ein paar schmerzhafte Verbrennungen.

Oscar funkelte sie an und drang so weit nach vorne, wie es die Ketten erlaubten, seine Reißzähne ausgefahren. Er lachte wie ein Verrückter. „Los, foltert mich. Ich werde euch nichts sagen." Er spuckte, aber seine Spucke traf niemanden.

„Oh, ich werde meine kostbare Zeit nicht mit Folter verschwenden, weil du, Arschloch, es wahrscheinlich genießen würdest", sagte Gabriel mit einem Achselzucken.

Monique beobachtete, wie Gabriel vor dem Gefangenen, knapp außerhalb von dessen Reichweite, stehenblieb und die Augen schloss. Sie tauschte einen Blick mit Grayson aus, der nur zuversichtlich nickte.

Der Gefangene schien jedoch eher perplex als verärgert über Gabriels Verhalten zu sein. „Was zum Teufel machst du?“

Niemand antwortete ihm, was ihn noch mehr zu verärgern schien. Er funkelte Grayson an. „Was macht er?“

Grayson ging nicht einmal auf die Frage ein und ignorierte ihn.

„Lasst mich zum Teufel in Ruhe!“, schrie der Vampir.

Auf die gleiche Weise vergingen noch ein paar Minuten, bis Gabriel sich ihr und Grayson zuwandte. „Ich habe alles, was ich finden konnte. Er gehört jetzt euch. Ich werde draußen warten.“

Gabriel verließ die Zelle. Grayson griff in die Innentasche seiner Jacke und zog einen Pflock heraus. Die Augen des Gefangenen weiteten sich vor Angst.

„Hey, was machst du?“ Er versuchte zurückzuweichen, aber die Ketten hinderten ihn an der Flucht.

„Ich werde gar nichts tun“, sagte Grayson ruhig und reichte Monique den Pflock.

Monique erwiderte seinen Blick.

„Er hat deine Leute getötet. Ich bringe ihn um, wenn du willst, aber ich dachte, du würdest es gerne selbst tun.“

Sie wusste es zu schätzen, dass Grayson ihr die Wahl ließ. „Da hast du richtig gedacht.“ Sie legte ihre Hand fester um den Holzpflock, bevor sie sich dem Gefangenen zuwandte. „Schau mich an, schau genau her, denn ich bin die letzte Person, die du jemals sehen wirst. Ich möchte, dass du dich an mich erinnerst, wenn du in die Hölle fährst.“

Sie holte aus und stieß ihm den Pflock in die Brust. Für eine Millisekunde erstarrte der Gefangene vor Schreck, dann löste er sich in Asche auf, und die Ketten schwangen zurück und klirrten gegen die Wand. Es dauerte ein paar Sekunden, bis sie aufhörten, sich zu bewegen, und das klirrende Geräusch verklang. Als es in der Zelle still wurde, gab Monique Grayson den Pflock zurück.

„Danke“, murmelte sie. „Das brauchte ich.“

Außerhalb der Zelle wartete Gabriel auf sie.

„Was hast du von ihm erfahren?“, fragte Grayson sofort.

„Nicht viel, fürchte ich.“ Er warf ihnen einen bedauernden Blick zu. „Er hat im Grunde nur bestätigt, was wir bereits wussten. Abel steckt hinter der Entführung und dem Angriff auf den Palast. Aber Abel ist zu schlau, um jemandem mehr Informationen zu geben, als er braucht, um seine Befehle auszuführen. Oscar wusste nicht, wo Abel Cain und Samson versteckt. Er wusste jedoch, dass Abel immer noch in San Francisco ist."

„Das ist also eine Sackgasse", sagte Monique enttäuscht.

„Ich fürchte schon. Oscar war vielleicht Abels Stellvertreter in New Orleans, aber er ist nicht seine rechte Hand. Da ist noch jemand."

„Jemand wie Baltimore, seine rechte Hand damals?", fragte Grayson.

„Ja, jemand wie er. Obwohl wir wissen, dass Baltimore tot ist."

„Könnte er seinen Tod vorgetäuscht haben?", fragte Monique.

Gabriel schüttelte den Kopf. „Ich habe Baltimore mit meinen eigenen Händen getötet. Er zerfiel direkt vor mir zu Staub. Keine Chance, das vorzutäuschen. Abel muss jemand anderen gefunden haben, dem er seine Geheimnisse anvertraut. Es war sicherlich nicht Oscar."

Plötzlich klingelte Gabriels Handy und er ging ran. „Ja?" Es gab eine kurze Pause. „Ich bin schon im Hauptquartier. Wir sehen uns in einer Minute."

Grayson warf ihm einen neugierigen Blick zu. „Alles okay?"

Gabriel grinste plötzlich und die Narbe auf seiner Wange pulsierte. „Ich werde bald Großvater. Scarlets Wehen haben eingesetzt. Ryder ist mit ihr auf dem Weg hierher. Maya ist unten in der Klinik und macht wahrscheinlich ein kurzes Nickerchen. Keiner von uns war zu Hause, seit das alles angefangen hat."

„Geh, Gabriel! Kümmere dich um deine Familie", sagte Grayson. „Wir haben alles im Griff."

„Danke!" Er drehte sich um und blickte dann über die Schulter zurück. „Ihr solltet wahrscheinlich bei euren Müttern vorbeischauen. Sie haben nach euch gefragt. Ich glaube, die Sorgen machen ihnen sehr zu schaffen."

„Machen wir", versprach Monique. Sie hatte ohnehin geplant, sich bei ihrer Mutter zu melden. Sie zu umarmen. Sie zu trösten. Ihr zu versichern, dass sie Cain und Samson finden würden, auch wenn sie sich selbst nicht so sicher war.

Minuten später saßen sie und Grayson in Graysons Audi R8 und fuhren in Richtung der Nob-Hill-Residenz der Woodfords.

„Weißt du, was mir immer noch sonderbar vorkommt?", sagte Grayson.

„Was?"

„Woher Abel wusste, dass deine Brüder mit den Hütern der Nacht kommen würden." Er warf ihr einen Seitenblick zu. „Sie waren vorbereitet und hatten genug Zeit, den Palast mit dem Bleistaub zu präparieren, um die Bemühungen der Hüter der Nacht, alle unsichtbar zu machen, zunichte zu machen."

„Mich stört es auch. Woher wussten sie, was sie tun mussten? Was, wenn Abel uns irgendwie beschattet?"

„Das ist auch meine Sorge."

„Könnte es sein, dass er unsere Telefone abhört? Oder Wanzen hat?", fragte sich Monique.

„Das ist möglich." Grayson drückte ein paar Knöpfe an seinem Lenkrad, und einen Augenblick später hörte Monique einen Klingelton.

Monique warf ihm einen neugierigen Blick zu. „Wen rufst du an?"

„Sebastian."

„Hey, Grayson, was ist los?", fragte Sebastian durch die Lautsprecher des Autos.

„Hallo, Sebastian. Tu mir einen Gefallen. Lass unser Tech-Team alle unsere Telefone scannen, um festzustellen, ob sie abgehört werden. Dann ruf Zach und David in New Orleans an und sag ihnen, sie sollen dasselbe machen. Und während diese Scans laufen, fahr rüber zum Haus meiner Eltern und durchsuch es nach Wanzen."

„Glaubst du, jemand hat uns verwanzt?"

„Ja. Abel wusste, dass die Hüter der Nacht Zach und David helfen würden, den Palast zurückzuerobern. Das hätte er nicht wissen können, außer er hat unsere Gespräche belauscht."

„Ich kümmere mich gleich darum", versprach Sebastian und beendete das Gespräch.

Monique seufzte. „Du weißt, dass es für Abel noch eine andere Möglichkeit gibt, von unseren Plänen erfahren zu haben." Sie hasste es, darauf hinzuweisen, weil sie nicht wollte, dass es wahr war.

Grayson begegnete ihrem Blick. „Ja, ich weiß. Jemand versorgt ihn mit Informationen."

„Ein Spion."

Grayson nickte. „Ich hoffe, wir liegen damit falsch."

30

Als Grayson mit Monique an seiner Seite das Haus seiner Eltern betrat, kam Delilah die Treppe herunter. Sie sah aus, als hätte sie seit der Entführung nicht geschlafen, und ihre grünen Augen hatten den Glanz verloren, den er von ihnen gewohnt war. Ohne ein Wort nahm er sie in seine Arme und drückte sie fest.

„Wir werden nicht aufgeben, Mom“, murmelte er.

Sie schniefte, wich dann ein wenig zurück und sah ihn an. „Ich bin so erleichtert, dass du in New Orleans nicht verletzt wurdest.“ Dann blickte sie an seiner Schulter vorbei. „Monique.“

Monique legte ihre Hand auf Delilahs Arm und drückte ihn. „Wir sind alle in Ordnung. Dank deines Sohns und Scanguards und den Hütern der Nacht. Wenn sie nicht da gewesen wären …“

„Ich habe gerade gehört, dass ihr wieder zurück seid“, unterbrach William, der aus dem Esszimmer kam. „Monique, was ist in New Orleans passiert? Deine Brüder? Geht es ihnen gut?“

Grayson entließ seine Mutter aus seiner Umarmung, behielt aber einen Arm um ihre Taille.

„Sie sind alle am Leben“, sagte Monique zu William.

William stieß einen erleichterten Seufzer aus. „Gott sei Dank! Wir haben uns solche Sorgen gemacht. Deine Mutter war außer sich, als es keine Nachricht von deinen Brüdern gab.“

„Wo ist sie jetzt?“, fragte Monique.

Er deutete auf den holzgetäfelten Flur. „Im Arbeitszimmer. Sie geht die Datenbank durch, die der Palast vor ungefähr einer Stunde geschickt hat.“

„Ich werde mit ihr reden.“ Monique warf Grayson einen Blick zu und verschwand.

„Also, ist es wahr?“, fragte Wilhelm. „Abel steckt dahinter?“

Grayson nickte. „Ja. Und seine Männer waren gut vorbereitet. Sie haben Moniques Brüder erwartet und sind ihnen zuvorgekommen.“

„Wie?“, fragte William und wirkte fassungslos.

Grayson zuckte mit den Schultern. „Das versuchen wir noch herauszufinden."

„Kann ich irgendetwas tun? Ich bin jetzt vollständig geheilt."

„Im Moment ist es am Nützlichsten, wenn du hierbleibst und Faye beschützt. Ich bin sicher, sie ist dankbar, ein bekanntes Gesicht in der Nähe zu haben."

„Natürlich", sagte William, obwohl er enttäuscht wirkte.

In gewisser Weise verstand Grayson ihn. Wie Grayson saß William nicht gern herum und wartete darauf, dass etwas passierte, sondern ergriff stattdessen lieber Maßnahmen.

Grayson sah seine Mutter an. „Habt ihr weitere Männer aus den Gefängnisakten identifiziert?"

„Nein. Ich habe für eine Stunde oder so die Augen zugemacht, nur um ein wenig zu dösen. Ich wollte gerade zurückgehen und Faye helfen. Sie macht das ununterbrochen. Ich wünschte, ich hätte ihre Ausdauer. Sie scheint keinen Schlaf zu brauchen. Wohingegen ich mich so müde fühle …"

„Du bist ein Mensch, Mom", sagte Grayson leise und drückte ihr einen Kuss auf die Stirn. „Niemand wirft dir vor, dass du ein Nickerchen gemacht hast."

„Mom!", sagte Isabelle, als sie aus der Küche in den Flur trat. „Warum bist du auf?" Isabelle seufzte und näherte sich mit einem strengen Gesichtsausdruck. „Ich dachte, wir hätten vereinbart, dass du ein paar Stunden schläfst."

„Ich kann nicht schlafen, wenn ich nicht weiß, wie es Samson geht, wo er ist … ob er noch …"

Sie beendete den Satz nicht, und das musste sie auch nicht. Grayson zog sie an seine Brust und tauschte einen Blick mit Isabelle aus. Er erkannte, dass auch sie erschöpft war und dass es sie zermürbte, ihren Mut aufrechterhalten zu müssen, um ihrer Mutter zur Seite zu stehen und Kraft zu geben. Auch sie brauchte eine Pause.

„Hast du geschlafen, Isa?", fragte er.

Isabelle stieß die Luft aus. „Brauch ich nicht."

„Aber mich zwingt sie zum Schlafen", sagte Orlando, der durch die Tür erschien, die von der Garage nach oben führte.

„Ein Befehl, den du völlig ignoriert hast“, schnappte Isabelle und funkelte Orlando an. „Was hast du da unten gemacht? Denn als ich das letzte Mal nachgesehen habe, gab es keine Betten in der Garage.“

Den bulligen Vampir schien die Anklage nicht zu beeindrucken. Stattdessen verschränkte er die Arme vor der Brust. „Ich habe die Waffen und die Munition überprüft, um sicherzustellen, dass sie geladen und sofort einsatzbereit sind.“

Grayson musste Isabelle hoch anrechnen, dass sie von Orlando nicht eingeschüchtert wirkte. Sie öffnete ihren Mund, eindeutig zu einer Erwiderung bereit, als sich die Tür zum Arbeitszimmer am Ende des Korridors öffnete.

„Ich habe einen der Entführer in der Datenbank des Palastes wiedererkannt“, rief Faye von dort aus, während Monique neben ihr auftauchte.

Monique trug einen Laptop und zusammen näherten sie sich. Als Monique und Faye vor ihnen stehen blieben, drehte Monique den Laptop um, damit alle Blick darauf hatten. Auf dem Bildschirm war ein Foto eines glatzköpfigen schwarzen Vampirs mit Bart zu sehen. Neben dem Foto waren Informationen über ihn aufgelistet.

„Er war vor meiner Zeit im Dienst des Palastes“, fügte Faye hinzu.

„Sehen wir ihn uns an“, sagte Grayson. Endlich machten sie Fortschritte. „Hast du die Info schon an Thomas geschickt?“

Faye nickte. „Vor ein paar Minuten.“

„Mal sehen, was er findet.“ Grayson zückte sein Handy, rief Thomas an und stellte es auf Lautsprechermodus. „Hey, ich bin bei Mom und Faye. Was ist mit dem Typen, den Faye gerade identifiziert hat?“

„Ich habe nichts gefunden.“

„Was meinst du mit nichts?“

„Alexander Brechtenz existiert nicht“, stellte Thomas klar.

„Aber ich sehe mir gerade seine Akte aus der Datenbank des Palastes an“, protestierte Grayson, als Orlando plötzlich an ihm vorbei griff und Monique den Laptop aus der Hand nahm.

„Ich sage dir“, fuhr Thomas fort, „ich kann nirgendwo irgendetwas über ihn finden.“

„Das liegt daran, dass er nicht so heißt“, sagte Orlando bestimmt.

Alle starrten ihn an.

„Du kennst ihn?“, fragte Grayson.

„Ja." Orlando deutete auf den Bildschirm. „Er nennt sich Matt Smith."

„Wo können wir ihn finden?", fragte Grayson.

„Das kannst du nicht. Er findet dich", sagte Orlando kryptisch. „Aber ich kann mich umhören."

„Was weißt du über ihn?"

Orlando zuckte mit den Schultern. „Wenig. Er ist ein Auftragsmörder und weiß, wie man unter dem Radar bleibt. Vielleicht hat ein Tracker Glück."

Grayson dachte einen Moment lang über seine Worte nach, dann sprach er ins Handy: „Danke, Thomas. Wir bleiben in Kontakt." Er beendete das Gespräch. „Orlando, hör dich um und ich werde sehen, ob ich einen Tracker bekommen kann." Und er kannte genau den Typen, der das konnte. Er war ihm nur einmal begegnet und das war vor mehr als zehn Jahren gewesen, als Isabelle entführt worden war. Er hatte damals Ergebnisse erzielt, und vielleicht würde er jetzt auch erfolgreich sein.

„Kommst du ohne mich hier zurecht?", fragte Orlando mit einem Blick auf Isabelle.

Sie verdrehte die Augen. „Orlando, wir haben noch vier andere Bodyguards und William ist vollständig geheilt. Ich glaube, wir schaffen das."

Orlando grunzte etwas Unverständliches, bevor er auf dem Absatz kehrtmachte und in Richtung Garage marschierte, um zu seinem Auto zu gelangen, ohne den tödlichen Sonnenstrahlen ausgesetzt zu sein. Es war noch Tag und die Sonne würde noch acht Stunden scheinen.

„Der Typ ist anmaßend", sagte Isabelle, als er weg war.

„Er meint es gut", erwiderte Delilah und legte ihre Hand auf Isabelles Arm.

„Ähm, Grayson", sagte William und deutete auf ihn. „Du hast einen Tracker erwähnt. Was für ein Tracker?"

„Der Vampirrat setzt Tracker ein, um entflohene V-CONs festzunehmen. Ich kenne einen von ihnen. Ich hätte schon früher an ihn denken sollen." Grayson holte tief Luft. „Monique, willst du hier bei deiner Mutter bleiben?"

„Wohin gehst du?", fragte Monique.

„Ich muss mit Luther sprechen, damit er mich mit dem Tracker in Verbindung setzt. Ich fahre zurück ins Hauptquartier."

„Ich komme mit.“ Sie zog Faye in eine Umarmung. „Halte durch, Mom, wir machen Fortschritte.“

Gemeinsam verließen sie das Haus und stiegen wieder in Graysons Wagen. Er fädelte sich in den Verkehr ein und tätigte einen Anruf.

„Grayson?“

„Hallo, Luther. Tu mir einen Gefallen. Kannst du mich mit Striker Reed in Kontakt bringen? Ich brauche ihn, um jemanden für uns aufzuspüren.“

„Zwei Dumme, ein Gedanke“, sagte Luther schmunzelnd. „Ich wollte dich gerade anrufen. Ich habe Striker gestern angeheuert. Sein Preis ist wie immer exorbitant, aber er ist es wert.“

„Was es kostet, ist mir egal.“

„Gut. Striker spürt einige von Rufus’ Gefängniskameraden auf. Er hat gerade den Aufenthaltsort von einem von ihnen herausgefunden, Cesar Menendez. Striker ist auf dem Weg dorthin.“

Grayson wechselte einen Blick mit Monique. „Überlass Cesar mir. Schick mir seinen Standort und Monique und ich werden mit ihm sprechen. Strikers Zeit wäre besser genutzt, wenn er jemand anderen für mich aufspürt. Ruf Thomas an und bitte ihn, dir das Foto von Alexander Brechtenz zuzusenden. Laut Orlando benutzt er den Namen Matt Smith. Faye hat ihn als einen der Kidnapper erkannt.“

„Okay, ich werde mich gleich darum kümmern. Ich schicke dir jetzt Cesars Standort per SMS.“

„Danke, Luther.“

„Na klar.“

Er legte auf und ein Piepton zeigte an, dass Luther die Textnachricht gesendet hatte. Grayson schaute auf die Adresse und machte eine Kehrtwende.

„Ich hätte viel früher daran denken sollen, einen Tracker dafür zu engagieren“, sagte Grayson, von sich selbst enttäuscht.

„Zweifle nicht an dir“, sagte Monique und legte eine Hand auf seine. „Wir sind alle gestresst und manchmal dauert es einfach eine Weile, bis wir alle Möglichkeiten klar sehen können. Deshalb arbeitest du nicht alleine.“

„Aber ein echter Leader hätte sofort gewusst, was zu tun ist.“

Sie schüttelte leicht den Kopf und sagte: „Eine echte Führungskraft nimmt Input und Inspiration von anderen, um die besten Entscheidungen zu treffen. Er muss nicht alles wissen. Er muss sich nur mit den klügsten

Leuten auf deren Gebieten umgeben und auf deren Expertise zurückgreifen."

„Dann habe ich großes Glück." Er lächelte sie an. „Weil du an meiner Seite bist."

„Und du bei mir."

An der nächsten roten Ampel beugte er sich zu ihr und küsste sie.

Das Klingeln eines Handys unterbrach sie.

„Meins", sagte Monique und blickte auf das Display, bevor sie darauf tippte, um den Anruf anzunehmen. „Delphine?" Ihre Augen leuchteten auf. „Vielen Dank, dass Sie mich zurückgerufen haben."

Grayson konzentrierte sich auf den Verkehr, während er Moniques Gespräch zuhörte. Er erkannte sofort, dass sie mit der Voodoo-Zauberin sprach, die sie wegen eines Ortungszaubers kontaktiert hatte.

„Glauben Sie, Sie könnten das versuchen?", fragte Monique, ihre Stimme klang hoffnungsvoll. Es entstand eine kurze Pause, dann fügte sie hinzu: „Ja, der Hexer, den ich erwähnt habe, ist gerade im Palast. Wenn Sie dorthin gelangen könnten, sage ich ihm, dass er Sie erwarten soll, und dann können Sie beide gemeinsam daran arbeiten."

Monique nickte vor sich hin, während sie auf Delphines Antwort lauschte. „Ich weiß nicht, wie ich Ihnen danken soll. Ja, ich rufe Wesley gleich an. Er wird Sie erwarten. Danke, Delphine."

Sie beendete das Gespräch und sah ihn an. „Wie lautet Wesleys Nummer?"

„Ich rufe ihn für dich an." Grayson tippte auf Wesleys Nummer auf seinem Handy. Es klingelte einmal, dann hob Wesley ab.

„Hey, Grayson, vermisst du mich?", erklang es aus den Lautsprechern des Autos.

„Ich bin's, Monique", sagte sie. „Wes, ich habe gerade mit der Voodoo-Zauberin gesprochen, von der ich dir erzählt habe. Sie ist auf dem Weg zum Palast, um sich mit dir zu treffen. Kannst du bitte mit ihr zusammenarbeiten und sehen, ob du einen Ortungszauber zum Laufen bringen könntest?"

„Ich werde es auf jeden Fall versuchen. Erwarte nur nicht zu viel", warnte Wesley. „Wie ich schon sagte, gewisse Magie funktioniert nicht, wenn es um Vampire geht."

„Ich weiß. Aber einen Versuch ist es wert."

„Ich werde mein Bestes geben“, versprach Wesley und beendete das Gespräch.

Grayson griff nach Moniques Hand. „Wir haben jetzt ein paar Eisen im Feuer. Es wird sich etwas ergeben.“

Das musste es.

31

„Cesar Menendez?“, fragte Grayson in die Gegensprechanlage des kleinen, baufälligen Wohnhauses im Outer-Mission-Viertel.

Monique ließ ihren Blick schweifen. Die Nachbarschaft war geschäftig und bunt. Es gab mehrere Geschäfte im selben Block wie das Wohnhaus. Vor einem Lebensmittelgeschäft stapelten sich Kisten mit Obst und Gemüse auf dem Bürgersteig und Kunden sahen sich die Waren an.

„Wer will das wissen?“

Der Mann klang kratzig und genervt. Anscheinend hatte ihn die Türklingel geweckt.

„Ich bezweifle, dass mein Name Ihnen etwas sagen wird. Sagen wir einfach, ein Freund aus Grass Valley hat mich geschickt. Ich habe ein für beide Seiten vorteilhaftes Angebot für Sie.“

Es gab eine kurze Pause, dann ertönte der Summer. Grayson öffnete die Tür und führte Monique hinein.

„Ich bin überrascht, dass er uns reingelassen hat“, sagte Monique.

Grayson grinste. „Wahrscheinlich ist er neugierig auf mein Angebot.“

„Und das wäre?“

„Ich lasse ihn am Leben, wenn er meine Fragen beantwortet.“

Sie gingen in den dritten Stock, wo eine der Wohnungstüren ein paar Zentimeter offen stand. Ein Vampir spähte in den fensterlosen Flur hinaus. Monique bemerkte, wie er seine Augen über sie schweifen ließ und das geile Glitzern darin ließ sie schaudern.

„Dürfen wir reinkommen?“, fragte Grayson. „Ich möchte hier draußen lieber nicht über unsere Angelegenheiten sprechen.“

Cesar nickte langsam und öffnete die Tür weiter. „Mi casa es su casa.“

Monique folgte Grayson in die Wohnung, und Cesar schloss die Tür hinter ihnen. Sie sah sich um. Es war eine Zweizimmerwohnung mit alten Möbeln und dunklen Vorhängen vor den Fenstern. Im winzigen Flur und im Wohnzimmer, wo Grayson sich jetzt umwandte und Cesar ansah, brannten die Lichter.

„Also, wer in Grass Valley hat dich geschickt?“

„Eigentlich hat uns niemand aus Grass Valley geschickt", begann Grayson. „Vielmehr würden wir gerne mit dir über einen deiner Gefängnisfreunde sprechen: Rufus."

Cesar kniff die Augen zusammen und meinte höhnisch: „Er ist kein Freund von mir."

„Das habe ich aber anders gehört. Anscheinend wart ihr zwei wie Pech und Schwefel, als ihr im Gefängnis wart. Und ihr wurdet ungefähr zur gleichen Zeit entlassen."

„Das macht uns nicht zu Freunden." Er zeigte auf die Tür. „Verschwindet."

Monique bemerkte den Groll, der von Cesar ausging, und hatte eine fundierte Vermutung, was diese Feindseligkeit verursacht hatte. „Ich nehme an, Rufus hat seine Versprechen dir gegenüber nicht gehalten, oder? Hat er dir einen Gefallen geschuldet und nicht geliefert? Kannst du ihn deshalb jetzt nicht mehr ausstehen?"

Cesar grunzte etwas Unverständliches. „Da hast du recht! Zuerst hat er versprochen, mich bei sich pennen zu lassen, und dann hat er mich einfach rausgeschmissen. Jetzt verschwindet beide. Und sagt diesem Bastard, dass ich nicht sein Lakai bin. Was auch immer ihr für einen Vorschlag habt, bin ich nicht daran interessiert."

Monique rührte sich nicht, Grayson auch nicht.

„Wir würden ihm das gerne sagen, aber wir wissen nicht, wo er ist", sagte Grayson.

„Was glaubt ihr, dass ich bin? Sein Babysitter? Geht zu seiner Wohnung."

„Ja, haben wir versucht", sagte Grayson mit einem Kopfschütteln. „Aber jemand hat die Bude angezündet."

Zu Moniques Überraschung grinste Cesar plötzlich. „Mögt ihr es nicht auch, wenn schlimmen Kerlen schlimme Dinge widerfahren? Das nenne ich Karma."

„Also hat er es verdient, nicht wahr?", forschte Grayson nach.

„Du glaubst doch nicht etwa, ich habe seine Wohnung angezündet?" Er schnaufte. „Sehe ich selbstmörderisch aus?"

„Nicht besonders", sagte Grayson trocken.

Monique warf Grayson einen Blick zu. „Ich werde ungeduldig mit diesem Typen." Sie zog einen Pflock aus ihrer Jacke und stürzte sich auf

Cesar, schmetterte ihn gegen die Wand und nagelte ihn dort fest. „Jetzt sag mir, wo ich Rufus finden kann."

Cesar starrte sie mit großen Augen an. Offensichtlich hatte er nicht mit einem körperlichen Angriff gerechnet. Er blickte an ihr vorbei zu Grayson. „Also ist sie dein Kampfhund? Willst du deine Drecksarbeit nicht selbst machen?"

„Ich finde, Frauen sollten die gleichen Rechte haben wie Männer, oder etwa nicht?", sagte Grayson mit einem Glucksen. „Außerdem ist sie sehr gut darin, Typen wie dir den Hochmut zu drosseln. Es ist wirklich schön mitanzusehen."

Monique unterdrückte ein Grinsen. Sie hatte diese Seite von Grayson noch nie gesehen und sie gefiel ihr. „Jetzt rede, bevor ich die Geduld verliere."

„Na gut!", grunzte Cesar. „Als ich aus dem Gefängnis entlassen wurde, brauchte ich eine Bleibe, und Rufus schuldete mir ein paar Gefallen. Also rief ich ihn an und er ließ mich bei sich pennen. Alles war gut, bis irgendein Arschloch auftauchte. Dann hat Rufus mich von einem Tag auf den anderen rausgeschmissen. Seitdem habe ich ihn nicht mehr gesehen."

Grayson näherte sich hinter ihr. „Sah das Arschloch so aus?"

Aus dem Augenwinkel sah Monique, wie Grayson sein Handy hochhielt, um Cesar ein Foto zu zeigen. Sie drehte den Kopf, um es besser sehen zu können, und erkannte es sofort. Es war Abel. Schon in jungen Jahren hatten ihre Eltern ihr eingetrichtert, sollten sie oder ihre Brüder diesen Mann je sehen, ihn zu töten oder wegzulaufen.

„Ja", bestätigte Cesar, „das ist er."

„Und das war das letzte Mal, dass du ihn gesehen hast?", fragte Monique.

„Ich schwöre es. Und ich habe keine Ahnung, wo er jetzt ist."

Sie seufzte und sah Grayson an. Er steckte sein Handy wieder in seine Tasche, als ihr plötzlich etwas klar wurde. „Cesar, du sagtest, du hättest Rufus angerufen. Hast du seine Nummer?"

Cesar nickte. „Ja, sie ist in meinem Handy."

Monique tauschte einen Blick mit Grayson aus. „Wir können es zurückverfolgen."

Grayson sah Cesar an. „Wo ist das Telefon?"

Cesar neigte den Kopf zum Schlafzimmer. „Auf meinem Nachttisch."

Grayson verließ das Zimmer und ging ins Schlafzimmer. Augenblicke später war er mit Cesars Handy zurück. „Passwort?"

„1-2-3-4."

Grayson hob eine Augenbraue und entriegelte dann das Telefon. Ein paar Augenblicke später tippte er etwas auf seinem eigenen Handy und warf Cesars Handy auf den Wohnzimmertisch. „Ich hab's."

Monique ließ Cesar los und steckte den Pflock ein. „Danke für deine Kooperation."

Cesar verzog spöttisch das Gesicht. „Ja, war mir ein Vergnügen."

Draußen nahm Grayson Moniques Hand. „Thomas kann Rufus' Handy anpingen."

„Wenn er immer noch dieselbe Nummer benutzt", fügte sie hinzu.

„Er hat keinen Grund, es nicht zu tun." Grayson drückte ein paar Tasten auf seinem Telefon. „Ich habe die Nummer gerade an Thomas geschickt, dann kann er damit anfangen."

„Gut. Wir brauchen einen guten Hinweis." Sie warf ihm ein hoffnungsvolles Lächeln zu. „Woher hattest du Abels Bild?"

„Zach hat es mir per SMS geschickt, als wir in New Orleans waren. Ich habe es bereits an Thomas weitergeleitet, um es an alle bei Scanguards zu verteilen, damit sie wissen, nach wem sie Ausschau halten müssen. Nur für den Fall."

„Gute Idee. Mom und Dad sorgten dafür, dass wir uns sein Foto einprägten, als wir Kinder waren. Ich schätze, sie waren besorgt, dass er eines Tages zurückkommen und versuchen würde, uns weh zu tun."

„Nicht mehr lange", sagte Grayson zuversichtlich und legte seinen Arm um sie, als sie zu der Stelle gingen, an der er das Auto geparkt hatte.

Sie liebte die Zuneigung, die er ihr entgegenbrachte, die Wärme seiner Zuwendung, den ermutigenden Ton in seiner Stimme. Mit jeder Stunde, die sie zusammen verbrachten, wurde sie sich ihrer Gefühle für ihn klarer. Sie wusste, was zwischen ihnen wuchs, Vertrauen und Liebe. Und eine tiefe Wertschätzung für ihre individuellen Stärken. Sie ergänzten einander und taten das fast instinktiv je nachdem, was die Situation erforderte.

„Danke, dass ich auf meine Weise mit ihm umgehen durfte", sagte Monique.

„Machst du Witze?" Er lachte leise. „Dass du wie Rambo aufgetreten bist, hat mich sehr angemacht. Ich habe den Kerl fast beneidet."

Sie lachte leise. „Du bist angetörnt, weil ich einen Typen misshandelt habe?“

„Total.“ Am Auto angekommen, drückte er sie dagegen und beugte sich näher. „Das kannst du mir jederzeit antun.“

„Dein Leben mit einem Pfahl bedrohen?“

„Solange du ihn mir nicht ins Herz stößt und stattdessen deinen heißen Körper an mir reibst.“

„Wie wäre es damit, dich zu fesseln?“, schlug sie vor und genoss es, ihn zu necken. Sie sehnte sich nach ein paar Stunden allein mit ihm, weg von ihren Problemen, aber sie wusste, dass dafür im Moment keine Zeit war. Ein paar neckende Worte müssten sie über die Runden bringen.

„Gefesselt oder nicht, du wirst mich nie los“, versprach er und seine Augen schimmerten plötzlich golden.

Ein Schauder durchfuhr sie und es war offensichtlich, dass er es bemerkte. Sein Mund verzog sich zu einem zufriedenen Grinsen, bevor er seinen Kopf zu ihrem senkte und seine Lippen auf ihre drückte, um sie innig zu küssen. Sie seufzte zufrieden und erwiderte den Kuss. Aber zu früh ließ er von ihr ab.

„Lass uns zurück ins Hauptquartier fahren“, sagte er, „bevor ich etwas tue, was ich am helllichten Tag und angesichts viel zu vieler Zeugen nicht tun sollte.“

32

In der Chefetage der Scanguards-Zentrale trafen sie auf Sebastian.

„Hallo, Sebastian. Irgendwelche Neuigkeiten über die Telefone?“, fragte Grayson.

„Ich bin gerade damit fertig geworden. Wir haben alle bei Scanguards registrierten Festnetz- und Mobiltelefone gescannt. Nichts. Und das Haus deiner Eltern ist auch frei von Wanzen.“

„Also zapft niemand unsere Telefone an?“, fragte Grayson mit gerunzelter Stirn.

„Nein“, antwortete Sebastian, „auf keinen Fall. Nicht dass ich erwartet hätte, etwas zu finden. Die Sicherheitsprotokolle, die wir eingerichtet haben, machen es praktisch unmöglich, uns abzuhören, ohne dass überall die Alarmglocken läuten.“

„Danke, Sebastian.“

Grayson wechselte einen Blick mit Monique. „Dann haben wir irgendwo ein Leck.“

„Aber wo?“

„Ich wünschte, das wüsste ich. Die Leibwächter, die mein Elternhaus bewachen, sind absolut vertrauenswürdig. Sie sind schon seit ewigen Zeiten bei uns“, versicherte Grayson ihr. Ohne zu zögern würde er sein Leben in deren Hände legen.

„Du willst doch nicht etwa sagen, dass jemand auf meiner Seite das Leck ist?“ Monique schüttelte den Kopf. „William ist der stellvertretende Leiter der Königswache und seit zwei Jahrzehnten bei uns. Er hat mich und meine Brüder praktisch großgezogen. Er ist hundertprozentig loyal. Außerdem wäre er fast gestorben, als er meiner Mutter während des Angriffs das Leben gerettet hat. Und die anderen beiden Wachen wurden getötet. Das haben unsere Mütter bestätigt. Niemand sonst ist mit uns nach San Francisco gekommen.“

„Ich weiß, und ich sage ja nicht, dass es William ist. Aber der gesamte Palast wurde kompromittiert. Wir wissen nicht, wen Abel sonst noch in der Tasche hat. Vielleicht gibt jemand Informationen preis, ohne es zu wissen.“

„Hmm. Bist du dir sicher, was die Bodyguards im Haus deiner Eltern angeht? Sind sie alle schon lange bei Scanguards? Kannst du ihnen vertrauen?"

„Ja, Conrad und Robbie sind seit acht oder neun Jahren bei uns, genau wie alle menschlichen Wachen. Und Orlando ist …" Er unterbrach sich. Orlando war schwer zu deuten. Niemand wusste viel über ihn. Und er war relativ neu.

„Was ist mit Orlando?"

Grayson zögerte und holte tief Luft, bevor er antwortete. „Dad hat ihn vor über einem Jahr eingestellt."

„Er ist also neu." Monique sah ihn mit gerunzelter Stirn an. „Er bestand darauf, in deinem Elternhaus zu bleiben. Er wollte nicht einmal für eine Pause abgelöst werden. Findest du das nicht seltsam?"

„Er ist sehr engagiert", protestierte Grayson. „Mein Vater vertraut ihm hundertprozentig."

„Ja, aber niemand weiß etwas über ihn", warf Sebastian ein, was ihm klar machte, dass der junge Vampir-Hybride noch nicht gegangen war.

Als Grayson ihm einen Blick zuwarf, zuckte Sebastian mit den Schultern und fügte hinzu: „Du weißt genauso gut wie ich, dass das die Wahrheit ist. Er ist seltsam, redet nicht viel und wer weiß, was er in seiner Freizeit macht. Er ist noch nie mit einem von uns auf einen Drink ausgegangen. Du weißt schon, Dampf ablassen."

„Das heißt nicht, dass er nicht vertrauenswürdig ist", sagte Grayson mit fester Stimme. „Orlando nicht zu vertrauen bedeutet, dem Urteil meines Vaters nicht zu vertrauen. Und egal, welche Meinungsverschiedenheiten Dad und ich gehabt haben mögen, auf sein Urteilsvermögen kann man sich verlassen."

Plötzlich spürte er Moniques Hand auf seinem Arm. „Niemand zweifelt an Samsons Urteilvermögen, aber meinst du nicht, wir sollten alle Möglichkeiten untersuchen?"

Monique hatte recht, auch wenn er es nicht direkt zugeben wollte. Es stimmte, dass Orlando nach der Entführung als einer der ersten in dem gemieteten Haus in Russian Hill eingetroffen war, obwohl andere viel näher wohnten als er. Wenn er nach der Scanguards-Party nach Hause gegangen wäre, hätte er den ganzen Weg von Glen Park nach Russian Hill fahren müssen, was nicht gerade eine kurze Fahrt war. Orlando hatte die Party vorzeitig verlassen, was ebenfalls verdächtig war. Und an etwas anderes erinnerte er sich jetzt auch. Orlando hatte gesagt, er sei in der Gegend gewesen. Was hatte er in Russian Hill gemacht?

„Gut, sehen wir ihn uns mal an“, räumte er schließlich ein. „Aber wir sollten uns auch William ansehen. Schließlich kennt er Abel vielleicht schon von früher.“

Monique sah aus, als wollte sie protestieren, aber dann räumte sie ein: „Gut, wenn du dich dadurch besser fühlst.

Grayson nickte. „Ich habe eine Idee, wie wir vorgehen können, damit sie nicht wissen, was wir tun. Lass uns mit Thomas und Eddie sprechen.“

Augenblicke später klopfte Grayson an Thomas’ und Eddies Büro, bevor er die Tür öffnete und eintrat, während Monique ihm folgte. Nur Eddie saß hinter dem Schreibtisch.

„Hey, Eddie, wo ist Thomas?“

Eddie seufzte. „Er macht endlich ein Nickerchen in Blakes Büro. Er hat keine Minute geschlafen, seit das alles angefangen hat. Ich musste ihn zwingen, eine Pause zu machen.“

„Gut. Ich habe ihm vorhin eine Nummer geschickt. Hat –“

„Ich habe sie bekommen.“ Eddie legte seine Hand auf ein Handy auf seinem Schreibtisch. „Ich habe gerade erst damit angefangen. Das Programm läuft schon. Übrigens habe ich gute Nachrichten: Wir haben den vierten Van der Entführer gefunden.“

Grayson war aufgeregt. „Ausgezeichnet! Wo? Monique und ich können ihn uns ansehen.“

„Nicht nötig. Dein Bruder und Benjamin sind bereits unterwegs. Sie werden ihn überprüfen. Wir haben ihnen Fotos von Abel, Rufus und diesem Kerl Matt gegeben. Ich bin sicher, sie werden sich bald wieder melden.“

Aus Eddies Computer kam ein Ping-Geräusch. Er sah wieder auf den Bildschirm, dann zurück zu ihm und Monique. „Okay, wir haben gute und schlechte Nachrichten.“

„Zuerst die guten“, verlangte Grayson.

„Rufus’ Handy hat in den letzten Tagen mehrere Mobilfunkmasten angepingt, alle innerhalb der Stadtgrenzen. Und einer dieser Pings stimmt mit dem Ort überein, an dem der vierte Lieferwagen verlassen vorgefunden wurde.“

Moniques Brust hob sich, als sie tief Luft holte. „Das ist die Gegend, wo sie wahrscheinlich meinen Vater und Samson festhalten, oder?“

„Möglicherweise“, meinte Eddie zögernd. „Aber hier sind die schlechten Nachrichten. Rufus’ Handy ist derzeit ausgeschaltet.“

„Also wissen wir nicht, wo er gerade ist“, sagte Grayson und dachte über die nächsten Pläne nach.

„Nein, aber es ist sehr wahrscheinlich, dass er sich irgendwo in der Nähe befindet, wo sein Handy zuletzt hin verfolgt wurde. Der vierte Van ist im Moment unsere beste Wahl.“

„Zeig mir, wo“, sagte Grayson und ging um Eddies Schreibtisch herum, damit er auf den Bildschirm blicken konnte.

Eddie zeigte auf eine Stelle auf der Landkarte, während Monique sich zu ihnen gesellte. „Er war irgendwo in dieser Gegend, zwischen Bayview und Silver Terrace.“

„Mit der Autobahn in der Nähe. Gute Stelle, von der er schnell verschwinden kann“, kommentierte Grayson.

„Was sind das für Gebäude hier?“, fragte Monique.

Eddie zoomte hinein. „Das ist ein altes Postamt, aber es wurde vor langer Zeit geschlossen. Asbestprobleme und wer weiß was noch. Die Stadt wartet darauf, dass die Bundesregierung für die Entfernung des Asbests zahlt, aber die lassen sich Zeit.“

„Also steht es leer“, schloss Monique.

Grayson begegnete ihrem Blick. „Gutes Versteck.“

„Ich werde Patrick und Benjamin wissen lassen, dass sie dem Gebäude nicht zu nahe kommen sollen. Wir dürfen Abels Leute nicht wissen lassen, dass wir sie gefunden haben, wenn sie wirklich da drin sind.“ Eddie drehte sich auf seinem Stuhl um. „Vielleicht können Wesley und Charles bestätigen, dass dies der richtige Ort ist, bevor wir irgendetwas anderes unternehmen.“

„Wesley ist schon zurück?“, fragte Grayson.

„Er ist vor einer halben Stunde zurückgekommen. Wahrscheinlich ist er schon unten in seinem Labor.“

„Lass uns nach ihm sehen“, schlug Grayson vor und sah Monique an.

Sie nickte.

„Oh, und noch etwas, Eddie“, begann Grayson.

„Ja?“

„Tu mir einen Gefallen und vergleiche Orlandos Handy mit dem von Rufus. Ich will wissen, ob sie sich jemals angerufen oder getextet haben.

Und vergleich die GPS-Standorte von Orlando mit den Orten, wo Rufus' Handy von den Funkmasten gepingt wurde."

Eddie hob überrascht eine Augenbraue. „Orlando? Unser Orlando?"

„Ja."

„Um was geht es da?"

„Jemand gibt Abel Informationen preis, und da er weder unsere Telefone noch das Haus meiner Eltern verwanzt hat …" Grayson zuckte mit den Schultern.

„Okay, wenn du das sagst."

„Und kein Wort darüber zu irgendjemandem."

„Verstanden."

„Und da ist noch eine zweite Person, von der ich möchte, dass du sie dir ansiehst. William. Er ist einer der Königswachen, der mit der königlichen Familie nach San Francisco kam. Monique, hast du seine Telefonnummer?", fragte Grayson.

„Habe ich." Sie zückte ihr Handy, navigierte zu Williams Kontaktinformationen und gab sie Eddie, der sie kopierte.

„Ich hab's. Ich werde nachsehen, wo er war und wen er angerufen hat", bestätigte Eddie.

„Danke, Eddie, und Patrick soll mich anrufen, sobald sie den Van überprüft haben", fügte Grayson hinzu, bevor er und Monique Eddies Büro verließen.

Auf dem Weg zum Fahrstuhl legte Monique ihre Hand in seine. „Ich hoffe, Delphine konnte Wesley erklären, wie der Zauber funktioniert."

„Mach dir wegen Wesley keine Sorgen. Er ist ein sehr versierter Hexer. Er wird dafür sorgen, dass es funktioniert." Solange ein Voodoo-Zauber bei einem Vampir wirkte. Wenn nicht, hätte selbst Wesley kein Glück. Aber er wollte Moniques Hoffnung nicht zerstören.

Auf der Fahrt hinunter zu einem der unterirdischen Stockwerke, wo sich sowohl die Klinik als auch das Labor von Wesley und Charles befanden, lehnte Monique ihren Kopf an seine Schulter und atmete gleichmäßig. Keiner von ihnen sagte etwas. Sie brauchten nicht zu sprechen. Er legte seine Arme um sie und hielt sie einfach fest. Wenn ihm drei Tage zuvor jemand gesagt hätte, dass er nach zwei Tagen und zwei Nächten zusammen eine so tiefe emotionale Bindung zu Monique Montague entwickeln würde, hätte er die Person ausgelacht.

33

Monique genoss das tröstende Gefühl von Graysons Armen um sie herum. In so kurzer Zeit war so viel passiert und sie war noch dabei, alles zu verarbeiten. Sie kämpfte gegen die Erschöpfung an, die tief in ihren Knochen saß. Aber jetzt war keine Zeit zum Ausruhen.

Als sich die Fahrstuhltüren öffneten, nahm Grayson ihre Hand und führte sie in den Flur. Hier war nicht viel los, obwohl sie hinter einer Doppeltür Geräusche hören konnte. Das Schild daneben wies es als eine Klinik aus. Grayson führte sie in die entgegengesetzte Richtung.

Bevor sie das Ende des Korridors erreichten, ließ der laute Knall einer Explosion den Boden unter ihren Füßen erbeben. Die Tür am Ende des Flurs wurde aus den Angeln gerissen und auf den Boden geschleudert, wobei das Holz splitterte. Eine Wolke aus weißem und rotem Rauch, vermischt mit Trümmern, schoss aus dem Raum.

„Scheiße!“, fluchte Grayson.

Anstatt in die andere Richtung zu laufen, rannte er auf den Raum zu, in dem die Explosion stattgefunden hatte. Monique blieb nichts anderes übrig, als ihm zu folgen. Was auch immer passiert war, sie konnte ihn nicht alleine damit fertig werden lassen.

Im Inneren des Raumes begann sich der Rauch bereits aufzulösen. Sie ließ ihre Augen umherschweifen und schätzte schnell die Situation ein. Der Raum war groß, mit vielen Schränken mit Glasbehältern – einige davon zerbrochen – mit seltsam aussehenden Zutaten, einer Wand mit Büchern, die älter aussahen als Methusalem, und Stühlen und Tischen sowie einem großen Kessel über einer Feuerstelle in einer Ecke.

Wesley lag mit dem Rücken auf dem Boden, sein Gesicht mit rotem Staub bedeckt. Sein dunkles Haar stand hoch, als hätte er einen elektrischen Schlag bekommen. Er hustete und setzte sich auf.

„Verdammt noch mal, Wes!“, tadelte ein anderer Mann.

Monique sah ihn an und erkannte ihn als einen Hexer. Auch er lag auf dem Boden und versuchte aufzustehen.

„Charles, Wes? Geht es euch gut?“, fragte Grayson und streckte seine Hand aus, um Wesley aufzuhelfen.

„Ja, uns geht es gut“, sagte Wes mit einer wegwerfenden Handbewegung.

„Was ist hier passiert?“, fragte Monique.

Charles stand ebenfalls auf und schüttelte den Kopf in Wesleys Richtung. „Dieser Idiot hier hat die Zutaten des Zaubers nicht richtig gemessen.“

„Hey, das hätte jedem passieren können“, sagte Wes achselzuckend.

„Sicher, aber es passiert immer dir“, erwiderte Charles.

„War das der Voodoo-Zauber von Delphine?“, fragte Grayson.

Wes nickte. „Ja. Mal sehen, ob es geklappt hat.“

Er ging zu einer Werkbank. Es sah aus, als wäre dort ein Tornado gelandet. Monique näherte sich, ebenso wie Grayson und Charles.

„Hey, ich bin Charles; du musst Monique sein.“ Er streckte ihr seine Hand entgegen und sie schüttelte sie.

„Schön dich kennenzulernen, Charles.“ Sie sah ihn etwas genauer an und deutete auf sein Gesicht. „Ich glaube, deine Augenbrauen sind versengt.“

Er grunzte und sah Wesley dann mit zusammengekniffenen Augen an. „Ich schwöre, eines Tages werde ich dir den Hals umdrehen.“

Die Warnung perlte an Wesley ab, als wäre er aus Teflon. „Keine Sorge, die wachsen nach.“

Monique konnte nicht anders, als über den Austausch zu lächeln. Zwei Hexer, die in einem Labor zusammenarbeiteten, das konnte nicht einfach sein. Sie fing Graysons Blick auf und auch er grinste. Anscheinend war die Auseinandersetzung zwischen den beiden Hexern nichts Neues.

„Also, hat der Zauber funktioniert?“, fragte Grayson eifrig.

Wesley griff nach einem kleinen Stück Papier mit verkohlten Kanten. Es sah aus wie ein Teil einer Karte. Er wandte sich an Charles. „Charles, gib mir bitte die Landkarte.“

Charles öffnete eine Schublade und zog eine Karte heraus, dann entfaltete er sie auf der Werkbank. Wesley beugte sich darüber und verglich das verkohlte Stück mit der Karte, bis er es schließlich auf die intakte Karte legte und aufsah.

„Sieht so aus, als würden sie irgendwo zwischen Bayview und Silver Terrace gefangen gehalten. Tut mir leid, dass es nicht genauer ist, aber das ist zumindest ein Anfang“, verkündete Wesley.

Moniques Herz machte einen Sprung. Das war eine gute Nachricht.

„Nicht nur ein Anfang“, sagte Grayson. „Das stimmt mit der letzten bekannten Position von Rufus’ Handy überein, und auch mit dem Standort, wo der vierte Lieferwagen gefunden wurde.“

„Schön, dass wir helfen konnten“, sagte Wes. „Könntest du jetzt vielleicht ein gutes Wort bei Amaury einlegen, damit er einige kleinere Renovierungsarbeiten für das Labor genehmigt?“ Er deutete auf die kaputte Tür, die verkohlten Wände und die zerbrochenen Möbel.

Grayson grinste. „Das kann ich arrangieren. Aber ich schlage vor, ihr fangt erst mit den Reparaturen an, wenn ihr mit dem Mischen der Zaubertränke für die Rettungsmission fertig seid.“

„Vertraust du meinen Fähigkeiten nicht?“

„Oh, das tue ich“, sagte Grayson und zwinkerte Charles zu, bevor er wieder Wesley ansah. „Aber nicht deiner Ausführung.“

„Endlich“, sagte Charles, „erkennt jemand, womit ich täglich zu tun habe. Vielleicht sollte ich mir ein eigenes Labor zulegen.“

Wesley drehte sich zu ihm um. „Du hattest dein eigenes Labor. Und du weißt, wie das ausgegangen ist.“

„Hmm.“

„Was ist passiert?“, fragte Monique neugierig.

Grayson grinste. „Seine Gefährtin Roxanne hat ihm verboten, im Keller ihres Hauses zu arbeiten. Anscheinend hatte sie die Explosionen satt, die das Fundament des Hauses erschütterten.“

Charles hob protestierend die Hand. „Hey, so schlimm war es nicht. Außerdem war es meine Entscheidung, mein Labor ins Hauptquartier zu verlegen. Ich meine, wer würde sonst auf Wes aufpassen, wenn ich nicht hier wäre?“

„Auf mich muss niemand aufpassen“, protestierte Wes.

„Doch.“

„Danke, Jungs“, sagte Grayson schnell und nahm Moniques Arm. „Wir gehen lieber.“

Sie verließen das Labor, während Wesley und Charles weiter stritten, und gingen zurück zu den Aufzügen, als Monique plötzlich etwas hörte, das wie das Weinen eines Babys klang. Aber sie musste sich irren.

Sie warf Grayson einen Blick zu. „Hörst du das?“

34

Grayson stieß die Doppeltür zur Klinik auf und trat mit Monique an seiner Seite ein. Der große Raum sah aus wie die Notaufnahme eines mittelgroßen Krankenhauses. In der Mitte befand sich eine Schwesternstation, und um sie herum, entlang der Wände, befanden sich mehrere Behandlungsliegen, die durch Vorhänge getrennt waren, um die Privatsphäre der Patienten zu gewährleisten. An einem Ende des Raumes waren mehrere private Patientenzimmer sowie Mayas Büro.

„Wow", sagte Monique und sah sich um. „Und Maya führt diese Klinik?"

Grayson nickte. „Ja. Das ist ihre Domäne."

„Es ist beeindruckend", sagte Monique.

Grayson winkte den Leuten zu, die sich um den Eingang zu einem der privaten Patientenzimmer drängten. Gabriel stand dort mit Brandon King, während Maya neben dem Bett stand und Ryder auf dessen Kante saß, ein Neugeborenes in seinen Armen. Scarlet hielt den anderen Zwilling.

Als sie näherkamen, schaute Gabriel über seine Schulter.

„Hey", sagte er, „was war das für ein Aufruhr vorhin?"

„Kleine Explosion", sagte Grayson beiläufig und spähte in den Raum.

„Wesley?", fragte Gabriel.

„Ja. Wenigstens funktionierte der Zauber. Wir haben eine ziemlich genaue Vorstellung davon, wo Cain und Samson festgehalten werden."

„Ich schätze, das bedeutet, dass ich meine Enkelkinder im Moment nicht halten darf", sagte Gabriel.

„Nimm dir ein paar Minuten Zeit", sagte Grayson. „Ich rufe alle zusammen, damit wir an einem Rettungsplan arbeiten können."

Als Brandon sich dem Bett näherte, legte Scarlet ihren Sohn in seine Arme. Grayson stand einen Moment lang da und beobachtete einfach die Szene. Monique beugte sich näher zu ihm und er legte seinen Arm um ihre Taille.

„Oh mein Gott, er wiegt nicht mehr als eine Feder", sagte Brandon mit einem Blick auf seine Tochter. „Ich kann mich nicht erinnern, dass du so klein warst, als du geboren wurdest."

„Herzlichen Glückwunsch, Scarlet, Ryder“, sagte Grayson, und beide hoben die Köpfe und sahen ihn an.

„Danke, Bro“, sagte Ryder. Er sah seine beiden Söhne an, dann Scarlet und drückte seiner Gefährtin einen sanften Kuss auf die Lippen. „Ich liebe dich, Baby. Das hast du wunderbar gemacht.“ Als er wieder aufsah, schimmerten seine Augen golden.

Grayson warf Monique einen Seitenblick zu und spürte, wie der Drang, sie zu küssen, in ihm hochkam. „Wir sollten …“

Sie nickte. „Ja.“ Dann wandte sie sich an Scarlet und Ryder: „Glückwunsch an euch beide. Die Babys sind bezaubernd.“

Ryder grinste. „Danke, Monique. Ich bin mir sicher, dass sie uns bald genug Schwierigkeiten machen werden.“

Scarlet kicherte. „Wie viel Ärger können zwei kleine Jungs wirklich machen? Schau sie dir an, sie sehen aus wie kleine Engel.“

„Das haben sie auch über meine Brüder und mich gesagt“, sagte Monique mit einem Grinsen.

„Ihr drei wart als Babys bezaubernd, aber du hast recht, ihr wart ganz schön anstrengend“, sagte Maya mit einem Lächeln zu Monique. Ihr Blick fiel plötzlich auf Graysons Arm um Moniques Taille. Ihre Augenbrauen hoben sich überrascht, aber sie kommentierte nicht, was sie sah.

„Wir gehen lieber“, sagte Grayson und nickte dann Gabriel zu. „Besprechungsraum in dreißig Minuten?“

Gabriel nickte und Brandon drehte sich zu ihm um. „Ich schließe mich euch auch an.“

„Danke, Brandon, ich weiß das zu schätzen.“

Brandon war kein Scanguards-Angestellter. Vielmehr war er ein Partner und Investor, der sich ihnen angeschlossen hatte, nachdem Gabriel ihn in einen Vampir verwandelt hatte, um sein Leben zu retten. Als Mensch war Brandon King ein sehr erfolgreicher Unternehmer gewesen. Er hatte sich sehr schnell an das Leben als Vampir gewöhnt. Die Tatsache, dass seine Tochter mit Ryder, einem Vampir-Satyr-Hybriden, blutgebunden war, hatte sicherlich dazu beigetragen, den Übergang reibungslos zu gestalten. Und jetzt war er Großvater von zwei Vampir-Satyr-Hybriden, obwohl er dafür nicht alt genug aussah und eher wie ein Mann Ende vierzig wirkte.

Als der Fahrstuhl ankam, stellte Grayson erfreut fest, dass dieser leer war. Er zog Monique hinein und drückte auf den Knopf für das oberste

Stockwerk, bevor er sie an seinen Körper zog und sie mit seinen Armen gefangen hielt.

„Verdammt, Baby, im Moment wünschte ich, ich könnte dich auf die nächste ebene Fläche werfen und …“

„… und deinen Schwanz in mir vergraben?“, unterbrach sie ihn und wirbelte ihn herum, sodass nun sein Rücken an der Wand war und sie ihre üppigen Kurven an seinen harten Körper pressen konnte. „Mir war nicht klar, dass es einen Kerl geil machen kann, Neugeborene zu sehen.“

„Es sind nicht die Babys.“ Obwohl der Anblick sein Herz unerwartet gerührt hatte. „Es ist das Wissen, dass Ryder Scarlets Blut trinkt, wenn er mit ihr schläft. Und sie seines.“

Moniques Lippen öffneten sich und ein Atemzug entwich ihrer Kehle. Ihre Augen begannen golden zu schimmern und als er seinen nächsten Atemzug nahm, konnte er das Aroma ihrer Erregung riechen, die sich um ihn wickelte wie Samtseile, die versuchten, ihn zu fesseln. Er begrüßte diese Fesseln, sehnte sich buchstäblich danach.

Monique hob ihre Lippen zu seinen und bot sie an, und er fing sie ein und küsste sie leidenschaftlich. Als der Fahrstuhl piepte, unterbrach Grayson widerwillig den Kuss, hielt Monique aber noch einen Moment länger fest, seine Stirn an ihrer ruhend. „Ich wünschte, wir …“

Sie legte einen Finger an seine Lippen. „Ich weiß.“

Sein Handy klingelte und er zog es aus seiner Tasche. „Das ist Patrick.“ Er nahm den Anruf an, während er und Monique den Aufzug verließen. „Hey, was hast du gefunden?“

„Hey. Im Lieferwagen war Blut, und sowohl Benjamin als auch ich sind uns ziemlich sicher, dass es Vampirblut ist. Es ist eingetrocknet, also ist es schwer zu sagen, ob es Dads war, aber ich nehme es an.“

„Hast du einen der Vampire entdeckt, von denen du die Fotos hast?“

„Nein, keine Sichtung von Abel, Matt oder Rufus, aber das bedeutet nicht, dass sie nicht hier sind. Es gibt definitiv ein paar mögliche Orte, an denen Abel Dad und Cain verstecken könnte. Wir müssten sie überprüfen, aber wir wollten nicht zu offensichtlich sein und sie womöglich auf uns aufmerksam machen.“

„Gute Arbeit. Die gute Nachricht ist, dass der Ortungszauber, den Wesley durchgeführt hat, auf die gleiche Gegend wie Rufus’ Handy hinweist. Zumindest auf seinen letzten bekannten Aufenthaltsort. Das Handy ist derzeit ausgeschaltet.“

„Also, was nun? Schickt ihr ein paar Teams los, die uns dabei helfen, uns all die leeren Gebäude anzusehen?"

„Nein. Wir werden Drohnen und Infrarotkameras benutzen. Das ist sicherer."

„In Ordnung, du bist der Boss, Bro."

„Danke, Patrick. Kommt zurück ins Hauptquartier. Wir haben ein Meeting, um einen Rettungsplan auszuarbeiten."

„Wir sind bald da", versprach Patrick und beendete das Gespräch.

Grayson steckte sein Handy wieder in seine Tasche, bevor er Monique einen aufmunternden Blick zuwarf. „Lass uns zu Quinn gehen. Er kann die Drohnen organisieren."

Quinn, ein blonder Vampir, der kaum einen Tag älter als fünfundzwanzig aussah, obwohl er über zweihundert Jahre alt war, saß in seinem Büro in der Chefetage.

„Hey, was brauchst du?", fragte er, nachdem er ihn und Monique begrüßt hatte.

„Wir haben einen möglichen Standort, an dem Abel Cain und Samson gefangen halten könnte. Wir müssen Drohnen mit Infrarotkameras schicken. Kannst du das organisieren?"

„Sicher, zeig mir den ungefähren Standort auf der Karte", sagte Quinn und öffnete eine Karte auf seinem Computerbildschirm.

Grayson ging um den Schreibtisch herum, um auf den Bildschirm zu schauen, als Moniques Telefon klingelte.

Sie zog es heraus und sah auf das Display. „Es ist Mom, ich rede im Flur mit ihr."

„Sicher, Babe."

Sie trat in den Flur hinaus und zog die Tür hinter sich zu.

„Babe, hmm?", fragte Quinn mit einem Grinsen.

Grayson zuckte mit den Schultern. „Ich schätze, unsere Väter hatten doch nicht ganz unrecht."

„Nun, sie leben schon eine ganze Weile und haben in ein paar Sachen Erfahrung."

"Und hoffentlich werden sie noch viel länger leben." Grayson deutete auf den Bildschirm. „Hierhin weisen alle unsere Spuren. Anscheinend gibt es ein altes stillgelegtes Postamt, das wegen Asbest geräumt werden musste. Dort würde ich die Geiseln einsperren. Da würde ich anfangen."

„Ich kümmere mich gleich darum“, versprach Quinn und griff zum Telefon. „Wir sollten in der nächsten halben Stunde mehr wissen.“

„Danke, Kumpel. Und kannst du bitte eine Nachricht an alle Hybriden senden, die nicht im Einsatz sind, sowie ans Management, dass wir in einer halben Stunde ein Meeting haben?

„Mache ich.“

Grayson verließ das Büro. Auf dem Flur sprach Monique immer noch mit ihrer Mutter und überbrachte ihr ermutigende Neuigkeiten. Er wechselte einen schnellen Blick mit ihr und deutete auf Thomas’ und Eddies Büro, um ihr zu zeigen, wo sie ihn finden konnte.

Er klopfte an die Bürotür und trat ein. Eddie war immer noch allein und sah vom Computer auf.

„Der Voodoo-Zauber hat funktioniert“, sagte Grayson.

„Oh, war das der Knall, den ich vorhin gehört habe?“ Eddie schüttelte den Kopf und verdrehte die Augen. „Was hat er dieses Mal zerstört?“

„Er hat die Tür rausgesprengt.“

„Ist das alles?“

„Hmm. Der Zauber bestätigte denselben Standort wie den, den du für den Van und den letzten Handystandort von Rufus gefunden hattest. Also habe ich Quinn gebeten, Drohnen zu schicken, um dieses alte Postamt zu überprüfen.“

„Gut.“ Eddie zeigte auf den Bildschirm. „Wegen Orlando …“

Als er zögerte, spürte Grayson, wie sein Herz schneller schlug. „Was hast du gefunden?“

„Keine Telefonanrufe oder Textnachrichten zwischen ihm und Rufus, also ist das eine gute Sache. Aber in der Nacht vor Silvester befanden sich die Handys von Orlando und Rufus zur gleichen Zeit in derselben Gegend. Nun, das ist kein eindeutiger Beweis dafür, dass sie sich getroffen haben, zumal es im Castro passiert ist. Dort gibt es eine Bar nach der anderen, also könnten sie in verschiedenen Bars gewesen sein, aber da wir nur den genauen GPS-Standort von Orlando haben, weil er ein Scanguards-Handy hat, aber nicht den von Rufus, kann ich nicht mit hundertprozentiger Sicherheit sagen, dass er und Rufus sich getroffen haben.“

„Hmm.“ Aber was wäre, wenn sie es getan hätten? „Was würde Orlando im Castro tun? Dort sind hauptsächlich Schwulenbars. Und ich bin mir ziemlich sicher, dass er hetero ist.“

„Das ist er“, bestätigte Eddie. „Aber er war vielleicht nur dort, um jemanden zu finden, von dem er sich ernähren kann. Es ist eine sehr lebhafte Gegend, in der es von Menschen in verschiedenen Rauschzuständen wimmelt. Leichte Beute.“

Eddie hatte recht. Aber bis er Orlando als Spion ausschließen konnte, war es am besten, Vorsichtsmaßnahmen zu treffen. „Wenn Orlando dich aus irgendeinem Grund anruft und dich fragt, wie die Rettungsmission läuft, sag ihm, dass wir nichts Neues haben.“

„Glaubst du, das ist wirklich nötig?“

„Ja. Was hast du über William herausgefunden?“

„Ich musste mich in die Aufzeichnungen seines Mobilfunkanbieters hacken, da wir sein Telefon nicht besitzen. Er hatte keinen Kontakt zu Rufus und er ist ihm auch in San Francisco nicht begegnet, zumindest nicht nach den Handydaten.“

„Okay, also ist er wahrscheinlich sauber.“

„Schaut so aus.“

„Danke, Eddie. Ich werde mit Isabelle sprechen, um sicherzustellen, dass Mom und Faye in Orlandos Anwesenheit nichts herausrutscht.“

Wenn nötig, würde Isabelle ihn ablenken müssen. Dafür würde er sorgen.

Grayson zog sein Handy aus der Tasche und scrollte zu Isabelles Nummer.

35

Monique ließ ihren Blick schweifen. Im großen Konferenzraum im obersten Stockwerk der Scanguards-Zentrale herrschte reges Treiben. Grayson hatte ihr die Leute vorgestellt, die sie noch nicht kannte. Jetzt stand er vorne im Raum, bereit, zu den Versammelten zu sprechen. Fast ein Dutzend Hybriden und eine ähnliche Anzahl von Vampiren waren anwesend.

John war noch nicht aus New Orleans zurückgekehrt, aber Virginia war erneut dorthin gereist, nachdem sie Wesley nach San Francisco zurückgebracht hatte, und beide würden innerhalb einer Stunde wieder hier sein. John wollte Teil des Showdowns mit Abel sein.

„Lasst uns anfangen", sagte Grayson, und die Gespräche im Raum verebbten. „Dank der unermüdlichen Bemühungen aller haben wir endlich den Standort, an dem Abel Samson und Cain eingesperrt hält. Quinn, du hast die Drohnen reingeschickt. Berichte darüber."

Quinn nickte und stand auf. Er drückte auf eine Fernbedienung und der Bildschirm an der Wand flackerte. Ein Arial-Video begann abzuspielen. „Was ihr hier seht, ist ein altes Postgebäude in Silver Terrace, genau dort, wo es an das Bayview grenzt. Das Gebäude wurde vor über zehn Jahren stillgelegt. Es ist mit Brettern vernagelt und sollte leer sein, aber" – er deutete auf den Monitor, auf dem jetzt Wärmesignaturen im Inneren des Gebäudes sichtbar waren – „drinnen sind viele Leute. Wir müssen davon ausgehen, dass dies Abels Männer sind. Nach Untersuchung des Drohnenmaterials schätzen wir, dass sich mehr als zwei Dutzend Personen darin befinden. Und höchstwahrscheinlich sind sie schwer bewaffnet. Eddie?"

Eddie stand auf und übernahm von Quinn. Er benutzte einen Laserpointer, den er auf den Bildschirm richtete. „Das Gebäude hat an jedem Ausgangspunkt Kameras. Wir waren davon ausgegangen, dass sie funktionsunfähig sind, da die Anlage geschlossen wurde, aber nachdem wir das Gebäude auf elektrische Aktivitäten gescannt haben, sind wir uns ziemlich sicher, dass Abel und seine Männer die vorhandenen Kameras reaktiviert haben, um ein Auge darauf zu haben, wer sich dem Gebäude nähert. Sie werden uns kommen sehen."

Grayson nahm Eddie die Fernbedienung ab. „Danke, Eddie." Dann betrachtete er die Versammelten. „Hier kommen die Hüter der Nacht ins Spiel. Sie werden unsere Augen sein und die Einrichtung unsichtbar betreten und uns einen Einblick in die Situation im Inneren verschaffen. Wenn nötig, schneiden sie die Entführer von den Geiseln ab, damit sie ihnen nichts antun können, wenn sie merken, dass wir angreifen."

„Können die Hüter der Nacht Abels Männer nicht einfach töten, während sie drinnen sind?", fragte Nicholas.

„Sicher könnten sie ein paar töten", erwiderte Grayson, „aber das würde die anderen alarmieren, aber da wir annehmen, dass viele Feinde sich im Gebäude befinden, wären sie zahlenmäßig stark unterlegen. Außerdem ist es nicht ihr Kampf, es ist unserer. Sie werden helfen, aber wir werden die schwere Arbeit erledigen. Sie werden ihr Bestes tun, um Samson und Cain ausfindig zu machen und sie beschützen, bis wir sie herausholen können."

Er drückte auf die Fernbedienung, und auf dem Monitor erschienen drei Bilder. „Macht euch mit diesen Gesichtern vertraut. Das ist Abel, der Kopf hinter der Entführung. Das ist Rufus. Und dieser Typ" – er deutete auf einen glatzköpfigen Schwarzen mit Bart – „ist Matt Smith. Zusammen mit Rufus war er Teil des Entführungsteams, das das gemietete Haus in Russian Hill angriff, in dem Cain und seine Familie wohnten. Es ist mir egal, wer sie oder einen der anderen feindlichen Vampire tötet. Aber wenn ihr Abel lebend erwischen könnt, dann tut das. Ich bin sicher, Cain wird ihn selbst umbringen wollen."

Zane räusperte sich. „Nur um es klar auszudrücken: Ich schieße, um zu töten."

Grayson begegnete Zanes Blick und schüttelte dann leicht den Kopf. „Alle außer Zane, wenn ihr Abel lebend gefangen nehmen könnt, tut es."

„Wann gehen wir rein?", fragte Ethan.

„Nach Sonnenuntergang heute Abend."

„Was?" Ethans Stirn legte sich in Falten. „Tagsüber ist es viel einfacher. Abel und seine Männer werden nicht entkommen können, denn die Sonne wird sie erwischen."

„Das wird nicht funktionieren", beharrte Grayson.

Ethan sah sich um. „Aber wir haben mindestens zehn Hybriden, und wir haben mehrere Kevlar-Anzüge für die Vollblut-Vampire. Das sollte genug sein."

„Und was ist mit Samson und Cain?", fragte Grayson. „Wir haben keine Ahnung, in welchem Zustand sie sich befinden. Und wie schnell wir sie rausholen müssen. Wenn die Sonne scheint, schränkt uns das ein. Wir können es nicht riskieren, Samson und Cain der Sonne auszusetzen. Und wir haben nicht genug Kevlar-Anzüge, um sie damit zu bekleiden. Die brauchen wir für die Kämpfer, wenn wir tagsüber hineingehen."

„Grayson hat recht", sagte Gabriel zu Ethan. „Ich hasse es genauso sehr zu warten wie alle anderen, aber wir müssen in erster Linie an die Sicherheit von Samson und Cain denken."

Ethan zuckte in einer Geste der Kapitulation mit den Schultern. „Verstanden."

„Reden wir über Logistik", sagte Grayson.

Monique konnte nicht anders, als Grayson zu bewundern. Er war ein geborener Führer, ohne ein Diktator zu sein. Er hatte gute Gründe für seine Argumente und fühlte sich wohl in seiner Rolle. Es war offensichtlich, dass er unter Druck aufblühte, und welchen größeren Druck könnte es geben als die Angst, seinen Vater zu verlieren? Er konnte es sich nicht leisten, einen Fehler zu machen, das konnte niemand. Je mehr sie Grayson über seinen Plan zur Befreiung ihrer Väter sprechen hörte und Vorschläge und Kommentare seiner Kollegen entgegennehmen sah, desto mehr wurde ihr klar, dass er perfekt für die Leitung der neuen Scanguards-Niederlassung in New Orleans wäre. Er wäre ein Anführer, den jeder respektieren könnte. Ein Mann mit einem starken Sinn für Recht und Unrecht, ein Mann, der alles in seiner Macht Stehende tat, um die Menschen zu retten, die er liebte.

Nicht nur respektierte sie Grayson und vertraute seinem Wissen und seiner Ausbildung, ihre Gefühle gingen viel tiefer und sie fragte sich jetzt, warum sie nicht schon viel früher bemerkt hatte, was zwischen ihnen vorging. Grayson hatte ihr bereits seine Liebe gestanden, und das sogar öffentlich. Doch sie hatte sich zurückgehalten, aus Angst, er könnte ihr wieder wehtun, so wie er ihr wehgetan hatte, als sie Kinder waren. Aber es war dumm, so zu denken. Sie hatten sich beide verändert. Sie waren beide erwachsen geworden. Und das Erwachsensein war mit Risiken verbunden. Und Belohnungen. Sie war bereit für beides. Und sie würde nicht länger warten. Sie musste ihre Zukunft selbst in die Hand nehmen und sich das nehmen, was sie wollte. Die Entführung ihres Vaters hatte sie etwas gelehrt, das sie nie vergessen würde: Es gab nur die Gegenwart. Das Morgen war nicht sicher. Aber das Heute war da, und sie würde nicht zulassen, dass es ihr durch die Finger rann. Sie würde es fest umklammern und niemals loslassen.

„Bist du okay?“

Grayson stand plötzlich vor ihr, und ihr wurde klar, dass das Meeting zu Ende war und alle gingen, um sich zu Hause ein paar Stunden auszuruhen, bis es Zeit war, den Rettungsplan umzusetzen.

„Es geht mir gut.“

„Gut. Lass uns zu mir fahren und uns ein wenig ausruhen.“

Sie nickte, wusste aber, dass sie keine Ruhe wollte. Sie wollte Grayson, den Mann, in den sie sich in den letzten Tagen verliebt hatte, ohne zu wissen, wie es passiert war.

36

„Du kannst nicht mit uns kommen, um Cain und Samson zu befreien“, sagte Grayson.

Er und Monique waren wieder in seinem Loft. Er hatte seine Jacke und seine Schuhe ausgezogen. Sie hatten ein paar Stunden Zeit, bis er seine Kollegen anführen würde, um Cain und Samson zu befreien, und er wollte das Beste daraus machen.

Monique blieb vor ihm stehen. „Ich dachte mir schon, dass du das sagen würdest.“

„Und dieses Mal werde ich nicht nachgeben und es gibt nichts, was du sagen könntest, um mich umzustimmen. Du hast nicht die Ausbildung, die für eine Mission wie diese erforderlich ist. Ich weiß, dass du helfen willst, aber wenn ...“

Sie legte ihren Zeigefinger auf seine Lippen. „Ich versuche nicht, dich umzustimmen. Ich weiß, dass du und deine Kollegen dafür ausgebildet seid und ich nicht.“

Überrascht, dass sie sich ihm nicht widersetzte, starrte er sie an. Er war bereit gewesen, eine ganze Menge Gründe aufzuzählen, warum sie nicht mitkommen konnte und bei Faye und Delilah in der Woodford-Residenz bleiben musste.

„Aber es gibt etwas, das du wissen musst ...“, sagte sie zögernd.

„Was ist es?“ Er legte seinen Arm um ihre Taille und zog sie an sich.

„Mir ist heute etwas klar geworden“, begann sie und ein leiser Atemzug entrang sich ihrer Lunge. „Der Gedanke, dass du dich heute Nacht in Gefahr begibst, um unsere Väter zu retten, ruft etwas in mir hervor, das ich nicht erwartet hatte.“ Sie nahm seine Hand und drückte sie an ihre Brust.

Er wartete mit angehaltenem Atem, begierig zu hören, was sie ihm sagen wollte, und besorgt, dass jede Unterbrechung sie zum Aufhören bewegen würde.

„Der Gedanke, dass du verletzt oder, noch schlimmer, getötet werden könntest, tut hier weh.“ Sie hob ihre Lider und fixierte ihn mit ihren Augen. „Weil mir heute klar geworden ist, dass ich dich liebe.“

Graysons Herz blieb stehen und Moniques Worte hallten in seinem Kopf wider und wiederholten sich wie in einer Endlosschleife. Halluzinierte er? War er eingeschlafen und träumte?

„Würdest du mich bitte kneifen?", würgte er hervor, seine Kehle so trocken wie Schleifpapier.

„Ich weiß noch was Besseres", murmelte sie und drückte ihre Lippen auf seine.

Ihr Kuss bestätigte, dass das, was passierte, echt war, kein Traum und keine Halluzination. Monique hatte ihm wirklich gestanden, dass sie ihn liebte. Er hob seine Hände zu ihrem Gesicht und umrahmte es, während er sie küsste, bevor er den Kuss unterbrach und ihr in die Augen sah.

„Ich liebe dich, Monique." Er atmete tief ein und sein Herz fühlte sich so leicht an wie nie zuvor. „Du kannst dir nicht vorstellen, wie glücklich du mich machst." Für einen Moment verschwanden all seine Sorgen in den Hintergrund.

„Grayson, du denkst wahrscheinlich, dass es dumm ist, aber ich mache mir Sorgen, dass du heute Nacht in die Höhle des Löwen gehst …"

Er strich über ihr Haar. „Aber du weißt doch, dass ich gehen muss. Ich muss unsere Väter zurückholen."

„Das weiß ich, und ich sage ja nicht, dass du nicht gehen solltest … ähm, ich … ich möchte wissen, dass es dir gut geht … wenn etwas schief geht … ich muss in der Lage sein, dich zu erreichen … um zu wissen, was mit dir geschieht …"

Er bemerkte, dass sie nervös plapperte, und wich etwas zurück. „Was versuchst du mir zu sagen?"

Monique seufzte. „Muss ich es wirklich aussprechen? Soll ich dafür auf die Knie gehen?"

„Auf die Knie? Warum solltest du …" Er hielt inne, als es ihm endlich dämmerte. Seine Kinnlade klappte auf.

Monique wich plötzlich zurück. Sie senkte den Blick und drehte sich halb um. „Tut mir leid, wie ich schon sagte, es ist dumm. Offensichtlich willst du nicht …"

Er zog sie zu sich zurück, legte seinen Finger auf ihre Lippen und hinderte sie so daran, ihren Satz zu beenden. „Babe, willst du damit sagen, dass du einen Blutbund mit mir eingehen willst, damit wir telepathisch kommunizieren können, wenn ich auf die Rettungsmission gehe?"

„Vergiss es, wie gesagt, es ist eine dumme Idee."

„Nein, ist es nicht“, sagte er bestimmt und legte seine Finger unter ihr Kinn, um ihr Gesicht anzuheben, damit sie ihn ansehen musste. „Aber ich möchte nicht nur wegen der telepathischen Verbindung einen Blutbund mit dir eingehen.“ Er schüttelte den Kopf.

Ihre Lippen zuckten, als würde sie jeden Moment in Tränen ausbrechen.

„Ich möchte einen Blutbund mit dir eingehen“, fuhr Grayson fort, „weil ich dich liebe und mir mein Leben ohne dich nicht vorstellen kann.“

Ihr Gesicht leuchtete auf. „Wirklich? Du willst das?“

Er grinste. „Ja, obwohl ich gehofft hatte, dass ich derjenige sein würde, der einen Antrag macht.“ Er zuckte mit den Schultern. „Ich schätze, unsere Beziehung hat nichts Konventionelles.“

„Du würdest dich langweilen, wenn wir eine konventionelle Beziehung hätten“, sagte Monique mit einem Lächeln.

„Keine Chance, dass das mit dir passiert.“ Er hob sie hoch und trug sie ins Schlafzimmer. „Ich hasse es, das zu überstürzen, aber ich fürchte, wir haben nicht viel Zeit.“

„Dann lass es uns nicht mit müßigem Geplauder verschwenden.“

„Eine Frau nach meinem Herzen.“

Er legte sie auf das Bett und begann sie auszuziehen.

Er konnte sein Glück kaum fassen. Monique würde ihm gehören. Und der Gedanke, dass sie die einzige Frau war, mit der er von nun an Liebe machen würde, machte ihm nicht im Geringsten Angst. Er hatte immer gedacht, dass seine Freiheit und sein Junggesellenleben aufzugeben ihm Angst machen würde, aber jetzt überkam ihn kein solches Gefühl. Stattdessen erfüllte Aufregung jede Zelle seines Körpers. Jetzt verstand er, warum Damian und Ryder sich so schnell an Naomi und Scarlet gebunden hatten, obwohl sie sie kaum kannten. Das Herz wusste, was das Herz wollte. Und sein Herz wollte Monique. Er musste nicht länger warten. Sie waren füreinander bestimmt. Instinktiv hatte er es gewusst, seit er sie vor zwanzig Jahren getroffen hatte.

Und nun lag Monique nackt vor ihm, während er seine letzten Kleidungsstücke ablegte, und ließ ihre Augen über ihn schweifen. In ihrem Blick erkannte er etwas, das er noch nie an einer Frau gemocht hatte: Besitzgier. Doch in Monique begrüßte er es, tatsächlich sehnte er sich danach. Er würde genauso ihr gehören wie sie ihm.

Als er seine Boxershorts herunterzog, ragte sein Schwanz heraus, hart und schwer. Monique senkte ihren Blick darauf und ihre Augen begannen golden zu schimmern. Sie setzte sich auf und rutschte zur Bettkante, während er immer noch dort stand. Er wusste, was sie wollte, und er protestierte nicht, als sie ihre Hand um die Wurzel seines Schwanzes legte und seine Erektion in ihren Mund saugte.

„Fuck, Babe!"

Ihr Mund war himmlisch, ihre Zunge seidig weich, ihr Atem warm. Er legte seine Hände auf ihre Wangen und hielt sanft ihren Kopf, damit er sich zurückziehen konnte, wenn das Gefühl zu intensiv wurde. Er liebte die Art, wie sie ihn mit ihrem Mund verwöhnte, während sie ihre Hand um seinen Schwanz auf und ab bewegte. Als sie ihre andere Hand benutzte, um seine Eier zu wiegen, wich er zurück, sodass seine Erektion aus ihrem Mund glitt.

„Genug!" Er konnte nicht mehr von diesem sinnlichen Vergnügen ertragen, sonst würde er in ihrem Mund kommen. „Leg dich hin."

Mit einem sündigen Lächeln legte sie sich zurück. „Das hat mir Spaß gemacht", murmelte sie und sah ihn unter ihren dunklen Wimpern hervor an.

„Mir auch", gestand er und senkte sich auf sie. „Aber wir haben im Moment nicht den Luxus von Zeit."

Monique spreizte ihre Beine weiter und er richtete sich an ihrer Mitte aus. Wärme und Feuchtigkeit begrüßten ihn dort. Mit einem Stoß tauchte er bis zum Anschlag in sie ein. Seine Eier schlugen gegen ihr Fleisch, sein Atem strömte aus seiner Lunge.

Monique stöhnte und drückte ihren Rücken durch. „Baby, du bist heute größer. Es fühlt sich so gut an."

„Weil du dich enger anfühlst."

Er begann sich in ihr zu bewegen, zog sich ein wenig zurück, bevor er wieder hineinstieß. Ein Atemzug entrang sich ihrer Kehle und ihre Wimpern flatterten. Er liebte es zu sehen, wie sie so auf ihn reagierte. Liebte die Art, wie sie sich ihren Gefühlen und ihm hingab.

„Ich liebe dich", murmelte er und eroberte ihre Lippen mit seinen.

~ ~ ~

Monique legte eine Hand auf Graysons Nacken, um den Kuss zu intensivieren, während sie ihre Beine hinter seinem Hintern kreuzte und ihn so nah wie möglich zu sich zog. Sie liebte es, wie er immer wieder in sie eindrang, sein Tempo mit jedem Stoß zunahm, während er mit seiner Zunge über ihre Eckzähne leckte und sie vor Lust zum Wahnsinn trieb. Ihre Reißzähne fuhren sich auf ihre volle Länge aus. Als seine Zunge wieder über sie leckte, explodierte ihr ganzer Körper vor Lust und ihr Geschlecht verkrampfte sich um seinen pulsierenden Schwanz.

Grayson knurrte, ohne ihre Lippen loszulassen, und der besitzergreifende Klang sickerte in jede Zelle ihres Seins. Er machte seinen Anspruch geltend und machte ihr klar, dass er sie niemals gehen lassen würde. So wie sie ihn niemals gehen lassen würde. Keine andere Frau würde ihn jemals wieder berühren. Sie würde die Einzige sein, mit der er Vergnügen finden würde, die Einzige, die ihn verstand. Sie würde die Hüterin seines Herzens sein.

Mit ihrer vampirischen Kraft rollte sie sie beide herum, sodass er auf seinem Rücken lag und sie nun die Reiterin war.

Er löste den Kuss und grinste. „Ich verstehe, meine zukünftige Partnerin will die Oberhand behalten. Um mir zu zeigen, wer der Boss ist, hmm?“ Er umfasste fest ihre Hüften und stieß seinen Schwanz nach oben.

Monique keuchte angesichts der Wucht seiner Bewegung. „Oh!“

„Ja, Babe, es ist egal, in welcher Position ich bin. Ich nehme dich, wie immer ich dich bekommen kann.“ Er schlug ihr auf den Hintern.

Bei der unerwarteten Berührung schoss ein Speer der Erregung durch ihr Inneres.

„Jetzt reite mich!“

„Ist das ein Befehl?“

„Ist es.“ Seine Reißzähne fuhren sich aus und seine Augen glühten golden.

Ein Schauer lief ihr über den Rücken. Sie war noch nie so erregt gewesen. „Dann muss ich wohl tun, was mein Gebieter befiehlt.“

Sie beugte sich über ihn und begann ihn zu reiten, wobei sie ihre Hüften auf und ab bewegte, während er seine Hände auf ihren Hüften behielt, um das Tempo vorzugeben. Ihre Körper bewegten sich synchron, während ihre Herzschläge einander widerhallten. Sie konnte spüren, wie Graysons Selbstbeherrschung nur noch an einem Faden hing und wie er sein Kiefer zusammenbiss und seine Augen sich in sie bohrten. Sie spürte, wie ihre Klitoris auf ihn reagierte und wie ihr Orgasmus näher rückte.

„Jetzt", verlangte sie atemlos und brachte ihren Mund zu seinem Hals, wo sie seine Ader an ihren Lippen pulsieren spürte.

„Ja", flüsterte er ihr ins Ohr, bevor sie spürte, wie seine Reißzähne über die Stelle rieben, wo ihre Schulter mit ihrem Hals verbunden war.

Monique trieb ihre Reißzähne in Graysons Hals und saugte an seiner prallen Vene. Das reichhaltige Blut füllte ihren Mund. Gierig schluckte sie es hinunter. Im selben Moment spürte sie, wie seine Fänge in ihre Haut einstachen und sich tief in ihr Fleisch bohrten. Als er anfing zu saugen, stürzten Wellen der Glückseligkeit über sie hinweg und ertränkten sie in einem Meer der Lust. Ihre Körper bewegten sich nun wie von einer unsichtbaren Kraft gelenkt, ihre Liebe führte sie von einem Gipfel zum anderen. Monique legte ihre Hand auf Graysons Hinterkopf, um sicherzugehen, dass er weiterhin ihr Blut trank, während sie sich an seinem ergötzte.

Du gehörst jetzt mir, hörte sie in ihrem Kopf. Es war Graysons Stimme, obwohl er nicht gesprochen hatte. Es war die telepathische Bindung, die blutgebundene Paare teilten.

Die Tragweite dessen, was sie taten, drang schließlich tief in sie ein und machte sich in ihrem Herzen und ihrer Seele breit. *Grayson, ich liebe dich, immer und auf alle Ewigkeit.*

Wieder hallte seine Stimme in ihrem Kopf wider. *Und ich werde dich ewig lieben. Du bist jetzt für immer mein, egal was passiert.*

Sie konnte das Gefühl der Nähe und der Intimität, die ihr die telepathische Verbindung bescherte, nicht beschreiben. Sie hatte immer gedacht, es sei nur eine Art der Kommunikation, aber es war so viel mehr. Es war ein Blick in Herz und Seele ihres Gefährten. Und was sie in Graysons sah, war schöner, als sie erwartet hatte. Reines weißes Licht schien auf sie zurück und erfüllte sie mit dem Wissen, dass der Mann, den sie liebte, wahrhaftig gut war und dass seine Liebe zu ihr endlos war.

Als sie ihre Reißzähne von ihm nahm und spürte, wie er sie ebenfalls freigab und über die Stichwunden leckte, seufzte sie zufrieden und schmiegte ihren Kopf in seine Halsbeuge.

Grayson summte und streichelte ihren Rücken, seine Erektion immer noch in ihr, immer noch hart, aber vorerst ruhend. „Ich kann gar nicht in

Worte fassen, wie glücklich du mich machst, indem du mich mit all meinen Fehlern akzeptierst."

„Ich habe dein Herz gesehen", murmelte sie. „Es war rein. Und ich sah deine Liebe zu mir."

„Genau wie ich deine gesehen habe."

Sie hob den Kopf und küsste ihn, dann sah sie ihm in die Augen, wo sie dieselbe Liebe sah, die sie in seinem Herzen gesehen hatte. In diesem Moment wusste sie, dass alles gut werden würde, denn sie hatten einander und eine Liebe, die ewig andauern würde.

37

Grayson hielt den Wagen vor der Garage seines Elternhauses an und stellte den Motor ab. Monique saß auf dem Beifahrersitz, und er beugte sich zu ihr hinüber, immer noch im Rausch ihres Blutbundes schwelgend. Moniques Blut floss durch seinen Körper und drang in jede Zelle. Das Wissen, dass Monique jetzt ihm gehörte und er ihr, gab ihm das Gefühl, auf einer Wolke zu schweben. Er hätte nie gedacht, dass ein Blutbund einem Vampir so etwas antun könnte. Er verstand jetzt so viel. Auch konnte er jetzt die Angst und den Schmerz seiner Mutter spüren und verstehen, wie wichtig es war, Samson zu retten. Denn ohne ihn würde sie an einem gebrochenen Herzen sterben.

Er legte seine Hand auf Moniques Wange und sah ihr in die Augen. „Erwähne noch niemandem gegenüber, dass wir blutgebunden sind. Das würde es für deine und meine Mutter nur noch schwerer machen zu wissen, dass ihre Gefährten immer noch in Gefahr sind."

Monique nickte. „Ich weiß. Sie leiden schon zu viel. Das habe ich vorher nie richtig verstanden …"

Er legte seine Lippen auf ihre und küsste sie zärtlich. Monique legte ihre Hand auf seinen Nacken und streichelte ihn dort, während sie seinen Kuss erwiderte. Ihr Geschmack war berauschend und er vertiefte den Kuss, duellierte sich mit ihrer Zunge. Beide Hände umrahmten jetzt ihr Gesicht und er wollte nicht, dass dieser Moment endete. Hitze stieg in ihm hoch und sein Herzschlag beschleunigte sich.

Ich liebe dich, Babe.

Oh, Grayson, du bedeutest mir alles.

Ein Klopfen durchdrang plötzlich seine Glückseligkeit und er ließ von Moniques Lippen ab und schaute an ihr vorbei. Isabelle stand auf dem Bürgersteig und klopfte an das Beifahrerfenster des Autos.

Grayson öffnete die Autotür und stieg aus. Er ging um das Auto herum zu Isabelle, während Monique aus dem Wagen stieg.

„Hey, Isa."

Isabelle sah zuerst ihn und dann Monique an, dann machte sie eine Geste. „Ihr zwei datet also, wie?"

Grayson musste grinsen. Daten war nicht ganz die Wahrheit, aber er würde keine Einzelheiten preisgeben. „Ja." Er nahm Moniques Hand und drückte sie kurz. „Wir möchten es vorerst geheim halten."

Isabelle zuckte mit den Schultern. „Kein Problem."

„Danke, Isabelle", sagte Monique mit einem Lächeln. „Das wissen wir zu schätzen."

„Danke, dass du uns hier draußen triffst", sagte Grayson. „Hat jemand Orlando gegenüber erwähnt, dass wir den Ort gefunden haben, an dem sie Cain und Dad festhalten?"

„Orlando ist noch nicht zurückgekommen."

Graysons Augenbrauen zogen sich zusammen. „Er ist schon vor Stunden weg, um Matt Smith zu finden."

„Genau." Isabelle schüttelte den Kopf. „Zuerst macht er viel Aufhebens darum, im Haus bleiben zu wollen, und geht nicht einmal schlafen, und dann ist er stundenlang weg? Irgendetwas stimmt da nicht."

„Glaubst du, er warnt Abel?", fragte Monique.

„Möglich", sagte Isabelle, obwohl sie nicht sehr überzeugend klang. „Aber warum sollte er uns dann überhaupt den Namen nennen, den Matt Smith jetzt verwendet? Das ergibt keinen Sinn. Er hätte einfach den Mund halten können und wir wären auch nicht klüger."

„Es sei denn, er wollte, dass wir ein Gespenst jagen", sagte Grayson.

„Du meinst, indem du den Tracker auf eine wilde Verfolgungsjagd schickst?", fragte Monique.

Grayson nickte. „Damit Striker keiner vielversprechenderen Spur hinterherjagen kann. Und um sich selbst einen bequemen Vorwand zu verschaffen, das Haus zu verlassen."

„Ich weiß nicht", begann Isabelle. „Orlando mag ein großer Rohling sein, aber ich glaube nicht, dass er Dads Vertrauen missbrauchen würde."

„Wir gehen lieber auf Nummer sicher", sagte Grayson und zückte sein Handy. „Ich werde Striker Reed warnen." Er navigierte zu der Handynummer des Trackers, die Luther ihm zuvor geschickt hatte, und tippte darauf. Es klingelte mehrmals, bevor der Anruf zur Voicemail ging.

„Hinterlassen Sie eine Nachricht oder auch nicht", erklang die schroffe Stimme.

„Striker, es besteht die Möglichkeit, dass Orlando gegen uns spielt und dass Matt Smith doch nicht der Name des Verdächtigen ist. Sei vorsichtig. Du könntest in eine Falle tappen."

Grayson beendete das Gespräch und wandte sich wieder an Isabelle und Monique.

„Ich muss los. Die Sonne wird in ein paar Minuten untergehen."

„Warte", sagte Isabelle. „Ich habe das Blut vergessen."

„Welches Blut?"

„Moms." Isabelle deutete auf den Eingang des Hauses. „Ich habe ihr Blut abgenommen, damit du es Dad geben kannst, sobald du ihn findest. Wir haben keine Ahnung, in welchem Zustand er ist." Sie eilte bereits die wenigen Stufen zum Haus hinauf, vorbei an den beiden menschlichen Wachen, die den Eingang flankierten.

Als Isabelle im Haus verschwand, drehte sich Monique zu ihm um. „Versprich mir, dass du dich nicht umbringen lässt."

Er zog sie in seine Arme. „Du wirst mich nicht los, erinnerst du dich nicht?" Er küsste sie, dann ließ er ihre Lippen los. „Aber du musst mir auch etwas versprechen."

„Was denn?"

„Bleib mit deiner Mutter, meiner Familie und den Wachen im Haus. Glaube unter keinen Umständen jemandem, der behauptet, ich wäre in Gefahr und ich hätte dich gebeten, zu mir zu kommen und mich zu retten. Das ist ein Trick." Jahre zuvor hatte jemand Blakes jetzige Frau mit einer solchen Lüge ausgetrickst und sie wäre fast getötet worden. Er wollte nicht, dass Monique das Gleiche widerfuhr.

Sie nickte. „Das weiß ich schon. Das ist der älteste Trick im Buch. Ich werde nicht darauf hereinfallen."

„Gut." Er lächelte.

Isabelle kam wieder aus dem Haus, eine kleine Thermoskanne in der Hand.

Grayson griff danach. „Danke, Isa. Ich werde dafür sorgen, dass Dad es trinkt, sobald wir ihn befreien." Es würde ihm sofort Kraft verleihen und hoffentlich alle Verletzungen heilen, die Abel ihm zugefügt hatte. Grayson nahm an, dass Samson in schlechter Verfassung sein musste, wenn er nicht mit seiner Gefährtin kommunizieren konnte. In sehr schlechter Verfassung. Aber er äußerte seine Vermutung nicht, er wusste, dass Isabelle das Gleiche ahnte. Deshalb hatte sie vorausschauend gehandelt und das Blut abgenommen.

Mit einem kurzen beruhigenden Lächeln drehte er sich um und ging zur Fahrerseite seines Autos. Er stieg ein und startete den Motor. Beim

Blick zurück zu Isabelle und Monique sah er, dass Isabelle ihren Arm um Moniques Schulter gelegt hatte. In dem Wissen, dass Monique bei seiner Familie in Sicherheit war, trat Grayson auf das Gaspedal und machte sich auf den Weg zum Hauptquartier, von wo aus er mit seinen Kollegen in mehreren Lieferwagen zu dem verlassenen Postgebäude in Silver Terrace fahren würde.

38

Zwei Blocks von dem Postamt entfernt und außer Sichtweite jeglicher Kameras parkten mehrere Verdunkelungswagen von Scanguards auf der Straße. In den Vans warteten sowohl Vampire als auch Vampirhybriden. Die beiden Hexer, Wesley und Charles, befanden sich zusammen mit drei Hütern der Nacht, Hamish, Zoltan und Enya, in Graysons Van. Die Hüter der Nacht hatten die Aufgabe, ihnen einen Einblick in das Gebäude zu verschaffen, indem sie unsichtbar durch die Außenwände in das Gebäude eindrangen. Ihre Mission diente ausschließlich der Erkundung. Der Kampf würde beginnen, sobald die Hybriden und Vampire das Gebäude betreten hatten.

Jeder war mit Ohrstöpsel und Mikrofon ausgestattet, um während der Rettungsmission kommunizieren zu können. Und alle waren bis an die Zähne bewaffnet, sowohl mit Waffen, die lautlos töteten, wie Pflöcke als auch mit Waffen, die aus der Ferne töteten wie die kleinkalibrigen Handfeuerwaffen, die viele Scanguards-Mitarbeiter bevorzugten. Niemand benutzte Schalldämpfer, denn sobald es an der Zeit war, Schusswaffen einzusetzen, würden die Entführer sie bereits gesehen haben.

Grayson nickte den Hütern der Nacht zu. Sie rückten ihre Stirnbänder zurecht, die mit winzigen Kameras ausgestattet waren, die in Echtzeit übertrugen, was die Hüter der Nacht sahen. Thomas saß mit ihnen im Lieferwagen und vergewisserte sich, dass die drei Kameras korrekt in den Monitor eingespeist wurden. Sollte etwas mit der Übertragung schiefgehen, könnte er es von hieraus sofort beheben. Eddie war in der Zentrale geblieben, um alle anderen technischen Probleme aus der Ferne zu bereinigen.

„Okay", sagte Thomas. „Die Übertragung sieht gut aus."

Grayson blickte über Thomas' Schulter auf den Monitor. Der Bildschirm war in mehrere Fenster aufgeteilt. Die drei Video-Feeds waren mit den Namen der drei Hüter der Nacht beschriftet.

„Ihr wisst, was zu tun ist", sagte Grayson zu ihnen. „Dringt ein, zeigt uns die Position der Feinde und der Geiseln und macht euch so schnell wie möglich wieder aus dem Staub."

Hamish nickte ebenso wie seine beiden Kollegen. „Verstanden. Wes, hast du das Spray, damit sie uns nicht riechen können?“

Wes zog eine Sprühflasche aus seiner Tasche. „Lasst uns das draußen machen.“

„Danke dafür, Leute“, sagte Grayson.

„Machen wir gern“, antwortete Hamish und verließ den Van.

Die anderen folgten ihm, während Thomas den Monitor im Auge behielt.

„Machst du dir Sorgen?“, fragte Thomas.

„Ich würde lügen, wenn ich sagen würde, dass das nicht der Fall ist“, gab Grayson zu. Vor ein paar Tagen hätte er so etwas niemals zugegeben. Die Entführung seines Vaters hatte ihn in einem Ruck erwachsen werden lassen. Er verstand jetzt so viel über Führung, Stärke und Verantwortung. Diese Mission lag in seiner Verantwortung, und wenn irgendetwas schiefging, lag es an ihm. Er würde die Schuld tragen. „Es kann alles Mögliche schiefgehen.“

„Wir machen uns alle Sorgen“, sagte Thomas. „Aber jeder gibt hundertzehn Prozent. Und da die Hüter der Nacht das Gebäude auskundschaften, sind wir im Vorteil.“

Charles schlug Grayson mit der Hand auf die Schulter. „Und vergiss die Hexer nicht. Wir haben ein oder zwei Asse im Ärmel.“

Trotz des Stresses, den er fühlte, grinste Grayson. „Ja, wie das Sprengen von Laboren?“

„Ist nicht meine Schuld. Das war Wesleys Fehler.“ Er zuckte mit den Schultern. „Zumindest wissen wir jetzt, wie wir Türen aus den Angeln heben können, wenn wir keinen Sprengstoff zur Hand haben.“

Thomas verdrehte die Augen und beobachtete weiter den Bildschirm, als die Kameras sich zu bewegen begannen.

Wesley betrat den Lieferwagen. „Okay, sie haben sich gerade unsichtbar gemacht und sind weg.“

Grayson drehte sich so, dass er den Monitor besser sehen konnte. Die Hüter der Nacht bewegten sich in einem schnellen Tempo. Wenige Sekunden später befanden sie sich bereits im selben Block wie das Postamt. Sie gingen einen halben Block weiter, wandten sich dann um und steuerten direkt auf die Außenwand des Gebäudes zu. Das Weiß der Wand kam näher und füllte plötzlich alle drei Feeds. In einer Sekunde würden sie drinnen sein und dem Scanguards-Team wertvolle Informationen geben.

„Scheiße!“

Weitere Flüche kamen über die Hörmuschel, alle von den Hütern der Nacht, und ihre Feeds wackelten. Das Video zeigte immer noch die weiße Farbe der Außenwände und nicht das Innere des Gebäudes.

„Was ist los?“, fragte Grayson über das Mikrofon, während er einen besorgten Blick mit Thomas und den Hexern austauschte.

„Wir kommen nicht rein“, berichtete Zoltan.

„Was zum –“

Hamish unterbrach Grayson. „Da ist etwas in den Wänden. Wir können nicht hindurch. Ich tippe auf Blei.“

„Scheiße!“, fluchte Grayson.

„Ja, wahrscheinlich Bleifarbe“, fügte Enya hinzu. „Es ist ein altes Gebäude.“

Grayson fuhr sich mit der Hand durchs Haar. Was jetzt? Es lag an ihm, eine Entscheidung über das weitere Vorgehen zu treffen. „Was ist mit den Türen?“ Er wandte sich an Thomas. „Blaupausen?“

Thomas öffnete sofort ein neues Fenster und zog den Bauplan des Gebäudes hoch.

Grayson sah es sich schnell an. „Es gibt nur zwei zugängliche Türen. Die Türen sind wahrscheinlich aus Stahl, was bedeutet, dass es kein Problem geben sollte, durch sie hindurchzukommen. Sie befinden sich auf der Ostseite des Gebäudes und auf der Straßenseite.“

„Probieren wir sie aus“, stimmte Zoltan zu. „Hamish, nimm die Tür auf der Ostseite; Enya und ich werden es mit der in diesem Block versuchen.“

Besorgt beobachtete Grayson die Kameraaufnahmen, die zeigten, wie sich die Hüter der Nacht in verschiedene Richtungen bewegten. Er hatte nicht erwartet, dass das Gebäude mit Bleifarbe gestrichen war, einem Material, das die Hüter nicht durchdringen konnten. Er hatte die Bleizellen gesehen, die die Hüter der Nacht benutzten, wenn sie einen Hüter einsperren mussten. Eine normale Zelle funktionierte bei einem Hüter-der-Nacht-Gefangenen nicht, weil dieser einfach durch die Wände gehen konnte.

Da er wusste, dass das Postgebäude wegen Asbest brachgelegt worden war, hätte er annehmen sollen, dass es auch Bleifarbe an den Wänden hatte. Es war ein Versagen der Führung und normalerweise würde er sich deswegen niedermachen und in seinen Fehlern suhlen, aber er konnte sich solche Gedanken nicht leisten. Er musste sie wegstecken und improvisieren.

Augenblicke später wurde sein Blick wieder auf den Monitor gelenkt und er fokussierte seine Augen.

„Scheiße! Unglaublich“, fluchte Hamish. „Ich pralle auch von der Tür zurück. Zoltan, Enya?“

„Dasselbe“, sagte Zoltan. „Ich kann nur vermuten, dass sie die Türen innen mit Bleifarbe gestrichen haben.“

Grayson fluchte im Stillen.

„Genauso wie sie den bleihaltigen Farbstaub in New Orleans verwendet haben“, sagte Enya.

„Sie haben uns erwartet“, sagte Hamish.

„Und sich entsprechend vorbereitet“, stieß Grayson hervor. „Kommt zurück zu den Vans. Wir gruppieren uns neu.“

Während die Hüter der Nacht sich auf den Weg zurück zu den Vans machten, ging Grayson bereits alle verbleibenden Optionen in seinem Kopf durch. Abels Männer zu überraschen war keine Option mehr. Sie erwarteten einen Angriff.

„Okay“, begann Grayson und sprach in das Mikrofon, damit ihn jedes Mitglied seines Teams hören konnte. „So wird es gehen. Eddie, du musst die Kameras der Post auf meinen Befehl hin ausschalten. Das gilt auch für den Strom in dem Block. Wir brauchen keine neugierigen Nachbarn, die die Polizei anrufen.“

„Kein Problem. Darauf habe ich mich bereits vorbereitet“, verkündete Eddie. „Für das Stromnetz brauche ich aber etwa fünf Minuten.“

„Gut!“ Grayson war erleichtert zu hören, dass Eddie mit Problemen gerechnet und entsprechend vorgeplant hatte. „Ich brauche die besten Leute, um die Türen mit Dietrichen zu öffnen. Wir gehen auf der Straßenseite und der Ostseite hinein. Cooper, knack das Schloss auf der Ostseite.“

„Alles klar“, sagte Cooper durch den Hörer.

„Ich nehme die Straßenseite“, bot Sebastian an.

„Einverstanden, Sebastian.“ Grayson holte tief Luft. „Eddie, wie weit ist die Drohne mit den Infrarotkameras entfernt?“

„Ungefähr drei Minuten“, antwortete Eddie.

Grayson sah Thomas an. „Kannst du die Drohne von hier aus steuern?“

Thomas nickte. „Ja. Ich kümmere mich darum." Er fing an, auf dem Laptop herumzutippen. „Ich kann sie an jedes Handy senden und euch alle über das Kommunikationssystem benachrichtigen, wenn sich drinnen etwas bewegt."

„Mach das", befahl Grayson und fühlte sich mit jedem Moment zuversichtlicher. Ihm stand ein Team von Experten zur Verfügung, die besten auf ihrem Gebiet. Es würde ihnen gelingen. Das musste es.

Mehrere angespannte Minuten vergingen, bis endlich alles vorbereitet war.

„Das Stromnetz fällt aus in fünf, vier, drei, zwei, eins", sagte Eddie und zählte herunter.

Grayson sah durch die Windschutzscheibe nach draußen. In der Nachbarschaft war es stockfinster. „Okay, es geht los." Grayson sprang aus dem Van und sah, wie seine Kollegen dasselbe taten. Thomas blieb im Van, um sie mit Updates von den Wärmesignaturen zu versorgen, die die Drohne lieferte. „Eddie, schalte die Kameras aus."

„Sie sind jetzt blind", bestätigte Eddie.

Das Ausschalten der Kameras war notwendig, obwohl der Strom bereits weg war, da Abel möglicherweise auch damit gerechnet hatte und Batterien verwendete, um die Kameras an der Außenseite des Gebäudes zu betreiben, sodass seine Männer alarmiert wurden, wenn das Scanguards-Team eintraf.

Grayson und seine Kollegen näherten sich schnell aber leise dem Gebäude. Eine Gruppe ging zum Eingang auf der Straßenseite, die andere zum Osteingang. Grayson erreichte den Osteingang zur gleichen Zeit wie Cooper, der bereits nach seinem Dietrich griff.

Grayson zog seine Waffe und ließ seine Augen schweifen, während er auf Geräusche von drinnen lauschte. Er hörte nichts.

„Die Tür zur Ostseite ist offen", murmelte Cooper.

„Wie ist es mit der Straßenseite?", fragte Grayson über das Mikrofon.

„Die Tür zur Straße ist auch offen", antwortete Sebastian.

„Okay. Auf mein Kommando." Grayson holte tief Luft und bedeutete Cooper dann, den Türgriff herunterzudrücken. „Drei, zwei, auf!"

Cooper riss die Tür auf und Grayson stürmte mit gezogener Waffe hinein, seine Kollegen auf seinen Fersen.

39

„Ich habe dir ein heißes Bad eingelassen, Mom“, sagte Monique und sah Faye an.

Trotz der Tatsache, dass sie ein Vampir war, sah sie zerbrechlich aus. Die Sorge um ihren blutgebundenen Gefährten machte ihr zu schaffen.

„Ich kann nicht. Ich muss auf Neuigkeiten warten“, protestierte Faye.

„Ich verspreche dir, ich komme sofort angerannt, wenn wir Nachrichten vom Rettungsteam bekommen.“ Sie scheuchte ihre Mutter ins angrenzende Badezimmer. „Ich habe frische Kleidung für dich rausgelegt. Mach es einfach für mich. Im Moment kannst du sowieso nichts tun, außer zu warten. Und das kannst du genauso gut in der Badewanne tun.“

Faye wandte sich ihr zu und zog die Augenbrauen zusammen. „Versprichst du mir, dass du mich sofort benachrichtigst, wenn du Neuigkeiten erfährst, egal ob sie gut oder schlecht sind?“

„Ich verspreche es dir. Und es wird eine gute Nachricht sein. Grayson und sein Team sind dafür ausgebildet.“

Endlich nickte Faye und wandte sich dem Badezimmer zu. Monique atmete erleichtert auf und verließ das große Gästezimmer, das Isabelle für ihre Mutter hergerichtet hatte. Es war ruhig im ersten Stock des alten viktorianischen Herrenhauses und für einen Moment stand Monique einfach nur schweigend da, allein mit ihren Gedanken. Auch sie machte sich Sorgen, obwohl sie Graysons Fähigkeiten und denen seiner Kollegen vertraute. Aber egal wie gut sie die Rettungsoperation geplant hatten, es konnte jederzeit etwas schiefgehen.

Als sie die Treppe hinunterging, traf sie auf Isabelle, die auf dem Weg nach oben war.

„Hey“, sagte Monique.

„Wie geht es Faye?“

„Sie badet endlich. Ich hoffe, es hilft ihr ein bisschen, sich zu entspannen. Sie ist so angespannt.“

„Ja, meine Mutter auch. Aber es wird alles gut werden. Ich weiß es.“ Isabelle lächelte sanft. „Obwohl mein Bauchgefühl nicht so gut ist, wie ich dachte.“

„Was meinst du damit?“

„Ich hätte nie gedacht, dass Orlando uns verraten würde. Er ist schroff und schwer zu handhaben. Aber ich dachte, er wäre zu hundert Prozent loyal uns gegenüber, Dad gegenüber.“ Isabelle schüttelte den Kopf und seufzte.

„Wir wissen nicht genau, ob er Abel Informationen weitergegeben hat“, sagte Monique.

„Aber es sieht wirklich so aus.“ Sie zuckte mit den Schultern. „Ich werde auch nur kurz duschen und mich umziehen. Bist du okay? Wenn du willst, kannst du eines der Gästezimmer benutzen.“

Monique schüttelte den Kopf. „Ich habe bei Grayson geduscht. Mir geht es gut. Aber ich nehme mir etwas Blut.“

„Es sollte genug im Kühlschrank sein“, sagte Isabelle.

„Vielen Dank.“ Die beiden trennten sich und gingen in unterschiedliche Richtungen weiter.

Ein paar Sekunden später hörte Monique, wie eine Tür geöffnet und dann wieder geschlossen wurde. Monique ging in die Küche und fand dort William vor. Er schloss gerade die Kühlschranktür, bevor er sie ansah.

„Monique“, sagte er mit einem Nicken. „Brauchst du irgendetwas?“

Sie deutete auf den Kühlschrank und näherte sich. „Ich brauche nur eine Flasche Blut. Ich bin erschöpft.“

Er blieb weiterhin vor dem Kühlschrank stehen. „Einer der Bodyguards hat gerade die letzte Flasche genommen. Unten in der Garage ist noch mehr. Wenn du unten bist, ist es die erste Tür links.“

Es sah nicht so aus, als hätte William die Absicht, selbst in die Garage zu gehen. Sie war nicht überrascht. Er war kein Bediensteter, und er hatte sich noch nie Mühe gegeben, ihr einen Gefallen zu tun. Vielleicht hatte die Tatsache, dass sie sich immer wie eine verwöhnte Prinzessin benommen hatte, etwas damit zu tun.

„Ich bringe ein paar Flaschen hoch“, bot sie an. „Für den Fall, dass du auch was willst.“

„Großartig“, sagte er.

Monique verließ die Küche und ging zur Tür, die hinunter zur Garage führte. Als sie näherkam, blickte sie durch das Fenster neben der

Eingangstür hinaus und sah die Silhouette einer der beiden Vampirwachen, die vor dem Haus stationiert waren. Als sie im Gästezimmer gewesen war, um ihrer Mutter ein Bad einzulassen, hatte sie im zweiten Stock Schritte über sich gehört. Zwei weitere Wachen waren dort stationiert, um den Hinterhof und die Straße dahinter im Auge zu behalten, falls Abels Männer einen Angriff auf das Haus versuchen sollten.

Sie öffnete die Tür und legte den Lichtschalter um, aber nichts geschah. Vielleicht war die Glühbirne ausgebrannt und niemand hatte bisher die Gelegenheit gehabt, sie zu ersetzen. Es spielte keine Rolle. Ihre Vampirsicht half ihr, sicher die Treppe hinunterzugehen. In der großen Garage waren mehrere Autos geparkt. Monique wandte sich nach links und öffnete dort die Tür. Sie legte den Schalter daneben um, aber auch dort funktionierte das Licht nicht. Stirnrunzelnd seufzte sie, als sie Schritte auf der Treppe hörte.

„Das Licht geht nicht“, rief sie.

William erschien. „Lass mich mal sehen, was los ist.“ Er drückte sich an ihr vorbei und probierte den Lichtschalter neben der Tür.

„Das habe ich gerade gemacht. Es funktioniert nicht.“

„Hmm.“ Er brummte. „Oh, es funktioniert doch.“ Er drehte sich zu ihr um und hob seinen Arm. Er hielt etwas in der Hand, das sie nicht sofort identifizieren konnte.

Dann packte er sie plötzlich und stieß ihr etwas in den Hals. Sie spürte, wie eine scharfe Injektionsnadel ihre Haut durchbohrte. Die Flüssigkeit, die er ihr injizierte, schmerzte.

Sie versuchte, sich aus seinem Griff zu befreien, aber er ließ sie nicht los. „Was zum Teufel! Lass mich gehen.“

„Halt die Klappe, Schlampe! Du hast es verdient“, höhnte er.

Monique versuchte zu schreien, damit die anderen Wachen oder Isabelle ihr zu Hilfe kommen würden, aber ihre Kehle schnürte sich zusammen und sie brachte nichts Zusammenhängendes über ihre Lippen. „Was …“

„Wenn’s nach mir ginge, würde ich dich gleich töten, aber Abel will dich lebendig.“

Fuck! William war der Verräter, nicht Orlando. Er hatte seine Rolle gut gespielt. Und weil er bei dem Angriff auf Samson und Cain verletzt worden war, hatte ihn niemand verdächtigt. Wahrscheinlich hatte ihn einer der Angreifer nur oberflächlich verletzt, aber an einer Stelle, an der er stark blutete, damit es echt aussah.

Verdammt! Ihr wurde schwindelig, ihre Knie gaben plötzlich unter ihr nach.

Grayson!

Sie versuchte, die telepathische Verbindung zu nutzen, die sie mit Grayson teilte, konnte sich aber nicht konzentrieren und nicht genug Kraft aufbringen, um ihm eine Nachricht zu senden.

„Verzogenes Miststück! Du siehst immer nur auf den Rest von uns herab. Jetzt wirst du dafür bezahlen."

Sie konnte ihren eigenen Körper kaum noch spüren, bekam aber noch mit, dass William sie zu einem der Autos zog. Er öffnete den Kofferraum.

„Und mach dir keine Sorgen, du wirst wach sein für das, was er mit dir vorhat."

Wieder versuchte sie zu schreien, aber der brennende Schmerz, der sich in ihren Adern ausbreitete, machte es unmöglich. William warf sie in den Kofferraum des Autos und alles um sie herum verschwamm. Sie versuchte, die Augen offen zu halten, versuchte gegen die hereinbrechende Dunkelheit anzukämpfen, aber schaffte es nicht. Was immer William ihr injiziert hatte, wirkte schnell. Noch ein paar Sekunden, und der Schmerz verschlang sie und machte sie bewusstlos.

40

Grayson betrat als Erster das verlassene Postgebäude, seine Kollegen dicht auf seinen Fersen. Drinnen war es dunkel, aber es fiel ihm nicht schwer zu erkennen, dass der Raum nicht leer war. Mehrere Männer gingen zwischen umgestürzten Möbeln, Regalen und Lagerbehältern in Deckung und benutzten sie als Barrikaden, um auf das eintretende Scanguards-Team zu schießen.

„Alle in Deckung!“, schrie Grayson und sprang hinter einen Stapel Paletten, während er auf den feindseligen Vampir zielte, der ihm am nächsten war.

Der Vampir stieß einen schmerzhaften Schrei aus, was darauf hinwies, dass Graysons Kugel ihn getroffen, jedoch nicht getötet hatte. Es brauchte einen Kopfschuss oder einen Schuss ins Herz, damit ein Vampir sofort an einer Silberkugel starb. Wenn ein Vampir irgendwo anders von einer Silberkugel getroffen wurde und diese nicht schnell genug herausbekam, starb er einen langsamen und qualvollen Tod. Das Silber vergiftete ihn von innen.

Grayson sah, wie seine Freunde ausschwärmten und Positionen einnahmen, von denen aus sie angreifen konnten, ohne sich selbst zu Zielscheiben zu machen. Schüsse hallten in dem riesigen Gebäude wider und Schreie und Grunzen mischten sich darunter.

Über Kopfhörer und Mikro gab Grayson seine Befehle. „Cooper, du hilfst mir auf der Suche nach Samson und Cain. Der Rest von euch: Macht ihnen die Hölle heiß.“

Cooper eilte zu ihm und nickte, um anzuzeigen, dass er bereit war.

„Grayson, warte“, sagte Hamish über das Kommunikationsgerät. „Ich komme mit und mache euch beide unsichtbar.“

Grayson hatte nicht damit gerechnet, dass sich die Hüter der Nacht dem Kampf anschließen würden, aber er war dankbar dafür. „Bist du sicher, Hamish? Was ist mit der Bleifarbe an den Wänden?“

„Sobald ich drinnen bin, ist es kein Problem. Es ist nicht genug Blei, um mich davon abzuhalten, uns unsichtbar zu machen.“

„Okay, dann danke.“

Augenblicke später spürte er eine Hand auf seiner Schulter. Er drehte den Kopf und sah Hamish. „Bereit?"

Grayson und Cooper nickten. Grayson deutete nach links. „Hier entlang."

Die drei gingen an den Außenwänden des Gebäudes entlang. Auf einer Seite befanden sich mehrere Türen, höchstwahrscheinlich Büros der Postamt-Manager. Sie waren nicht abgesperrt. Grayson drückte die erste auf und spähte hinein. Bis auf einen alten Schreibtisch war der Raum leer. Hamish war bereits an der nächsten Tür und öffnete sie, während Cooper ihm den Rücken freihielt.

„Oh Mist", fluchte Hamish leise.

Grayson sah an ihm vorbei ins Zimmer. Drei Männer in schmutziger Kleidung, die nach Urin und Fäkalien rochen, kauerten in einer Ecke. Ihre Augen waren hohl, Blut klebte an ihren Hälsen und ihrer Kleidung. Abels Männer hatten Obdachlose als Nahrung benutzt, während sie sich in diesem Gebäude verschanzt hatten.

„Wir kümmern uns später um sie", murmelte Grayson Hamish zu und bedeutete ihm dann, die Tür zu schließen.

Er tippte auf seinen Ohrhörer und aktivierte das Mikrofon. „An alle, achtet auf die Sterblichen. Wir haben drei obdachlose Männer gefunden, von denen sich Abels Männer ernährt haben. Es könnten noch mehr hier sein."

Niemand antwortete, aber Grayson erwartete auch keine Antwort. Die lauten Geräusche, Schläge und Schüsse machten klar, dass alle zu sehr damit beschäftigt waren, ihre Gegner zu bekämpfen.

Grayson führte Cooper und Hamish weiter an den Außenwänden des Gebäudes entlang und suchte nach anderen Räumen, in denen sein Vater und Cain eingesperrt sein konnten, als er aus dem Augenwinkel eine Bewegung vernahm. Er wandte den Kopf dorthin und sah, wie ein Metalleimer auf ihn zugeschleudert wurde. Er sprang zur Seite und der Mülleimer knallte hinter ihm gegen die Wand.

Er tauschte einen schnellen Blick mit Hamish aus. „Sind wir nicht unsichtbar?", flüsterte er dem Hüter der Nacht zu.

„Sind wir." Hamish deutete in die Richtung, aus der der Eimer gekommen war.

Grayson sah, wie Zane mit einem feindseligen Vampir kämpfte, dem schnell die Optionen ausgingen und der begonnen hatte, alles, was er in die

Finger bekommen konnte, auf Zane zu werfen. Grayson machte sich keine Sorgen um seinen Kollegen und setzte seine Suche nach Samson und Cain fort.

„Da“, flüsterte Cooper plötzlich und deutete auf eine Tür direkt hinter einer Trennwand.

Davor hatte jemand aus Teilen eines Schreibtisches und einem umgekippten Regal eine Barrikade errichtet. Dahinter lugte ein Vampir mit schussbereiter Waffe hervor. Er schloss sich nicht Abels Männern im Kampf an, sondern bewachte die Tür.

Grayson wechselte einen Blick mit Hamish und Cooper und gab ihnen ein Zeichen, stehenzubleiben, während er sich näherte. Als er eine weitere Trennwand umrundete, bemerkte er einen zweiten Vampir. Der Mann eilte auf die Wache an der Tür zu.

„Wir sind in der Unterzahl“, sagte der feindselige Vampir. „Geh zu Plan B über.“

Dann drehte sich der Vampir abrupt in Graysons Richtung um und blieb nur wenige Zentimeter von Grayson entfernt stehen. Die Nasenflügel des Mannes bebten.

Fuck! Wesleys Spray, das den Geruch eines Vampirs überdeckte, ließ nach.

Die Augen des Vampirs blitzten rot auf und seine Reißzähne fuhren sich aus. Seine Hand, die einen Pflock hielt, schnellte nach oben. Grayson verschwendete keine Zeit, hob seine Hand mit der Pistole und zielte auf das Herz des Typen. Er drückte auf den Abzug.

Der Vampir schwankte auf Grayson zu und wäre mit ihm zusammengestoßen, wenn er sich nicht eine Sekunde später in Asche aufgelöst hätte. Graue Asche regnete über Grayson, und er hustete unwillkürlich. Alarmiert durch den Tod des Vampirs richtete der feindliche Vampir, der die Tür bewachte, seine Waffe in Graysons Richtung und drückte ab.

Ein Stoß von der Seite ließ Grayson aus der Schusslinie hechten. Als er versuchte, wieder auf die Beine zu kommen, sah er, wie Cooper an ihm vorbei auf den Schützen zustürmte. Er rammte seinen Pflock in die Brust des Kerls, bevor sein Gegner überhaupt wusste, was geschah.

„Wieder beißt einer ins Gras“, sagte Cooper und klopfte die Überreste seines Gegners von seiner Kleidung.

Grayson nickte. „Danke, Coop.“ Er zeigte auf die Tür. „Zugesperrt?“

Cooper probierte den Türknauf. „Ja."

Grayson ließ seine Augen über die dünne Staubschicht schweifen, die den Boden bedeckte. Er sah ein Handy und einen Schlüssel. Er nahm beides, steckte das Handy ein und probierte den Schlüssel aus. Das Schloss klickte.

Er holte tief Luft und sah Cooper und Hamish an. „Haltet mir den Rücken frei."

Grayson stieß die Tür auf. In diesem Raum war es noch dunkler als im Rest des Gebäudes, aber er brauchte kein Licht, um sicher zu sein, dass er hier richtig war. Er atmete tief ein und Samsons Geruch driftete zu ihm. Es gab noch einen anderen Geruch, mit dem er nicht so vertraut war. Aber er wusste, dass es Cains sein musste.

„Dad! Cain!" Er eilte in den Raum, seine Augen gewöhnten sich langsam an die Dunkelheit. „Cooper, Hamish! Sie sind es." Er tippte auf seinen Ohrstöpsel. „Wir haben die Geiseln. Südwestecke des Gebäudes."

„Verstanden", meldete Thomas aus dem Van. „Im südöstlichen Quadranten des Gebäudes gibt es immer noch sich bewegende Wärmesignaturen."

„Nicholas und ich haben sie in Sicht", berichtete Zane. „Wir kümmern uns um sie."

Grayson blendete die Stimmen aus, die durch seinen Ohrhörer kamen, und ging neben seinem Vater in die Hocke. „Dad, ich bin's, Grayson, ich bin jetzt hier." Er sah in das Gesicht seines Vaters, schockiert über den Schmerz, der seine attraktiven Züge verzerrte. „Cooper, gib Cain Blut." Aus den Augenwinkeln sah er, dass Cooper neben Cain kniete, während er eine Flasche Menschenblut aus seinem kleinen Rucksack zog.

Grayson holte die kleine Thermoskanne mit dem Blut seiner Mutter, stützte seinen Vater und hielt ihn fest. „Dad, du musst trinken."

Samsons Körper krümmte sich vor Schmerz und er schob die Flasche weg.

„Das ist Moms Blut", versicherte ihm Grayson. „Delilahs Blut."

Ein schmerzerfüllter Laut kam aus seiner Kehle und Grayson setzte die Flasche an seine Lippen. „Trink es, Dad, bitte. Delilah liebt dich. Sie braucht dich. Ich brauche dich."

Schließlich nahm Samson seinen ersten Schluck. Erleichterung überflutete Grayson und er drängte ihn, mehr zu trinken.

„Das ist es, Dad. Trink alles aus, damit ich dich nach Hause bringen kann. Ich liebe dich, Dad."

Samsons Augenlider hoben sich nur für einen kurzen Moment und ihre Blicke trafen sich, bevor er seine Augen wieder schloss. Die Anstrengung war zu groß in seinem geschwächten Zustand.

„Mom kann es kaum erwarten, dich zu sehen", sagte Grayson sanft. „Jetzt trink aus. Und wenn wir nach Hause kommen, wirst du von ihr trinken. Du wirst von Delilah trinken."

Gierig schluckte Samson die Flüssigkeit, das einzige Blut, das ihn heilen und stärken konnte, bis nichts mehr in der Flasche war. Grayson legte die leere Thermosflasche beiseite und sah dann zu Cooper, der Cain Flaschen mit menschlichem Blut einflößte. Hamish stand am Eingang zur Tür und passte auf, dass niemand sie in dieser verwundbaren Position angreifen würde.

„Grayson", sagte Samson mit heiserer und kaum hörbarer Stimme.

Grayson zog ihn näher und senkte den Kopf. „Ich bin hier, Dad. Jetzt wird alles gut."

Samsons Lippen zitterten, als ob er lächeln wollte, aber zu schwach war. „Sohn, ich bin so stolz auf dich."

Beim Lob seines Vaters stiegen Grayson Tränen in die Augen und er schniefte. „Ich liebe dich so sehr, Dad."

Grayson war sich nicht sicher, ob Samson ihn gehört hatte, denn sein Kopf rollte zurück. Er war immer noch schwach und sein Körper brauchte Zeit, um zu heilen, und Schlaf würde ihm helfen.

Er tippte erneut auf seinen Ohrstöpsel. „Thomas, wir brauchen zwei Tragen, um Samson und Cain zu den Vans zu bringen."

„Verstanden. Ich schicke sie rein, sobald alle Feinde tot oder gefesselt sind. Situationsupdate bitte", antwortete Thomas.

Einen Moment später ertönte ein Knacken durch die Hörmuschel. Dann eine Stimme. „Alle sind tot. Außer den obdachlosen Männern", berichtete Zane.

„Hast du Abel getötet?", fragte Grayson. „Ich sagte, ich wollte ihn lebendig."

„Wenn ich ihn gesehen hätte, hätte ich ihn getötet", antwortete Zane. „Aber ich habe weder ihn noch die anderen beiden, die wir identifiziert haben, Rufus und Matt, zu Gesicht bekommen."

„Hat jemand Abel gesehen? Oder Rufus und Matt?", fragte Grayson.

Einer nach dem anderen antworteten seine Teammitglieder mit einem *Nein.*

„Sie waren nicht hier“, schloss Wesley. „Und Charles und ich haben einen magischen Schutzschild entlang des Gebäudes angebracht, sobald ihr alle drinnen wart. Sie hätten den nicht durchbrechen können.“

„Verflucht! Warum waren sie nicht hier?“

„Ratten und sinkende Schiffe, weißt du“, sagte Wes. „Sie müssen gewusst haben, dass wir kommen, und beschlossen haben, zu verschwinden.“

„Wir müssen sie finden. Solange Abel lebt, sind unsere Familien nicht sicher. Er wird es noch einmal versuchen.“ Er wusste genug über Abel, um zu wissen, dass er nur zufrieden sein würde, wenn er die Rache bekam, nach der er sich sehnte. „Sammelt die Handys aller toten Vampire. Vielleicht können wir etwas darauf finden, das uns einen Hinweis darauf gibt, wo Abel sich verstecken würde. Sebastian, du, Ryder und Yvette werdet hierbleiben, um die Obdachlosen zu heilen, ihre Erinnerungen zu löschen und alles Belastende aus diesem Gebäude zu entfernen.“

„Verstanden“, antwortete Sebastian, und Ryder und Yvette gaben die gleiche Antwort.

„Zane, du, Patrick, Cooper und ich bringen Samson und Cain zurück zu unserem Haus. Der Rest von euch kehrt zum Hauptquartier zurück und holt alle Informationen aus den gesammelten Handys, die ihr finden könnt. Eddie, geh die Verkehrskameras durch und schau, ob du herausfinden kannst, wann Abel, Rufus und Matt dieses Gebäude verlassen haben.“

„Falls sie jemals drinnen waren“, fügte Eddie hinzu.

„Ja, es ist möglich, dass Abel weggeblieben ist, weil er wusste, dass wir dieses Gebäude irgendwann finden würden.“

„Er war hier …“ Die schwache Stimme kam von hinter ihm. Grayson blickte über seine Schulter und sah, wie Cooper Cain half, sich aufzusetzen. Er sah aus wie der aufgewärmte Tod. „Abel … er war hier … hat mit mir gesprochen …“

„Wann?“

Cain schüttelte den Kopf. „Weiß nicht … ich war viel bewusstlos … immer wieder …“ Er senkte die Augenlider.

„Keine Sorge“, versicherte Grayson ihm. „Das hilft uns. Wenigstens wissen wir, dass er hier war. Wir werden herausfinden, wann er verschwunden ist und wohin.“

„Dad!“ Patrick erschien in der Tür und eilte an Hamish vorbei.

„Er wird wieder gesund.“

Patrick kniete sich neben Samson nieder und legte seine Arme um ihn. Dann sah er Grayson an. „Hat er Moms Blut getrunken?“

Grayson nickte. „Die ganze Flasche. Lass uns ihn nach Hause bringen. Er wird mehr brauchen. Das Blut, das sie ihn gezwungen haben zu trinken, hat ihm wirklich zugesetzt.“

Patrick sah zu Cain hinüber. „Und was haben sie Cain gegeben?“

Cain öffnete seine Augen einen Spalt. „Das Blut eines Toten …“ Er schluckte, seine Stimme brach. „Schmerzhafter als Silber.“

Aber weniger tödlich: Silber würde letztendlich einen Vampir töten, aber das Blut eines Toten würde entsetzliche Schmerzen zufügen, ohne sein Opfer jemals zu töten. Es war das perfekte Mittel für eine lange Folter.

Abel war rachsüchtiger als jedes andere Wesen, das er je kennengelernt hatte.

41

Isabelle hörte, wie die Haustür geöffnet wurde. Sie waren zurück! Ihr Herz schlug ihr bis zum Hals, als sie aus der Küche in den Flur stürmte. Robbie, einer der Vampirwächter, die vor dem Haus stationiert waren, und ein Vampir, den sie nicht kannte, zerrten Orlando ins Foyer. Seine Kleidung war zerrissen und blutgetränkt, sein Gesicht geschwollen und blutig. Sie rannte auf sie zu.

„Ach du lieber Gott! Orlando! Was ist mit dir passiert?"

Orlando hob den Kopf. Seine Lippen bewegten sich, aber nur ein gequältes Stöhnen kam heraus.

„Er wurde überfallen", sagte der Fremde.

„Bringt ihn ins Wohnzimmer", befahl sie und sah zu, wie sie Orlando auf das große Sofa setzten. Isabelle sprach den Fremden an: „Wer bist du?"

„Striker Reed."

„Ich bin Isabelle."

Er nickte. „Ich weiß."

Natürlich tat er das. Und sie wusste von ihm, obwohl sie ihn nie persönlich getroffen hatte. Er war maßgeblich daran beteiligt gewesen, vor über zehn Jahren ihren Entführer zu finden und sie zu retten. Er war ein Tracker für den Vampirrat gewesen, obwohl er den Rat damals bereits verlassen und freiberuflich gearbeitet hatte. Er war einer der besten Tracker, den der Rat je gehabt hatte, aber er hatte nie verraten, warum er den Rat verlassen hatte und warum sie ihn gehen ließen, was das Mysterium um ihn noch verstärkte.

„Robbie, hol mir den Erste-Hilfe-Wagen. Und abgefülltes Blut. In der Speisekammer", wies sie den Vampirwächter an.

Robbie gehorchte und verließ das Wohnzimmer. Isabelle ging vor Orlando in die Hocke und inspizierte seine Verletzungen. Er hatte eine tiefe Messerwunde quer über seinem Bauch und weitere schlimm aussehende Wunden an seinen Armen, die alle von einer silbernen Klinge zugefügt worden waren, wodurch die Wunden aussahen, als wären sie mit Säure verbrannt. Sie schälte etwas von dem zerfetzten Stoff von der

Bauchwunde, und Orlando stöhnte vor Schmerz auf. Sie warf ihm einen Blick zu und bemerkte, dass sich seine Reißzähne gesenkt hatten und seine Augen weit geöffnet waren und rot funkelten. Die Sehnen an seinem Hals traten hervor und bezeugten die Tatsache, dass er an seiner Beherrschung festhielt, um nicht um sich zu schlagen.

Seine Verletzungen waren schwer und sie bestätigten eines sofort: Orlando war nicht der Verräter, für den ihr Bruder ihn gehalten hatte. Er war unschuldig. Tatsächlich hatte er sein Leben riskiert, um ihrer Familie zu helfen.

Um Orlando zu versichern, dass sie ihm nicht wehtun würde, strich Isabelle sanft mit ihrer Hand über sein dunkles Haar. Er zuckte zusammen, als würde er es hassen, berührt zu werden, und sie zog schnell ihre Hand zurück.

„Ich werde dir nichts tun, Orlando, aber du musst mich dir helfen lassen", sagte sie ruhig.

Schließlich rollte Robbie den Erste-Hilfe-Wagen ins Zimmer, und Isabelle griff nach einer Flasche mit menschlichem Blut und drehte den Deckel ab. Orlando riss ihr die Flasche aus der Hand und schluckte das Blut gierig hinunter.

Isabelle griff nach der Schere auf dem Wagen. „Danke, Robbie. Du kannst zu deinem Posten zurückkehren."

Robbie warf Striker einen Seitenblick zu. „Bist du dir sicher?"

„Ja", antwortete Isabelle. „Ich kann mit diesen beiden umgehen."

Robbie nickte pflichtbewusst und ging wieder nach draußen, um das Haus zu bewachen.

Sie blickte zu Orlando zurück. Er hatte die Flasche geleert und sie nahm sie ihm aus der Hand. „Was ist passiert, Orlando?"

Mit der Schere schnitt sie vorne durch sein T-Shirt. Vorsichtig schälte sie den Stoff von der Wunde und legte seine Brust frei. Sie hatte immer angenommen, dass Orlando muskulös war. Das war unter der Kleidung, die er trug, immer offensichtlich gewesen, aber sie hatte nicht erwartet, dass seine Haut so glatt und seine Muskeln so definiert waren. Ein seltsames Flattern legte sich in ihren Magen. Sie hatte schon viele gut aussehende Männer halbnackt oder nackt gesehen, aber Orlando so entblößt zu sehen, löste etwas in ihr aus.

Um sich von seiner perfekten Brust abzulenken, fragte sie: „Wer hat dir das angetan?"

„Matt Smith", presste Orlando hervor, immer noch unter offensichtlichen Schmerzen. „Er wusste, dass ich komme. Jemand hat ihn gewarnt."

Isabelle benutzte ein OP-Tuch und begann, Orlandos Bauchwunde zu reinigen. Er zuckte zusammen.

„Nur wenige Leute wussten, dass du hinter ihm her warst", sagte sie. Sie hob den Kopf und sah ihm in die Augen, und einen Moment lang sagte keiner ein Wort.

Ihre Familie und Moniques Familie hätten Abels Mann niemals gewarnt. So blieb nur eine Person übrig, die von Orlandos Plan gewusst hatte.

„William", sagten sie und Orlando gleichzeitig.

Sie schaute über ihre Schulter und rief: „Mom?" Sie lauschte auf Geräusche von oben. „Striker, nimm eine der Wachen von draußen und sieh nach meiner Mutter und auch nach Faye und Monique. Sei vorsichtig. William ist irgendwo im Haus."

„Keine Sorge, ich lasse mich nicht so leicht überfallen." Striker warf Orlando einen Seitenblick zu. „Nicht wie dieser Typ hier."

Orlando grunzte bei der direkten Beleidigung. „Ich habe deine Hilfe nicht gebraucht. Ich hätte ihn alleine fertiggemacht."

„Ja, das habe ich gesehen." Sarkasmus tropfte förmlich aus Strikers Stimme. „Wenn ich dich nicht rechtzeitig gefunden hätte, wärst du jetzt Staub."

Orlando knurrte. „Stattdessen hast du Matt Smith getötet, bevor ich ihn verhören konnte."

„Gern geschehen", sagte Striker und verließ das Wohnzimmer.

Isabelle wandte sich wieder Orlando zu. „Also hat Striker dir das Leben gerettet?"

„Hmm. Ich hätte es selbst geschafft."

Isabelle zog eine Augenbraue hoch, beschloss aber, dieses Thema nicht weiter zu verfolgen. Anscheinend war Orlando ein stolzer Mann, der nicht gerne zugab, dass er gelegentlich Hilfe brauchte.

„Jetzt lass mich diese Wunde reinigen."

„Es geht mir wieder gut."

Er versuchte sich aufzurichten, aber Isabelle hatte keine Mühe, ihn hinunterzudrücken. Das bestätigte, was sie bereits wusste: Orlando war schwer verletzt, aber zu starrköpfig, es zuzugeben.

„Wir müssen die Blutung stillen.“

Sie nahm frischen Mull und legte ihn über die tiefe Schnittwunde an seinem Bauch, während sie nach einer weiteren Flasche Blut griff. Sie drehte sie auf und reichte sie ihm.

„Hier, trink das.“

Er brummte etwas Unverständliches, bevor er die Flasche an seine Lippen setzte. Sie drückte ihre Hand auf die Bauchwunde und Orlando zuckte vor Schmerz zurück.

Sie wollte ihn nicht wegen der Schwere seiner Verletzungen beunruhigen und sagte: „Sei nicht so ein Baby.“

„Ich bin kein –“

Sie zog den durchnässten Verbandsmull von der Wunde, und Orlando schrie vor Schmerz auf, obwohl sie merkte, dass er versuchte, ihn zu unterdrücken. Dank des menschlichen Blutes, das er trank, blutete seine Bauchwunde nicht mehr so stark. Aber sie schloss noch immer nicht und er verlor immer noch Blut.

„Trink weiter“, befahl sie, bevor sie ihren Kopf zu seinem Bauch senkte.

„Was hast du vor?“

Offensichtlich beunruhigt, versuchte Orlando, zurück zu rutschen, aber sie legte ihre Hände auf seine Hüften, um ihn daran zu hindern, sich zu bewegen.

„Wie sieht es aus? Du verlierst zu viel Blut. Ich werde die Wunde schließen.“

„Nein!“

Aber sie ignorierte seinen Protest und leckte über die große Wunde auf seinem Bauch. Der Speichel eines Hybriden hatte die gleichen heilenden Eigenschaften wie der eines Vampirs. Er konnte Risse und Schnitte versiegeln und eine Wunde schließen, um weiteren Blutverlust zu verhindern. Auch wenn Orlando letztendlich heilen würde, indem er ausreichend menschliches Blut trank, machte die Enthüllung, dass William der Verräter war, es notwendig, dass Orlando sehr schnell wieder auf die Beine kam. Sie tat dies zum Wohle ihrer Familie, denn im Kampf gegen Abel zählte jeder Mann und ein verletztes Teammitglied konnte zur Belastung werden.

Die Tatsache, dass sie von Orlandos Blut in Versuchung geführt wurde, spielte in ihren Berechnungen überhaupt keine Rolle. Trotzdem konnte sie nicht leugnen, dass sie den Geschmack seines Blutes mochte, als sie es aufleckte und schluckte. Irgendetwas Verbotenes lag darin. Der große brutale Leibwächter, der etwas mehr als ein Jahr zuvor aus dem Nichts aufgetaucht war und angefangen hatte, für Scanguards zu arbeiten, war ein Rätsel. Er sprach nie über sich selbst, sprach überhaupt nie viel, schien nie etwas zum Spaß zu tun.

Unter ihren Lippen und ihrer Zunge spürte sie, wie sich die Form der Wunde veränderte. Ihr Speichel begann, den Schnitt zu schließen und den Blutverlust einzudämmen. Immer weniger Blut sickerte heraus, aber sie schleckte es weiter auf und schluckte es hinunter. Das Blut genauso wie die Tatsache, dass sie seine Haut leckte, stellte etwas mit ihr an. Sein maskuliner Duft erweckte alles Weibliche in ihr.

„Stopp", stieß Orlando mit schroffer Stimme hervor.

Hasste er es, berührt zu werden? Widerstrebend hob Isabelle den Kopf und begegnete seinem Blick. Sie hatte erwartet, dass seine Augen rot aufleuchten würden, um dem Missfallen in seiner Stimme gleichzukommen. Stattdessen schimmerten sie golden.

„Isabelle?"

Beim Klang der Stimme ihrer Mutter wirbelte Isabelle herum und stand auf, als wäre sie bei etwas Verbotenem erwischt worden.

„Oh mein Gott, was ist mit Orlando passiert?", fragte Delilah und eilte ins Wohnzimmer.

Orlando stöhnte, als er sich auf der Couch aufsetzte. „Es geht mir gut. Ich heile schon."

Als er versuchte aufzustehen, legte Isabelle ihre Hand auf seine Schulter und drückte ihn wieder auf die Couch. „Ruh dich aus!"

Dann sah sie ihre Mutter an. „Er wurde überfallen. Jemand hat Matt Smith gewarnt, dass er kommt. Wir glauben, es war William. Hast du ihn gesehen?"

Delilah schüttelte den Kopf. „Nein, eine ganze Weile schon nicht."

Striker erschien plötzlich in der Tür zum Wohnzimmer, Faye hinter ihm.

„Keine Spur von William", berichtete Striker.

Isabelle ging gerade auf ihn zu, als die Eingangstür geöffnet wurde. Sie reckte den Hals, um an Striker vorbeizusehen, und auch Faye und Delilah drehten sich zur Tür.

„Oh, Gott sei Dank", keuchte Delilah erleichtert. „Samson."

42

Gemeinsam mit Patrick half Grayson seinem Vater über die Schwelle. Samson war immer noch schwach und hatte Schmerzen, aber es ging ihm mit jeder Minute besser. Hinter ihnen halfen Zane und Cooper Cain ins Haus.

Delilah war die Erste, die sie erreichte. „Oh, Samson, mein Liebster!" Sie schlang ihre Arme um ihn und drückte sich an ihn, während ihn Grayson und Patrick weiterhin stützten.

„Süße", murmelte Samson.

Mit Tränen in den Augen sah Delilah Grayson an, dann Patrick. „Danke, dass ihr ihn mir zurückgebracht habt." Sie deutete ins Wohnzimmer. „Bringt ihn hier rein."

Während sie Samson auf das Sofa im Wohnzimmer halfen, fiel Graysons Blick auf die andere Couch, auf der Orlando saß, seine Kleidung zerrissen und blutig, sein Gesicht von einem brutalen Angreifer verstümmelt.

Isabelle legte ihre Hand auf Graysons Arm. „Orlando war nicht der Verräter. Er wurde von Matt Smith überfallen."

„Verdammt!", fluchte Grayson.

„Verräter?", wiederholte Orlando und erhob sich, obwohl er unsicher auf den Beinen aussah. „Ihr dachtet, ich wäre der Verräter, der Abel mit Informationen versorgte?" Er funkelte ihn und Isabelle an.

Grayson hob die Hand. „Es tut mir leid, Orlando, aber es gab Indizien, die auf dich hindeuteten."

„Welche verdammten Indizien?", knurrte er.

„Dein Handy-Standort. Er stimmte mit dem von Rufus ein paar Tage vor der Entführung zusammen. Und du warst der Erste, der im Russian Hill Haus aufgetaucht ist, obwohl du am weitesten entfernt wohnst."

Orlando starrte ihn fassungslos an. Er hielt sich an der hohen Armlehne der Couch fest, um sich abzustützen. „Du hast mich überprüft? Was ich in meiner Privatzeit mache, geht nur mich etwas an. Fick dich, Grayson! Ich würde deinen Vater niemals verraten."

„Orlando …" Die Stimme war Samsons.

Grayson blickte über seine Schulter und sah, dass sein Vater Orlando einen flehenden Blick zuwarf. „Er kennt dich nicht so wie ich. Bitte vergib ihm. Er hat nur versucht, mich und Cain zu retten."

Orlando nickte. „Ich freue mich zu sehen, dass du zurück bist."

Er stapfte aus dem Raum und Graysons Blick fiel auf Cain. Faye umarmte ihn, während Zane und Cooper sie beobachteten, um sicherzustellen, dass Cain nicht zusammenbrach.

Grayson ließ seinen Blick schweifen, überrascht, dass Monique ihren Vater nicht begrüßte. „Monique?", rief er und sah dann Isabelle an. „Wo ist Monique?"

Robbie kam vom Flur herein. „Striker und ich haben das ganze Haus durchsucht." Erst jetzt bemerkte Grayson Striker Reed, der im Flur lauerte. „Monique ist weg. Und William auch."

Graysons Herz blieb stehen. Alles um ihn herum schien sich zu drehen, als stünde er auf einem Karussell und versuchte verzweifelt abzuspringen. Panik lähmte jede Zelle seines Körpers und Angst legte sich um sein Herz wie ein Schraubstock, der mit jeder verstreichenden Sekunde enger wurde.

„Nein, nicht Monique, nein!", rief er aus und fokussierte seine Augen wieder.

Erst jetzt bemerkte er, dass alle ihn anstarrten. Er sah, dass rosafarbene Tränen über Fayes Wangen liefen. Cains Mund verzog sich zu einer dünnen Linie, als er versuchte, den Schmerz zurückzuhalten.

Faye schluchzte. „Mein Baby. Er hat mein Baby."

„Nicht mehr lange", versprach Grayson. „Ich hole sie zurück." Er atmete tief ein. „Monique gehört mir." Verblüffte Blicke landeten auf ihm. Er wandte sich an seinen Vater. „Monique und ich sind vor ein paar Stunden den Blutbund eingegangen."

Mehrere Leute schnappten nach Luft, aber Grayson sah nur seinen Vater an.

Samsons Mund formte sich zu einem sanften Lächeln. „Du bekommst sie zurück, Sohn. Du wirst sie finden. Vertraue dir selbst. Du kannst das."

Grayson nickte, bevor er seine Augen schloss, um sich auf die psychische Bindung zu konzentrieren, die er mit seiner blutgebundenen Gefährtin teilte.

Monique! Monique! Baby, wo bist du? Bitte, ich muss dich finden. Monique!

~ ~ ~

Monique spürte, wie die Taubheit in ihren Extremitäten nachließ. Sie wurde von einem brennenden Schmerz abgelöst, als wären ihre Adern mit Säure gefüllt. Ein seltsames Geräusch hatte sie geweckt. Sie spürte etwas Weiches unter sich, ein Bett oder eine dicke Decke. Ihre Augenlider waren schwer. Sie hob sie trotzdem hoch. Für einen kurzen Moment konnte sie sich nicht erinnern, was passiert war. Aber dann kam alles zurück.

William hatte sie überwältigt, indem er ihr etwas in den Hals gespritzt hatte. Er hatte sie in den Kofferraum eines Autos geworfen, wo sie das Bewusstsein verloren hatte. Sie ließ ihren Blick schweifen. Es war dunkel im Zimmer, aber es roch nicht muffig oder feucht, was ihr verriet, dass sie sich nicht in einem Keller befand. Es gab ein großes Fenster, das mit schweren Vorhängen bedeckt war. Sie hatte keine Ahnung, wie lange sie bewusstlos gewesen war. War es noch Nacht?

Sie lag vollständig angezogen auf einem Bett. Sie versuchte sich aufzurichten, und es wäre ihr auch gelungen, wenn sie nicht an das Kopfteil des Bettes gekettet gewesen wäre. Sie zog an den Ketten, um sich zu befreien, aber ihre Haut brutzelte und sie schrie vor Schmerz auf. Der Geruch von verbrannter Haut und verbranntem Haar stieg ihr in die Nase und ihr wurde übel. Ihre Ketten waren aus Silber, einem Metall, das einen Vampir verbrannte und das sie trotz ihrer übernatürlichen Kraft nicht brechen konnte.

Sie hörte Schritte direkt vor der Tür des Zimmers. Panik glitt ihr wie eine Schlange den Rücken hinab.

Grayson! Grayson! Hilf mir!

Konnte er sie hören? Erreichte ihn ihre telepathische Nachricht?

Plötzlich öffnete sich die Tür und von draußen fiel Licht ins Zimmer. Sie wandte den Kopf zur Tür und sah den Mann, vor dem sie ihr ganzes Leben lang gewarnt worden war: Abel. Ein selbstzufriedenes Grinsen lag auf seinem Gesicht, als er den Raum betrat.

„Endlich bist du wach."

Er näherte sich dem Bett und Monique wich instinktiv so weit zurück, wie es die Ketten zuließen.

„Ich schätze, William hat dir etwas zu viel Blut eines Toten injiziert, sonst wärst du nicht so lange bewusstlos gewesen."

„Was willst du?", spuckte sie.

Abel setzte sich auf die Bettkante und beugte sich zu ihr. „Tja, ist das nicht offensichtlich?“ Er stieß ein finsteres Glucksen aus. „Du siehst deiner Mutter sehr ähnlich.“ Er griff nach ihr und drehte eine Locke ihres langen Haares um seinen Zeigefinger.

„Fass mich nicht an!“ Der bloße Gedanke verursachte ihr Übelkeit.

„Ich werde noch viel mehr tun.“

Abel legte seine Hand auf ihr Bein, und sie versuchte, sie abzuschütteln, indem sie ihm mit den Beinen entgegenschlug. Aber sie traf ihr Ziel nicht.

„Eine wahre Wildkatze, genau wie deine Mutter. Ich werde es genießen, dich zu zähmen.“ Er sah zur Tür. „Ich hätte dich schon gefickt, aber worin wäre da der Spaß gewesen, wenn du dir dessen nicht bewusst gewesen wärst?“

Ekel stieg in ihr auf. Er wollte sie vergewaltigen, während sie angekettet und hilflos war.

„Außerdem möchte ich, dass meine Männer zuschauen, damit sie lernen, wie man seine Feinde bestraft.“ Er beugte sich vor. „Und vielleicht lasse ich sie auch mitmachen.“

Sie spuckte ihm ins Gesicht. „Nur über meine Leiche!“

„Ja“, sagte er und zog das Wort in die Länge, „wenn’s darum geht ... Ich habe nicht vor, dich zu töten, aber das Blut eines Toten wird dich schwach und gefügig halten. Hat bei deinem Vater funktioniert. Ich möchte nicht, dass du stirbst, während ich dich quäle. Das wäre zu einfach.“

„Du bist ein kranker Bastard!“ Durch und durch böse. Sie konnte nicht glauben, dass er und Cain Brüder waren. Sie waren sich überhaupt nicht ähnlich. Abel besaß nichts von Cains Mitgefühl.

„Ehrlich gesagt ist es mir egal, was du von mir denkst. Alles, was zählt, ist, dass Cain und Faye leiden werden, wenn sie erfahren, was ich dir antue.“ Er zog ein Handy aus seiner Tasche und zeigte es ihr. „Wirklich schick, diese Dinger. Meine Männer werden uns auf Video aufnehmen, damit ich deine Eltern wissen lassen kann, dass du noch am Leben bist.“

Monique schauderte, versuchte aber, es nicht nach außen zu zeigen. Sie hatte nicht die Absicht, Abel wissen zu lassen, dass sie jetzt wirklich Angst hatte. Der Gedanke daran, dass ihre Eltern und Grayson mit ansehen mussten, wie sie von Abel und seinen Männern vergewaltigt wurde … nein, das konnte sie nicht zulassen. Es würde Grayson das Herz brechen zu wissen, dass er seine blutgebundene Gefährtin nicht retten konnte. Sie musste Abel aufhalten.

„Bitte", bettelte sie jetzt. „Ich werde mich nicht wehren, solange du es nicht filmst."

„Na, sieh dir das an. Gut zu wissen, was dir was ausmacht." Er blickte zur offenen Tür. „Rufus!"

Einen Moment später erschien Rufus, den sie von seinem Foto kannte, in der Tür.

„Ist Matt zurück?"

Rufus schüttelte den Kopf. „Nein. Ich habe das Gefühl, dass er in Schwierigkeiten geraten ist."

„Hmm." Abel dachte einen Moment lang über etwas nach. „Wer bewacht das Haus?"

„Jimmy, Elvis und Craig", antwortete Rufus.

„Okay, ich muss mit William sprechen." Er stand vom Bett auf. „Mach sie in der Zwischenzeit fertig. Schneide ihr notfalls die Kleidung herunter."

Abel stolzierte aus dem Zimmer und ließ die Tür offen, während Rufus sich dem Bett näherte.

Monique hielt den Atem an, Angst lähmte sie. Aus dem Flur drang ein Geräusch zu ihr.

Kuckuck, Kuckuck …

Eine Kuckucksuhr. Wie hoch war die Wahrscheinlichkeit, dass mehr als ein Haus in San Francisco eine Kuckucksuhr hatte?

„Na, lass uns diese Klamotten mal ablegen", sagte Rufus mit einem Grinsen, eindeutig bestrebt, es seinem Boss recht zu machen.

„Fick dich!", fluchte Monique.

Als er damit begann, ihre Schuhe auszuziehen, und dann zu ihrer Hose überging, wehrte sie sich nicht gegen ihn. Stattdessen setzte sie all ihre Energie ein, um Grayson eine Nachricht zu schicken.

Grayson, William hat mich entführt. Ich weiß, wo Abel mich festhält. Grayson, kannst du mich hören?

Mit angehaltenem Atem wartete sie, während Rufus ihr die Hose auszog. Sein lasziver Blick entging ihrer Aufmerksamkeit nicht, aber sie konnte ihre Energie jetzt nicht darauf verschwenden. Sie musste zu Grayson durchkommen.

Grayson?

Monique! Monique, Babe!

Erleichtert, dass sie die Nachricht ihres blutgebundenen Gefährten in ihrem Kopf nachhallen hörte, schloss sie die Augen.

Abel hält mich in dem Haus in Russian Hill fest, das meine Eltern gemietet haben. Ich bin angekettet. Bitte beeile dich! Er plant, mich zu vergewaltigen. Grayson, bitte beeile dich.

43

Grayson starrte seine und Moniques Familie an, die alle im Wohnzimmer seines Elternhauses versammelt waren. Moniques telepathische Nachricht hatte gleichermaßen Erleichterung und Schock in ihm hervorgerufen. Erleichterung, weil er wusste, wo sie war, und Schock darüber, was mit ihr passieren würde, wenn er sie nicht rechtzeitig erreichte.

„Abel hält Monique in dem gemieteten Haus in Russian Hill fest."

„Wo wir übernachtet haben?", fragte Faye mit großen Augen.

„Das wäre der letzte Ort, wo ich nach ihr gesucht hätte", sagte Isabelle.

„Das ist wahrscheinlich der Grund dafür. Wir müssen uns beeilen." Grayson winkte Patrick zu. „Patrick, sende eine SMS an alle Vampire und Hybriden bei Scanguards. Sorge dafür, dass sie sich einen Block von dem Haus entfernt sammeln."

Grayson eilte bereits zur Tür.

„Grayson, du kannst da nicht einfach ohne Plan reinstürmen", warnte Isabelle ihn.

Er sah über seine Schulter. „Für Pläne ist keine Zeit. Abel hat vor, sie zu vergewaltigen."

Schockiertes Keuchen hallte durch den Raum.

„Ich komme mit", sagte Isabelle und eilte zur Garagentür. „Ich hole die Waffen."

„Ich komme auch", sagte Striker vom Flur her.

Grayson nickte. „Ich weiß das zu schätzen, Striker."

Zane und Cooper überprüften bereits ihre Waffen und nickten, um anzuzeigen, dass sie zum Kampf bereit waren.

Patrick tippte auf seinem Handy herum. „Nachricht gesendet. Lasst uns gehen!"

Bevor Grayson die Tür erreichte, rief Orlando nach ihm. „Ich helfe auch."

Grayson hatte keine Gelegenheit zu protestieren, weil Isabelle von der Tür zur Garage die Diele betrat.

„Kommt nicht in Frage, Orlando“, fauchte sie, schnallte sich eine Waffe an die Hüfte und steckte einen Pflock in ihre Tasche. „Du bist noch nicht einmal halb geheilt.“

„Ich kann kämpfen“, stieß er hervor und warf ihr einen genervten Blick zu.

„Mir ist es lieber, du bleibst hier bei meinen Eltern und beschützt sie. Wir nehmen Robbie und Conrad mit.“ Ohne eine Antwort abzuwarten, eilte Isabelle zur Tür.

Grayson war der Erste, der das Haus verließ. Draußen befahl er den beiden Wachen: „Ihr kommt mit. Wir müssen eine Geisel befreien. Lasst uns gehen.“

„Ich fahre“, sagte Zane mit einer Stimme, die keine Widerrede duldete.

Grayson nickte und sah Isabelle an. „Isa, nimm Robbie, Conrad und Cooper im Geländewagen mit. Du kennst den Weg. Der Rest kommt mit Zane und mir in dem Verdunkelungswagen.“ Er warf Zane die Schlüssel zu.

Im Van trat Zane aufs Gas und raste in Richtung Russian Hill. „Wir müssen wissen, mit wie vielen Feinden wir es zu tun haben.“

Grayson nickte. „Okay. Ich muss mich konzentrieren.“

Er holte ein paar Mal tief Luft, beruhigte sich und konzentrierte sich dann auf Monique, um eine Verbindung mit ihr herzustellen.

Monique, wir sind unterwegs.

„Voraussichtliche Ankunftszeit?“, fragte er Zane.

„Neun Minuten.“

Wieder konzentrierte er sich auf Monique.

Wir sind neun Minuten entfernt. Sag mir, wie viele Männer Abel hat.

Es entstand eine Pause und Graysons Herz schlug außer Kontrolle. Hatten sie ihr schon etwas angetan?

Er kann nicht viele haben. William und Rufus sind hier. Und drei weitere Vampire bewachen offenbar das Haus.

„Mindestens sechs Feinde, darunter Abel“, berichtete Grayson seinen Kollegen.

Wo im Haus bist du?

Ich weiß es nicht. Aber ich habe diese Kuckucksuhr gehört, also bin ich entweder im Erdgeschoss oder im ersten Stock. Weiter oben kann man die Uhr nicht gut genug hören.

Bist du in einem Schlafzimmer?

Ja. Es ist klein. Nicht so schick wie die Zimmer, in denen meine Eltern und ich übernachtet haben.

Grayson nickte vor sich hin.

Sind die Ketten aus Silber?

Ja.

Okay, Babe. Wir sind fast da. Ich liebe dich.

Beeilt euch.

„Sie halten sie in einem Schlafzimmer gefangen. Es könnte die Personalunterkunft im Erdgeschoß sein, gleich neben der Küche." Er sah über seine Schulter zu Patrick. „Sie ist mit Silber gefesselt. Hol den Bolzenschneider."

Patrick erhob sich von seinem Sitz und ging, nach vorne gebeugt, zu einer Metallkiste im hinteren Teil des Lieferwagens, in der sich verschiedene Werkzeuge befanden. „Hab ihn."

„Sind da Handschuhe drinnen?", fragte Grayson. Sie würden sie brauchen, um sich vor den Silberketten zu schützen, die Abel an Monique benutzte.

„Ja."

Patrick holte mehrere Paar Handschuhe heraus und verteilte sie an alle im Van.

„Ich habe meine eigenen", sagte Striker.

Grayson nahm seine Worte mit einem Nicken zur Kenntnis. Er war froh, dass zwei der gemeinsten Vampire, die er kannte, bei Moniques Rettung halfen. Zane war ein schlanker, unnachgiebiger Krieger. Und Striker galt als tödlich und kaltblütig. Der Einzige dieses Kalibers, der noch fehlte, war Orlando, aber Grayson stimmte Isabelle zu, dass Orlando nicht in Topform war. Er würde noch mindestens einen Tag brauchen, um richtig zu heilen. Grayson wusste, dass er sich bei Orlando dafür entschuldigen musste, dass er ihn für den Verräter gehalten hatte, aber das konnte warten. Monique nicht.

Grayson zog die Handschuhe an und bemerkte, dass seine Hände zitterten. Verdammt! Er durfte jetzt nicht die Nerven verlieren. Seine Zukunft hing davon ab. Ohne Monique war er nichts. Sie hatte ihn zu dem Mann gemacht, der er immer sein wollte: stark, entschlossen, vollständig. Wenn er sie verlor, würde er alles verlieren, sogar sich selbst. Er brauchte Monique, wie er Blut brauchte, um zu überleben. Um sie zu retten, würde er alles tun, was er konnte. Auch wenn das bedeutete, sein Leben für ihres zu geben. Diese Offenbarung traf ihn wie ein Schlag und ließ ihn erkennen, wie sehr er sie liebte.

Ich liebe dich, Monique. Halte noch eine Weile durch. Ich bin fast da.

~ ~ ~

Monique trat Rufus mit dem Fuß in den Bauch und katapultierte ihn zurück. Aber immer noch ans Bett gefesselt zu sein, gab ihr nicht viel Hebelkraft. Außerdem konnte sie barfuß sowieso nicht viel Schaden anrichten. Das war auch nicht wichtig. Alles, was sie zu tun versuchte, war, sich etwas Zeit zu verschaffen, bis die Kavallerie eintraf.

Rufus packte ihren linken Arm, um sie zu sich zu ziehen, und schlug ihr ins Gesicht. Ihr Kopf peitschte seitwärts, aber er müsste viel mehr tun, um ihr nennenswerte Schmerzen zuzufügen.

„Miststück!“, fluchte Rufus und griff erneut nach ihrem BH.

Dieses Mal benutzte er seine Klauen, um das Kleidungsstück in zwei Hälften zu schneiden. Die Körbchen lösten sich von ihren Brüsten und entblößten sie, aber die Träger blieben auf ihren Schultern, und so wie sie angekettet war – die Hände über dem Kopf – war es unmöglich, das Kleidungsstück vollständig zu entfernen, es sei denn, Rufus beschloss, auch die Träger zu durchschneiden. Nicht, dass es wichtig gewesen wäre. Sie war entblößt und das zufriedene Grinsen im Gesicht des Arschlochs bewies, dass er ihre Demütigung genoss.

„Mach schon, schau dich satt, solange du’s noch kannst. Aber du wirst den Anblick nicht lange genießen“, versprach sie. Denn sobald Grayson hier war und sie befreit hatte, würde sie den Bastard in Staub verwandeln.

Jetzt trug sie nur noch ihr Höschen. Als Rufus’ Blick darauf landete, verlängerten sich ihre Reißzähne und ihre Hände verwandelten sich in Klauen. Sie setzte sich so weit, wie es die Ketten erlaubten, auf dem Bett auf und ignorierte den brennenden Schmerz, den das Silber verursachte. Ihre Handgelenke würden heilen. Aber sie hatte nicht die Absicht, es Abel und seinen Männern leicht zu machen. Besonders nicht jetzt, wo sie wusste, dass ihre Retter nur wenige Augenblicke entfernt waren.

„Fass mich nicht an!“, rief sie, nicht weil sie dachte, es würde bewirken, dass Rufus seine Finger von ihr ließ, sondern weil sie sicherstellen musste, dass Grayson sie hören und schnell finden konnte, sobald er im Haus war.

Rufus packte ihre Knöchel mit beiden Händen und hinderte sie daran, ihn erneut zu treten. „Oh, ich werde es so genießen, dich zu ficken, wenn Abel mit dir fertig ist."

Sie bäumte sich wieder auf. „Du nimmst also seine abgelegten Sachen? Du hast wohl keine Selbstachtung."

Wütend über ihre Worte ließ Rufus ihre Beine los und schlug ihr ins Gesicht, diesmal härter. Monique atmete ein und inhalierte ihr eigenes Blut. Das Blut kam aus ihrer Nase, aber es war ihr egal. Wie lange war es her, dass Grayson ihr die letzte Nachricht geschickt hatte? Waren die neun Minuten noch nicht verstrichen? Ging die Zeit im Schneckentempo voran?

„Dafür wirst du bezahlen!", schrie sie.

„Was zum Teufel ist hier los?" Abel erschien im Türrahmen. „Lässt du dich von dieser kleinen Schlampe anstacheln?"

Rufus drehte seinen Kopf zu seinem Boss. „Sie ist …"

Abel unterbrach ihn mit einer Handbewegung. „Zieh ihr den Slip sofort aus! Es ist so weit." Er sah über seine Schulter. „William, bring die verdammten Lichter hier rein, damit wir das filmen können."

Rufus packte sie erneut. Und diesmal konnte sie ihn nicht abschütteln. Er zog an ihrem Höschen und riss es in Fetzen. Panik erfüllte jede Zelle ihres Körpers.

Grayson! Hilf mir!

Sie bekam keine Antwort.

„Verdammt noch mal, William, ich habe gesagt, ich brauche das Licht", schrie Abel in Richtung der offenen Tür, während er jetzt näher ans Bett trat.

Abel ließ seinen Blick über ihren nackten Körper schweifen, sein Mund verzog sich zu einem bösen Grinsen. „Oh ja, das wird Spaß machen." Er hob seine Augen, um in ihre zu sehen. „Natürlich nicht für dich, aber so mag ich es."

„Kranker Bastard!"

Abel legte seine Hände an seinen Gürtel und begann ihn aufzumachen.

Plötzlich strömte ein helles Licht durch die offene Tür in den Raum.

„Na endlich. Hast du die Kamera? Ich bin bereit", verkündete Abel und schob seine Hose bis zur Mitte seiner Oberschenkel hinunter.

Niemand antwortete.

„William?"

Monique wandte den Kopf in Richtung Tür. Sie sah eine Silhouette hinter der Stehlampe. Der Lampenschirm war so geneigt, sodass die Glühbirnen darunter als behelfsmäßige Scheinwerfer dienten, die auf das Bett gerichtet war. Die Silhouette war zu groß für William, zu groß und zu schlank.

„Kein William."

Es war Graysons Stimme. Er war gekommen.

Ein Schuss hallte durch den kleinen Raum und Rufus löste sich in Staub auf. Abel versuchte verzweifelt, seine Hose hochzuziehen, aber Grayson war schneller. Er stürzte sich auf Abel und warf ihn zu Boden. Hinter Grayson stürmten weitere Leute in den Raum, aber Monique hatte nur Augen für Grayson, der mit Abel Tritte und Schläge austauschte.

Abel war stark benachteiligt. Seine Hose war bis zu den Knien hinuntergezogen und er konnte seine Waffe nicht erreichen, also blieben ihm nur seine Krallen, um sich zu verteidigen. Grayson versetzte Abel einen Schlag nach dem anderen in Gesicht und Brust. Sekunden vergingen und wurden zu Minuten. Aber Grayson schlug weiter auf ihn ein, bis Abels Gesicht nicht wiederzuerkennen war. Sie wusste, dass er Abel leicht hätte töten können, indem er ihm einen Pflock in die Brust rammte, aber er tat es nicht. Sie wusste, warum: Er musste ihm wehtun und ein schneller Tod wäre zu gnädig gewesen.

„Monique." Es war Isabelle, die sich jetzt über das Bett beugte und eine Decke über ihren nackten Körper legte.

„Danke", sagte Monique.

„Patrick, bring mir den Bolzenschneider", befahl Isabelle, und einen Moment später reichte Patrick ihr das Werkzeug. Es dauerte nur wenige Sekunden, bis Monique von den Silberketten befreit war.

Sie rieb sich die Handgelenke und sah Isabelle an. „Danke." Ihr Blick wanderte zurück zu Grayson, der immer noch Schlag um Schlag versetzte. Abel wehrte sich nicht mehr. Aus Abels Mund kam nur ein schmerzerfülltes Stöhnen.

„Grayson …"

Er wandte ihr den Kopf zu, sein Gesicht war blutverschmiert – nicht von seinem eigenen, sondern dem seines Gegners. Sie streckte eine Hand aus und mit einem Nicken zu Patrick und Cooper erhob sich Grayson.

„Behaltet ihn im Auge."

Dann ging er zum Bett und sie setzte sich auf und zog ihn in ihre Arme. „Du bist gekommen. Du hast mich gerettet."

Er drückte sie fest an seinen Körper und ein Schluchzen brach aus seiner Brust. Monique strich mit der Hand über sein Haar.

„Jetzt ist alles vorbei", murmelte sie und küsste ihn.

Hungrig erwiderte er ihren Kuss und sie konnte spüren, wie sein Herz einen normaleren Rhythmus annahm. Er löste den Kuss und sah ihr in die Augen. „Ich hatte solche Angst, dass ich dich verlieren würde. Ich liebe dich, Monique. Mehr als das Leben selbst."

„In alle Ewigkeit", sagte sie. Sie lockerte ihren Griff um Grayson und sah an ihm vorbei zu Isabelle. „Isabelle, denkst du, du könntest mir etwas zum Anziehen besorgen? Ich fürchte, Rufus hat meine Klamotten mit seinen Klauen zerfetzt."

„Natürlich", sagte Isabelle lächelnd und verließ den Raum.

Grayson wandte sich an Cooper und Patrick. „Bringt ihn hier raus. Behaltet ihn im Auge. Wir sind noch nicht fertig mit ihm. Und lasst die anderen das Haus durchsuchen, falls Abel noch mehr Männer hat als die fünf, die wir erwischt haben."

Monique sah zu, wie die beiden Hybriden Abel aus dem Raum zerrten. „Ist William tot?"

„Ja", sagte Grayson. „Wir konnten nicht riskieren, dass er ein Geräusch machte. Striker hat ihn gepfählt. Die anderen drei Vampire, die für Abel arbeiteten, sind auch tot."

„Gut. Sie alle haben es verdient."

Grayson drückte ihr einen Kuss auf die Stirn. „Ich glaube, es war Schicksal, dass wir den Blutbund eingegangen sind. Sonst hätte ich dich nie so schnell finden können."

Bevor Monique ihm zustimmen konnte, erschien Isabelle im Türrahmen, ein paar Kleidungsstücke hingen über ihrem Unterarm. „Die habe ich in der Waschküche gefunden. Jemand muss sie im Trockner vergessen haben."

„Danke, Isabelle." Monique nahm die Kleidung, die ihr viel zu groß war.

Isabelle verließ das Zimmer und Grayson half ihr beim Anziehen und reichte ihr die Schuhe, die sie zuvor getragen hatte. Als sie aufstand, zog er sie in seine Arme und drückte sie fest.

„Willst du ihn selbst erledigen?", fragte Grayson.

„Das muss ich. Dieser Alptraum muss enden.“

Grayson nahm ihre Hand und gemeinsam verließen sie den Raum. Zane und Striker kamen die Treppe herunter.

„Es ist sonst niemand hier“, sagte Zane.

„Danke, Zane, Striker“, erwiderte Grayson.

Im Wohnzimmer hielten Cooper und Patrick Abel fest. Robbie und Conrad, die Wächter, die sie aus dem Haushalt der Woodfords kannte, waren auch anwesend.

„Ums Haus herum ist alles in Ordnung“, sagte Robbie.

„In der Garage auch“, fügte Conrad hinzu.

„Danke, Jungs“, sagte Grayson.

Monique näherte sich Abel. Sein Gesicht war blutig und geschwollen, jeder Knochen darin gebrochen, jedes Blutgefäß geplatzt.

„Endlich siehst du von außen genauso böse aus, wie du im Inneren bist“, sagte sie und deutete mit dem Kinn auf ihn.

Abel grunzte. „Wenn du in jener Nacht bei deinen Eltern gewesen wärst …“ Seine Stimme brach und er hustete, bevor er fortfuhr: „Dann hätte ich dich schon gehabt.“ Er peitschte sie mit einem trotzigen Blick.

Sie trat näher und blieb nur einen Meter von ihm entfernt stehen. Cooper und Patrick hielten ihn aufrecht.

„Vorsicht“, warnte Grayson.

Monique sah über ihre Schulter. „Er kann mir nicht mehr wehtun.“

„Also, wie hat er es gemacht?“, fragte Abel mit schwer zu verstehender Stimme. Er blickte an ihr vorbei. „Wie hast du sie gefunden?“

„So wie Faye Cain gefunden hätte“, sagte Grayson, „wenn du ihn nicht mit dem Blut eines Toten vollgepumpt hättest.“

Etwas leuchtete in Abels Augen auf und er fixierte sie damit. „Eine telepathische Verbindung.“ Abel schüttelte ungläubig den Kopf, obwohl die Bewegung langsam und kaum wahrnehmbar war. Die Schmerzen, die ihn diese Handlung kostete, waren offensichtlich. „William hätte mir das sagen sollen. Nutzloser Bastard.“

Monique bewegte ihren Kopf von einer Seite zur anderen. „Du gibst immer noch allen anderen die Schuld für deine eigenen Fehler. Ja, du bist meine Zeit wirklich nicht wert.“ Sie sah Isabelle an und deutete auf deren Gürtel. „Darf ich, Isabelle?“

Isabelle reichte ihr den Pflock und Monique umklammerte ihn fest.

Abels Augen weiteten sich so weit, wie es angesichts der Verletzungen in seinem Gesicht möglich war. „Du würdest das nicht …“

Sie schlug ihm den Pflock ins Herz. „Doch, das würde ich.“

Vor ihren Augen löste sich Abel in Staub auf. Ein Handy und ein Ring fielen zusammen mit seiner Gürtelschnalle zu Boden. Abel war tot.

Sie spürte Graysons Hand auf ihrer, die ihr den Pflock wegnahm. Er gab ihn Isabelle zurück.

„Ich habe bereits zu Hause angerufen, um ihnen zu sagen, dass es dir gut geht, Monique“, sagte Isabelle.

Monique schenkte Isabelle ein dankbares Lächeln. „Vielen Dank.“ Dann sah sie zu den anderen Vampiren und Hybriden im Raum. „Danke euch allen.“

„Lass uns nach Hause gehen“, sagte Grayson leise.

Sie wandte sich zu ihm um und sah ihm in die Augen. Der Alptraum war vorbei.

44

Nach der Rückkehr mit ihren Rettern in die Woodford-Residenz hatten Monique und ihre Eltern Freudentränen vergossen und einander so fest umarmt wie nie zuvor. Aber es gab noch etwas, das ihr schwer auf der Brust lag und um das sie sich kümmern musste.

„Dad, können wir reden?", fragte sie ihn. „Nur du und ich?"

Cain nickte und sie deutete auf die Treppe und führte ihn in das Gästezimmer, das die Woodfords für Faye hergerichtet hatten. Sie zog die Tür hinter ihnen zu. Ihr Vater wandte sich zu ihr um und sie erkannte, dass er noch nicht ganz er selbst war. Die Wirkung, die das Blut des Toten, das ihm in den letzten Tagen mehrfach injiziert worden war, verursacht hatte, hatte noch nicht ganz nachgelassen.

Er lächelte sie an. „Du und Grayson, also …"

„Ja. Du hattest die ganze Zeit recht. Wir sind füreinander geschaffen." Sie zögerte. „Aber da ist etwas …"

Monique versuchte, die richtigen Worte zu finden, und Cain wartete geduldig. Dafür war sie ihm dankbar.

„Oh, Dad, es tut mir so leid, dass ich so schreckliche Dinge zu dir gesagt habe." Die Worte brachen plötzlich aus ihr heraus. „Das war unerhört von mir. Ich hätte niemals so mit dir sprechen sollen. Ich hasse dich nicht, Dad. Nein. Ich liebe dich und als du weg warst, hatte ich Angst, dass ich dich nie wiedersehen würde. Ich habe mich so geschämt. Und ich wünschte, ich könnte die Zeit zurückdrehen. Ich habe dich verletzt, Dad, und das tut mir so leid. Das war alles meine Schuld. Wenn ich nicht so rausgerannt wäre, wenn ich mit dir und Mom zur Party gekommen wäre, dann hätte Abel vielleicht nicht –"

„Stopp, Monique", sagte Cain leise und nahm ihre Hand. „Es ist nicht deine Schuld. Es war gut, dass du nicht da warst, sonst hätte dich Abel auch erwischt. Und weißt du, was dann passiert wäre? Er hätte dich angefasst …" Cain schüttelte den Kopf, ein schmerzerfüllter Ausdruck auf seinem Gesicht. „Es war Schicksal, dass du mit Grayson zusammenarbeiten musstest, um mich und Samson zu retten. Und es war

Schicksal, dass Grayson und du den Blutbund eingegangen seid. Sonst hätte er dich nicht retten können.“

Cain zog sie in seine Arme und strich ihr übers Haar.

„Ich liebe dich, Dad.“

„Ich liebe dich auch, Schatz.“

Sie schniefte und hob den Kopf. „Da ist noch etwas. Wegen der neuen Scanguards-Filiale in New Orleans.“

„Ja?“

„Ich will den Job nicht mehr.“

„Ich dachte, du wolltest die Filiale leiten. Was hat sich geändert?“

„Mir ist klar geworden, dass ich zu emotional bin, um zu führen. Gib Grayson den Job. Er verdient ihn viel mehr als ich. Er ist ein guter Leader. Er ist stark. Er ist entscheidungsfreudig. Unter Druck bricht er nicht zusammen.“

Cain lächelte. „Das hätte wohl nichts damit zu tun, dass du willst, dass Grayson nach New Orleans zieht?“

Sie schüttelte den Kopf. „Grayson und ich werden zusammen sein, egal wohin wir gehen müssen. Wenn er hier bleibt, bleibe ich hier. Das weißt du. Und wir werden glücklich sein, egal was passiert. Aber er ist der richtige Mann, um Scanguards in New Orleans zu führen.“

Cain nickte. „Ich verstehe.“ Er zeigte auf die Tür. „Komm, lass uns zu den anderen gehen.“

~ ~ ~

Grayson sah seinen Vater an. Sie waren allein in einem Raum im ersten Stock der Woodford-Residenz. Als er und seine Geschwister Kinder gewesen waren, war dies ihr Spielzimmer gewesen.

„Worüber wolltest du sprechen?“, fragte Samson.

Er sah jetzt besser aus. Grayson wusste, dass er sich von Delilah ernährt hatte, und ihr Blut hatte den Schaden geheilt, den das fremde Menschenblut seinem Körper zugefügt hatte.

„Ich muss mich bei dir entschuldigen, Dad. Was ich auf der Silvesterparty gesagt habe … Ich hätte niemals so verletzende Dinge sagen sollen. Wenn ich diese Worte zurücknehmen könnte, würde ich es tun. Aber das kann ich nicht. Aber glaub mir, ich bereue jedes einzelne Wort, das ich in jener Nacht gesagt habe. Und es verfolgt mich. Niemand sollte seinen Vater so behandeln. Ich schäme mich, Dad. Ich bin so eine Enttäuschung für dich. Das weiß ich. Und ich will besser werden. Ich weiß, dass ich besser sein kann."

Samson schüttelte leicht den Kopf. „Sohn, du bist keine Enttäuschung. Ich bin stolz auf dich."

„Aber in deinen Augen mache ich nie etwas richtig. Ich bin nicht wie du. Ich bin nicht perfekt."

„Grayson, niemand ist perfekt. Am wenigsten ich." Er stieß einen Atemzug aus. „Alles, was ich für dich wollte, war, dass du der beste Mann wirst, der du sein kannst. Deshalb habe ich dich härter gedrängt als alle anderen. Weil du das Potenzial hast." Samson lächelte. „Und jetzt kann ich sehen, dass du genau der Mann bist, von dem ich wusste, dass er in dir steckte."

„Ach, Dad." Grayson versuchte die Tränen zu unterdrücken, die ihm in die Augen stiegen. „Ich liebe dich, Dad. Es tut mir so leid für all den Schmerz, den ich dir zugefügt habe."

Samson zog ihn in seine Arme. „Ich liebe dich auch, Sohn."

Grayson schniefte. „Danke, Dad."

Samson entließ ihn aus seiner Umarmung. „Jetzt lass uns zu den anderen gehen. Alle wollen deinen Blutbund mit Monique feiern."

„Du hattest auch in dieser Hinsicht recht", gab Grayson zu. „Sie ist perfekt für mich. Sie ist so viel stärker, als ich es je sein könnte."

„Du verdienst eine starke Partnerin."

Grayson nickte. „Monique ist stark und sie ist unglaublich. Deshalb möchte ich dich um einen Gefallen bitten."

„Einen Gefallen?"

„Ich ziehe meine Bewerbung für den CEO-Job in New Orleans zurück."

Samson zog überrascht die Augenbrauen hoch.

„Gib ihn Monique. Sie ist die Führungskraft, die das Unternehmen braucht. Ich bezweifle, dass wir ohne sie in der Lage gewesen wären, dich und Cain zu retten und den Palast in New Orleans zurückzuerobern. Sie ist eine natürliche Führungskraft."

„Ich bin erstaunt, das zu hören", sagte Samson langsam. „Aber, Grayson, die Entscheidung, wer die Niederlassung in New Orleans leiten wird, ist bereits gefallen. Cain und ich sind uns einig."

„Aber, Dad", sagte Grayson.

Samson hob seine Hand. „Komm. Ich glaube, unsere Entscheidung wird dich zufriedenstellen." Er ging zur Tür und öffnete sie.

Grayson folgte ihm zurück ins Wohnzimmer, enttäuscht, dass er seinen Vater nicht dazu bewegen konnte, Monique die Stelle zu geben.

Jetzt waren nur noch Familienmitglieder im Wohnzimmer. Alle Mitarbeiter von Scanguards waren verschwunden. Striker war ebenfalls gegangen. Die einzigen, die fehlten, waren Moniques Brüder, aber sie waren benachrichtigt worden, dass alle in Sicherheit waren. Sie erwarteten, dass ihre Eltern bald nach Hause zurückkehrten.

Graysons Blick fiel auf Monique, die ihre Mutter umarmte. Er ging zu ihr und Faye entließ sie aus ihrer Umarmung.

„Grayson", sagte Faye. „Ich freue mich so für euch beide." Sie umarmte ihn.

„Ich liebe Monique. Und ich bin so glücklich, dass sie mich auch liebt." Er löste sich aus ihrer Umarmung und griff nach Monique. Sie legte ihren Arm um seine Hüfte und er zog sie an sich. „Hey, Babe."

Ihre Augen schimmerten leicht golden und er drückte ihr einen sanften Kuss auf die Lippen.

„Cain und ich haben eine Ankündigung zu machen", sagte Samson.

Alle Gespräche verstummten und Stille senkte sich über den Raum. Cain trat neben Samson und die beiden tauschten einen verschwörerischen Blick aus.

„Wir haben entschieden, wer die neue Filiale in New Orleans leiten wird", sagte Cain und nickte Samson zu.

„Grayson", sagte Samson.

„Und Monique", fügte Cain hinzu.

„Sie werden gemeinsam die CEOs von Scanguards in New Orleans sein", sagte Samson.

Verblüfft starrte Grayson Samson und Cain an, die nun beide grinsten.

„Herzlichen Glückwunsch", sagte Samson.

Monique warf sich in die Arme ihres Vaters. „Vielen Dank!" Sie wandte sich an Samson. „Danke euch beiden!"

Alle Familienmitglieder begannen zu klatschen.

Grayson näherte sich Cain und Samson, legte seine Arme um Monique und zog sie in eine Umarmung. Er sah Cain und Samson an. „Es ist perfekt." Er drückte Monique und sah in ihre grünen Augen. „Ich kann mir nichts Besseres vorstellen, als jeden Tag und jede Nacht mit dir zu verbringen.“

Monique lächelte ihn an, ihre Augen strahlten vor Freude. „Und ich mit dir.“

Ich liebe dich, Babe.

Ich liebe dich mehr.

45

New Orleans – einen Monat später

Monique zog ihren seidenen Morgenmantel eng um sich. Sie stand auf dem winzigen Balkon und blickte hinunter auf die Straßen des French Quarters. Die Sonne war gerade untergegangen und Touristen tummelten sich in den Gassen und hüpften von einer Bar zur nächsten.

„Ich kann es kaum erwarten, bis unser Haus bezugsfertig ist“, sagte Grayson hinter ihr, legte seine Arme um sie und zog sie an sich.

Monique schmiegte ihren Rücken an seine Brust und neigte ihren Kopf zurück. „Das Haus war bezugsfertig, als wir es gekauft haben.“

Er lachte leise an ihrem Ohr. „Ja, aber nicht passend für meine Prinzessin.“

Sie drehte sich lächelnd in seinen Armen um und legte ihre Arme um ihn. Er trug nur Boxershorts und sein dunkles Haar war zerzaust. Sie liebte es, wenn er so aussah: Wie ein Mann, der gerade aus dem Bett gestiegen war und wieder dorthin zurückkehren wollte.

„Du musst mich nicht verwöhnen“, murmelte sie leise. „Ich würde mit dir in einer Hütte leben, wenn ich es müsste. Solange du mich jeden Tag liebst.“

„Das kann arrangiert werden. Dich lieben, meine ich.“ Seine grünen Augen funkelten und seine Hände glitten zu ihrem Hintern, während er sie zurück ins Schlafzimmer zog. Mit dem Fuß trat sie die Balkontüren zu.

„Ich dachte, du wolltest ausschlafen, da wir heute nicht ins Büro müssen“, sagte Monique, streichelte bereits seinen Rücken und schob ihre Hände unter seine Boxershorts.

Er schüttelte grinsend den Kopf. „Mrs. Woodford, ich glaube, was ich sagte, war, dass ich die Nacht im Bett verbringen will. Ich habe nichts von Schlaf erwähnt.“

Er löste den Gürtel ihrer Robe und schob den Stoff von ihren Schultern, bis das Gewand zu Boden fiel und sich zu ihren Füßen sammelte.

„Du meine Güte, Mr. Woodford.“ Sie blickte ihm in die Augen und bemerkte, wie diese anfingen, golden zu schimmern. „Vielleicht willst du mich dafür bestrafen, dass ich nicht zugehört habe, wenn mein Gebieter spricht?“

Sein Atem stockte und mit Befriedigung bemerkte Monique, dass der Gedanke ihn erregte. Sie spürte, wie sich der Beweis dafür jetzt gegen ihren Bauch drückte. Sie festigte ihren Griff um seinen Hintern und rieb sich an seinem Becken.

„Machst du dich über deinen Mann lustig?“

„Das würde ich nie wagen.“ Sie versuchte nicht einmal, ihr Lächeln zu unterdrücken. Sie liebte es, mit ihm zu spielen, ihn zu necken, die Grenzen seiner Kontrolle und seines Durchhaltevermögens zu testen.

„Natürlich nicht“, sagte er schmunzelnd. „Weil du eine gehorsame Ehefrau bist.“

Sie war es, wenn es ihr passte. Und Grayson wusste das. Er akzeptierte die Tatsache, dass sie nicht leicht nachgab, wenn sie unterschiedlicher Meinung waren, wie die New Orleans Scanguards-Filiale geführt werden sollte. Sie waren ein gutes Team und ergänzten einander. Sie hatte bezweifelt, dass zwei eigensinnige Individuen Tag für Tag zusammenarbeiten könnten, ohne einander umzubringen. Aber sie schafften es. Und auch ihr Sexualleben profitierte von dieser Partnerschaft. Wann immer sie sich bei der Arbeit stritten, konnte sie sicher sein, dass der Sex zu Hause noch heißer war als zuvor.

„Jetzt geh auf deine Hände und Knie“, befahl Grayson mit einem Blick zum Bett.

Sie machte einen Schritt auf das Bett zu, während Grayson seine Boxershorts auszog. Sie blickte auf seine Leistengegend, wo sein Schwanz vollständig aufrecht stand. Der dicke Schaft war fast violett und an seiner Spitze glänzte ein Tropfen seines Samens. Sie leckte sich die Lippen.

Anstatt sich auf das Bett zu legen, setzte sie sich hin und bedeutete Grayson, näher zu kommen.

„Du wirst nicht gehorchen, oder?“, fragte er.

„Wir werden sehen.“

Monique umfasste seine Hüften und brachte ihr Gesicht näher. Sie legte ihre Hand um seine Erektion und führte die Spitze zu ihren Lippen.

„Fuck, Babe!“, fluchte er. „Ich glaube nicht, dass ich mich jemals daran gewöhnen werde, dass du das tust.“

Monique hob die Augen, um ihn anzusehen. „Dann mache ich es wohl richtig.“

~ ~ ~

Grayson berührte ihre Wange. „Besser als richtig. Perfekt.“ Er stieß die Spitze seines Schwanzes gegen ihre Lippen. „Jetzt öffne deinen hübschen Mund und lutsche mich.“

Sie gehorchte seinem Befehl und nahm seinen Schwanz in ihren Mund. Grayson stöhnte und atmete zitternd aus. Verdammt! Immer wenn sie ihm einen blies, fühlte er sich, als wäre es das erste Mal, obwohl sie das Dutzende Male getan hatte, seit sie nach New Orleans gezogen waren.

Es gab keine Stelle in dieser Wohnung, wo sie noch nicht vor ihm auf die Knie gegangen war, um ihm einen zu blasen. Und auch keine, wo er sie nicht gegen die Wand gedrückt oder sie über ein Möbelstück gebeugt hatte, um sie zu ficken. Er war unersättlich, wenn es um Monique ging, genauso unersättlich wie sie.

Jetzt auf sie hinabzuschauen, wie sein Schwanz in ihrem Mund war, während sie nackt auf dem Bett saß, war ein Anblick, der ihn immer wieder erregte. Monique war schön und sinnlich und sie gehörte ihm. Ihr leises Stöhnen prallte gegen seinen Schwanz und ließ ihn vor Vergnügen schaudern. Aber er erlaubte sich noch nicht zu kommen. Er wollte ihre Liebkosungen noch eine Weile genießen.

„Fuck, Babe, das ist so gut!“

Er legte ihr beide Hände auf die Wangen, damit er sich herausziehen konnte, wenn es zu viel wurde. Seine Hoden zogen sich zusammen, und das kleine Luder wiegte sie jetzt, drückte sie und sandte damit einen Speer der Lust durch seinen Körper.

„Fuck!“ Er trat zurück und sein Schwanz glitt aus ihrem Mund. „Genug!“ Er spürte, wie seine Reißzähne länger wurden und seine Hände sich in Krallen verwandelten. Der Vampir in ihm übernahm die Kontrolle.

Monique warf ihm einen heißblütigen Blick zu. „Ja, genau das habe ich gesucht.“ Sie biss sich auf die Unterlippe.

„Jetzt hast du was angestellt“, sagte er.

Monique legte sich aufs Bett, ihre Beine leicht gespreizt, ihre Brüste mit harten Nippeln gekrönt. „Ja, jetzt habe ich was angestellt.“ In ihren Worten lag kein Bedauern.

Unfähig, eine Sekunde länger zu warten, gesellte er sich zu ihr aufs Bett und tauchte tief in ihr warmes Geschlecht ein, drang bis zum Anschlag ein.

„Ja!“, schrie Monique auf.

Er ritt sie hart und schnell. Der Raum füllte sich mit lustvollen Geräuschen und dem Aroma ihrer Erregung. So war es immer zwischen ihnen, zunächst verspielt, bis sie ihr Verlangen und ihre Leidenschaft füreinander nicht mehr zurückhalten konnten.

Er wusste nicht, warum er jemals davor Angst gehabt hatte, eine Bindung zu einer Frau einzugehen und für den Rest seines Lebens nur mit einer einzigen Frau zu schlafen. Er hatte keine Angst mehr. Er war glücklich, denn mit Monique in alle Ewigkeit Liebe zu machen, war alles, was er wollte und brauchte.

„Oh, Babe“, murmelte er und schlug seine Reißzähne in ihren Hals.

Ihr süßes Blut füllte seinen Mund und er schluckte es gierig. Einen Moment später spürte er Moniques Reißzähne in seiner Schulter, als sie von ihm trank.

Ich liebe dich so sehr.

Moniques Worte erfüllten sein Herz mit Freude und Glückseligkeit. Er kam ohne Vorwarnung zum Höhepunkt.

Du bist alles, was ich jemals wollte. Bis in alle Ewigkeit. Meine Prinzessin.

Lesereihenfolge der Scanguards Vampire & Hüter der Nacht

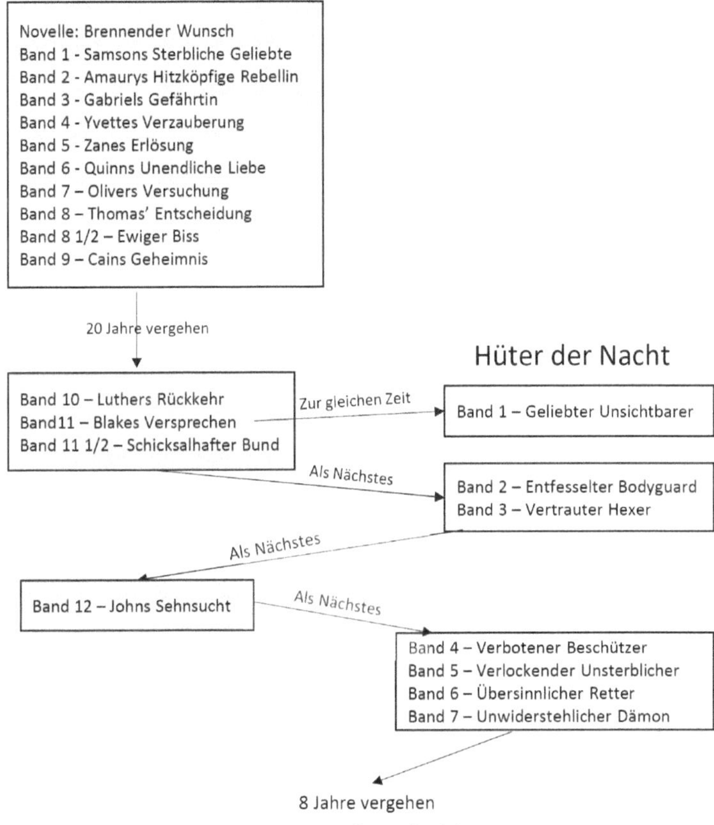

Scanguards Hybriden

Die Bände in der Scanguards Hybriden Serie werden zusätzlich auch in der Scanguards Vampir Serie nummeriert. (SV Band 13 = SH Band 1)

Band 1 (SV 13) – Ryders Rhapsodie
Band 2 (SV 14) – Damians Eroberung
Band 3 (SV 15) – Graysons Herausforderung
Band 4 (SV 16) – Isabelles Verbotene Liebe

ÜBER DIE AUTORIN

Tina Folsom ist gebürtige Deutsche und lebt schon seit über 25 Jahren im englischsprachigen Ausland, seit 2001 in Kalifornien, wo sie mit einem Amerikaner verheiratet ist.

Im Herbst 2008 schrieb sie ihren ersten Liebesroman.

Vampire haben es ihr schon immer angetan. Mittlerweile hat sie 50 Bücher in Englisch sowie Dutzende in anderen Sprachen (Französisch, Spanisch und Deutsch) herausgegeben.

Webseite: https://tinawritesromance.com/deutscheleser/
Instagram: http://www.instagram.com/authortinafolsom
Facebook: http://www.facebook.com/TinaFolsomFans
YouTube: https://www.youtube.com/c/TinaFolsomAuthor
Sie können ihr auch eine Email schicken: tina@tinawritesromance.com

Zeitfracht Medien GmbH
Ferdinand-Jühlke-Straße 7
99095 Erfurt, Deutschland
produktsicherheit@kolibri360.de